Le lien maudit

P.D. MARTIN

Le lien maudit

Best Sellers

Titre original : THE MURDERERS' CLUB

Traduction française de FRANÇOISE NAGEL

Photo de couverture
Corde : © MASTERFILE / ROYALTY FREE DIVISION
Réalisation graphique couverture : VIVIANE ROCH

83/85 boulevard Vincent-Auriol 75646 PARIS CEDEX 13.
Service Lectrices — Tél. : 01 45 82 47 47
www.harlequin.fr

ISBN 978-2-2808-5113-8 — ISSN 1248-511X

Prologue

Quelques semaines plus tôt

Veuve-Noire vient d'entrer dans le salon.

American-Psycho : Soyez la bienvenue, Veuve-Noire. Vous êtes la dernière arrivée dans notre petit groupe… et la seule femme.

Veuve-Noire : Désolée pour le retard. Ai-je raté quelque chose ?

American-Psycho : Non. Nous ne sommes en ligne que depuis une minute environ.

Veuve-Noire : Très bien !

Presque-Parfait : Bon, comment procède-t-on ?

Jamais-Pris : C'est ça, passons aux réjouissances.

American-Psycho : Aujourd'hui, ce sera surtout une journée d'introduction.

Jamais-Pris : D'accord, allons-y !

American-Psycho : Avant tout, nous devons aborder les problèmes de sécurité. J'ai mis au point un système capable de garantir notre protection, mais je dois m'assurer que vous avez bien suivi mes consignes. Avez-vous tous respecté les instructions données dans votre pack de bienvenue ?

Presque-Parfait : Tout à fait.

Jamais-Pris : Bien sûr.

Veuve-Noire : Oui.

American-Psycho : Excellent ! Ces consignes constituent notre première ligne de défense — vos ordinateurs portables sont tous spécialement équipés à cette fin.

Jamais-Pris : Ouaip, les instructions sont très claires.

American-Psycho : Pour le reste, je m'en suis occupé moi-même. On n'est jamais trop prudent.

Jamais-Pris : Bien. Je tiens à rester *jamais pris.*

American-Psycho : J'ai également installé un programme de filtrage permettant de détecter certains mots clés, tels que votre métier, votre véritable nom, votre ville et Etat d'origine, etc., et de remplacer toute chaîne de caractères suspects par un nombre aléatoire de ***. Il faut prévoir un délai de deux secondes pour le déroulement du processus.

Jamais-Pris : Génial !

American-Psycho : La confidentialité doit être notre préoccupation primordiale *à tout moment.* Interdiction de parler ou d'aller se vanter auprès de qui que ce soit en ligne, sauf bien sûr entre vous. Ici, vous êtes en sécurité, vous pouvez dire tout ce que vous voulez. N'hésitez pas à donner libre cours à vos fantasmes les plus inavouables. Notre petit salon virtuel est très fermé et vous garantit un refuge sûr. Les contacts ne doivent s'établir qu'au sein de ce groupe de discussion. N'essayez jamais de vous mettre en rapport avec moi, ou les uns avec les autres, par un autre moyen, y compris les autres forums de discussion que vous fréquentez. J'afficherai régulièrement des informations, et vous pourrez également consulter les profils en ligne. Plus, cela va de soi, le clou du spectacle : la vidéo en flux continu. Avez-vous des questions ?

Presque-Parfait : Merci, American-Psycho. Tout cela semble suffisamment clair.

Veuve-Noire : Le FBI peut-il accéder à ce site ?

American-Psycho : Notre site utilise les techniques les plus sophistiquées en matière de sécurité et de cryptage des données, et il sera pratiquement impossible à qui que ce soit, y compris le FBI, de le pirater… du moins, sans que j'en sois alerté. Mais rien n'est totalement hermétique. Si les choses devaient en arriver là, je dispose de toutes sortes de barrières de sécurité. Et n'oubliez pas — s'il arrivait quoi que ce soit, suivez les consignes d'urgence qui se trouvent dans votre pack.

Jamais-Pris : Compris.

American-Psycho : Okay, nous en avons terminé avec la partie la plus ennuyeuse. Maintenant, nous n'avons plus qu'à attendre… quelques semaines seulement. Les travaux de construction sont presque achevés.

Jamais-Pris : Excellent !

American-Psycho : D'autres questions ? Des commentaires ?

Jamais-Pris : Juste une chose : *vous* connaissez nos noms !

American-Psycho : Oui, et moi seul. Mais vos secrets seront bien gardés avec moi. Je suis le président du Club.

1

Je tiens mon Smith & Wesson semi-automatique 9 mm à bout de bras, les pieds écartés d'une largeur d'épaules. J'aligne les viseurs de mon pistolet et vise la poitrine — le cœur, pour être plus précise. Le guidon est braqué droit sur la cible et forme avec le cran de mire une ligne horizontale. Je prends une inspiration, retiens mon souffle et presse sur la détente. Après chaque recul du pistolet, je réajuste mon tir et fais feu de nouveau. Je vide complètement mon chargeur — huit coups — me délectant des clic… clic… clic étouffés, mais bien rythmés, à mesure que les douilles tombent sur le sol à mes pieds.

— Joli tir groupé, Anderson !

Avec un léger sursaut, je resserre instinctivement ma main sur la crosse. Mais mon esprit rationnel l'emporte sur ma première impulsion et je résiste à la tentation de retourner brusquement mon arme et de viser. Je fais volte-face. Andy Rivers, chef de l'Unité d'analyse comportementale, se tient debout près de moi. Je relâche ma poigne. Les cheveux noirs et rêches de Rivers sont parsemés de mèches grises sur les tempes, seul indice témoignant que le temps — ou peut-être le stress — a fini par le rattraper. Agé d'environ quarante-cinq ans, il dirige l'Unité depuis près de dix ans, et j'imagine qu'il ne la quittera pas avant longtemps. Cet homme fait trop bien son boulot. Je retire mon casque anti-bruit et mes lunettes de protection, et le monde, un instant assourdi, redevient normal.

— Bonjour, patron, dis-je avant de rediriger mon regard vers la cible et les impacts de balle concentrés autour du cœur.

Je me trouve au poste n° 12 de l'un des stands de tir du FBI à Quantico, en Virginie. Notre unité fait partie du Centre national pour l'analyse des crimes violents — le NCAVC — et nous partageons les cent cinquante-cinq hectares de l'Académie du FBI avec plusieurs autres unités. Le complexe, de dimensions impressionnantes, comprend trois dortoirs, une salle à manger, une bibliothèque, une salle de conférence, une chapelle, un gymnase, une vaste piste d'athlétisme, un circuit automobile réservé à la pratique de la conduite défensive, plusieurs stands de tir, sans oublier la fameuse ville reconstituée de Hogan's Alley. Au cours de l'année écoulée — soit depuis mes débuts au Bureau —, j'ai passé beaucoup de temps ici... je m'y sens chez moi, désormais.

J'appuie sur le bouton pour actionner le rameneur automatique qui renvoie vers moi la silhouette de tir. Le stand comporte quinze couloirs, chacun équipé d'un système à poulie permettant de déplacer les cibles d'avant en arrière — du poste de tir à une distance de vingt-cinq ou cinquante mètres. A mon arrivée aux Etats-Unis, j'ai eu quelques difficultés avec les conversions métriques, mais à présent je m'habitue à la manière américaine de calculer les distances. Sur la cible, les contours de la partie supérieure d'une forme humaine sont imprimés en noir. Ma cible de papier arrive en voltigeant ; je l'inspecte de plus près. J'ai vidé trois chargeurs dans la feuille, et la région du cœur n'est plus qu'un large trou, là où les projectiles ont pénétré coup sur coup.

J'ai toujours eu un penchant pour les exercices de tir — et pas seulement pendant les quelques semaines qui précèdent notre épreuve annuelle de maniement des armes à feu, comme c'est le cas chez certains agents. Mais depuis une affaire particulièrement difficile sur laquelle j'ai travaillé, je viens encore plus souvent m'entraîner ici. Enormément, pour tout dire. Il m'arrive parfois de passer des heures dans un état proche de la transe, à sentir mon revolver palpiter dans ma main tandis que je tire sans désemparer.

Rivers sourit un instant avant d'examiner la cible.

— C'est quelqu'un qu'on connaît ? demande-t-il d'une voix tranquille.

Je sais à quoi il fait allusion, mais je ne tiens pas à en parler. Mes séances bimensuelles obligatoires avec la psychologue du Bureau, le Dr Amanda Rosen, me sont assez pénibles comme ça. Cela fait six mois déjà ; je devrais m'en être remise.

Je hausse les épaules.

— Je m'entraîne, c'est tout.

Je mens, et il le sait pertinemment, mais nous en restons là. Tout en me mordillant la lèvre, je recharge mon arme, me concentrant sur le geste mécanique qui consiste à introduire les balles dans le chargeur.

Rivers observe mes mains.

— Vraiment ? demande-t-il, un rien dubitatif.

Je libère ma lèvre inférieure d'entre mes dents et change délibérément de langage corporel. Devant mon patron, je fais semblant.

— Vous me connaissez, je suis une perfectionniste, dis-je en me forçant à adopter un ton désinvolte.

Il repousse ses lunettes à monture dorée sur son nez, masquant ainsi ses yeux bruns.

— C'est exactement pour cette raison que je voulais vous avoir dans mon équipe.

Avec un hochement de tête, je lui adresse un sourire, cette fois plus authentique. Je me sens toujours aussi flattée qu'il m'ait spécialement choisie pour travailler comme profileuse dans son Unité. C'est la police de l'Etat de Victoria qui m'a envoyée ici, à Quantico, pour suivre pendant six semaines le programme international du Bureau, une formation à la suite de laquelle je me suis vu proposer une offre d'emploi alléchante. Les événements prennent parfois une tournure pour le moins inattendue.

— Bon, je ferais bien de m'y mettre, reprend Rivers. Je dois bientôt passer mon test annuel.

Et avec un clin d'œil, il s'installe dans le poste à côté du mien.

— Vous ne me ferez pas marcher, je sais que vous venez ici plus d'une fois par an.

— Peut-être, mais gardez ça pour vous, Anderson.

Je laisse échapper un petit rire, remets mon casque et mes lunettes et remplace ma cible trouée par une neuve. Dès que cette dernière a atteint la marque des cinquante mètres, je braque mon pistolet dans sa direction et lui règle son compte.

Aujourd'hui, le Dr Amanda Rosen porte un élégant tailleur-pantalon à fines rayures. Son chemisier blanc uni lui moule légèrement la poitrine et rehausse son teint mat, faisant paraître sa peau encore plus cuivrée. La veste de son ensemble — un modèle court, style boléro — est suspendue au dossier de sa chaise. La psychologue rabâche inlassablement les mêmes questions, avec un souci du détail qui m'agace. L'enquête sur laquelle j'ai travaillé il y a six mois a échappé à notre contrôle, et le Dr Rosen tient à s'assurer que j'ai définitivement tourné la page.

D'ordinaire, on fait appel à notre expertise pour démêler les affaires que la police n'a pas été en mesure de résoudre. La plus grande partie de notre travail s'effectue à distance. Nous examinons les photos et les rapports des scènes de crime, lesquels datent parfois de plusieurs mois, voire de plusieurs années, puis nous dressons un profil du suspect que nous envoyons aux flics. De temps à autre, nous travaillons sur le terrain, au cœur de l'action. L'affaire en question faisait partie de ces cas-là. C'était un dossier brûlant. Nous recherchions un meurtrier surnommé l'Ecorcheur de Washington, et deux profileurs avaient été affectés à la force d'intervention mise sur pied. Mais les choses ont mal tourné lorsque le tueur a commencé à s'en prendre au Bureau… et à moi.

Le Dr Rosen garde les yeux fixés sur moi, essayant de décrypter mon langage corporel, de percer mes défenses. Si je me montre assez bonne comédienne, je peux espérer lui faire croire qu'elle est arrivée à ses fins. De fines boucles encadrent d'ordinaire son visage, mais aujourd'hui elle porte ses cheveux bruns tirés en arrière en une espèce de chignon. De petites mèches se sont échappées et retombent en travers de ses joues. Elle pince ses lèvres charnues, attendant ma réponse. Le regard de ses yeux bruns est empreint de compassion. Or, ce sont ses yeux qui constituent son arme la plus redoutable. Parfois, quand elle me regarde, j'ai l'impression d'être mise à nu, comme si elle pouvait faire tomber mon masque et voir clair en moi.

— Je vais tout à fait bien, dis-je avec assurance.

Je ne lui ai pas avoué ce qui m'a le plus perturbée à propos de cette douloureuse affaire, et je ne lui en parlerai jamais. Je ne peux tout simplement pas confier à la psychologue du FBI que j'ai eu des rêves et des visions éveillées qui se sont réalisés. Bon sang, j'arrive à peine à y croire moi-même ! Surtout que je n'ai plus connu d'épisode paranormal depuis.

— Vous avez donc le sentiment d'avoir enfin tiré un trait sur cette affaire, Sophie.

Je prends une inspiration, veillant à ne pas répondre trop brusquement. Une note d'impatience dans ma voix risquerait de me trahir.

— C'est dur, bien sûr, mais j'adore mon métier. J'aime me mêler à la bagarre.

Elle étudie un instant son bloc-notes, puis lève les yeux sur moi.

— Oui, bien sûr, la bagarre. Vous avez passé beaucoup de temps au stand de tir et au gymnase, récemment.

Je hausse les épaules.

— Ça m'occupe.

Ce qui n'est, après tout, qu'un demi-mensonge.

— Je ne suis pas le genre de fille à rester assise à ne rien faire ou à regarder la télé toute la journée.

— En effet, ça ne correspond pas du tout à votre profil de personnalité. Mais peut-être y a-t-il aussi d'autres raisons à cela ?

Elle maintient la conversation ouverte, me pousse à réagir. Ce qu'elle attend de moi, je le sais parfaitement et je me dis qu'il est peut-être dans mon intérêt de le lui accorder.

Je hoche la tête, cherchant les mots les plus appropriés.

— C'est vrai, je suis plus… sensible aux questions de sécurité à présent.

— Est-ce que cela vous procure un sentiment de contrôle ?

Je réponds avec lenteur, faisant semblant de réfléchir à ce que je dis.

— En effet. Je me sens davantage en sécurité du fait d'être en pleine forme physique et de savoir que je suis une tireuse d'élite.

— Combien de temps consacrez-vous aux exercices physiques ?

Elle a sous les yeux le relevé des heures que je passe au gymnase, je ne l'ignore pas. Nous sommes tenus de glisser notre carte d'identité magnétique dans le compteur chaque fois que nous entrons et sortons de la salle de sport, et ces données sont automatiquement compilées. Pareil pour le stand de tir.

Je hausse les épaules, feignant de ne pas prêter attention à ce genre de détails. Après un silence de circonstance, je réponds :

— Probablement une heure par jour.

Je ne dis rien de mes joggings matinaux ni de mes expéditions nocturnes à la salle de gym de mon immeuble. Je ne lui ai pas parlé non plus de mes problèmes d'insomnie… et je n'en ai pas l'intention.

— Ça me semble beaucoup.

Je hausse de nouveau les épaules.

— Pas vraiment. C'est une question d'habitude. Il faut se maintenir en forme.

Esquissant un sourire forcé, je me tapote le ventre.

— Et puis, bien obligée de brûler toutes ces calories !

Or, je ne me suis jamais sentie en aussi bonne forme

de toute ma vie. La pratique du kung-fu et une mise en condition physique régulière destinée à me permettre de mieux encaisser les coups font partie de ma routine quotidienne. Il n'est pas encore né, celui qui me battra.

Je ferme les yeux et, l'espace d'un instant, je *le* vois au-dessus de moi. Quelle vacherie, la mémoire !

American-Psycho : Voici les deux derniers.

Presque-Parfait : Susie Dean et Jonathan Cantor.

American-Psycho : Nous aurons tout loisir de faire leur connaissance, ainsi que celle des six autres, au cours des huit prochaines semaines.

Presque-Parfait : Huit personnes, huit semaines.

American-Psycho : Exactement.

Presque-Parfait : C'est tout à fait équitable. Deux chacun.

Jamais-Pris : J'ai hâte de commencer.

Veuve-Noire : Mais il y a trois hommes — Jonathan, Danny et Malcolm. Ça en fait trois pour moi !

Jamais-Pris : Elle a raison. Ce n'est pas juste.

American-Psycho : Six filles et deux hommes, ça aurait paru suspect.

Presque-Parfait : Vous être très perspicace, Psycho.

Jamais-Pris : Tout de suite les *** de grands mots !

Jamais-Pris : Qu'est-ce que…

American-Psycho : La censure que j'ai mise en place s'applique aussi au langage grossier. Jamais.

Jamais-Pris : Bon, comme vous voudrez.

American-Psycho : Retournons à nos moutons. Avez-vous jeté un coup d'œil sur les fiches descriptives ?

Presque-Parfait : Oui.

Jamais-Pris : Ouaip. Et je peux dire que je suis très emballé ! Nous avons Cindy la danseuse de revue de Las Vegas, Malcolm le beau gosse, Danny le *** de macho, Brigitte la bombe sexuelle exotique, Ling la timide, Clair la chanteuse, Susie l'actrice ratée et Jonathan le tocard.

Veuve-Noire : Je trouve Jonathan plutôt mignon.

Presque-Parfait : Ils me plaisent tous. Excellent choix ! Vous nous gâtez, Psycho.

American-Psycho : Je vous avais dit que c'était purement génial.

Veuve-Noire : Oui, bien joué ! Il faut avouer qu'on ne se refuse rien.

Jamais-Pris : Beaucoup plus amusant que la traque.

Presque-Parfait : Leur ignorance fait notre bonheur.

Jamais-Pris : Vivement la première mise à mort !

2

Il est encore tôt, 6 heures du soir, lorsque j'entre dans le garage du sous-sol de mon immeuble et gare ma Buick sur l'emplacement qui m'est réservé. J'habite à Alexandria, petite localité idéalement située à mi-chemin entre Washington et Quantico.

De ma main gauche, j'attrape résolument mon sac à main et le cabas dans le coffre afin de garder ma main droite libre. Libre de verrouiller les portières de la voiture, de presser le bouton de l'ascenseur, d'ouvrir la porte… et de sortir mon pistolet. Une femme doit se tenir prête à tout, pas vrai ?

Les talons de mes bottines claquent légèrement sur le sol de béton tandis que je me dirige vers l'ascenseur. J'appuie sur le bouton et attends, sans cesser de balayer du regard le garage, à l'affût de quelque chose d'insolite. Je sais que c'est dans les garages et les parkings qu'une femme court les plus grands risques de se faire violer par un inconnu. Je jette un coup d'œil sur le panneau lumineux — l'ascenseur se trouve au quatorzième étage et descend à une allure d'escargot. Lorsqu'il arrive enfin et que les portes s'ouvrent, je laisse échapper un soupir que j'avais à peine eu conscience de retenir.

La cabine s'élève en douceur jusqu'au deuxième étage

et les portes s'ouvrent avec le *ping* habituel. Les murs des couloirs de mon immeuble sont peints en bleu-gris, le sol est recouvert d'un carrelage de couleur turquoise — un tapis serait trop salissant en hiver et ne résisterait pas aux chaussures trempées de neige. Venant d'Australie, je n'avais jamais vécu dans une ville au climat neigeux auparavant. J'ai connu mon premier Noël blanc l'année dernière. Ou, comme ils disent ici, mon premier *véritable* hiver.

Je longe le couloir en direction de mon appartement, le numéro 310, tout en tripotant mon trousseau de clés. J'ai mis au point un système de couleurs : le verrou du haut correspond à la clé rouge, celui du milieu, à la jaune et celui du bas, à la verte. Comme un feu tricolore. Une fois que je les ai ouverts tous les trois, je tourne la poignée et entre en traînant les pieds. A peine me suis-je débarrassée en hâte de mon chargement sur le comptoir de la cuisine que je dégaine mon pistolet, prête à effectuer ma tournée d'inspection de l'appartement. Le plus désolant, c'est que je me pliais déjà à cette routine *avant* l'affaire de l'Ecorcheur.

Après avoir vérifié chaque recoin de mon deux-pièces, je m'autorise enfin à respirer librement : je suis seule. Je rengaine mon arme, prends soudain conscience du vide qui m'entoure. La pensée du départ récent d'un collègue profileur — qui a été pour moi davantage qu'un ami — m'arrache un soupir. On a beau dire qu'il ne faut jamais mêler le travail et le plaisir, je croyais sincèrement que nous vivions quelque chose de spécial. Jusqu'à ce que cette affaire vienne tout gâcher. La confiance, une fois trahie, peut-elle jamais se reconstruire ? Il m'a affirmé qu'il n'avait pas réclamé son transfert à l'antenne de Philadelphie, mais je n'en suis pas convaincue. Et sa remarque — « nous avons tout à gagner à faire une pause pendant quelque temps » — n'a certes pas contribué à dissiper mes doutes. Peut-être devrais-je me rendre à l'évidence — malgré un début plutôt formidable, les choses n'ont jamais vraiment bien marché entre nous.

Je le chasse de mon esprit et me mets en devoir de préparer mon dîner. Une demi-heure plus tard, je déguste du saumon grillé accompagné de taboulé et arrosé d'un verre de sémillon dont je viens d'ouvrir une bouteille. Normalement, je préfère le rouge, mais avec du poisson, rien ne vaut le vin blanc.

Je mange en silence, ponctuant mes bouchées de petites gorgées de vin. Je remplis de nouveau mon verre puis, faisant tourner le pied entre mes doigts, observe le liquide qui tourbillonne. Il va de soi que je ne finirai pas la bouteille ; en fait, je ne peux pas. Excepté pendant leurs congés, les agents du FBI doivent demeurer aptes au service à tout moment, et cette exigence s'applique aussi à la consommation d'alcool. J'en suis à mon troisième et dernier verre de la soirée, et pourtant je m'imagine sans peine capable de vider la bouteille. Peut-être cela me permettrait-il de me détendre. J'ai étudié la psychologie ; je sais que j'appartiens à la catégorie à hauts risques des personnes susceptibles d'abuser un jour de l'alcool. Heureusement que le Bureau impose des consignes strictes à ce propos — je ressemble trop à un modèle de vertu pour enfreindre les règlements du FBI.

Prenant soin d'utiliser une pompe à air afin que le vin ne se dégrade pas, je rebouche la bouteille. Puis je vais m'installer sur le canapé. Pour briser le silence, j'allume le poste de télévision, zappe entre les chaînes dans l'espoir de tomber sur quelque chose qui retiendra mon intérêt et distraira mes pensées de sujets trop sombres — tels que les statistiques de viol, par exemple. Je survole les émissions, ne m'arrêtant que deux secondes sur chacune. Rien n'attire mon attention, mais cela reflète sans doute davantage mon humeur que la qualité des programmes. Je me décide finalement pour les informations et termine mon verre de vin avant d'aller laver la vaisselle.

Pour finir, je téléphone chez moi.

— Bonjour, maman !

— Bonjour, ma chérie, répond ma mère d'une voix dans laquelle je perçois une note d'émotion. Je suis contente de t'entendre. Comment ça se passe dans ces bons vieux Etats-Unis d'Amérique ?

— Super, tout va bien !

Je n'ai jamais raconté à mes parents ce qui est arrivé. Ça les ferait complètement flipper. Ensuite, ils passeraient tout leur temps à essayer de me convaincre de quitter le Bureau. Au début, je ne leur en ai pas parlé parce que je ne pouvais supporter de revivre ces quelques semaines, ne fût-ce qu'en pensée. Puis, je me suis rendu compte que cela ne ferait que leur donner des bâtons pour me battre et que j'aurais droit à une avalanche de « nous t'avions prévenue » et à tous les moyens de pression imaginables pour me pousser à démissionner. Et maintenant… eh bien, c'est trop tard, il me semble.

— Et ton travail ?

Son ton a changé. Elle me pose la question parce qu'elle se sent obligée de le faire, parce qu'elle sait que j'y attache de l'importance, pas parce ce qu'elle s'y intéresse vraiment. Ils n'ont jamais souhaité me voir exercer un tel métier.

— Il me plaît beaucoup, dis-je sans m'étendre sur le sujet. Alors, quoi de neuf à Melbourne ?

Je me cale dans mon canapé.

— Hmm… ton père continue à tourner comme un lion en cage.

J'éclate de rire.

— Ce n'est pas nouveau, maman.

Papa a pris sa retraite, il y a six mois ; il se trouve encore en période de réadaptation. Je suppose que la vie de retraité lui est aussi étrangère que la liberté pour un criminel condamné à la perpétuité.

J'entends le déclic caractéristique indiquant qu'un autre correspondant vient de décrocher.

— Comment va ma petite fille ?

L'accent américain de mon père s'est atténué au fil des années, mais le nasillement propre à ses origines est toujours perceptible.

— Très bien, papa.

— J'espère que tu ne travailles pas sur une affaire dangereuse.

Sa voix est devenue sérieuse, inquiète.

Je débite ma réponse, comme une rengaine.

— Non, papa, ne t'inquiète pas.

Ce n'est pas un mensonge. Je ne m'occupe d'aucune affaire dangereuse, *pour l'instant*.

— Nous nous faisons du souci pour toi, ajoute ma mère avec un soupir.

— Je vais très bien.

Silence.

— Je vous assure !

Je me triture la lèvre inférieure à coups d'incisives.

— J'imagine que tu dois attendre tes vacances avec impatience.

Ouf ! Mon père dévie la conversation vers un sujet moins délicat.

Je m'enfonce plus profondément dans le canapé et libère ma lèvre d'entre mes dents.

— Comme tu dis ! Je ne prends qu'une semaine, mais ça me fera du bien de partir un peu.

Nous passons les vingt minutes suivantes à papoter comme à l'accoutumée. Au moment de raccrocher, je me sens rassérénée. Mais, en quelques minutes à peine, le silence m'engloutit de nouveau. Je regarde ma montre. Il est trop tôt pour aller me coucher. J'essaie encore une fois de surfer sur les chaînes de télévision, puis finis par opter pour un peu de lecture. Après avoir réglé le chauffage au plus bas, j'attrape mon dernier roman de Kathryn Deans et me recroqueville sur le canapé. Je survole les pages de mon livre, ne jetant que de loin en loin un bref coup d'œil par-dessus mon épaule.

Je me réveille en sursaut, fouille immédiatement la chambre du regard pour m'assurer que je me trouve bien seule dans la pièce. Je suis toujours sur le canapé ; mon livre est tombé à terre. Une petite goutte de salive pend à la commissure de mes lèvres. Je remarque que le coussin que j'avais calé sous ma tête et mes épaules est légèrement humide. Il ne manquait plus que ça ! Je bave en dormant !

J'enfile ma tenue de gymnastique, comme je le fais presque chaque fois que je n'arrive pas à dormir, et fourre mon pistolet, une bouteille d'eau, une serviette et mes gants dans un petit sac. Dans la salle de gym située au quatorzième étage, j'effectue quelques étirements avant de sauter sur le tapis de course. Au cours des cinq premières minutes, j'augmente progressivement mon allure puis accélère le rythme jusqu'à l'épuisement. Au bout d'une heure et seize kilomètres, je ralentis la cadence du tapis pour terminer par une vitesse de marche normale. J'avale un peu d'eau. Mes jambes tremblent, je tiens à peine debout. Je bois encore pour faire passer la légère nausée qui m'est montée à la gorge, avant d'enfiler mes gants de protection et de me diriger vers le sac de frappe. Je me livre à quelques frappes de kung-fu ; pour commencer, des coups de poing directs, puis crochet, griffe du tigre — la base de la paume servant de point d'impact — uppercut, revers du poing, patte du léopard — phalanges repliées, de sorte à frapper avec les jointures des doigts. Je termine par ma technique préférée, une frappe déchirante du visage — une griffe du tigre suivie d'un brusque mouvement vers le bas. Dans la pratique, on frappe l'adversaire à la pommette ou à la tempe avec la paume de la main puis on fait glisser les doigts le long du visage en enfonçant les ongles dans la peau. Charmant !

De retour à mon appartement, j'inspecte de nouveau les lieux, arme au poing, avant de me précipiter sous la douche. Enfin, je m'effondre sur mon lit et fixe le plafond, en attendant que mon taux d'adrénaline se stabilise. Logiquement, faire de l'exercice n'est pas une bonne tactique pour lutter contre l'insomnie, mais cela semble être la seule chose qui me calme, qui m'aide à me libérer de la colère.

Si je n'avais pas déjà tué ce salaud, je le ferais maintenant.

Jamais-Pris : J'ai bien cru que ce *** de mercredi n'arriverait jamais.

Presque-Parfait : Ah bon ? Je trouve que cette première semaine a passé plutôt vite.

American-Psycho : Maintenant qu'il s'est écoulé presque huit jours, voyons qui sont nos préférés.

Veuve-Noire : En ce qui me concerne, ne comptez pas sur moi pour Danny. Ce type est un connard de la pire espèce.

Jamais-Pris : Comme mangeuse d'hommes, vous vous posez là !

Presque-Parfait : Personnellement, je me suis pris d'affection pour Ling durant cette semaine.

Veuve-Noire : A cause de son accent ?

Presque-Parfait : Il est vrai que j'ai un faible pour l'accent australien, mais ce n'est pas tout. Il est rare de voir la beauté et la modestie ainsi réunies.

Veuve-Noire : D'où vient-elle donc ?

American-Psycho : Vous n'avez pas lu sa fiche ?

Veuve-Noire : Je n'ai pas pris la peine de regarder celles des femmes.

Presque-Parfait : Elle a dix-huit ans. Elle est venue vivre six mois aux Etats-Unis, avant de retourner à Sydney pour suivre des études de médecine. Elle a été adoptée en Chine, mais ses parents adoptifs sont tous deux d'origine italienne.

Veuve-Noire : Merci

Presque-Parfait : Et vous Psycho, qui est votre préférée ?

American-Psycho : Brigitte.

Presque-Parfait : Une vraie beauté, celle-là !

American-Psycho : En effet. Bon, c'est l'heure.

Presque-Parfait : Et si nous votions pour Danny ? Je n'aime pas le fait qu'il ait une formation militaire.

Veuve-Noire : Comme je l'ai déjà dit, je me retire pour

cette fois. J'adore m'amuser avec eux pour commencer, et je ne me vois pas *m'occuper* de lui.

Jamais-Pris : On se fiche de Danny. Moi, c'est Brigitte que je veux. Je la trouve sexy.

American-Psycho : Je crois que je suis davantage son type d'homme.

Jamais-Pris : Comme si elle avait son mot à dire !

Presque-Parfait : C'est pourtant vrai.

American-Psycho : Je pense que Malcolm ou Danny devraient passer en premier, histoire de corser un peu le jeu.

Presque-Parfait : Il n'y aura pas beaucoup de plaisir à en tirer. Du moins, pas pour moi.

Jamais-Pris : Dites, Psycho, pourrons-nous assister à l'acte réel ?

American-Psycho : Le vainqueur a la possibilité de réaliser une vidéo et de prendre des photos de la mise à mort, mais il ne doit pas nous montrer son visage. Il peut aussi choisir de faire ça en toute intimité.

Jamais-Pris : Moi, j'aime bien m'exhiber.

American-Psycho : Votre kit de nouveau membre comprend un appareil photo numérique. Il y a un mode d'emploi pour placarder les photos sur le site Web par l'intermédiaire de votre ordinateur portable. Nous disposons également d'une maison spécialement aménagée. Un endroit discret où vous pouvez les emmener. Mais il n'y a pas de caméra dans la maison.

Veuve-Noire : Vous avez pensé à tout, Psycho.

American-Psycho : Naturellement.

Jamais-Pris : Encore quelques heures à attendre, et l'un de nous va gagner la première victime du Club des Assassins.

Veuve-Noire : Je voudrais déjà y être !

3

La sonnerie de mon téléphone m'arrache au sommeil ; je jette un coup d'œil à ma montre — il est 8 heures. Comment ai-je pu dormir aussi tard ? Et, détail plus embêtant, je suis en retard pour le travail ! Je lance un regard noir à mon réveil, bien qu'il n'y soit probablement pour rien. Il s'agit d'une erreur humaine, une faute de ma part.

Je prends une inspiration avant de décrocher :

— Allô ?

J'essaie de faire semblant d'être tout à fait éveillée, mais je ne suis pas certaine de réussir.

— Sophie ? Désolé, je t'ai réveillée ?

Bon, d'accord, c'est raté.

— Non, bien sûr que non !

— Comment vas-tu ?

Mon esprit léthargique émerge enfin du brouillard, je reconnais la voix.

— Très bien, merci, Darren. Et toi ?

J'ai travaillé avec l'inspecteur Darren Carter, des Homicides de Tucson, sur l'affaire de l'Ecorcheur de Washington. Darren est un bon flic et un type bien. En fait, si je n'avais pas déjà été engagée dans une liaison avec un autre homme à l'époque, notre relation aurait pu dépasser le cadre strictement professionnel. Mais j'étais déjà prise, point barre.

— Pas mal, répond-il. Tu as toujours l'intention de venir dans la région savourer un repos bien mérité ?

Sa voix est légèrement hésitante — il a peut-être cru que j'annulerais.

— Bien sûr ! dis-je en m'extirpant du lit. Je prends l'avion vendredi… mon Dieu, c'est demain !

Il émet un gloussement.

— Eh oui !… Au fait, as-tu encore eu un de tes rêves bizarres, ces derniers temps ?

Darren est la seule personne au courant de mes facultés extrasensorielles. Il m'a vue « revivre » le meurtre d'une jeune fille au cours d'une vision particulièrement réaliste. Je me rappelle encore ses paroles : « Ma tante avait le don, comme vous ».

— Non, aucun.

— C'est bon signe ?

— Je n'ai pas encore tranché.

— Je comprends.

Une grande part de moi se sent terriblement soulagée de ne plus rêver de femmes assassinées, de ne plus ressentir le plaisir pervers présent dans l'esprit d'un meurtrier au moment de son crime. Les expériences de ce genre m'ont flanqué une peur bleue, même si elles m'ont aidée à résoudre l'affaire de l'Ecorcheur. Et c'est là que le sentiment de culpabilité entre en jeu. Puisque ce don m'a permis de sauver des vies, cela signifie-t-il que si j'avais de nouvelles visions éveillées, je pourrais venir en aide à d'autres victimes aux mains de quelque psychopathe ?

Je préfère détourner le sujet de la conversation.

— Tu travailles sur quelque chose d'intéressant, en ce moment ?

— Nous avons un meurtre de professionnel sur les bras. C'est inhabituel pour nous.

— Vous tenez des pistes ?

— Rien de valable.

— Ce doit être pour ça qu'on parle de professionnel.

Il rit.

— La bonne nouvelle, c'est que je me suis débrouillé pour obtenir quelques jours de congé. Je vais te faire visiter Tucson.

— Formidable !… Bon, je ferais bien d'y aller — je suis en retard pour le bureau. Je suppose que ta chambre d'amis est toujours disponible.

— Un peu, oui ! Alors, à demain.

— A demain, 9 heures.

Veuve-Noire vient d'entrer dans le salon.

Presque-Parfait : La voilà enfin de retour ! Ça vous a plu, Veuve-Noire ?

Veuve-Noire : Oui. Il n'a pas eu une seconde d'hésitation lorsque j'ai commencé à le draguer. Qui aurait pu lui résister, hein ? Vous, les hommes… vous êtes vraiment incapables de maîtriser votre ego.

Jamais-Pris : J'en viendrais presque à plaindre Malcolm. Je dis bien, *presque* !

Veuve-Noire : Et vous, qu'allez-vous faire à Cindy, Susie, Ling, Clair et Brigitte ?

Jamais-Pris : J'aimerais les avoir toutes.

Presque-Parfait : A quoi ressemble la maison ?

Veuve-Noire : Magnifique ! Spacieuse, moderne, discrète…

American-Psycho vient d'entrer dans le salon.

Veuve-Noire : Bonjour, Psycho !

American-Psycho : Joli travail, Veuve-Noire. Il avait l'air très content. Comblé.

Jamais-Pris : Hé ! comment se fait-il que nous n'ayons pas eu droit aux photos ?

American-Psycho : Je n'ai vu aucune photo de Malcolm.

Veuve-Noire : C'est vous qui vous avez balancé le corps ?

American-Psycho : On s'est débarrassé de lui dans les premières heures de la matinée, à Tucson, ainsi que nous en étions convenus.

Veuve-Noire : Et la scène ?

American-Psycho : Egalement comme prévu. Tous les corps seront retrouvés dans le même coin, avec les mêmes marques.

Veuve-Noire : Malcolm était un *** de première. Et j'ai vraiment apprécié ce superbe corps noir. Un mètre quatre-vingt-treize, et rien que du muscle. Je comprends qu'il ait décroché ce boulot.

American-Psycho : Heureux de voir une cliente satisfaite.

Veuve-Noire : Je le suis tout à fait. Et on ne pourra jamais établir de lien avec moi, vous me le garantissez ?

American-Psycho : Je me suis occupé de tout. Faites-moi confiance.

Traînant mon sac à roulettes dans mon sillage, je me faufile à travers le terminal de l'aéroport, en direction du point de rendez-vous où Darren et moi avons convenu de nous retrouver. L'idée de le revoir me donne un peu le trac, je l'avoue, et j'en éprouve quelque agacement. Je presse le pas, dans l'espoir vain d'arborer un air dégagé et résolu.

J'ai presque atteint les portes automatiques lorsque je l'aperçois. Au même instant, il me voit et s'avance vers moi. Je sens mon estomac se retourner — la barbe ! Darren n'a pas changé d'un poil — il faut dire aussi que cela ne fait que six mois depuis la dernière fois que je l'ai vu. Il mesure un mètre quatre-vingts, a des cheveux noirs légèrement ébouriffés et le regard bleu nuit. Ses yeux sont magnifiques, je me rappelle avoir été obligée de m'en éloigner à plusieurs reprises. Il sourit et, même de l'endroit où je me trouve, je peux voir ses fossettes, lesquelles le font paraître plus jeune que ses trente et quelques années d'âge. Je soupire. Pourquoi diable faut-il que je trouve ces fossettes si incroyablement séduisantes ? Peut-être n'était-ce pas une si bonne idée de venir ici, après tout.

Dès que nous nous trouvons à portée de main l'un de l'autre, les choses se compliquent. Devons-nous nous embrasser sur la joue ? Nous enlacer ? Nous serrer la main ? Il devrait y avoir une façon intermédiaire de se saluer dans ce genre de situation. Pour finir, estimant que c'est la solution la moins risquée, je me décide pour une accolade. Lui serrer la main pourrait le vexer, et un baiser aurait d'autres sous-entendus. Certes, je suis officiellement célibataire, mais il n'empêche, je trouve tout cela trop compliqué à mon goût.

— Bonjour ! dit-il, son sourire toujours fermement accroché sur son visage.

— Bonjour !

Il baisse la main vers mon bagage à roulettes, dans l'intention manifeste de m'offrir son aide.

— Pas la peine, ce n'est pas lourd.

De toute façon, il n'est pas question que je me sépare de mon sac, alors qu'il me fournit une excuse pour avoir au moins l'une de mes mains occupée.

Nous nous remettons en route.

— Tu as l'air en pleine forme, constate-t-il en me jetant un bref coup d'œil avant de regarder de nouveau droit devant lui.

— Toi aussi. Tu es complètement rétabli, bien sûr ?

Je résiste à l'envie de toucher son bras gauche, bras qu'il avait en écharpe la dernière fois que je l'ai vu.

— Une petite balle de rien du tout n'a jamais fait de mal à personne, réplique-t-il d'un ton de bravade macho.

J'éclate de rire.

— Mon Dieu, je me demande combien de flics ont déjà dit la même chose !

— Trop, certainement.

Sa Mercury bleu marine banalisée est garée près de la sortie du terminal des arrivées, dans une zone de stationnement interdit. Il ouvre le coffre, dans lequel je jette mon bagage avant de m'installer sur le siège passager.

Il tourne la clé de contact.

— Ça me fait plaisir de te revoir, dit-il sans me regarder.

Les yeux fixés devant moi, je réponds de même :

— A moi aussi.

— Comment vas-tu ?

— Bien, très bien.

Il garde le silence un instant.

— Tu n'as pas l'air très convaincue.

Avant de s'engager dans le flot des voitures qui quittent l'aéroport, il me jette un bref coup d'œil scrutateur.

— Sincèrement, comment vas-tu ?

Nous roulons au pas. Je me renverse contre l'appuie-tête et laisse échapper un soupir épuisé.

— Je ne sais pas, Darren…, dis-je en repliant un genou contre ma poitrine. Je ne dors plus.

— Dans ce cas, ce n'est pas étonnant que tu n'aies plus de rêves *particuliers*, sourit-il. On ne peut pas rêver quand on ne dort pas.

— Bon, d'accord, je dors tout de même un peu. Mais pas beaucoup.

— Et il ne se passe rien du tout ? insiste-t-il, peut-être inquiet à l'idée que je puisse lui dissimuler quelque chose.

En vérité, il est la seule personne de laquelle je n'aie pas à me cacher. Il connaît mon secret, et ce n'est certes pas lui qui va me licencier ou écrire une note défavorable dans mon dossier.

Je m'écarte de l'appuie-tête et le regarde.

— Non. Et je ne sais même pas si j'ai envie de voir quoi que ce soit.

Redoutant sa réaction, je détourne de nouveau les yeux.

Nous suivons le flot des voitures et, une fois sur l'autoroute, Darren appuie sur l'accélérateur et monte jusqu'à 95 km/h.

— Sur quelles affaires as-tu travaillé ces derniers temps ? demande-t-il.

— Comme d'habitude — des meurtres en série, des affaires non élucidées, des enlèvements.

Il hoche la tête.

— Mais rien sur le terrain ?

— Non.

Je regarde par la vitre. Les branches des arbres ploient sous le poids de leurs feuilles charnues.

— Je peux t'aider, Sophie. Ma tante m'a confié beaucoup de choses à propos de son don. Elle m'a raconté comment elle en avait pris conscience la première fois, comment elle réussissait à le contrôler, ce genre de trucs.

Je m'arrache à la contemplation des arbres et focalise mon attention sur Darren.

— Reste à savoir si j'en ai vraiment envie.

Je pousse un autre soupir, de soulagement cette fois. Ça fait du bien d'être sincère !

— Comme tu veux.

La sonnerie stridente du téléphone mobile de Darren nous interrompt.

— Tu es sûr que tu l'entends bien ? dis-je pour plaisanter, heureuse de cette occasion d'alléger l'atmosphère.

— Très drôle !

Il ouvre le clapet d'un coup de pouce.

— Inspecteur Carter… oui… hum hum.

Sa voix devient hésitante ; il me lance un regard étrange.

— Nom d'un chien ! Bolson ne peut pas s'en occuper ? Bon, bon, d'accord, j'arrive.

Il referme son mobile avec un claquement sec, se tourne vers moi.

— Désolé, je ne suis officiellement en congé qu'à partir de demain.

— Le devoir t'appelle, dis-je avec un sourire.

Il fait demi-tour.

— Une fois de plus !

4

Comme nous arrivons sur le campus de l'université de l'Arizona, je questionne Darren.

— C'est un étudiant ?

— On dirait.

Je hoche la tête. Je m'y connais assez bien dans ce domaine, j'ai déjà eu à traiter plusieurs cas de morts d'étudiants. En général, les décès s'avèrent accidentels, mais parfois il s'agit de meurtres. Les étudiants peuvent être des victimes à hauts risques : cordiaux, d'un abord facile, il leur arrive souvent de se promener seuls la nuit sur le campus ou d'abuser de boissons alcoolisées, le plus grand danger venant encore de cette liberté toute neuve qu'ils goûtent pour la première fois. Ils forment une proie irrésistible aux yeux d'un tueur. Bundy en est un parfait exemple — il a souvent choisi les universités comme terrain de chasse.

Dès les abords du campus, il apparaît évident que quelque chose ne tourne pas rond. Une foule compacte s'est assemblée à une centaine de mètres devant nous. Nous nous approchons, jusqu'à une trentaine de mètres du groupe, et Darren gare son véhicule.

Il déboucle sa ceinture de sécurité.

— Tu veux rester ici ?

— Nan ! Tu me connais, je suis aussi incapable de résister à un cadavre qu'à un bon repas.

Il esquisse un sourire. Nous sortons en même temps de la voiture.

Darren ouvre son mobile et presse une touche de numérotation abrégée.

— Stone, c'est Carter. Je suis sur la Quatrième rue… hum hum…

Tout en accélérant le pas, il me fait signe de le suivre.

— Ouaip… à tout de suite.

Il referme son téléphone et se tourne vers moi.

— Allons-y, le corps se trouve près du stade.

Brandissant son badge, il se fraie un chemin à travers la foule. A mesure que nous avançons, je remarque que l'expression des visages varie de la simple curiosité à l'horreur. Il est probable qu'un très petit nombre de ces personnes a réellement vu quoi que ce soit — un cordon de sécurité aura été mis en place peu après la découverte du corps —, mais la rumeur, en se répandant parmi les badauds comme une traînée de poudre, aura suffi. Pour autant qu'ils le sachent, ce pourrait être leur meilleur ami ou leur camarade de chambre qui gît sans vie sur le sol.

Nous atteignons le ruban jaune délimitant la scène de crime. Une barrière de policiers en tenue cerne le secteur, les médias ont déjà investi les alentours, les photographes mitraillent la scène. Une caméra se tourne vers nous et un journaliste pousse son micro sous le nez de Darren.

— Inspecteur Carter, pouvez-vous nous dire de quoi il retourne ?

Une partie du travail d'un journaliste consiste à

connaître de vue les enquêteurs en chef, aussi ne suis-je pas étonnée que celui-ci s'adresse à Darren sans l'ombre d'une hésitation.

Ce dernier ne bronche pas.

Après avoir jeté un coup d'œil à son insigne, un flic s'écarte pour le laisser passer.

— Inspecteur Carter !… proteste en vain le journaliste.

American-Psycho : Allez voir sur la chaîne NBC. Ils sont en train de diffuser un scoop sur l'université de l'Arizona.

Jamais-Pris : Super !

Veuve-Noire : Ça ne m'intéresse pas trop de suivre les reportages des médias sur mes victimes.

Jamais-Pris : *** ! Vous êtes dingue ! C'est presque ce qu'il y a de plus drôle. Bon, voilà, j'y suis. Waouh ! elle est canon, la journaliste !

American-Psycho : J'adore quand ils prennent cet air sérieux.

Jamais-Pris : Ouais, ils doivent s'exercer devant leur miroir. C'est lui, le flic en chef ?

American-Psycho : En effet. D'après la journaliste, il appartient à la brigade des Homicides de Tucson.

Jamais-Pris : Qui est la blonde à côté de lui ?

American-Psycho : Je ne sais pas, mais je trouverai.

Nous traversons une étendue dégagée de terrain herbeux. A environ quinze mètres devant nous, l'activité des techniciens de la police scientifique bat son plein.

Plusieurs personnes s'affairent autour des buissons tandis que d'autres se tiennent penchées au-dessus du sol. Au milieu se trouve une femme qui doit friser la trentaine. Je suppose que c'est Jessica Stone, l'équipière de Darren. Ils travaillent ensemble depuis moins d'un an, et je n'ai pas eu l'occasion de la rencontrer au moment de l'enquête sur l'Ecorcheur de Washington.

La jeune femme lance un coup d'œil dans notre direction.

— Désolée, Carter. Bolson a été appelé sur une autre affaire.

— Comme d'habitude ! Stone, je te présente Anderson, dit-il avant de se retourner vers moi : Anderson, voici Stone.

C'est ce qui s'appelle des présentations officielles rondement menées !

L'inspecteur Jessica Stone est de petite taille, mais solidement bâtie. Elle doit mesurer un mètre soixante et peser cinquante kilos. Ses cheveux auburn, coupés en dégradé, mettent en valeur ses superbes yeux verts. Des taches de rousseur parsèment son visage — surtout les pommettes —, ses lèvres sont pleines, mais sa bouche est étroite.

Finalement, je baisse mon regard sur le cadavre. La victime est étendue sur le dos, les bras repliés sous elle. Sur sa poitrine glabre et jusqu'aux premiers renflements de ses abdominaux en tablette de chocolat s'étale un dessin en forme de cœur rouge vif, mesurant environ 25 cm^2. On dirait qu'il a été réalisé avec un marqueur ou de la peinture corporelle.

Soudain, la tête me tourne légèrement et *ça* me tombe dessus d'un seul coup, avec une violence foudroyante. Comme les fois précédentes.

***

Un homme d'origine afro-américaine, au physique agréable, est couché sur un matelas, nu, menotté à la tête d'un lit. Son corps est luisant de sueur. Il me sourit.

Tandis que la vision s'évanouit, je tente de m'agripper à quelque chose, mais ne peux éviter de m'écrouler à terre avec un bruit sourd.

Darren me saisit promptement par le bras pour m'aider à me relever.

— Ça va ?

Je m'oblige à ouvrir les yeux, à les fixer sur lui.

— Oui, oui, ça va.

Je jette un coup d'œil autour de moi. Tous les regards se sont détournés du mort et reportés sur ma petite personne. C'est probablement l'une des choses les plus embarrassantes qui puissent arriver à un représentant de la loi. A tous les coups, je vais maintenant passer pour une fliquette que la vue d'un cadavre fait tourner de l'œil. J'en viendrais presque à préférer leur avouer la vérité, plutôt que de les laisser me prendre pour une mauviette. Mais il est bien sûr hors de question de leur révéler mon secret. Toujours est-il que la vision m'a prise au dépourvu et, en fin de compte, déstabilisée.

— Désolée, j'ai dû trébucher sur quelque chose.

Je cherche des yeux un coupable imaginaire, puis finis par hausser les épaules.

Tous concentrent de nouveau leur attention sur le corps. Tous, à l'exception de Darren qui m'entraîne à l'écart du groupe.

— Est-ce que tu… tu as vu quelque chose ?

— Oui.

Désemparée, je me mords la lèvre. Darren, lui, accepte ma réponse sans sourciller. Pour lui, il n'y a pas à tortiller : j'ai eu une vision.

— C'était lui ? me demande-t-il en désignant le corps d'un geste du menton.

Bien que je n'aie aucun doute sur ce qui m'est apparu, je baisse de nouveau le regard sur le corps de la victime.

— Oui, c'était lui.

— Qu'as-tu vu exactement ?

Je me remémore la scène.

— Il était menotté sur un lit, couvert de sueur. Je crois qu'il était en plein milieu d'un rapport sexuel.

Darren émet un bref sifflement.

— Allons voir de plus près, dis-je.

Rejoignant le groupe, nous nous faufilons auprès de Stone.

— L'image du cœur est très caractéristique, dis-je, elle fait sûrement partie d'un rituel particulier. Vous avez déjà vu ce genre de chose ?

Darren secoue la tête.

— A qui avons-nous affaire, Stone ? demande-t-il.

Comme elle relève la tête, une mèche de cheveux lui retombe sur le visage, virevolte devant ses yeux. Elle la rattrape et la remet en place à l'aide d'une petite barrette.

— Nous ne savons pas grand-chose. C'est un individu de sexe masculin, afro-américain, non identifié.

— Qui a découvert le corps ?

— Jack Bode, l'un des agents de sécurité du campus.

Stone désigne du doigt un homme âgé assis sur un banc, la tête entre les mains.

Darren griffonne quelques mots dans son calepin.

— Il a touché à quelque chose ?

— Non. Il a appelé la police et est resté auprès du corps pour s'assurer que les lieux demeureraient intacts.

— Bien, approuve Darren avant de regarder de nouveau la foule. Y a-t-il d'autres témoins ?

— Pas encore.

— Des caméras de surveillance ?

Stone secoue la tête.

— La seule caméra qui balaie ce secteur a été démolie, il y a quelques jours. On devrait en installer une autre en remplacement dès demain.

Nous observons de nouveau le corps, tandis que le médecin légiste s'agenouille auprès de la victime et lui entoure les pieds de sacs en plastique transparent afin de préserver tout indice éventuel.

Darren charge Stone de rassembler une équipe pour fouiller les alentours. Sur les scènes de crime, les enquêteurs recherchent la présence d'indices matériels susceptibles de les mettre sur une piste, tels qu'empreintes de pas, arme du crime, détails des plus infimes — tout ce qui leur paraît inhabituel. Stone et la plupart des policiers s'éloignent. Seuls quelques-uns d'entre nous restent à fureter autour du corps, tels des insectes attirés par la lumière.

— Bon, on peut le déplacer maintenant, annonce le légiste.

Son assistant étale une grande feuille de plastique à trois mètres du cadavre — l'endroit a auparavant été dûment photographié sous toutes les coutures et passé au peigne fin. Le légiste s'accroupit aux pieds du mort.

— Il est grand. Nous allons avoir besoin d'un coup de main.

Deux des policiers en tenue encore sur place se joignent à lui, soulèvent le corps et se déplacent d'un pas maladroit sur le côté. Une fois la victime déposée sur le morceau de plastique, le photographe prend encore quelques clichés.

Darren s'agenouille pour l'examiner de plus près.

— Retournons-le.

Ils font rouler le corps sur le ventre. Ses bras sont attachés dans le dos à l'aide d'une paire de menottes. Les mêmes que celles de ma vision ?

Le photographe prend plusieurs gros plans du dos et des fesses de la victime — pour les lividités. Lorsque le cœur cesse de pomper le sang, la force de gravité prend le relais et le sang stagne. Dans le cas présent, les lividités indiquent que la victime est morte sur le dos ou a été retournée peu après la mort. Les bras, cependant, ne montrent aucune tache rouge ; ils n'étaient pas les parties les plus basses du corps au moment du décès.

Le médecin légiste a également remarqué cette particularité.

— On dirait qu'il a été menotté dans le dos plusieurs heures après la mort, observe-t-il. Puis, essayant de bouger les bras, il constate : La rigidité cadavérique n'a pas encore régressé. J'en conclus que la mort remonte au plus tôt à dix-huit heures, au plus tard à trente-six heures.

J'approuve d'un hochement de tête. La rigidité cadavérique débute dans les paupières quelques heures après le décès, puis s'étend au visage et à la nuque pour ensuite atteindre les membres. Au bout de trente-six heures environ, elle commence à se dissiper. Entre deux et trois jours après la mort, le corps redevient complètement mou. Cependant, il y a tellement de facteurs qui affectent l'apparition et la disparition de la *rigor mortis* qu'elle constitue parfois une indication peu fiable pour déterminer l'heure du décès.

— Quelle est la cause de la mort ? interroge Darren.

— Les yeux montrent des signes d'asphyxie, mais nous en saurons davantage après examen à la morgue.

Avec un signe de tête, Darren se résigne. Tant que l'autopsie n'aura pas été pratiquée, le cadavre ne nous apprendra pas grand-chose. Il se relève et se tourne vers moi.

— Désolé, Sophie.

Je hausse les épaules.

— Ce sont des choses qui arrivent.

— Je t'emmènerai visiter des coins touristiques pendant ton séjour ici. Promis.

Je ne peux réprimer un éclat de rire. Je connais trop bien les aléas de ce métier !

— Attendons de voir ce qui va se passer.

— Pas vraiment des vacances pour toi, jusqu'ici.

Je regarde le ciel, bleu et limpide.

— Rien que le changement de climat et de décor me fait déjà du bien.

Darren suit des yeux le médecin légiste et son assistant qui s'éloignent en emportant le corps sur une civière.

— J'aimerais bien assister à l'autopsie, murmure-t-il.

— A cause du cœur ?

Je me représente mentalement l'image de ce cœur peint au milieu de la poitrine de la victime.

Darren rempoche son calepin.

— Ouaip. Ça me turlupine, cette histoire.

— Moi aussi.

La plupart des assassins ne prennent pas la peine

de laisser une marque sur le corps de leur victime, à moins qu'elle ne revête une signification particulière à leurs yeux.

— Il s'agissait peut-être simplement d'un message à l'intention de la victime.

C'est une explication. L'autre hypothèse possible est de plus mauvais augure — les tueurs en série aiment eux aussi marquer leurs victimes.

Avec un soupir exaspéré, Darren frappe le sol d'un coup de pied.

— Bon sang ! Et moi qui me faisais une fête de ces quelques jours de vacances !

Silence. S'il avère qu'il est bien question d'un tueur en série, Darren voudra participer à l'enquête, je n'en doute pas une seconde. Tout comme moi, il se sent irrésistiblement attiré par les affaires de ce genre, celles qui vous donnent l'occasion d'arrêter un assassin et de sauver des vies.

Il change de sujet.

— Tu vas mieux, maintenant ?

— Très bien. Ce n'était qu'une vision très fugitive.

— Alors, c'est revenu ! Les trucs paranormaux.

Son regard bleu me transperce.

Mal à l'aise, je détourne les yeux.

— Une seule fois, dis-je en levant l'index pour appuyer mes dires. Je n'ai eu qu'une seule vision.

Troublée, je me mordille la lèvre inférieure. Je m'interroge. *Pourquoi maintenant ? Et pourquoi ce corps en particulier ?*

— Tu crois que tu pourrais t'arranger pour que j'assiste à l'autopsie ?

— Ça ne m'a pas l'air très touristique, comme occupation, me taquine-t-il.

— J'ai besoin de savoir ce que cette victime a de si spécial. Pourquoi j'ai eu cette vision.

Rien ne m'empêche de m'ouvrir à Darren en toute franchise. Après tout, je n'ai à craindre aucune pression de la part du Bureau et rien de tout cela ne tirera à conséquence.

5

J'enfile un masque et me frictionne sous le nez avec un peu de Vicks Vaporub — un luxe que le pathologiste médico-légal ne peut se permettre. Alors que j'ai la possibilité de me prémunir contre les odeurs pestilentielles, lui en est privé. En effet, l'odorat est un outil essentiel dans une autopsie. Ainsi est-il particulièrement utile lorsqu'il s'agit de détecter un empoisonnement au nitrobenzène, cas dans lequel les organes dégagent généralement une odeur d'amande amère.

Le corps a été sorti de son enveloppe de plastique, pesé et mesuré. Le médecin légiste procède tout d'abord à un examen externe. Il recherche sur la face antérieure du corps la présence de perforation, de contusion ou de toute autre marque qui pourrait constituer un indice. Il commence par la tête. Dans le cas qui nous occupe, la victime avait déjà la tête rasée, mais la procédure normale exigerait qu'on lui tonde le crâne et que le corps soit soigneusement lavé après l'examen préliminaire.

Le médecin pointe le doigt sur une petite entaille.

— Blessure à la tête, au sommet du crâne, annoncet-il, aussi bien à notre intention que pour le microphone suspendu au-dessus de la table d'autopsie.

Il examine la plaie de plus près.

— La lésion est de forme triangulaire et mesure approximativement cinq centimètres. Le coup a probablement suffi à l'assommer.

Hochant la tête, Darren contemple le corps allongé sur la table.

— Un moyen comme un autre de s'assurer qu'il ne se défendrait pas.

C'est une tactique très répandue dans les cas de meurtres avec préméditation. Les tueurs en série y ont d'ordinaire recours pour pouvoir transporter les corps. Ils interceptent leur victime, l'estourbissent puis l'emportent dans un endroit de *leur* choix. Libre à eux ensuite d'agir à leur guise. En général, ils aiment que leur victime soit consciente au moment où ils la mettent à mort. Il est donc nécessaire qu'elle soit attachée ou, du moins, entravée d'une façon ou d'une autre. Le souvenir fugitif de mon propre enlèvement me revient tout à coup à la mémoire, et instinctivement je me frotte les poignets, sentant encore sur ma peau la brûlure des cordes. Je m'exhorte à revenir dans le monde des vivants… ou plutôt, en l'occurrence, dans celui des morts.

A l'aide de pinces, le médecin légiste extrait un minuscule fragment de la blessure à la tête.

— Qu'est-ce que c'est ?

— On dirait du bois, me répond-il.

Il le dépose dans une éprouvette qu'il étiquette avant de la mettre de côté. Il inspecte méthodiquement chaque centimètre du crâne à la recherche d'autres stigmates. N'ayant rien trouvé de plus, il passe à l'examen du visage. Puis il observe les fosses nasales et ouvre la bouche du cadavre. Il effectue un prélèvement dans la cavité buccale et le place dans une autre éprouvette qu'il étiquette à son tour.

— Les fosses nasales de la victime sont normales, un prélèvement de l'intérieur de la bouche a été effectué, dit-il dans le micro.

Il scrute soigneusement le cou et, après quelques secondes, émet une hypothèse :

— Il semblerait que nous ayons trouvé une explication sur la cause du décès, déclare-t-il en désignant le cou de la victime. Il est difficile de distinguer des bleus sur une peau sombre, mais je crois que nous tenons quelque chose. Je vais avoir besoin de regarder sous la peau pour m'en assurer.

D'instinct nous nous penchons en avant, tandis qu'il dépiaute le cou et inspecte les muscles sous-jacents.

— Il s'agit bien d'ecchymoses, annonce-t-il, le doigt pointé sur un épanchement de sang sous-cutané qui a formé un bleu. Nous avons affaire à une mort par strangulation.

Les muscles du cou présentent plusieurs meurtrissures de forme circulaire.

— A en juger d'après la disposition des hématomes, il a été étranglé à mains nues, ajoute le légiste.

Je m'imagine la malheureuse victime, encore consciente, sentant les mains de son agresseur lui enserrer la gorge. Tout compte fait, il faut peu de temps pour prendre la vie d'un homme. La victime était de haute taille et, d'après son physique, très robuste, et pourtant elle a été étranglée.

Le médecin légiste poursuit son examen du corps. Il racle un peu de la substance rouge qui a servi à peindre le cœur et la met dans une éprouvette afin de l'envoyer au labo pour analyse. Il tourne ensuite son attention sur les bras. En retournant le bras droit, il met au jour un petit tatouage. Celui-ci mesure environ deux centimètres et demi et représente une rose avec sa tige. La fleur a été dessinée et coloriée en noir, et non en rouge. Le légiste prend quelques photos du tatouage avant de scruter plus attentivement les bras et les mains, lesquels présentent d'ordinaire des marques de blessures défensives.

— Vous voyez quelque chose ? interroge Darren.

Le médecin secoue la tête.

— Pas de traces de blessures de défense sur les bras et les mains.

— Cela signifie peut-être qu'il a été menotté avant d'être tué.

J'ai vu cet homme menotté pendant un rapport sexuel, mais cet épisode de sa vie a pu se situer à n'importe quel moment — juste avant sa mort ou bien des semaines auparavant.

Darren et moi nous penchons pour regarder de plus près. Les poignets de la victime sont sillonnés de plis, comme d'ailleurs ceux de la plupart des êtres humains, mais des entailles très nettes, larges d'environ un centimètre, creusent ces plis de part en part.

Le médecin incise de nouveau la peau, révélant des traces de sang qui forment un bracelet autour des poignets.

— De légères ecchymoses autour des poignets indiquent qu'il a été menotté avant la mort.

Il vient de répondre à mon interrogation, tout en enregistrant sur cassette le résultat de ses recherches. Une fois l'autopsie terminée, il tapera son rapport officiel pour le dossier. En ma qualité de profileur, je lis les rapports, mais ai rarement l'occasion d'assister aux autopsies. Notre présence ici aujourd'hui a l'avantage de nous permettre de poser des questions et d'orienter tout de suite l'enquête dans la bonne direction.

— Pourtant, les mains ont sans aucun doute été attachées dans le dos après la mort, précise le légiste.

Nous approuvons d'un signe de tête. La victime a été placée dans cette position *post mortem*.

Après avoir examiné visuellement les mains, le légiste racle sous les ongles de la victime.

— Il y a des particules de quelque chose. Mais ce n'est pas de la peau, on dirait plutôt de la terre.

Il recueille quelques parcelles et les met dans un flacon qu'il étiquette avec soin. Puis il relève les empreintes digitales — avec un peu de chance, nous leur trouverons une correspondance. Il se peut aussi que l'université de l'Arizona réussisse à identifier la victime d'après sa photo avant même que les analyses scientifiques ne parviennent à un résultat quelconque. Etant donné que le corps a été découvert sur le campus, il est vraisemblable que notre homme était étudiant ici.

Nous continuons à observer le cadavre, mais ne trouvons rien qui soit digne d'intérêt sur la face antérieure du corps. Nous le retournons donc sur le ventre ; la position du corps au moment de la mort apparaît de façon évidente. Si la victime avait été couchée sur ses mains menottées, telle qu'elle l'était lorsqu'on l'a trouvée, non seulement le sang se serait déposé dans les bras, mais il y aurait aussi des taches plus sombres sur les fesses, autour des endroits où le corps reposait sur les mains et les bras. Grâce aux lividités, il est même possible d'obtenir l'empreinte d'un objet sur lequel la victime était étendue au moment où le sang a commencé à stagner. Or, les colorations sont ici réparties de façon relativement uniforme.

Le médecin légiste recherche des traces de viol, telles que des déchirures rectales, mais ne trouve rien de ce côté-là.

Il examine ensuite la nuque, incisant de nouveau la peau.

— Le tueur a de très petites mains, remarque-t-il en levant les yeux vers nous. Il pourrait s'agir d'une femme.

— Vraiment ? demande Darren, sa curiosité professionnelle soudain en alerte.

Il faut dire qu'il y a peu de criminels de sexe féminin, et la plupart d'entre elles sont en général des victimes de violences domestiques qui ont fini par se retourner contre leur bourreau.

Hochant la tête, le légiste désigne du doigt l'hématome sur la nuque.

— La distance entre l'empreinte du pouce que nous avons vue sur la gorge et la première marque de doigt sur la nuque est courte, explique-t-il tout en écartant les doigts de sa propre main. Il y a environ dix à treize centimètres entre mon pouce et mon index. Agent Anderson, voulez-vous ?

Il pointe le menton en direction de ma main gantée. Je plaque mes doigts étirés au maximum contre les siens. La différence est d'au moins deux centimètres et demi, pour ne pas dire le double. Il regarde nos deux mains et conclut :

— Je dirais que le tueur est soit un homme de petite taille, soit une femme. Peut-être même un adolescent.

— Mais la victime était baraquée, objecte Darren. Comment une femme ou un ado aurait-il pu se débarrasser du corps ?

Le médecin hausse les épaules.

— Je ne fais que rapporter ce que le cadavre me révèle.

Nous opinons du chef. La question de Darren relève du domaine des enquêteurs — pas du médecin légiste.

L'examen externe achevé, nous replaçons le corps de la victime sur le dos. Le médecin prélève des échantillons de poils — sur les sourcils, le visage, et le pubis — avant de laver le corps et de le radiographier en vue des examens internes.

Au lieu de pratiquer l'habituelle incision en forme de Y, le légiste découpe le corps selon un V, ce qui lui permet d'examiner la gorge séparément afin de confirmer l'hypothèse de la strangulation. J'ai observé bon nombre d'autopsies lorsque je vivais à Melbourne, il n'empêche ! Mon estomac se contracte et la bile me remonte à la gorge à la seconde où je vois la peau et les muscles du cadavre repliés pour révéler les organes internes.

— D'abord, le sang, annonce le légiste.

A l'aide d'une aiguille, il prélève du sang directement dans la veine jugulaire. Ensuite, il pratique une incision dans la vessie et recueille un échantillon d'urine dans une pipette. Tout en poursuivant ses examens, il dicte ses observations sans discontinuer. De même que le sang, l'urine est déposée dans une petite fiole, prête à être analysée. On y recherchera des traces d'alcool, de drogue, de monoxyde de carbone, de dioxyde de carbone, de glucose et de toute une gamme de substances toxiques.

Le médecin légiste se concentre désormais sur l'observation des organes. Il libère l'estomac et le soulève au-dessus d'un haricot métallique, puis, à l'aide de ciseaux chirurgicaux l'ouvre et en vide le contenu dans le récipient.

Heureuse de la couche de Vicks Vaporub qui isole mon nez de l'air ambiant, je demande :

— Eh bien, qu'a-t-il mangé pour son dernier repas ?

— Pas grand-chose. L'estomac est presque vide. Il semble y avoir une petite quantité de viande.

— Juste de la viande, c'est tout ?

Peu de gens mangent de la viande sans l'accompagner de pain, de légumes ou de frites, enfin, de quelque chose.

— Hum hum. Et encore, pas beaucoup.

Voilà qui ajoute au côté étrange de l'affaire. Notre homme est costaud, il lui fallait manger en grande quantité pour se nourrir.

— C'est bizarre pour un type de cette taille.

— Je vais envoyer le contenu de l'estomac au labo pour analyse, concède le légiste.

Et sans cesser d'enregistrer ses commentaires, il sectionne l'intestin grêle, en noue chaque extrémité, et le pose sur un autre plat métallique. Il inspecte ensuite la cavité thoracique ainsi que divers autres organes qu'il retire et pèse si besoin est, avant de scruter la gorge avec minutie.

— L'os hyoïde est intact, mais je m'y attendais, vu l'âge de la victime.

L'os en forme de fer à cheval situé dans le cou reste malléable durant l'enfance et ne devient cassant qu'à l'approche de la quarantaine. Chez une victime de strangulation plus âgée, l'os hyoïde aurait normalement été brisé.

— Reste que la cause de la mort est une strangulation manuelle, il n'y a aucun doute là-dessus, poursuit-il. A moins que le labo ne découvre quelque chose d'insolite.

Bien sûr, il est toujours possible que la victime ait été étranglée *et* empoisonnée, et dans ce cas le légiste aurait à déterminer la cause première de la mort.

— En savez-vous un peu plus sur l'heure du décès ? interroge Darren.

Le médecin secoue la tête.

— La mort date de dix-huit à trente-six heures, c'est tout ce que je peux dire.

Les pathologistes médico-légaux s'appuient sur la rigidité cadavérique, la température du foie et la présence des lividités pour évaluer l'heure de la mort, mais cela ne saurait constituer qu'une estimation. Une autre piste de recherche susceptible d'être exploitée pour dater un cadavre réside dans l'observation des insectes présents. Cependant, l'utilité de l'entomologie se révèle surtout dans les cas où le corps n'a été retrouvé que plusieurs jours ou plusieurs semaines après le décès.

Pour finir, le légiste recoud l'incision en forme de V.

— Autopsie achevée à…, dit-il en levant les yeux vers la pendule accrochée au mur… 17 heures.

Darren et moi prenons congé et quittons l'institut médico-légal du Comté de Pima. Dehors, une fontaine scintille dans le soleil printanier, quelques personnes assises sur la margelle profitent des derniers rayons du couchant. A côté de Washington, il fait doux.

J'interroge Darren :

— Tu as des nouvelles de Stone ?

Il hausse les épaules.

— Elle ne m'a pas appelé. Si elle avait retrouvé les empreintes de notre homme dans le fichier de l'université de l'Arizona ou dans les avis de disparition, elle m'aurait prévenu. Peut-être qu'elles figurent dans le fichier central.

— Si nous ne trouvons rien…

Je laisse ma phrase en suspens.

— Je sais, il faudra l'appeler monsieur X, enchaîne Darren en se passant la main dans les cheveux. Si ça ne t'ennuie pas, j'aimerais m'arrêter au poste quelques minutes avant de rentrer à la maison, d'accord ?

— Ça me va tout à fait.

Nous descendons East District Street en direction de l'ouest, puis tournons à gauche pour nous engager sur l'autoroute I-10 vers Phoenix. Au bout de cinq minutes à peine, Darren prend la sortie 258. Nous devons encore tourner à droite plusieurs fois avant d'atteindre le parking souterrain du quartier général de la police de Tucson, situé au 270 South Stone Avenue.

Nous empruntons l'ascenseur pour monter au deuxième étage puis suivons le dédale des couloirs jusqu'aux locaux de la brigade des Homicides. Darren me présente brièvement aux quatre autres inspecteurs de son service, y compris l'insaisissable Bolson.

— Et voilà où j'habite pour de vrai ! annonce-t-il en désignant le petit espace de travail cloisonné qu'il partage avec Stone.

Le bureau de Darren est un hymne à l'ordre, chaque feuille de papier, chaque stylo semble se trouver à sa place.

— Ça ne m'a pas l'air très habité, dis-je pour le taquiner.

Il hausse les épaules.

— Un bureau bien ordonné reflète une tête bien ordonnée, rétorque-t-il.

Seigneur, pourvu qu'il se trompe ! Sinon, je suis fichue !

Stone est au téléphone. Elle lève les yeux vers nous et nous adresse un petit sourire accompagné d'un signe de tête. On dirait qu'elle s'active encore parmi les avis de recherche des personnes portées disparues.

Après m'avoir fait les honneurs de son lieu de travail, Darren lance un regard vers un bureau vitré, dans le coin le plus reculé de la grande salle. J'arrive tout juste à distinguer le nom du sergent Harris inscrit sur la porte — le patron de Darren. Je n'ai pas eu l'occasion de rencontrer Harris lors de ma première visite, il y a six mois. J'espère qu'il ne verra pas d'inconvénient à ma présence ici. Si le badge du FBI ouvre certaines portes, il peut aussi en fermer d'autres. Il y a des flics qui n'aiment pas voir le Bureau traîner sur leur territoire.

— Allons-y !

Darren se dirige droit vers la cage de verre. Je lui emboîte le pas. Il frappe un coup sur la porte, et son chef nous fait signe d'entrer. Le sergent Harris est un grand gaillard costaud, à qui il ne reste plus qu'une poignée de cheveux dignes de ce nom. Il a le visage rond et écarlate ; je doute fort qu'il passerait avec succès la visite médicale annuelle du Bureau. Darren fait les présentations. Harris se montre poli, mais j'ai aussitôt l'impression qu'il n'est pas vraiment enchanté de me voir.

— Vous êtes en vacances ?

— Oui, monsieur.

— Et ça vous amuse d'assister à des autopsies, en général ?

Je souris.

— En temps normal, non. Je vous remercie de m'y avoir autorisée.

Il hoche la tête, mais son visage demeure impassible.

Je le regarde droit dans les yeux, non par défi, mais pour essayer d'établir le contact. Souvent, la vérité, ou du moins une partie de la vérité, est encore ce qui donne les meilleurs résultats.

— Vous savez ce que c'est… quand un cadavre comme ça se jette dans vos bras, il est difficile de garder ses distances.

Nous savons tous que le cœur dessiné sur la poitrine de la victime représente une sorte de message. L'assassin nous parle, nous n'avons qu'à écouter.

Harris finit par esquisser un sourire.

— Ah oui, je me souviens !

Il s'appuie contre un coin de son bureau. Le meuble pousse un léger gémissement sous son poids.

— Darren m'a dit que vous étiez spécialiste des tueurs en série.

— C'est exact.

— Un boulot plutôt dangereux pour une femme, non ?

Ces paroles me rappellent ma mère. Exactement le genre de réflexion qu'elle ferait ! Mais j'imagine qu'il me teste, une sorte d'épreuve, en quelque sorte.

— C'est un boulot dangereux pour tout le monde… Mais très gratifiant lorsque l'on capture son homme.

— Vous avez raison, reconnaît-il avec un sourire un brin nostalgique. Je vous remercie d'avoir résolu deux ou trois affaires de meurtre pour nous.

L'Ecorcheur de Washington avait en effet assassiné trois femmes en Arizona. Les trois dossiers sont désormais clos.

Harris contourne son bureau.

— En tout cas, libre à vous de participer à cette enquête si cela vous chante, dit-il en secouant la tête. Surtout si vous êtes assez cinglée pour y consacrer vos congés.

— Merci.

— Nous allons seulement donner un coup de main à Stone pour démarrer l'enquête, intervient Darren. C'est tout.

— Je le croirai quand je le verrai, Carter, grommelle Harris.

De retour à son bureau, Darren attire vers lui une chaise libre, et nous nous pressons devant l'écran de son ordinateur.

— On essaie le VICAP ? dis-je, présumant que ce sera notre première étape.

— Un peu, oui !

Le VICAP est le programme d'arrestation des criminels dangereux, chapeauté, de même que mon unité, par le Centre national pour l'analyse des crimes violents. Créé au début des années 80 dans le but de faciliter les investigations sur les crimes en série au niveau national, le VICAP offre deux ressources principales : son logiciel informatique et sa vingtaine de consultants basés à Quantico. Le programme informatique comporte une banque de données en ligne recensant un grand nombre de meurtres et autres crimes violents. La police a la possibilité d'entrer dans le système toute information concernant des crimes anciens ou récents et peut également rechercher dans le fichier les affaires offrant le plus de similitudes avec les cas qu'elle lui soumet. Ainsi, si vous venez de découvrir le corps d'une jeune fille mutilée d'une certaine façon, il vous suffit de fournir les éléments de l'enquête, et la banque de données vous indique en retour les crimes qui se rapprochent le plus du dossier qui vous occupe, et cela, quel que soit l'endroit où ils ont été commis sur le territoire des Etats-Unis. C'est un système formidable, sauf que, dans la mesure où tous les flics ne l'utilisent pas, les meurtres présentant quelque ressemblance ne figurent pas tous forcément dans le fichier.

Les consultants du VICAP travaillent aussi bien sur demande des services de police que de leur propre initiative, en suivant systématiquement les affaires criminelles qui leur sont signalées et en les comparant à d'autres crimes violents. S'ils découvrent des correspondances, le VICAP prend contact avec les représentants de la loi concernés et coordonne les efforts d'une investigation conjointe entre les Etats et les équipes intéressés.

Une fois son ordinateur allumé, Darren lance le programme du VICAP. Il tape « forme de cœur sur la poitrine » dans la fenêtre de recherche et appuie sur la touche « Entrée ». Nous attendons que le programme ait fini d'explorer la base de données en ligne.

Au bout d'une minute environ, un message « Aucune concordance trouvée » s'affiche à l'écran. Ce qui est à la fois une bonne et une mauvaise nouvelle. D'un côté, cela veut probablement dire qu'il s'agit du premier assassinat commis par l'agresseur — à moins que ses précédents crimes n'aient pas été consignés dans le fichier du VICAP — et dans ce cas, tant mieux pour nous, car les primodélinquants sont en général plus faciles à appréhender du fait qu'ils commettent davantage d'erreurs. D'un autre côté, cela signifie aussi que nous ne pourrons compter que sur les indices disponibles, sans possibilité d'opérer des recoupements avec d'autres affaires qui nous aideraient à cerner le tueur et à analyser ses schémas comportementaux.

— Tant pis, dis-je, entrons les données dans le fichier.

Pour enregistrer les détails du meurtre, nous allons devoir remplir un questionnaire en ligne extrêmement long et précis. Le processus complet nous prendra une heure ou deux, mais aura l'avantage de faire figurer l'homicide dans une base de données à l'échelle nationale. Cette opération constitue également la première étape permettant d'obtenir qu'un consultant du VICAP se penche sur notre dossier.

— Tu es sûre ? demande Darren en jetant un coup d'œil à sa montre. Il est presque 18 heures.

Je hausse les épaules.

— Autant s'en débarrasser tout de suite !

D'autant plus que, faisant moi-même partie du département concerné, il serait du plus mauvais effet que je ne recommande pas l'enregistrement du meurtre dans les plus brefs délais.

Nous répondons au questionnaire, consignant tous les détails dont nous avons jusqu'ici connaissance, y compris les informations sur la victime, sur l'agresseur et sur la scène de crime. Il y a certains champs que nous sommes obligés de laisser vides, mais avec un peu de chance, nous aurons dans quelques jours découvert des faits nouveaux qui nous donneront les moyens de les remplir.

— Je vais demander à Quantico de mettre un analyste sur l'affaire.

— Super !

Je regarde ma montre — nous sommes vendredi, et il est 20 heures passées.

— Ça devra peut-être attendre lundi matin.

J'appelle la ligne directe de Barry Evans, le consultant du VICAP avec lequel je travaille le plus souvent. J'obtiens sa messagerie vocale et laisse un message contenant les principaux éléments de ma requête. Je mentionne le fait que nous pourrions avoir affaire à une femme ou à un tueur relativement jeune.

— Il commencera son investigation lundi matin, dès qu'il aura reçu mon message, dis-je, certaine qu'Evans réagira à mon coup de fil sans tarder.

— Tu resquilles, si je comprends bien ?

— Il suffit d'avoir des relations..., dis-je en souriant.

— C'est vrai. Bon, voyons ce que nous avons trouvé d'autre.

Il se tourne vers Stone, toujours au téléphone.

— Oui, d'accord, merci pour votre aide, dit-elle avant de raccrocher en se frottant le côté de la tête. Aïe ! ma pauvre oreille ! Quelle journée !

— Que fais-tu encore ici, d'abord ? Rentre chez toi, Stone.

Elle lève un sourcil indigné.

— Ça te va bien de dire ça !

Darren se lève.

— J'allais justement partir. Tu as découvert quelque chose ?

Je me lève à mon tour, étire mes membres ankylosés.

— Nada, répond Stone en éteignant son ordinateur. Tout ce que nous savons, c'est que le type n'était pas étudiant à l'université de l'Arizona.

Je m'adosse contre la cloison.

— Vraiment ? Mais peut-être que son agresseur l'est.

Veuve-Noire : Quelles nouvelles ?

American-Psycho : Aucune. Les journaux télévisés continuent de rediffuser les mêmes infos.

Veuve-Noire : Ils ne l'ont donc pas encore identifié ?

American-Psycho : Non, mais ça ne va pas tarder. Il avait un casier, après tout.

Veuve-Noire : Ils n'ont pas fait mention du cœur non plus.

American-Psycho : Vous savez bien qu'ils n'aiment pas révéler tous les détails.

Presque-Parfait : C'est vrai.

American-Psycho : Notre premier meurtre restera dans les annales.

Veuve-Noire : Vous savez ce qu'on dit — rien ne vaut la première fois. La toute première, je veux dire.

Jamais-Pris : Ma première expérience a été vraiment exceptionnelle, mais maintenant je les apprécie encore davantage.

American-Psycho : Expérience sexuelle ou criminelle ?

Jamais-Pris : Les deux.

American-Psycho : Ma première à moi a été fantastique. C'était la même personne.

Veuve-Noire : Pour moi, c'est intimement lié. Je trouve difficile d'avoir des rapports sexuels avec quelqu'un et de ne pas le tuer ensuite.

Jamais-Pris : J'adore le moment où ils se rendent compte de ce qui leur arrive. Quand ils comprennent qu'ils vont mourir. Ce regard qu'ils ont est comme une drogue. On ne peut s'empêcher d'en vouloir toujours davantage.

Veuve-Noire : Tout à fait d'accord avec vous.

Jamais-Pris : Quand c'est bien fait, il se peut même qu'ils ne s'en aperçoivent qu'au moment où le couteau s'enfonce dans leur cage thoracique.

Veuve-Noire : C'est votre arme de prédilection, Jamais ?

Jamais-Pris : Oui, j'adore les lames. Et vous, VN ?

Veuve-Noire : Je préfère la strangulation.

Jamais-Pris : Ah bon ? Vous êtes plutôt du genre macho, comme nana.

Veuve-Noire : Je menotte toujours mes hommes au lit pendant l'acte sexuel. Comme ça, ils me prennent simplement pour une perverse. De toute façon, ça ne demande pas beaucoup de force physique, du moment qu'on sait exactement où il faut appuyer — sur le nerf vague.

Presque-Parfait : J'aime procéder avec beaucoup de lenteur. Je les enchaîne et les affame. J'ai hâte de commencer avec ma petite Ling.

6

Une femme court dans le couloir. Elle est prise au piège. Un homme la pourchasse en riant. Il la rattrape et la saisit par ses longues boucles brunes. Il la traîne le long du corridor. Elle crie. Ils entrent dans une chambre, ses cris deviennent hystériques.

Un couteau s'abat sur elle. Ses hurlements sont bientôt étouffés, à mesure que les coups de poignard ont raison de sa résistance. Le sang gicle partout.

Elle est morte. Il s'assoit sur elle à califourchon. Il se renverse en arrière et sourit, ses yeux brillent d'un plaisir sauvage. Il examine les éclaboussures de sang… magnifique !

Je me réveille, hors d'haleine. Un violent frisson me secoue tandis que les dernières images de mon rêve tourbillonnent dans ma conscience. Ce qui me bouleverse le plus, c'est la sensation persistante de ce qui se passait dans la tête du tueur. Il trouvait cela beau. Une autre convulsion me saisit, aussitôt suivie d'une vague de nausée. Malgré l'aspect sanglant de la scène à laquelle je viens d'assister, mon esprit flotte encore dans cet état étrange entre sommeil et veille. Cédant à la fatigue, je reste au lit, à moitié inconsciente, jusqu'à ce qu'un léger coup frappé à la porte me sorte de ma torpeur.

J'émerge de ma somnolence, mais je me sens encore sonnée et quelque peu désorientée.

— Entre !

Darren ouvre la porte et me gratifie d'un large sourire.

— Bonjour !

Vêtu d'un blue-jean et d'un pull-over blanc à manches longues, il tient un verre de jus d'orange dans sa main droite.

— 'Jour !

Je regarde le réveil sur la table de chevet. Il est 8 heures.

— Nom d'un… ! Comment est-ce que j'ai pu dormir aussi longtemps ?

C'est la deuxième fois que cela m'arrive cette semaine. Pourtant, cette nuit, je n'ai même pas eu à recourir à mon habituelle petite expédition nocturne à la salle de gym.

— Tu es en vacances, dit Darren en me tendant le jus de fruits fraîchement pressé. Tu vas devoir te contenter d'orange — je n'ai pas de carottes.

— Quelle mémoire ! Bravo ! dis-je, impressionnée. Et merci.

Je vide mon verre d'un trait et le lui rends.

Il hoche la tête, hésite quelques secondes, puis tourne les talons.

— Il y a une serviette de toilette sur la chaise, dit-il en me montrant du doigt une chaise de bois près de la porte avant de sortir de la chambre.

Une vingtaine de minutes plus tard, j'ai pris ma douche et ai rejoint Darren à la table de cuisine. Pendant qu'il remplit deux tasses de café, je me sers un bol de muesli que je noie dans du lait.

Après avoir avalé deux bouchées de mon petit déjeuner, je me décide à lui faire part de mon cauchemar.

— J'ai eu un rêve, cette nuit.

— Je suppose que tu ne veux pas parler d'un rêve banal.

Je secoue la tête.

— C'est la deuxième fois, remarque Darren.

Je laisse retomber ma cuillère dans mon bol.

— Tu as raison. Et je n'arrive pas à comprendre pourquoi. Pourquoi cela m'arrive d'un seul coup.

— Ton rêve, il avait quelque chose à voir avec notre monsieur X ?

Je roule des yeux, agacée.

— Non, il était question d'une femme.

Il se sert un grand bol de Cheerios.

— Eh bien, il se trouve que j'ai une hypothèse à propos de cette affaire.

A la bonne heure ! Tant mieux si Darren est capable d'apporter un jour nouveau sur le sujet car, en ce qui me concerne, je n'ai pas la moindre idée à proposer.

— Ah bon ? Et quelle est-elle ?

Il mâche rapidement, déglutit un grand coup, faisant tressauter sa pomme d'Adam.

— Les enquêtes sur lesquelles tu as travaillé ces six derniers mois, tu as dit que tu les avais toutes traitées à Quantico.

— Oui, dis-je, essayant de comprendre où il veut en venir.

— Cette fois, il ne s'agit pas d'une photo de scène de crime. *C'est* une scène de crime. En voyant ce corps hier, tu t'es retrouvée de nouveau sur une scène de crime réelle, pour la première fois depuis longtemps.

Il se pourrait fort que Darren tienne là l'une des clés du problème. Je poursuis son raisonnement.

— Ce qui voudrait dire que je suis plus *proche* de l'affaire.

— Exactement. A la fois physiquement et psychologiquement.

Sur ce, il ramasse une énorme cuillerée de céréales et l'enfourne dans sa bouche.

— C'est une très bonne hypothèse, excellente même… sauf qu'elle n'explique pas mon cauchemar de cette nuit, à moins que nous n'ayons affaire au même tueur. Or, notre première victime était un homme et il a été étranglé. La personne que j'ai vue en rêve était une femme, poignardée à mort. En outre, ça n'a rien à voir avec la façon dont les visions se sont produites la dernière fois.

Darren paraît quelque peu déçu.

— Oh ! Et à ton avis, qu'est-ce qui déclenchait tes facultés paranormales, il y a six mois ?

— Des personnes à qui je tenais se trouvaient en danger. Il s'agissait d'une affaire personnelle, même si je ne m'en étais pas rendu compte sur le moment.

— Et c'était la toute première fois que tu avais ce genre d'expérience ?

Aïe ! Nous nous engageons sur un terrain glissant, j'en ai conscience, un domaine des plus sensibles, et je ne suis pas certaine de vouloir y suivre Darren, du moins pas encore.

Je décide de mentir.

— Oui.

— Alors, tu te crois en danger en ce moment ? Ou peut-être quelqu'un à qui tu es attachée ?

Je me mords la lèvre inférieure. Seigneur ! J'espère bien que non !

— Je ne sais pas.

Nous terminons nos céréales dans un silence relatif, tous deux atterrés à la pensée que de nouveau un tueur rôde dans les parages.

J'avale mon café.

— Tu en veux encore ? propose Darren.

— Nous avons le temps ?

— Tout le temps que nous désirons. Nous allons terminer notre petit déjeuner, puis nous ferons un saut au poste. Ensuite, nous visiterons quelque chose d'amusant pour nous changer les idées.

Vidant le reste de la cafetière dans nos tasses, il ajoute :

— Maintenant, raconte-moi ton rêve.

J'essaie de rassembler les images éparses de ma vision.

— Une femme se faisait assassiner.

— Et tu es certaine que ce n'était pas un cauchemar ordinaire ?

— Quand j'ai ce genre de vision ou de rêve, la sensation est différente, plus réelle. De plus, j'ai toujours ensuite une irrésistible impression de catastrophe imminente.

— Qu'est-ce que tu te rappelles d'autre ?

Je me mords de nouveau la lèvre, fouillant désespérément dans ma mémoire.

— Je me souviens d'une femme. Quelqu'un la poignardait. Et je me rappelle le sentiment de… plaisir que l'assassin éprouvait pendant qu'il la tuait.

— Quoi d'autre ?

— Ses yeux. Je revois les yeux de cet homme.

— Parfait, c'est déjà quelque chose.

— Tu as une idée du nombre de personnes qui ont les yeux bruns ?

Je repousse brusquement ma chaise en secouant la tête. Ça se passait exactement de la même façon pendant l'affaire de l'Ecorcheur — des bribes d'informations me revenaient, mais jamais suffisamment pour peser réellement dans la balance. Pourtant, cette fois j'ai une vision claire de la jeune femme. Je vais peut-être pouvoir la retrouver avant qu'il ne soit trop tard. Je vais peut-être la sauver.

— Tu apprendras à maîtriser tes visions, j'en suis sûr. Ne baisse pas les bras. Et n'oublie pas ce que tu m'as dit quand j'étais à l'hôpital à Washington.

— Je sais, je sais.

— Que ton don pouvait aider les gens, insiste-t-il.

Reste que mes facultés n'ont servi à personne. En tout cas, pas récemment.

Darren jette un regard à la pendule.

— Allons-y. On s'arrête d'abord au poste, puis en route pour le musée du Désert de Sonora !

— Vraiment ?

— Je t'avais dit que nous jouerions les touristes.

Je hoche la tête, pas tout à fait convaincue. Je connais Darren, et je me connais trop bien moi-même. Et je mettrais ma main à couper que ni l'un ni l'autre ne serons capables de résister à cette enquête.

— Et en chemin, je te donnerai quelques trucs que ma tante m'avait confiés, ajoute-t-il.

Les trucs de sa tante… J'aimerais bien savoir si ces phénomènes paranormaux sont revenus pour de bon. Une vision éveillée et un rêve en moins de vingt-quatre heures ? Quelqu'un ou quelque chose essaie d'attirer mon attention.

J'attends que nous soyons sur la route pour interroger Darren.

— Alors, ces trucs ?

Il tourne le volant à gauche puis commence à ralentir en vue d'un prochain feu rouge.

— C'est comme la méditation. Il faut que tu t'ouvres à tes intuitions, à ton sixième sens, afin de vivre pleinement cette expérience et d'être en mesure d'aider les autres. Ma tante s'asseyait tranquillement, chaque matin dès son réveil et chaque soir avant de se coucher. Elle disait que le matin, c'était pour retrouver les rêves de la nuit, et le soir pour se détendre et se libérer de tout ce qu'elle avait vu ou entendu au cours de la journée. Y compris ce qui était mauvais.

— Elle voyait des meurtres ? De la violence ?

— Pas très souvent, non. Elle était médium professionnelle, pas représentant de la loi. Tu ne dois pas oublier que tu vis dans un monde de criminels. Il est normal que tu tires profit de cette facette de tes pouvoirs.

J'opine du chef, non sans une certaine réticence.

Darren poursuit :

— Quand Rose travaillait sur une affaire criminelle, elle trouvait cela dur. Très dur.

J'acquiesce d'un signe de tête, avec enthousiasme cette fois. Là, il n'a pas tort.

— Tu peux y arriver, Sophie, j'en suis certain.

— Je suppose.

Pour autant, je n'en suis pas persuadée. Mais la pensée de la jeune femme de mon rêve me revient, et je sais que je lui dois au moins d'essayer. J'inspire à fond, me concentrant uniquement sur ma respiration. Au bout de cinq minutes environ, je réintègre mon rêve. Aussitôt, je vois la femme que l'on traîne dans un couloir par les cheveux. Elle pleure, hurle. Ce sentiment, je ne le connais que trop bien. C'est un moment de pure terreur, de panique dévorante. J'aspire une longue goulée d'air, j'ai l'impression de suffoquer. Mais je n'étouffe pas, je suis totalement tétanisée par la peur.

— Je ne peux pas !

Je dois lutter pour reprendre le contrôle de mes émotions, pour calmer ma voix et ma respiration. Je n'ai qu'une envie, c'est de m'enfuir à toutes jambes, de courir à perdre haleine.

Darren me lance un regard furtif, pose sa main sur la mienne.

— Ce n'est pas grave, Sophie, ce n'est rien. Nous essaierons une autre fois, plus tard.

La pensée de retenter cette expérience ne me réjouit guère, mais, dans l'immédiat, je me laisse troubler par la chaleur de la main de Darren. Je baisse les yeux, il retire aussitôt sa main.

Silence. Puis :

— Ça va ?

— Oui, oui.

Je préfère ne pas lui faire partager mon inquiétude. En ce moment même, la jeune femme gît quelque part, morte, je le sais.

Lorsque nous arrivons au Q.G. de la police, Stone se démène déjà à son poste de travail. Visiblement, elle est là depuis déjà un bon moment.

— Bonjour, Stone ! Quoi de neuf ?

— Bonjour, Anderson, répond-elle machinalement. Puis, après une seconde de réflexion : Ne me dites pas que Carter va vous faire bosser ! Pas aujourd'hui !

— Je prends ma revanche, ni plus ni moins, rétorque Darren, tout en dérangeant quelques papiers sur son bureau. Anderson m'a tué à la tâche quand j'étais à Washington.

Je souris, accueillant avec soulagement la plaisanterie qui me distrait de mes sinistres pensées, puis renchéris :

— Il a même pris une balle.

Darren hoche la tête, pousse un gros soupir, puis, baissant la voix, articule lentement :

— Tué à la tâche, c'est bien ce que je disais !

Stone et moi éclatons de rire. Quel paradoxe, tout de même, que des gens s'enorgueillissent de s'être fait tirer dessus ! Je suppose qu'il y a de quoi être fier… même si l'important n'est pas tant d'avoir été canardé que d'avoir survécu.

— Eh bien, moi, vous ne risquez pas de me trouver ici pendant mes jours de congés, remarque Stone.

Cette fois, ses paroles nous visent tous les deux.

— A quelle heure es-tu arrivée ce matin, Stone ? interroge Darren, très sûr de lui.

Elle lève les yeux au ciel.

— Je n'en sais rien.

— Dis-le-lui, insiste-t-il avec un signe de tête dans ma direction.

— J'étais là à 6 heures Je suis de garde aujourd'hui.

Darren s'assoit à son bureau.

— Il faut être un bourreau de travail pour rester aux Homicides, conclut-t-il. Puis, faisant pivoter sa chaise vers sa collègue, il demande :

— Alors, qu'est-ce que nous avons au juste ?

— *Nous* n'avons rien, vu que tu es en vacances. *Moi*, j'ai… eh bien, pas grand-chose.

Darren agite la main.

— Vas-y, raconte !

— Toujours rien sur l'identité de l'inconnu. J'ai passé en revue les photos des étudiants de l'université de l'Arizona, puis celles du fichier des personnes portées disparues, en les comparant avec l'âge, le poids et la taille de notre homme. Mais je suis presque arrivée au bout et je n'ai toujours rien découvert.

Darren secoue la tête.

— Ça complique sacrément les choses quand on n'arrive même pas à identifier la victime, grommelle-t-il avec un profond et bruyant soupir. Tu as cherché au niveau national ou seulement de l'Etat ?

— National. J'ai aussi passé plusieurs appels un peu partout. Au cas où il serait nouveau et que sa photo ne serait pas encore en ligne. Mais sans succès.

— Ils devraient enregistrer ses empreintes digitales dans l'AFIS aujourd'hui ou demain.

L'AFIS — qui signifie système automatique d'identification des empreintes digitales —, est un réseau informatique qui confronte les empreintes qui lui sont soumises à une base de données et signale toute empreinte similaire existant dans le système. Un expert examine ensuite manuellement les résultats trouvés et décide si les empreintes correspondent réellement. Il est, bien sûr, plus difficile d'obtenir des empreintes concordant avec celles d'une victime, car le fichier contient principalement des empreintes de suspects ou de coupables, plus celles de tous les représentants de la loi et des employés qui travaillent dans l'industrie de la défense.

— Quoi d'autre ? demanda Darren.

— Que dalle ! Vous devriez vous sauver, tous les deux et… faire quelque chose d'amusant.

— Nous y avons pensé, figure-toi, rétorque Darren

avec un petit sourire narquois. Nous allons au musée du Désert de Sonora.

— Super !

Ouf ! La réaction enthousiaste de Stone me rassure — le musée en question vaut peut-être tout de même le détour.

— Mais d'abord, nous allons faire le point. Histoire de nous assurer que tu ne fais pas fausse route.

Darren a réussi à formuler sa suggestion sans se montrer condescendant. Après tout, à côté de lui, Stone est encore un bleu en matière d'enquêtes criminelles.

Nous allons nous installer dans la salle de réunion afin de passer en revue les divers éléments du dossier. Darren trace trois colonnes sur le tableau blanc — *victime*, *scène de crime* et *suspect*.

— Qu'avons-nous à propos du corps ?

Il note tout ce que nous savons sur la victime, à raison d'une ligne par élément :

Afro-Américain de sexe masculin
Moins de vingt-cinq ans
Pas étudiant à l'université de l'Arizona
Cause du décès : strangulation manuelle
Moment du décès : aux environs de mardi
Nu
Menotté avant la mort
Blessure à la tête
Positionné et menotté après la mort

— Il faudra ajouter les résultats des analyses du labo, Stone.

Elle griffonne sur son calepin, tout en énumérant :

— Analyses toxicologique et sanguine, analyse du bout de bois qu'on a lui a retiré de la tête, empreintes digitales. Ce serait quand même utile de connaître son identité.

— Ouaip. Et n'oublie pas les ongles. Ils ont trouvé de la terre sous ses ongles.

— Je sais, tu me l'as déjà dit, réplique Stone, qui accepte sans aucune aigreur les rappels de Darren. Et le cœur — ce sera intéressant de savoir avec quoi il a été peint.

Darren passe à la colonne concernant la scène de crime.

— Les techniciens de la Scientifique n'ont pas trouvé grand-chose sur les lieux du crime. Ça risque donc d'être compliqué, surtout qu'il ne s'agit visiblement pas de la scène principale.

Il fait allusion au fait que la victime a été assassinée autre part, puis transportée et positionnée *post mortem*. Des indices se trouvent peut-être sur la scène principale, en tout cas, il n'y a rien sur le campus.

— En attendant, je voudrais que tu retournes à l'Université avec une photo de M. X pour vérifier si quelqu'un l'a déjà vu. Prends des gars en uniforme avec toi pour t'aider à ratisser le campus. S'il n'était pas étudiant, que faisait-il là-bas ? Et plus important encore, avec qui était-il ?

Stone ponctue les instructions de Darren de petits hochements de tête.

— N'oublie pas que nous sommes samedi.

— C'est vrai, beaucoup de gens seront partis, mais il y aura encore pas mal de monde sur place, commente Darren en portant son attention sur la colonne relative au suspect.

Là, on dispose d'encore moins d'éléments.

Il écrit :

Individu de sexe féminin ou masculin de petite taille — adolescent.

Et en dessous :

Abandon du corps ?

— Abandon du corps ? répète Stone.

— Les traces de strangulation indiquent que nous avons affaire à une femme ou un homme de petite taille. Mais auraient-ils eu la force physique de se débarrasser d'un cadavre ?

Stone hausse les épaules.

— L'endroit où l'on a retrouvé le corps est situé tout près de la rue. Le tueur n'a pas eu à marcher très loin s'il est venu en voiture.

— Exact, acquiesce Darren en tapotant le tableau de son marqueur. Tu as une hypothèse à propos du cœur, Sophie ?

— Il pourrait dénoter une relation sentimentale. Le tueur sortait peut-être avec la victime ou du moins le souhaitait.

Stone me regarde.

— Vous voulez parler d'un homme ou d'une femme ?

— Les deux. Puisque le VICAP n'a rien trouvé, il se peut que ce soit un cas isolé. Une petite amie plaquée ou un amant avec de petites mains.

— Pour pouvoir retrouver sa trace, il nous faudrait déjà connaître l'état civil de la victime, soupire Stone.

Darren cesse de marteler le tableau et regarde par la fenêtre.

— Et que penses-tu du fait que la victime était nue ?

— Cela prouve que le tueur se sentait proche d'elle, dis-je. Peut-être à cause d'une relation sexuelle entre eux ou parce que le meurtrier éprouvait une certaine attirance. Il est aussi possible que ce soit une forme de punition — abandonner le corps nu et exposé au regard de tous.

— Ce qui nous ramène à l'université de l'Arizona, remarque Darren, le marqueur pointé vers Stone. Vois ce que tu peux dénicher sur le campus.

Il repose le marqueur sur le rebord du tableau et se met à faire les cent pas en silence.

Stone se lève.

— Ouste, filez, maintenant ! Vous allez adorer le musée.

Darren a l'air tiraillé.

— Si tu préfères rester ici, dis-je, ça ne me dérange pas.

Il n'hésite qu'une seconde.

— Non, non. Il faut que tu visites un peu Tucson. De toute façon, Stone m'appellera dès qu'elle trouvera quelque chose, n'est-ce pas, Stone ?

La jeune femme gratifie Darren d'un sourire exagéré.

— Naturellement. Et je suis certaine que Bolson se fera un plaisir de venir donner un coup de main à la petite nouvelle.

Darren éclate de rire.

— Ça m'étonnerait !

Tandis que nous descendons au parking, je questionne Darren.

— Tu es sûr que tu ne le regretteras pas ? Tu pourrais annuler tes congés et travailler sur l'enquête. Ça ne m'ennuie pas du tout.

— Nan ! Je suis à ta disposition toute la journée et

demain aussi. Qu'est-ce qu'un meurtre de plus ou de moins ?

Il a beau le nier, je sais que l'affaire lui tient à cœur. Il s'agit de *son* enquête, de *son* territoire.

— Hmm.

— Soyons réalistes ! Nous passerions notre temps à attendre un appel du labo médico-légal ou à montrer des photos à un tas de petits morveux d'étudiants.

— Charmante perspective, en effet !

Darren a raison. Le maintien de l'ordre comporte une bonne dose de tâches ingrates, et interroger des étudiants ne constitue pas à vrai dire la partie la plus gratifiante ni la plus stimulante du travail. De toute façon, ce genre de corvée ne requiert pas nos compétences.

— Et mes visions ?

— Nous retournerons à l'université demain, si tu veux. Des fois que ça déclenche un autre épisode paranormal. Mais aujourd'hui, nous allons prendre un jour de repos.

— Peut-être que la femme de mon rêve est étudiante là-bas.

Nous montons en voiture, Darren tourne la clé de contact.

— Serais-tu capable de la décrire ?

Je fais oui de la tête.

— A un dessinateur de la police ?

— Oui, dis-je d'une voix soudain rendue fébrile à la perspective de retrouver la jeune fille.

Je tends le bras et pose la main sur le volant, le regard fixé sur Darren.

— Disons lundi ? propose-t-il.

Mais il connaît déjà ma réponse. Il va de soi que je n'aurai pas la patience d'attendre deux jours, surtout en sachant que la fille a déjà été prise pour cible par un tueur. Et Darren, pas plus que moi. Poussant un soupir, il coupe le contact.

— Nous allons faire exécuter un portrait-robot, décide-t-il. Stone et les gars pourront le montrer aux étudiants sur le campus plus tard dans la journée. Nous vérifierons aussi si quelqu'un au poste reconnaît en elle un cadavre non identifié ou une personne portée disparue.

— J'espère bien qu'elle est tout ce qu'il y a de plus vivant. Mais tu as raison j'imagine qu'il faut envisager toutes les éventualités.

— Absolument.

— Comment allons-nous présenter cela à la police de Tucson ?

Il hausse les épaules.

— Nous mentirons, bien sûr, répond-il, puis, d'un air pensif, il ajoute : Il n'y a pas grand-chose que tu puisses faire pour déterminer à quel moment les scènes de tes visions ont lieu. Rose s'en plaignait souvent. Elle disait que parfois elle avait le sentiment que ce qu'elle avait vu se déroulait dans le passé, le présent ou le futur, mais la plupart du temps ce détail lui échappait.

— Super !

— Désolé de jouer les oiseaux de mauvais augure.

Nous restons silencieux un instant, tandis qu'il ouvre sa portière.

— Allons faire ce portrait-robot.

Une heure plus tard, assise en face de James Powers, le dessinateur de la police convoqué par Darren, j'apporte les touches finales au croquis représentant la femme de ma vision. Powers, qui ne doit pas avoir plus de vingt-cinq ans, est penché sur son bloc à dessins, sa main gauche esquissant des mouvements rapides sur la feuille. Il ressemble davantage à un artiste peintre un brin excentrique qu'à un flic.

Totalement absorbé par la réalisation de son portrait, il met la dernière main aux boucles brunes de la femme. Les cheveux sont la dernière chose qu'il m'a demandé de décrire ; aussi, je suppose que c'est là-dessus qu'il se concentre à présent. De ma place, je ne vois pas le croquis, mais il me l'a déjà montré à trois reprises, tout d'abord pour vérifier la forme du nez, puis celle des yeux, enfin celle de la bouche. Powers a tenu à assembler en premier lieu les traits du visage en se fondant sur ma seule description. Puis, après m'avoir laissée voir cette première ébauche, il l'a affinée. J'ai déjà travaillé avec des portraitistes ; chacun a son style propre. Il est bien sûr possible de réaliser un portrait-robot par ordinateur, en combinant différentes parties de visage préenregistrées jusqu'à ce que le témoin le trouve ressemblant. Personnellement, je préfère la bonne vieille méthode manuelle. C'est indéniablement l'une des choses que les êtres humains réussissent mieux que les ordinateurs, j'en suis convaincue.

Enfin, la main de Powers cesse de virevolter.

— Je crois que nous avons terminé.

Comme il semble hésitant, les commentaires de Darren à son sujet me reviennent à la mémoire. Apparemment, ce type ne travaille ici que depuis un mois et manque encore d'assurance. Ce qui, pour tout dire, ne m'incite pas exactement à faire confiance à son talent, malgré les paroles rassurantes de Darren.

— Vous ne vous rappelez rien d'autre ? m'interroge-t-il d'une voix incertaine.

— Non, c'est tout.

Avec réticence, Powers tourne lentement son bloc vers moi.

— Voici le moment de vérité, murmure-t-il entre ses dents.

Incroyable ! La jeune fille de mon rêve a littéralement pris vie sous le crayon de Powers ; chaque détail est parfait.

— Waouh !

Je reste à court de mots. Pas étonnant que Darren se soit montré tellement emballé par la dextérité de ce type !

— Vous trouvez que c'est ressemblant ? demande-t-il, toujours sans conviction. La forme du visage ? Les oreilles ?

— Pile poil ! Vous avez fait de l'excellent boulot, Powers.

Avec un sourire de soulagement, il arrache la page de son bloc et me la tend.

— Que comptez-vous en faire ?

— Nous allons voir si quelqu'un se rappelle l'avoir aperçue quelque part. Vivante ou morte.

Je préfère ne pas entrer dans les détails. Je ne raconte pas à Powers la fable que Darren et moi avons imaginée — qu'il s'agit d'une enquête du Bureau à propos d'une fille que l'on a vue se faire embarquer dans une voiture à proximité de l'université de l'Arizona.

Powers se lève et s'étire, les bras en l'air. Puis il pose les mains sur le bas de son dos et se courbe légèrement en avant.

— Il faut que j'apprenne à me tenir droit quand je travaille, grommelle-t-il.

— Ce serait en effet une bonne idée. Parce qu'à mon avis, vous allez être très demandé.

Une légère rougeur lui monte aux joues. Il ramasse

les outils de son art — le bloc à dessins, les crayons de différentes gradations, la gomme.

— Merci. Vous êtes le premier agent du FBI pour qui je travaille.

C'est peut-être ça qui l'a rendu nerveux ; son soulagement fait plaisir à voir.

— Eh bien, je dois dire que je suis très impressionnée.

Je me dirige vers la porte de la petite salle de réunion dans laquelle nous nous sommes retirés pour plus de tranquillité. Powers m'emboîte le pas et nous replongeons dans l'effervescence qui règne constamment dans les bureaux de police.

— Vous montez ?

— Non, j'ai autre rendez-vous à l'autre bout de la ville. Une victime de viol.

J'esquisse une grimace.

— Eh bien, bonne chance !

— Au revoir, dit-il avec un signe de tête.

Il tourne à gauche, vers la sortie, tandis que je continue en direction de l'escalier pour regagner les Homicides.

Darren m'attend. Sans perdre une minute, nous faisons des photocopies du portrait-robot et en confions quelques-unes à Stone qui s'apprête à se rendre à l'université en compagnie des quatre officiers en tenue qu'elle a réquisitionnés au passage. Nous lui débitons notre histoire inventée de toutes pièces et lui demandons de montrer le croquis en même temps que les photos de l'inconnu.

Elle nous décoche un regard désapprobateur.

— Très bien. Mais vous deux, vous devriez vraiment débarrasser le plancher, et tout de suite !

— Je vais juste faire circuler ce portrait, dit Darren. Ensuite, en route pour le musée !

Cependant, ce n'est environ qu'une heure plus tard que nous retournons enfin à la voiture de Darren. Aucune des personnes présentes aujourd'hui n'a reconnu la fille. Reste à espérer que quelqu'un se souviendra d'elle dans les jours qui viennent. Nous avons également expédié le portrait-robot aux Etats voisins, on ne sait jamais.

— Bon, déclare enfin Darren, es-tu prête à visiter ce superbe musée ?

— Maintenant, oui.

Nous avons fait tout ce qui était en notre pouvoir, du moins pour aujourd'hui. Demain, dimanche, nous retournerons sur le campus, et peut-être cette visite provoquera-t-elle une nouvelle vision. Il n'empêche, mon impuissance me pèse, comme si je me sentais obligée d'accomplir davantage pour cette fille. Je serre les poings entre mes genoux, j'imagine la peur qu'elle éprouve. Je pense à ma propre terreur.

Jamais-Pris : Dire qu'on est seulement dimanche ! Encore quatre jours avant mon tour.

Veuve-Noire : Vous n'avez qu'à attendre comme tout le monde, Jamais.

Jamais-Pris : Facile à dire pour vous. Vous êtes passée la première — vous avez eu Malcolm.

American-Psycho : Quatre jours, ça passe vite.

Jamais-Pris : Encore heureux ! Je suis prêt dès maintenant.

Presque-Parfait : Je trouve notre petit assortiment un peu ennuyeux, parfois.

Jamais-Pris : C'est drôle de voir comme ils sont pitoyables. Ils ont déjà complètement perdu la notion du temps.

American-Psycho : En effet, ça s'est révélé très efficace de les laisser sans montre, sans pendule et, la plupart du temps, dans le noir.

Veuve-Noire : Mon Jonathan a compris que le temps leur échappait.

Presque-Parfait : Hmm… je ne l'aime pas. Il est trop malin.

Jamais-Pris : Oubliez-le. Pensez plutôt aux autres… Brigitte, par exemple. Avez-vous lu sa fiche ?

Nom : Brigitte Raine

Age : 26 ans

Taille : 1 m 75

Poids : 59 kg

Yeux : bruns

Cheveux : bruns

QI : 97

Profession : hôtesse de téléphone rose

Famille : parents divorcés, enfant unique. Aucun contact avec le père. La mère vit en France.

Adresse : La Nouvelle Orléans.

Avis du président : Brigitte est superbe. Ses origines — à la fois française, brésilienne et américaine — font d'elle une beauté tout à fait exotique. Ses pommettes saillantes, ses lèvres sensuelles et sa silhouette féminine lui vaudront un franc succès auprès des membres du club.

Elle est le genre de femme que tous les hommes désirent.

Presque-Parfait : Vous l'avez assurément décrite à la perfection, Psycho.

Jamais-Pris : Je n'arrive pas à me décider… la beauté

exotique ou bien Cindy la pute. Il faudra peut-être que je prenne les deux.

Veuve-Noire : Cindy n'a pas exactement inventé la poudre, mais on ne peut pas dire que ce soit une pute.

Jamais-Pris : Comme vous voulez.

Presque-Parfait : Chacun ses goûts, Jamais. C'est ce qui fait notre particularité. Sans individualité, la société s'effondrerait. Et tout progrès deviendrait impossible, aussi bien en science, qu'en maths ou en technologie. Quant à l'art, la musique… ils n'existeraient plus.

Jamais-Pris : Et c'est vous qui *les* trouvez ennuyeux ?

7

Lundi matin arrive sans qu'aucun fait nouveau ne soit intervenu. Stone n'a pas réussi à dégoter le moindre élément permettant d'identifier notre inconnu ni la fille du portrait-robot, et, de mon côté, ma visite à l'université s'est soldée par un échec complet. Je suis restée sur la scène de crime une heure durant, espérant avoir une prémonition ou un flash-back, mais, de même que les autres fois, mes dons d'extralucide ne semblent avoir que deux buts : me frustrer ou me flanquer une peur bleue. Et aucun des deux ne m'enthousiasme outre mesure.

Un plateau dans les mains, je grimpe l'escalier, lorsque la sonnerie de mon portable me fait sursauter. Jonglant avec les tasses, j'extirpe mon téléphone de la poche arrière de mon blue-jean.

— Anderson.

— Comment se fait-il que je reçoive une demande de ta part alors que tu es en vacances ?

C'est Barry Evans, le consultant du VICAP.

Ignorant sa remarque, je laisse échapper un petit rire.

— Dis-moi simplement ce que tu as découvert.

Barry a certainement pu effectuer une recherche beaucoup plus approfondie que Darren et moi.

— Rien.

— Aucune concordance, tu es catégorique ?

Je suis à la fois soulagée et surprise.

— Absolument aucune. Tu penses avoir affaire à des crimes en série ou à un meurtre isolé ?

— Je ne sais pas. Le corps était nu, positionné *post mortem* avec les mains menottées dans le dos. Et puis, il y a ce cœur.

— Ouaip, j'ai vu.

— Je pencherais plutôt pour un tueur en série, mais je peux me tromper.

Les intuitions se révèlent parfois illusoires, même les miennes.

— Il est possible que ce soit le premier meurtre d'une série, hasarde Barry. Il y en aura peut-être un autre à Tucson, dans quelques mois.

— C'est vrai. Et sur les femmes criminelles et les victimes de sexe masculin, tu as déniché quelque chose ?

— Oui, j'ai obtenu quelques résultats là-dessus. Y compris une criminelle qu'on piste depuis un bon bout de temps. Mais le MO et la scène de crime ne collent pas. Ta victime correspond au profil, mais cette tueuse-là les emmène dans des motels, les menotte aux montants du lit, a des rapports sexuels avec eux et, pour finir, les étrangle.

— Certains des éléments concordent.

— Oui, mais ensuite elle les abandonne sur place. Ça doit lui plaire qu'on les découvre dans une chambre d'hôtel miteuse. De plus, il n'y a pas de cœur dessiné sur la poitrine, et les victimes sont attachées au lit et non pas menottées dans le dos.

— Bon, d'accord.

Je gravis la dernière marche, la respiration légèrement haletante.

— Je te dérange, Anderson ? demande Evans, une insinuation perfide dans la voix.

— Non ! Je suis en train de monter des escaliers, idiot !

— Ah bon, je voulais juste être sûr. Moi, je sais bien ce que je ferais si j'étais en vacances.

— Au revoir, Evans !

Je raccroche et me faufile jusqu'aux Homicides. Assise à son bureau avec l'air d'attendre quelque chose, Stone regarde Darren engagé dans une conversation téléphonique animée. Y aurait-il enfin du nouveau ? Il repose son téléphone, lève des yeux brillants d'excitation.

— Nous avons identifié l'inconnu !

Stone et moi nous pressons autour de lui.

— La victime s'appelle Malcolm Jackson. Il a été arrêté pour possession de drogue en 2003. De la marijuana.

Darren s'interrompt pour prendre sa tasse de café et ajoute :

— A Chicago.

— Chicago ? répète Stone qui se sert à son tour, ne laissant que mon *macchiato* au caramel sur le plateau.

— Il a pu déménager et s'installer ici il y a quelques années, dis-je.

Je bois une gorgée, savourant le mélange onctueux et sucré qui s'écoule dans ma gorge. Le café est un stimulant, je ne le nie pas, il n'empêche qu'il possède en même temps des vertus calmantes.

Un large sourire illumine le visage de Darren.

— En tout cas, nous connaissons au moins son état civil.

— On va enfin pouvoir orienter l'enquête dans la bonne direction, dis-je.

Stone secoue la tête.

— Et les curiosités touristiques de Tucson, elles ne vous disent plus rien ? Est-ce que le musée était si moche que ça ?

— Pas du tout ! Il m'a beaucoup plu.

Ce qui n'est qu'un demi-mensonge. Le musée était remarquable, mais je ne pouvais tout simplement pas écarter de mes pensées la jeune fille brune de mon rêve.

Darren repose sa tasse, son sourire s'évanouit d'un seul coup.

— Il faut prévenir les parents, murmure-t-il.

— Ah oui, c'est vrai ! dis-je en m'asseyant.

D'une manière générale, personne n'aime être le porteur de mauvaises nouvelles, mais annoncer à des parents que leur enfant est mort…

Darren ouvre une fenêtre sur l'écran de son ordinateur.

— L'institut médico-légal nous a aussi envoyé les résultats de quelques analyses, signale Stone. Le taux d'alcoolémie était de 0,05 g/l, et il n'y avait pas trace d'autres substances toxiques dans l'organisme. La viande trouvée dans l'estomac était du jambon, et le cœur a été dessiné avec de la peinture faciale. Le labo a comparé sa formule chimique avec celles utilisées par les principaux fabricants et a découvert qu'il s'agit d'un produit appelé Stage F/X Tube Makeup, de chez FX Inc. De couleur rouge, visiblement.

— C'est une marque connue ?

Stone hoche la tête.

— On la trouve en magasin pour 2,95 dollars le tube.

Quant au sable et au fragment de bois, le labo n'a pas fini de les analyser.

Je reporte mon attention sur l'écran de Darren. Deux secondes plus tard, les données concernant Malcolm Jackson s'affichent.

Malcolm Jackson

Permis de conduire délivré par l'Etat d'Illinois : 4583-1254-5001

Date de naissance : 15/01/1985

Yeux marron

1 m 93

97 kg

212 E Randolph Street

Oak Park, IL 60601-6401

Infractions au Code de la route : excès de vitesse le 05/05/2002 — 112 km/h dans une zone limitée à 95.

Casier judiciaire : arrestation pour possession de marijuana le 05/10/2003.

Darren se tourne vers nous.

— Je crois que je ferais bien d'appeler Oak Park.

8

Le lendemain, nous arrivons au Q.G de la police à 12 h 30 pour la téléconférence prévue à 13 heures avec l'inspecteur Hamill, des Homicides d'Oak Park. Hier, Hamill devait informer les parents et recueillir toutes les informations possibles sur la victime en vue de notre réunion téléphonique. Nous sommes venus en avance afin de donner à Darren le temps de continuer à interroger ses collègues à propos du portrait-robot. Si quelqu'un avait reconnu la jeune fille, il aurait probablement déjà pris contact avec nous, mais sait-on jamais ?

Il se met en route, le portrait à la main, tandis que je m'installe à son bureau. Inutile de l'accompagner. Il connaît tout le monde ici, il ira certainement plus vite tout seul.

— Vous avez réellement l'impression d'être en vacances ? me demande Stone, une pointe d'incrédulité dans la voix.

— Bien sûr ! Nous sommes allés voir le mont Lemmon ce matin. C'était magnifique !

Elle hoche la tête, visiblement soulagée que nous ayons passé la matinée à faire du tourisme plutôt qu'à travailler sur l'enquête.

— Oui, c'est un endroit superbe. J'y vais souvent en randonnée, l'été.

J'imagine sans peine la silhouette trapue de la jeune femme gravissant allègrement les sentiers pédestres jusqu'au sommet.

— Vous arrivez à vous débrouiller sans Carter ?

— A vrai dire, il n'est pas souvent absent, grommelle-t-elle.

— A peine deux heures par-ci par-là…

Je n'ai pas fait le compte, mais depuis mon arrivée vendredi, Darren n'a certainement pas travaillé à plein temps sur l'affaire.

— C'est vrai, répond-elle en se calant sur son siège. En fait, ce n'est pas plus mal. Je crois qu'il ne mérite pas sa réputation, conclut-elle d'un ton moqueur.

Nous éclatons de rire. Darren est un bon flic, et nul ne songerait sérieusement à le contester.

Tandis que Stone se remet au travail, j'utilise l'ordinateur de Darren pour consulter ma messagerie électronique — celle de mon compte professionnel au FBI et celle de mon adresse personnelle. Je passe un long moment à taper un courriel destiné à mon amie Lisa, qui travaille comme journaliste pour la chaîne 10 à Melbourne. A 12 h 55, Darren réapparaît.

— Ça a donné quelque chose ?

Il secoue la tête.

— Rien du tout. Il est peut-être temps de refaire une tentative. Pour t'aider à te rappeler ton rêve.

Au souvenir de la peur panique éprouvée par la jeune femme, je ne peux réprimer une grimace. Pourtant, Darren n'a pas tort. Si j'ai eu ce rêve, c'est qu'il y a une raison, et je dois agir en conséquence. Il faut que je me secoue, que je sorte de cette inaction qui me paralyse.

— D'accord. Cet après-midi, chez toi.

— Excellente décision !

Il me gratifie de l'un de ses sourires les plus réconfortants. Facile à dire, pour lui ! Ce n'est pas dans sa tête que ça se passe, et, surtout, il ne *ressent* rien.

Une heure plus tard, nous avons une idée plus précise de l'homme qu'était Malcolm Jackson, même si nous ne connaissons toujours pas la cause de sa présence en Arizona.

Malcolm vivait seul, dans un deux-pièces à Oak Park. Il travaillait comme escort-boy de luxe. Il a été vu pour la dernière fois il y a un peu plus d'une semaine. Personne n'a signalé sa disparition, car il avait prévenu sa famille, ses amis et son employeur qu'il se rendait à New York et y resterait plusieurs semaines.

Hamill nous a également expliqué que les parents réprouvaient son travail à l'agence d'escorte — appelée le Rendez-Vous — mais que le jeune homme économisait pour pouvoir s'inscrire à l'université.

Darren me regarde.

— Tu crois qu'on devrait faire un saut à Chicago ?

Je hausse les épaules.

— Il nous faut comprendre ce qu'il faisait ici, aucun doute là-dessus. Trouver le *lien*.

J'ai appuyé sur le mot *lien* en espérant que Darren saisira l'allusion — quel était le rapport entre Malcolm et l'Arizona et qu'avait-il à voir avec moi ?

Darren m'adresse un bref signe de tête puis se tourne vers sa collègue.

— Et sur le campus, ça a marché ?

Stone est retournée interroger les étudiants hier.

— Non, personne ne l'a reconnu. La fille du portrait-robot non plus. Pourtant, nous en avons questionné, des étudiants !

Darren se lève.

— Dommage !

Après un instant de silence, je demande :

— Combien ça coûterait de prendre l'avion pour Chicago ?

Les mains dans les poches, Darren hausse les épaules.

— Dans les deux cents dollars, je suppose.

— Je ne suis jamais allée à Chicago…

Stone secoue la tête.

— Vous êtes cinglée.

— Non, seulement… concernée.

Puisque la proximité du corps de Malcolm a déclenché ma première vision, il est possible que le fait de me trouver chez lui produira des effets tout aussi puissants, sinon plus. De toute façon, je n'ai guère le choix.

Stone m'observe avec un sourire en coin.

— Il va faire froid à Chicago.

Seigneur ! elle a raison ! Espérons que les vêtements que j'ai emportés dans mes bagages résisteront au climat de l'Illinois.

Nous retournons chez Darren, prêts à savourer le reste de l'après-midi en quartier libre… et à fouiller dans les moindres recoins de mon rêve. Une fois installés dans le salon, Darren me guide à travers les différentes étapes de la relaxation. Au bout d'une dizaine de minutes, il m'invite à focaliser mes pensées sur la femme de ma vision. Tout d'abord, les images du rêve me reviennent à l'esprit, comme autant d'éclairs fulgurants : la fille que l'on traîne par les cheveux, le couteau, le sang…

— Rejoue-toi le rêve, mais au ralenti cette fois, suggère Darren.

Il attend quelques secondes, puis m'interroge :

— Que vois-tu ?

Je commence par le premier détail dont je me souvienne — la jeune fille est en train de courir. Puis l'homme la rattrape.

— Il l'emmène dans une pièce. Oh ! mon Dieu !

Ce n'est qu'une réminiscence, la re-création d'une vision, et pourtant la panique me submerge, mon cœur s'emballe. Je serre les poings, les frotte furieusement sur mes cuisses.

Darren me saisit par les poignets.

— Ça va, ne t'affole pas. Tu n'as rien à craindre.

Avec douceur, il apaise les mouvements convulsifs de mes mains.

— As-tu entendu quelque chose dans ton rêve ? Est-ce que l'homme a parlé ?

Me concentrant sur mon sens de l'ouïe, je m'efforce de faire renaître tout son qui aurait pu accompagner ma vision telle qu'elle s'est manifestée la première fois. Soudain, j'entends les cris de la fille, avec autant d'acuité que je les vois et les ressens. C'est un hurlement à vous figer le sang, un appel à l'aide, désespéré et vain. *S'il vous plaît, faites que ce rêve représente quelque chose qui n'a pas encore eu lieu. Quelque chose que je peux empêcher !*

Alors seulement, il me revient que le tueur a parlé.

— Oui, il a dit quelque chose.

— Quoi ?

Je me rappelle cette partie du rêve, mais la voix ne résonne que faiblement dans ma mémoire.

— Je ne comprends pas… Jamais ?

— Essaie de te souvenir, Sophie. Focalise-toi sur sa voix.

J'essaie de me mettre à l'écoute, mais les cris de la fille couvrent tout le reste. Je ne perçois que ses pleurs, je ne sens que sa terreur.

— Je n'entends pas ce qu'il dit. Je ne suis même pas sûre de l'avoir entendu dans mon rêve.

— O.K., reprends au début. Reviens au moment où la fille est en train de courir.

J'hésite. Je n'ai aucune envie de revivre la poursuite, pas une nouvelle fois. Cependant, je me résigne, il faut que je lui vienne en aide, je ne peux faire autrement.

— Bon, j'y suis.

Les images se remettent à défiler dans ma tête, depuis le début.

— Est-ce qu'il dit quelque chose, maintenant ?

— Je n'entends rien.

Je suis revenue à la scène de l'enlèvement. Elle semble si réelle que je sens mes poils se hérisser et mon cœur battre à tout rompre.

— Il a un couteau.

Je suis hors d'haleine, la peur me submerge, tel un raz-de-marée.

— Continue.

Mais malgré les encouragements de Darren, chaque cellule de mon corps me crie : « Sauve-toi ! ». Quoi de plus naturel, après tout ? La fille aussi a dû avoir cette réaction.

Je frissonne.

— Il lui passe la lame sur le corps.

Et l'espace d'un instant, je crois sentir la froide dureté du métal sur mon ventre. Une autre convulsion me secoue, suivie d'un trou noir, puis l'image de la fille resurgit. Elle est maintenant attachée sur un lit. Soit ma mémoire a déraillé, soit c'est le rêve original qui a sauté une scène.

— J'ai loupé quelque chose. Elle est attachée sur un lit. Nue. Il est en train de la violer.

Répugnant à assister au viol, j'ouvre les yeux. Les bras serrés sur ma poitrine, je ne peux retenir les larmes qui m'inondent les joues.

Les yeux de Darren fixent intensément les miens.

— Je suis désolé, Sophie.

Il se penche, me prend dans ses bras, et son contact, si ancré dans l'instant présent, me ramène à la réalité. Les battements de mon cœur ralentissent, les larmes cessent aussi brusquement qu'elles ont commencé. Et c'est moi qui m'arrache à son étreinte.

J'exhale un profond soupir.

— De quoi es-tu désolé ?

— De te faire revivre tout ça, avec tant de réalisme. Surtout quand je sais que… surtout depuis que…

Il laisse sa phrase en suspens. Je sais à quoi il fait allusion et je n'ai aucune envie de le suivre sur ce terrain. C'était déjà bien assez pénible comme ça d'évoquer mon cauchemar à propos de la jeune fille brune ; je ne tiens pas à me rappeler ce que l'Ecorcheur m'a fait *à moi*. Je refoule mes larmes.

— Si je recommence à avoir des visions et des cauchemars, il faut que je m'en serve pour aider les gens. Je *veux* aller au secours de cette fille.

— Tu es sûre ?

— Oui !

Est-ce que j'en mettrais ma main à couper ? Non, absolument pas ! Je n'en suis pas certaine du tout. Mais puis-je réellement faire comme si de rien n'était, alors que cette malheureuse compte sur moi ?

— As-tu vu ou remarqué autre chose ?

— Non, c'est tout. Mais ça a marché, Darren ! J'ai réussi à me rappeler le rêve.

— Ouaip.

Mon cœur ayant retrouvé son rythme normal, j'ai froid tout à coup.

— Je vais chercher mon polaire.

Une fois dans la chambre d'amis, je fouille dans mon sac à la recherche de ma veste en polaire rouge que j'ai achetée en Nouvelle-Zélande, voilà deux ans. Sa chaleur me réconforte instantanément. Comme je m'apprête à regagner le séjour, j'entends la sonnerie du portable de Darren.

Il décroche au moment où j'entre dans la pièce.

— Carter… Vraiment ? Attends, je te mets sur haut-parleur.

Il presse une touche de son téléphone.

— Vas-y, Stone. Sophie est à côté de moi.

— Les gars du labo ont trouvé quelque chose. A propos de la terre sous les ongles de la victime. Elle provient d'un endroit bien particulier — le désert de Mojave.

Si cette histoire au sujet de New York n'était qu'une couverture, il va sans dire que le désert de Mojave soulève bien d'autres interrogations. Que faisait Malcolm dans cette région ? Et comment y est-il arrivé depuis Tucson ? Voilà une piste qui promet d'être difficile à suivre. Il est bien sûr hors de question de faire du porte-à-porte — en l'occurrence du tipi-à-tipi — pour interroger les Indiens mojaves et leur montrer une photo de Malcolm dans l'espoir que quelqu'un le reconnaîtra.

— Quoi d'autre ?

— C'est tout. Pas de trace d'ADN, pas d'empreinte, et rien sur la scène de crime. Si le tueur a laissé des indices, c'est sans doute sur la scène principale.

— Et le bout de bois extrait de la blessure à la tête ?

Bruit de pages que l'on feuillette à l'autre bout du fil.

— Ah, voilà ! dit Stone. C'est du noyer, recouvert de plusieurs couches de vernis. Ils pensent que ça vient d'un meuble.

— Rien de plus précis ?

Il est possible, encore qu'improbable, que le vernis soit d'une marque peu répandue ou que le bois lui-même contienne une autre substance permettant d'identifier sa provenance.

Mais en deux mots Stone anéantit mes espoirs.

— Malheureusement, non.

— Bon, merci, Stone. Préviens-moi s'il y a du nouveau.

Darren raccroche.

— Qu'est-ce que tu en penses ?

Je secoue la tête.

— Je ne sais pas. Enfin, je veux dire, qu'est-ce que les Mojaves ont à voir là-dedans ?

— Et quel est le rapport avec la femme de ton rêve ?

Ça, c'est une question pour laquelle j'aimerais bien une réponse.

Veuve-Noire : Nous sommes peut-être allés trop loin.

American-Psycho : En amour comme à la guerre,

tous les coups sont permis. Pour les meurtres en série, c'est pareil.

Jamais-Pris : Ça, c'est bien vrai ! Ces enregistrements n'avaient d'autre but que de servir d'instruments de torture.

Veuve-Noire : Cindy était complètement anéantie. Cet enregistrement s'est révélé très cruel pour elle, Psycho. Je crois que vous n'auriez pas dû évoquer l'agression qu'elle a subie dans son enfance.

American-Psycho : L'intention était de les perturber. Et ça a fonctionné à merveille.

Veuve-Noire : Hmm…

Presque-Parfait : Comme dit Oscar Wilde : « L'immoralité est un mythe inventé par les honnêtes gens pour expliquer la curieuse attirance qu'exercent les autres. »

Jamais-Pris : Danny a été nul. Quel pauvre type ! Vous avez vu les regards qu'il a lancés autour de lui quand il a compris que nous étions au courant de son exclusion de l'armée pour conduire déshonorante ?

Presque-Parfait : Il avait l'air inquiet, c'est indéniable. J'ai trouvé l'enregistrement destiné à Susie très astucieux. « Soyons cruel, mais non dénaturé ; je lui parlerai de poignards, mais je n'en mettrai point en usage. »

Jamais-Pris : Quoi ? Moi, je m'en servirais volontiers, des poignards.

American-Psycho : C'est du Shakespeare, mon cher Jamais.

Presque-Parfait : Merci, American-Psycho. C'est réconfortant de savoir qu'il y a quelqu'un d'instruit ici.

Veuve-Noire : Dire à Susie qu'elle ne ferait jamais carrière comme comédienne, c'était la poignarder de manière métaphorique.

Jamais-Pris : Bien sûr qu'elle ne réussira jamais… elle sera morte avant.

American-Psycho : Il est temps de choisir l'heureux élu qui sera la prochaine victime.

Jamais-Pris : J'adore les mercredis.

Veuve-Noire : Débarrassons-nous de Danny.

Jamais-Pris : C'est au tour d'une femme. Soyons équitables. Si on prenait Cindy ? Cette **** d'idiote n'a rien trouvé de mieux que d'aller tout raconter à sa colocataire.

Veuve-Noire : Que comptez-vous faire au sujet de la colocataire, Psycho ?

American-Psycho : Ne vous inquiétez pas, je m'en suis déjà occupé.

Presque-Parfait : Excellent !

American-Psycho : C'est l'heure de voter. Roulement de tambour…

American-Psycho : Ce sera donc Cindy. A qui l'honneur ?

9

Mercredi matin. Darren et moi atterrissons à Chicago. Comme je dois retourner au travail dans quelques jours, tout porte à croire que je vais passer le reste de mes vacances dans l'Illinois. Après avoir accompli les formalités nécessaires, nous nous installons dans une rutilante voiture de location à l'intérieur de laquelle flotte cette odeur si caractéristique du neuf — un mélange âcre et entêtant de produits chimiques.

Darren boucle sa ceinture et démarre le moteur.

— As-tu réussi à te former une image mentale de l'assassin de Malcolm ? demande-t-il.

— Plus ou moins. Mais j'ai d'abord besoin d'en apprendre davantage sur Malcolm et d'établir une victimologie en bonne et due forme. Ensuite j'établirai le profil du tueur.

— Espérons que quelqu'un pourra nous dire ce que Malcolm faisait dans le désert de Mojave.

Une fois hors du parking, nous mettons le cap sur la sortie de l'aéroport.

— C'est immense, comme région !

Hier, j'ai effectué une recherche sur internet au sujet du désert de Mojave et, à mon grand désespoir, j'ai appris que celui-ci s'étendait sur 65 000 km^2 et s'étalait sur quatre

Etats : la Californie, le Nevada, l'Arizona et l'Utah. Ça en fait, une scène de crime impressionnante !

Suivant les indications du loueur de voitures, Darren prend la South Cicero en direction du nord. Il ne nous faut qu'une vingtaine de minutes pour atteindre Oak Park, et nous nous trouvons bientôt en présence de l'inspecteur Hamill, un Afro-Américan trapu frisant la cinquantaine. Son crâne chauve est étonnamment luisant. Il porte une petite barbiche soigneusement taillée et des lunettes sans monture. Il est vêtu d'un blue-jean et d'un blouson aux couleurs des Ours de Chicago — l'équipe locale de football américain —, assortis d'une paire de baskets qui a dû lui coûter une fortune.

— J'ai parlé aux Jackson. Ils attendent votre visite tout à l'heure. Ils sont encore sous le choc. Et ils veulent voir le corps.

Ce qui est, somme toute, une réaction tout à fait normale, surtout lorsque la mort survient de façon si soudaine. La plupart des gens ont du mal à croire à la disparition d'un être cher, et ce n'est qu'après avoir vu le cadavre qu'ils admettent enfin la réalité et reconnaissent qu'il ne s'agit pas d'une terrible méprise.

Darren hoche la tête.

— Le médecin légiste n'en a pas encore terminé avec le corps, mais ça ne devrait pas tarder. D'ici un ou deux jours, je pense.

— Vous pourrez l'expliquer aux Jackson quand vous les verrez ?

Darren acquiesce d'un autre signe de tête.

— J'ai finalement réussi à mettre la main sur Kitty Dow, la patronne de Malcolm qui dirige l'agence du Rendez-Vous. Je vous ai organisé un entretien avec elle à 14 heures.

— Super ! Merci, Hamill, dit Darren. Comment voulez-vous qu'on se partage le travail ?

Hamill commence par hausser les épaules, puis il abat ses cartes.

— Puisque c'est votre cadavre, c'est votre enquête. Mais il va de soi que je ferai tout ce que je pourrai pour vous aider.

— Très bien, merci.

— De toute façon, vous avez déjà le FBI sur l'affaire. Je ne vois pas en quoi je pourrais vous être utile.

Les derniers mots de Hamill n'avaient rien d'une question. Il se tourne vers moi.

— Quelle est votre fonction au Bureau ?

— Je travaille comme profileuse pour l'Unité d'analyse comportementale.

A Quantico, les profileurs sont divisés en deux équipes, l'UAC 1 — contre-terrorisme et évaluation des menaces — et l'UAC 2 — crimes contre des adultes.

Hamill se gratte la paume de la main.

— Nous travaillons avec un profileur du FBI à Chicago. Sean Field. Vous le connaissez ?

— Non, je ne l'ai pas rencontré, mais il n'y a pas longtemps que je fais partie du Bureau.

Il opine du chef.

— Voici les adresses et les itinéraires pour vous rendre chez les Jackson et… au Rendez-Vous, dit-il en essayant d'imiter l'accent français et de prendre une voix aiguë pour parodier la patronne de Malcolm.

Je suis assez curieuse, je dois le reconnaître. Je ne sais rien des services d'escorte et encore moins des escort-boys. Cela promet d'être un entretien pour le moins intéressant. La visite aux Jackson, par contre, risque de se révéler traumatisante.

Nous suivons l'itinéraire conseillé par Hamill pour gagner Wilson Avenue dans Naperville. La maison des Jackson, une grande maison de briques à un étage, est située sur une avenue majestueuse. Vu le standing de la résidence, je trouve étonnant que Malcolm ait eu besoin d'économiser pour se payer des études à l'université. A en juger par la demeure, la famille Jackson est fortunée, ça saute aux yeux. Nous nous garons devant un imposant portail en fer forgé. Dans le petit jardin, qui semble avoir été jadis entretenu avec soin, les mauvaises herbes ont envahi les élégants parterres de fleurs.

Après avoir appuyé sur la sonnette d'entrée, nous attendons en silence. Au bout d'une minute à peine, la porte s'ouvre, et une superbe femme d'origine afro-américaine nous accueille. Elle doit avoir dans les quarante-cinq ans, ses cheveux sont relevés en un chignon lâche qui met en valeur ses pommettes saillantes.

D'un geste rapide, Darren montre son insigne.

— Madame Jackson ?

— Non, je suis sa sœur, Billie. Je vous en prie, entrez, officier, nous vous attendions.

Sa voix est rauque, comme si elle avait pleuré toute la nuit sans discontinuer et était sur le point d'éclater de nouveau en sanglots.

Elle nous conduit dans un long couloir jusqu'à la deuxième porte à droite. Dans un salon aux belles proportions est assise une femme qui — aucun doute possible — ne peut être que Mme Jackson. La ressemblance avec sa sœur est remarquable, et la différence d'âge entre les deux femmes ne doit pas excéder un an ou deux. A ses côtés se tient un homme de haute taille, solidement bâti, un bras posé sur son épaule. D'un air absent, ils contemplent le poste de télévision éteint. A notre entrée, ils tournent le regard vers nous.

— Vous êtes les policiers de l'Arizona ? s'enquiert l'homme qui se lève, dominant tout le monde de sa carrure imposante.

— Je suis l'inspecteur Carter, des Homicides de Tucson, se présente Darren en lui donnant une poignée de main. Et voici Sophie Anderson, agent spécial du FBI.

A mon tour, je serre la main de M. Jackson qui, malgré sa force évidente, se montre d'une étonnante douceur.

— C'est un grand malheur, je suis désolée.

Mes paroles sont tout à fait inappropriées, j'en suis consciente, mais mieux vaut encore cela que de garder le silence.

M. Jackson m'adresse un petit signe de tête, ses lèvres se pincent. Son épouse se lève à son tour et, les yeux vitreux, nous adresse un salut mécanique.

Sa sœur nous propose à boire. Nous déclinons son offre.

— Avez-vous vu Malcolm ? demande Mme Jackson en se frottant les mains l'une contre l'autre.

— Oui, nous l'avons tous les deux vu.

Je n'entre pas dans les détails. Inutile de lui dire que nous avons assisté à l'autopsie. Ce genre de propos n'apporterait rien de constructif.

— Et il s'agit bien de Malcolm, vous en êtes certains ?

Elle jette un regard vers le portrait de famille accroché au mur, à côté du téléviseur. La photo montre M. et Mme Jackson entourés de leurs quatre enfants — deux garçons et deux filles. L'aîné est Malcolm, je le reconnais immédiatement.

— Il n'y a malheureusement aucun doute.

Mme Jackson se met à pleurer, son mari tente de la réconforter. Elle se rassied, ou plutôt s'effondre, sur le canapé, entraînant M. Jackson avec elle.

Il la prend dans ses bras.

— Excusez-nous, nous sommes encore… Nous ne pouvons pas croire qu'une telle chose soit arrivée à notre fils.

Darren prend la parole.

— C'est tout à fait normal, monsieur Jackson. Et je regrette que nous soyons obligés de venir vous importuner en un tel moment.

Cessant de sangloter, Mme Jackson laisse brusquement éclater sa colère :

— Je veux le salaud qui a fait ça à mon garçon !

— C'est précisément pour cette raison que nous sommes ici, dit Darren.

S'écartant légèrement de son mari, elle se redresse. Sa sœur vient s'asseoir à l'autre bout du canapé.

— En quoi pouvons-nous vous être utiles ?

J'interviens à mon tour.

— Nous devons recueillir le maximum d'informations sur Malcolm et sur tous ses faits et gestes avant son départ de Chicago.

Le couple hoche la tête d'un même mouvement. Je poursuis :

— Selon ce que l'inspecteur Hamill nous a rapporté, vous pensiez que Malcolm était parti à New York pour affaires.

Mme Jackson tressaille.

— En effet, répond son mari.

— Or, d'après l'expertise médico-légale, nous sommes en mesure d'affirmer qu'il s'est trouvé dans le désert de Mojave. Et c'est à Tucson qu'on l'a découvert.

— Nous ne comprenons pas, dit M. Jackson qui retire son bras de l'épaule de sa femme et lui prend la main. Pourquoi nous aurait-il raconté qu'il se rendait à New York s'il allait dans l'Arizona ?

— C'est ce que nous essayons d'élucider.

Je sors mon calepin et commence à griffonner.

— Nous avons besoin de savoir tout ce que Malcolm vous a dit à propos de son voyage à New York.

— Il n'a pas expliqué grand-chose. Il nous a téléphoné, il y a une dizaine de jours, pour nous annoncer qu'il partait pour un mois ou deux.

— C'est tout ?

Mme Jackson baisse la tête.

— Nous n'avons guère eu de contacts avec Malcolm cette année, en tout cas, pas depuis qu'il a commencé ce boulot.

Mme Jackson ne cherche pas à cacher sa désapprobation, pourtant ce n'est pas tant de la colère que de la honte qu'elle manifeste.

Sa sœur intervient.

— Nous étions effondrés lorsqu'il nous a appris la nouvelle. Nous n'étions pas du tout d'accord.

— Il a pris ce travail pour pouvoir se payer des études à l'université ?

Cette fois, c'est au tour de M. Jackson de laisser transparaître son humiliation.

— Oui, nous traversons une période difficile. J'ai perdu mon emploi dans une compagnie d'assurances, il y a quelques années, et je n'ai pas pu retrouver de travail depuis. Nous n'avions pas de quoi envoyer Malcolm à l'université. Si Billie ne nous avait pas recueillis chez elle…

Il n'achève pas sa phrase.

La situation familiale commence à m'apparaître plus clairement. M. et Mme Jackson galèrent, dépendant totalement de la générosité de Billie. Quant à Malcolm, c'est la brebis galeuse de la famille. Il vendait ses services — encore que ce que comprennent ces fameux « services » ne soit pas très clair — pour se construire une nouvelle vie. Ce genre d'informations sur l'environnement familial est essentiel pour nous donner une image réaliste de Malcolm. Sans de tels renseignements, il ne serait qu'un corps de plus sur une table d'autopsie — même si je suis moi-même incapable de penser à la victime d'un meurtre comme à un simple cadavre.

Je me tourne vers la photo.

— Il était bel homme.

— Oui, très séduisant, renchérit la mère, une pointe de fierté dans la voix. Toutes les femmes lui couraient après.

— Avait-il confiance en lui ?

— Absolument, s'empresse de répondre M. Jackson. Il savait qu'il était beau.

Je hoche la tête. J'ai reçu le message cinq sur cinq. Il n'y avait pas une ombre d'hésitation dans la réponse du père — Malcolm était imbu de lui-même.

Mme Jackson prend une profonde inspiration.

— Comment… comment est-ce arrivé ? L'inspecteur d'Oak Park a parlé de strangulation.

Ce dernier mot, elle l'a craché ; à l'évidence, le sujet lui laisse un goût amer dans la bouche.

— C'est exact, intervient Darren avec un regard interrogateur dans ma direction.

Je lui réponds d'un signe de tête discret. Autant aller droit au but et leur révéler les détails sans plus attendre.

— Il est possible que l'assassin soit une femme, articule Darren avec lenteur, tout en guettant leur réaction.

Tous les trois accusent le coup, mais c'est Billie qui exprime sa stupéfaction la première.

— Comment une femme aurait-elle pu terrasser Malcolm ? L'étrangler ?

Darren m'interroge des yeux. Je prends la relève.

— Malcolm avait-il une liaison dont vous soyez courant ?

— Non. Il a eu des petites amies au lycée et est sorti avec une fille jusqu'à il y a deux ans environ. Mais…

— Savez-vous en quels termes ils se sont séparés ? Lui et son ex ?

M. Jackson laisse échapper un rire forcé.

— Agent Anderson, vous faites fausse route. Angela est… elle n'a rien à voir avec tout cela. C'est impossible.

N'empêche ! Je note ses coordonnées et l'ajoute à la liste des personnes qu'il nous faudra interroger.

— Pourquoi posez-vous toutes ces questions au sujet d'Angela ? veut savoir Billie.

— Nous pensons qu'il s'agit d'un crime sexuel.

Ma remarque provoque un regain de confusion.

Finalement, c'est Mme Jackson qui reprend la parole.

— Sexuel ?

— Il y a malheureusement des détails que nous ne pouvons vous dévoiler, pas encore. Mais certains éléments relevés sur la scène de crime suggèrent que nous avons affaire à une relation amoureuse ou sexuelle.

— C'est à cause de son satané job ! s'exclame Mme Jackson en se levant. Que le Seigneur ait pitié de nous ! Je tuerai cette maudite Kitty Dow. Quand je pense qu'elle a fait miroiter son sale argent devant les yeux de mon fils !

Je me lève à mon tour et pose la main sur son bras.

— Mme Jackson, nous n'avons aucune preuve que le meurtre soit lié à son travail. Rien n'indique que son assassin était une cliente.

Ce qui est la vérité. Nous ne tenons aucun indice pour appuyer une telle hypothèse, mais c'est bel et bien dans ce sens que nous interrogerons Kitty cet après-midi.

— Je sais que cela vous est pénible, mais nous devons nous concentrer sur Malcolm. Plus nous en saurons sur lui et ses allées et venues, plus il nous sera facile de débusquer son meurtrier.

Je me rassieds, laissant mes paroles faire leur chemin. Elles ne tardent pas à produire l'effet désiré et, au bout de quelques secondes, Mme Jackson regagne son siège.

Afin de retenir son attention, je lui pose sans attendre une autre question :

— Ainsi, votre fils était sûr de lui. Que pouvez-vous nous dire de plus à son sujet ?

M. Jackson quitte son siège et se dirige vers le portrait de famille. Il contemple Malcolm pendant quelques secondes avant de se retourner vers moi.

— C'était un garçon brillant. Très intelligent. Il voulait étudier le droit à l'université. Il avait les bonnes notes nécessaires pour pouvoir s'inscrire, mais c'est à ce moment-là que j'ai perdu mon emploi. Nous ne pouvions plus nous le permettre. Il a travaillé dans un bar pendant deux ans. C'est là qu'il a rencontré Kitty.

Son épouse enchaîne.

— Elle lui a dit qu'il pourrait gagner beaucoup d'argent en travaillant pour elle. Et qu'en plus il aiderait des femmes qui avaient une bonne situation mais se sentaient seules.

J'opine de la tête. Difficile, en effet, pour un jeune homme de décliner pareille offre — gagner un paquet d'argent en sortant avec des femmes, sans oublier la perspective de faire de multiples conquêtes. La plupart des hommes rêvent d'être suffisamment séduisants pour décrocher ce genre de job.

— Etait-il sociable ?

— C'était un enfant calme, reprend M. Jackson. Mais après avoir travaillé quelques mois au Rendez-Vous, il a changé. Son assurance tranquille s'est transformée en… eh bien, pour parler franchement, il est devenu plutôt prétentieux. Nous lui avons *demandé* de quitter ce travail, puis nous le lui avons *ordonné*.

— Nous nous querellions constamment à ce sujet, ajoute Billie. Chaque fois qu'il venait nous voir. Mais il ne nous écoutait pas. Il ne voyait rien de mal dans ce qu'il faisait.

Mme Jackson acquiesce.

— A la fin, il a arrêté de venir. Il nous appelait une fois par mois pour nous dire qu'il allait bien, mais nous ne l'avons pas revu depuis son anniversaire au mois de janvier.

Je prends note de tous les détails dans mon calepin.

— Et ses amis ? demande Darren. Nous aimerions interroger ses camarades les plus proches.

— Naturellement.

Le couple énumère plusieurs noms que nous consignons avec soin, en même temps que les coordonnées que Mme Jackson sort de son carnet d'adresses.

J'inspire un grand coup, prête à poser la question suivante. Nous devons explorer toutes les options — et il est possible que le tueur soit un homme, fût-il jeune ou doté de petites mains.

— Est-ce qu'à votre connaissance Malcolm avait des liaisons avec d'autres hommes ?

— Quoi ?

— Nous devons envisager toutes les possibilités.

M. Jackson semble sur le point de dire quelque chose lorsque sa femme pose sa main sur la sienne.

D'une voix calme, elle répond :

— Non, il n'a jamais eu que des petites amies et ne montrait d'intérêt que pour le sexe opposé.

— Merci, madame Jackson, dis-je, avec un regard que je veux rassurant. Encore une question.

Je sors le portrait-robot que James Powers a brossé de la jeune fille brune de mon rêve. Si l'assassin de Malcolm est une femme, ma vision n'a aucun rapport avec ce meurtre, mais si c'est un homme, malgré l'apparente hétérosexualité de Malcolm, peut-être ce dernier a-t-il un lien avec la fille de mon rêve.

— Reconnaissez-vous cette femme ?

M. Jackson secoue la tête.

— Non.

Il regarde son épouse et sa belle-sœur qui toutes deux confirment d'un signe de tête.

— Vous croyez… vous croyez que c'est elle qui l'a tué ? demande Mme Jackson.

— Non, pas du tout. En fait, il se peut qu'elle-même ait été assassinée.

Je ne donne pas plus de précisions. Bien que Mme Jackson semble troublée par ma réponse, elle n'a visiblement pas l'énergie émotionnelle suffisante pour me questionner plus avant.

Comme je contemple de nouveau le portrait, le souvenir des cris de terreur de la fille remonte à la surface de ma conscience. De toutes mes forces, je me mords la lèvre, espérant par ce geste chasser cette sinistre pensée.

10

L'agence du Rendez-Vous est située dans un immeuble de bureaux de vingt étages sur West Roosevelt Road, immeuble, somme toute, d'apparence tout à fait respectable. Mais justement ! La clientèle de l'agence se recrute probablement dans les compagnies d'assurances, banques et autres sociétés cossues siégeant dans l'immeuble et les environs. Nous prenons l'ascenseur jusqu'au onzième étage puis suivons les flèches. Après avoir tourné plusieurs fois à gauche, nous parvenons à une porte vitrée décorée d'un panneau représentant le logo de l'agence. Autour des mots « Rendez » et « Vous », les profils de deux visages se font face, se rejoignant presque en un baiser. Voilà un message qui ne laisse place à aucune ambiguïté !

— Joli logo, dis-je, tandis que Darren pousse la porte.

Il jette un coup d'œil par-dessus son épaule en entrant.

— Hmm…

Assise au bureau de réception en face de l'entrée, une superbe rousse nous gratifie d'un séduisant sourire tout en dents. Visiblement, elle n'a pas lésiné sur les appareils orthodontiques et le dentifrice blanchissant.

— Bienvenue au Rendez-vous ! susurre-t-elle d'une voix rauque peu naturelle.

— Merci, répondons-nous en chœur.

L'endroit respire l'élégance. Le sol est recouvert d'une épaisse moquette d'un brun mordoré. Des fauteuils de cuir occupent les coins de la réception, et sur les murs d'un bleu gris très pâle sont exposées des photos artistiques d'hommes et de femmes, pour la plupart en tenue de soirée. Vraisemblablement les employés de la fameuse Kitty.

Nous nous approchons de la rousse et, d'un geste vif, Darren sort son insigne.

— Nous avons rendez-vous avec Mme Dow.

La réceptionniste regarde le badge sans ciller — elle devait s'y attendre — et saisit son téléphone.

— Qui dois-je annoncer ? demande-t-elle, alors qu'elle le sait parfaitement, j'en suis certaine.

— L'inspecteur Darren Carter.

Elle sourit de nouveau. Je l'imagine assise devant son miroir, en train de s'exercer inlassablement à étirer les lèvres avec grâce.

— Kitty, l'inspecteur Carter et… sa collègue sont arrivés.

Elle raccroche.

— Elle arrive. Je vous en prie, asseyez-vous.

Elle nous désigne deux fauteuils séparés l'un de l'autre de quelques mètres. Darren et moi nous installons, conscients de l'absurdité de la situation. Mais, bien sûr, il doit rarement arriver à l'agence de recevoir des couples.

Nous attendons en silence. Comme nous sommes trop éloignés l'un de l'autre pour mener une conversation privée, je me résigne à jeter un coup d'œil aux photos.

Sur le mur derrière la réceptionniste sont accrochés deux portraits en noir et blanc : à gauche, un homme extrêmement séduisant, âgé d'une vingtaine d'années, porte un smoking ; à droite, une femme mince, mais aux courbes gracieuses, est moulée dans une robe de soirée. Tandis que je promène mon regard sur les autres clichés, je remarque un portrait en couleurs de Malcolm, qui le montre vêtu d'un jean noir et d'un T-shirt ajusté de couleur bordeaux visiblement destiné à mettre son physique en valeur.

— Psstt, Darren !

Darren lève les yeux du magazine qu'il était en train de feuilleter. D'un geste du menton, je lui désigne la photo.

Je continue à balayer du regard les murs de la pièce. Les hommes photographiés sont d'âges divers, mais les femmes ont toutes moins de trente ans. Pourquoi un homme paierait-il pour sortir avec une femme de quarante ans quand il peut avoir une fille de vingt ans pour le même prix ? Vu de l'extérieur du moins, le Rendez-Vous semble être une agence d'escorte parfaitement légitime, louant les services d'hommes et de femmes avenants et distingués, prêts à vous accompagner à une soirée mondaine ou à une ennuyeuse réception professionnelle. Je vois d'ici les slogans publicitaires.

Au bout de cinq minutes, une femme d'une cinquantaine d'années fait son apparition. Elle a les cheveux teints en blond, ramassés sur le dessus de la tête, et des yeux verts étincelants. Sans doute des verres de contact. Elle est menue — elle doit mesurer à peine un mètre soixante-deux — et porte un tailleur bleu marine au décolleté plongeant. Ses lèvres sont charnues et sa peau, ferme.

Le collagène et le bistouri du chirurgien esthétique n'ont manifestement pas de secret pour elle.

Nous nous levons ; Darren lui tend la main.

— Mme Dow, je suis l'inspecteur Darren Carter et voici l'agent spécial Sophie Anderson du FBI.

Elle lui serre la main.

— Enchantée de faire votre connaissance.

Puis elle se tourne vers moi et saisit ma main tendue.

— Heureuse de vous rencontrer. Et je vous en prie, appelez-moi Kitty.

Elle a une voix distinguée et mélodieuse, mais j'ai l'impression que cette intonation, elle l'a apprise sur le tard car, tout comme le sourire de la réceptionniste, on la sent trop accomplie pour être naturelle.

— C'est affreux, tout simplement terrible ce qui est arrivé à Malcolm, poursuit-elle en contemplant le portrait du jeune homme sur le mur. C'était l'un de nos meilleurs, vous savez. Il était très demandé.

Elle me décoche un regard entendu. N'importe quelle femme normalement constituée peut comprendre pourquoi Malcolm était très sollicité, n'est-ce pas ?

Malgré sa tristesse apparente, il est difficile de dire si elle éprouve un véritable chagrin ou si c'est davantage l'impact négatif de la mort de Malcolm sur ses affaires qu'elle considère.

— Ses clientes régulières vont être effondrées. Etes-vous absolument certains qu'il s'agit bien de lui ?

Darren opine de la tête.

— Nous avons identifié ses empreintes digitales.

Elle pousse un soupir.

— Allons dans mon bureau, nous serons plus à l'aise pour parler.

Elle lance un regard à la rousse.

— Mandy, s'il vous plaît, ne me passez aucun appel.

— Bien, madame.

Nous suivons Kitty dans un couloir jusqu'à un vaste *open space*. Avec seulement quelques postes de travail occupés, l'endroit semble démesuré — compression de personnel ou expansion ? A l'autre extrémité de l'espace décloisonné, une porte s'ouvre sur le bureau de Kitty. Là aussi, les murs sont couverts de photos encadrées. Elle s'assoit derrière son bureau et nous invite d'un geste à prendre place dans les fauteuils.

Elle croise les jambes.

— Je n'arrive toujours pas à le croire. Malcolm était si…

Elle n'achève pas sa phrase, incapable de trouver les mots justes.

Je l'invite à poursuivre.

— Si quoi ?

— Il était en excellente condition physique et débordant de santé. Un spécimen parfait.

Elle a souri en prononçant le mot *spécimen*. Son intonation éveille illico ma curiosité. Kitty est-elle simplement une femme qui apprécie les hommes séduisants ou bien teste-t-elle ses escort-boys avant de les engager ?

— Il était tellement plein de vie !

Elle ouvre un classeur, promène sa main sur le portrait qui se trouve sur le dessus. De nouveau, je perçois une touche de sensualité dans la manière dont elle effleure la photo ; ça frise la caresse sexuelle.

Elle pousse un soupir.

— Voici le dossier de Malcolm.

Tenant le classeur entre Darren et moi, je feuillette les

différents documents qu'il contient : photos, témoignages de clientes, fiche originale d'inscription, vérification du casier judiciaire et un autre formulaire plus long.

— Vous saviez que Malcolm avait un casier ?

— Oui, réplique-t-elle en rejetant l'insinuation d'un geste de la main. Pour quelques grammes d'herbe dans sa poche ? Franchement !

— Vous n'êtes donc pas très regardante en ce qui concerne les antécédents judiciaires de vos employés ?

— Je ne pratique pas de discrimination, rétorque-t-elle en soutenant mon regard. Mais je n'en mets pas pour autant ma clientèle en danger. Malcolm a commis une petite erreur de jeunesse, c'est vrai, mais quel est le jeune qui n'a jamais fumé de marijuana ? D'ailleurs, certains de mes clients le font probablement encore.

J'acquiesce d'un signe de tête.

Darren termine la lecture des témoignages.

— Parlez-nous de Malcolm, demande-t-il. Comment a-t-il commencé à travailler pour vous ?

— Je l'ai rencontré, il y a un peu plus d'un an, dans un bar appelé Spoon, sur North Wells Street.

Ni le nom du bar ni l'adresse ne nous sont familiers, Kitty s'en rend compte.

— C'est un endroit branché très sympa, non loin du lac. J'ai remarqué Malcolm derrière son bar, et j'ai tout de suite su qu'il ferait fureur dans mon agence. Je lui ai donné ma carte en lui disant combien il pourrait gagner en travaillant chez moi. Il m'a appelée une semaine plus tard. Il est venu à l'agence, nous nous sommes tout de suite entendus, et j'ai décidé de l'engager.

Une question me brûle les lèvres, autant par conscience professionnelle que par curiosité :

— Et combien Malcolm pouvait-il gagner ?

— Notre tarif officiel est de six cents dollars par soirée. Sur cette somme, mes jeunes gardent quatre cent cinquante dollars.

Tout en assimilant l'information, je hoche la tête plusieurs fois, lentement. Il va sans dire que je ne pourrai jamais me payer les services de Kitty.

— Et combien de clientes Malcolm avait-il ?

— Il était extrêmement populaire, répond-elle avec un autre regard complice. Il était pris tous les vendredis et les samedis, plus un autre soir de la semaine. Sans compter les périodes de vacances.

Darren émet un sifflement.

— Bigre ! Ça fait beaucoup d'argent ! Surtout pour quelqu'un qui n'a pas encore trente ans et aucun diplôme.

— C'est aussi l'avis de la plupart de mes jeunes.

— Toute sa clientèle était composée de femmes ?

— Certains de mes garçons offrent leurs services aussi bien à des hommes qu'à des femmes, mais pas Malcolm. Il était aussi hétéro que possible. Il ne s'intéressait qu'aux femmes.

— Et que comprend ce tarif au juste ? demande Darren avec tact.

— Pas de sexe. C'est bien à cela que vous pensez, n'est-ce pas, inspecteur ?

Darren se racle la gorge.

— Oui, en effet. Donc vos employés et vos clients n'ont jamais de relations sexuelles ?

Elle lève la main.

— Ça, je ne peux pas le garantir. Mais ça ne fait pas partie du service et ce n'est pas inclus dans le tarif. Pour vous dire la vérité, je leur donne quelques conseils à ce sujet et je crains bien de n'avoir rien d'une féministe militante. Je conseille à mes filles de ne pas s'engager dans des relations sexuelles. A mon avis, cela déprécie la profession, et ensuite le client s'attend à recevoir le même genre de prestations de toutes les autres escortes. Toutefois, pour mes garçons, je leur dis de faire comme bon leur semble. Il y a encore deux poids, deux mesures dans le monde où nous vivons. Je ne l'ignore pas, et je veille à ce que mes jeunes en aient conscience.

Bien que je répugne à l'admettre, elle n'a pas tort, hélas !

— Quelle était la dernière mission de Malcolm ? Celle qui l'a conduit à New York ?

Kitty hausse un sourcil étonné.

— Il n'y avait pas de mission à New York. Du moins, pas pour le Rendez-Vous. Malcolm m'a dit qu'il allait là-bas en vacances. Qu'il partait pour plusieurs semaines, peut-être même six ou huit.

Darren et moi échangeons un regard. Malcolm a donc raconté des histoires à ses parents. A moins que ce ne soit Kitty qui mente.

— En êtes-vous sûre ? insiste Darren d'un ton ferme, presque menaçant, adoptant le style « tout ce que vous direz pourra être retenu contre vous ».

Kitty le considère un instant avec froideur.

— Naturellement, inspecteur. Je vous répète qu'il n'y avait pas de mission à New York. Malcolm était en congé.

J'observe l'échange, guettant attentivement l'expression du visage et le ton de la voix de Kitty. Ou c'est une fieffée comédienne, ou elle dit la vérité.

Je me penche en avant et demande :

— Qui étaient les clientes régulières de Malcolm ? Et quel genre de services attendaient-elles de lui ?

— J'ai peur que la liste de mes clients ne soit confidentielle, répond-elle en croisant les bras.

— Bien entendu, convient Darren avant de se lever et de regarder par la fenêtre derrière elle. Diriez-vous que votre affaire est florissante, Kitty ?

Elle hésite.

— Je m'en sors bien.

— En profitant de la solitude des gens, ajoute Darren, une pointe de reproche dans la voix.

Elle hausse les épaules.

— Je fournis un service nécessaire. Personne ne s'en plaint.

— Sauf peut-être Malcolm, dit-il tristement.

Il joue la comédie, je le sais, mais Kitty, elle, l'ignore.

Elle se lève à son tour pour lui faire face.

— Sa mort n'a rien à voir avec mon agence.

— Vous avez l'air bien sûre de vous.

— Absolument. Aussi bien mes employés que mes clients sont triés sur le volet. Il n'y a aucun risque.

Je décide de mettre mon grain de sel.

— Vous avez probablement raison. Mais nous sommes obligés d'inclure les clientes de Malcolm de la liste des suspects possibles.

Elle hausse les épaules.

— Ce n'est pas mon problème.

Darren pousse un long et bruyant soupir.

— Ce serait vraiment dommage !

— Quoi ? demande Kitty d'une voix soudain mal assurée.

— Que la presse l'apprenne, répond Darren sans la quitter des yeux. Un scandale pareil pourrait ruiner votre établissement.

— Etes-vous en train de me faire du chantage, inspecteur ?

— Bien sûr que non ! J'espère simplement que cette histoire ne fera pas la une des journaux.

— Vous n'avez pas besoin d'une injonction de produire avant de saisir une liste de clients ? demande-t-elle, rembrunie.

— C'est en effet une voie que nous pouvons emprunter, *la voie publique*, réplique Darren avec une détermination que je ne lui ai jamais entendue.

Elle hausse les épaules, mais darde sur Darren un regard dédaigneux. Puis elle s'assoit devant son ordinateur et tape quelques commandes. Moins d'une minute plus tard, son imprimante se met à ronronner et à cracher du papier.

— Voici un résumé de son activité des six derniers mois. Ce compte rendu mentionne les dates des missions ainsi que les noms et coordonnées des clientes.

— Parfait, merci.

Kitty laisse échapper un léger grognement. Ce n'est pas précisément par bonté d'âme qu'elle a accédé à notre demande. Aux menaces de Darren, elle oppose sa propre mise en garde :

— Vous feriez bien de traiter mes clients avec courtoisie et de respecter leur vie privée. Sinon, je n'hésiterai pas à prendre contact vos supérieurs et à leur dire que vous avez essayé de me faire chanter.

Jouant la carte de la neutralité, je m'interpose :

— Ne vous inquiétez pas, Kitty. Tout ce que nous voulons, c'est trouver l'assassin de Malcolm. Nous prendrons des gants, je vous le promets.

— Merci, me dit-elle avec un hochement de tête, affectant d'ignorer Darren.

Je tends le rapport à ce dernier puis sors le portrait-robot de mon sac.

— J'ai encore une question à vous poser, Kitty.

— Oui ?

— Cette femme est-elle l'une de vos clientes ou de vos employées ?

Elle contemple le portrait pendant deux secondes.

— Non.

J'insiste.

— Vous êtes formelle ?

— Absolument. Je n'ai jamais vu cette personne.

Incapable de dissimuler ma frustration, je me laisse retomber en arrière sur mon siège, jette un coup d'œil à Darren et soupire. Nous sommes sur le point de partir, lorsque j'éprouve tout à coup une envie irrésistible de feuilleter de nouveau les photos de Malcolm. Quelque chose sur ces clichés ne colle pas. Malcolm y apparaît habillé dans des styles différents. Il y en a quelques-uns qui le représentent en smoking, d'autres en tenues plus décontractées, d'autres encore en blue-jeans. Sur plusieurs enfin, il dévoile davantage son corps et pose carrément en caleçon. Darren attend patiemment que j'aie fini d'examiner les photos. Finalement, je m'avise de ce qui manque. Le tatouage ! Il y a trois photos qui montrent Malcolm aussi nu que la décence le permet, et sur aucune des trois le tatouage n'est visible.

— Le tatouage était récent ?

— Quel tatouage ? répète Kitty.

— Malcolm s'était fait tatouer une rose sur l'intérieur du poignet, juste ici, dis-je en désignant l'endroit précis sur l'un des clichés.

— Pas que je sache. Mes jeunes protégés sont supposés m'en parler avant de se faire faire des piercings ou des tatouages. Certains de nos clients n'aiment pas ce genre de fantaisies. D'autres, au contraire, adorent ça. Mais, de toute façon, je tiens à être mise au courant.

Elle se tait un instant puis reprend :

— Vous êtes sûre ? Malcolm n'était pas le type d'homme à porter des tatouages.

— Pourtant, il en avait un, cela ne fait aucun doute.

Cette révélation la rend visiblement perplexe. Cependant, elle n'insiste pas. Pourquoi Malcolm ne lui a-t-il pas demandé la permission de se faire tatouer ? Au dire de tous, il menait une vie insouciante, et cela grâce à l'argent qu'il gagnait au Rendez-Vous. Pourquoi aurait-il enfreint le règlement, quitte à risquer ainsi son gagne-pain ?

L'appartement de Malcolm est situé au dernier étage d'un petit immeuble délabré qui compte une dizaine de logements. J'imagine qu'il ne voulait pas consacrer une trop grande partie de l'argent réservé à ses études pour payer son loyer. Ou peut-être passait-il davantage de temps au domicile de ses clientes que chez lui. Je déambule dans les deux pièces de son appartement, essayant de me forger une impression de notre homme. L'endroit est méticuleusement rangé, à peine meublé — presque froid, pour tout dire —, mais sans cet aspect dépouillé que l'on voit chez certains célibataires branchés.

Je furète dans la chambre, examine le lit. Après mûre réflexion, je décide qu'il ne s'agit pas de celui qui m'est apparu dans mon rêve, pas celui sur lequel j'ai vu Malcolm en train de faire l'amour. Je m'allonge sur le matelas, et aussitôt un flot d'images m'assaille. Tout d'abord, ce sont des scènes réelles qui se rejouent dans mon esprit : Malcolm sur les photos de l'agence du Rendez-Vous, son corps gisant sur le campus de l'université de l'Arizona, son cadavre sur la table d'autopsie. Et soudain, au milieu de toutes ses visions, l'image fulgurante d'une rose noire. Mais cette fois, il ne s'agit pas d'un tatouage, et elle ne se trouve pas sur son poignet.

Darren surgit dans l'encadrement de la porte.

— Tu as vu quelque chose ?

Je m'assois sur le bord du lit.

— Possible.

Les yeux fermés, je distingue une image nette de la rose. Si seulement toutes mes visions pouvaient se composer de fleurs !

— Qu'as-tu vu ?

— Une rose noire, dis-je en articulant lentement. Comme celle du tatouage de Malcolm, mais celle-là était réelle.

Pendant une minute, je reste assise en silence sur le lit. Appuyé contre le chambranle de la porte, Darren m'observe.

Enfin, je m'interroge tout haut :

— Pourquoi n'en a-t-il pas parlé à Kitty ?

— Peut-être qu'il venait juste de le faire faire, remarque Darren en haussant les épaules. En tout cas, moi, je ne le dirais pas à Harris si je me faisais tatouer ! ajoute-t-il avec un sourire.

— Non, mais Malcolm dépendait entièrement de Kitty pour ses moyens d'existence. Ça m'étonnerait qu'il ait transgressé le règlement de l'agence. Il doit y avoir une explication.

— Mais j'y pense ! Si le tatouage était récent, il devrait être tout rouge et couvert de croûtes.

— Tu as raison ! Et je ne crois pas que c'était le cas.

Darren entre dans la pièce.

— Je vais appeler l'institut médico-légal et demander que quelqu'un examine ce tatouage de plus près.

Il compose un numéro sur son téléphone mobile et fait part à son interlocuteur de notre requête. Puis il recouvre l'appareil de sa main et me regarde.

— C'est Johnson, l'assistant du légiste, qui est de garde. Il envoie tout de suite un technicien du labo vérifier le tatouage.

Super ! Résultats instantanés !

Sans retirer sa main du téléphone, Darren écoute avec attention. Il finit par lever de nouveau les yeux vers moi.

— Johnson dit qu'un tatouage récent devrait se voir de façon flagrante, que des croûtes se seraient formées et qu'il y aurait une inflammation pendant deux semaines. Il est aussi possible que ce soit un faux tatouage, mais il doute que le légiste ne s'en soit pas aperçu.

— Quelles sont les autres possibilités ?

Pour toute réponse, Darren hausse les épaules. Plusieurs minutes s'écoulent avant qu'il ne reprenne la parole :

— Ouaip, je suis toujours là… vraiment ? O.K. Donc, il n'y a aucune chance qu'il ait été réalisé récemment ?… O.K.

Il raccroche, une drôle d'expression sur le visage.

— C'est un véritable tatouage, mais aucune trace d'inflammation ni autre marque n'indiquent qu'il soit de fraîche date, rapporte-t-il, puis après une pause : Johnson dit qu'il y a une autre explication… il a pu être fait *post mortem*.

Je hausse les sourcils.

— Alors, cette rose a une signification, dis-je. Et

si l'assassin l'a mise là, c'est qu'elle fait partie de sa signature.

Darren s'assoit à côté de moi.

— Pourquoi tu ne vérifierais pas auprès de ton copain du VICAP ? Des fois que ça lui dise quelque chose ?

— Bonne idée !

J'appelle immédiatement Evans, qui décroche dès la deuxième sonnerie.

— Evans, c'est Anderson. Peux-tu faire une recherche pour moi ? Sur une rose noire ?

A l'autre bout du fil, mon collègue reste muet.

— Evans ?

— Inutile de lancer une nouvelle recherche. C'est l'affaire dont je t'ai déjà parlé. La femme qui assassine ses victimes pendant l'acte sexuel dans des chambres de motel. Une rose noire sur le lit, à côté du mort… ça fait partie de sa signature. Qu'est-ce que tu as découvert à propos de cette rose noire ?

— Le meurtre de Tucson que nous avons entré dans la base de données. La victime portait un tatouage en forme de rose sur le poignet, et il est possible qu'il ait été réalisé *post mortem*, autrement dit, par l'assassin.

— Bon sang, Anderson ! Si tu as retrouvé la piste de cette femme…

— Nous sommes en droit de le supposer. C'est sûr que ça éclaire la mort de Malcolm d'un jour complètement nouveau.

— Comme tu dis !

Je m'arrange avec Evans pour qu'il expédie à Tucson toutes les données recueillies sur les meurtres déjà commis par la criminelle en question, puis je raccroche et mets Darren au courant des détails de notre conversation.

— Je crois que nous devrions rentrer à Tucson.

Il approuve d'un signe de tête, sort son calepin et étudie la liste des clientes et amis de Malcolm.

— Nous pouvons passer en revue quelques-uns de ces noms cet après-midi, et prendre un vol de retour plus tard dans la soirée. Je vais faxer la moitié de la liste à Stone pour qu'elle commence les interrogatoires par téléphone.

J'opine du chef.

— Au boulot !

Veuve-Noire : Nous n'allons sans doute pas avoir de nouvelles de Psycho avant vingt-quatre heures. C'est assez intense, ce qui se passe dans cette maison. Super intense !

Jamais-Pris : J'imagine sans peine.

Veuve-Noire : Pauvre Cindy !

Jamais-Pris : C'est reparti…

Veuve-Noire : Moi, je l'aimais bien. Elle n'a pas eu une vie facile.

Jamais-Pris : Ça ne vous arrive jamais de plaindre vos gigolos ?

Veuve-Noire : Non, mais eux, c'est différent. Ils le méritent.

Jamais-Pris : Ils le méritent tous.

Presque-Parfait : Je me demande ce que Psycho est en train de faire à Cindy.

Jamais-Pris : Je parie qu'il la ***. A moins qu'elle ne soit déjà morte.

11

De retour à Tucson le lendemain matin, nous nous rendons à l'hôtel de police, prêts à décortiquer les dossiers qu'Evans a expédiés à Stone. Deux montagnes de documents nous attendent sur le bureau de Darren. Avec un long sifflement, il compare leur hauteur à sa propre taille — elles lui arrivent facilement au niveau du nombril.

— Elle n'a pas chômé, dis-je.

— Qui ? Stone ou la tueuse ?

— Je parlais de la criminelle, mais ça s'applique aussi à Jessica.

La collègue de Darren est pendue au téléphone… comme toujours ! Elle nous lance un petit clin d'œil.

Darren me désigne les dossiers.

— On partage en deux, dit-il. Nous allons nous installer dans la salle de réunion au bout du couloir.

Je m'empare d'une pile de documents et m'engage dans le corridor, Darren sur mes talons. Coinçant les chemises cartonnées contre le mur, je réussis à ouvrir la porte avec la main qui soutient mon chargement par en dessous.

— Je croyais que tu faisais de la musculation ? me

taquine Darren en poussant la porte. En plus, tu sais, je t'ai donné le tas le plus petit.

— Ouais, c'est ça !

Il allume la lumière et lâche ses dossiers qui s'écroulent sur la table avec un bruit sourd.

— Donc, c'est bien une femme que nous recherchons. Incroyable !

— Oui, c'est…

— Excitant, non ?

Je dépose mon fardeau à côté de celui de Darren.

— C'est vrai. Je n'ai jamais pourchassé une tueuse jusqu'ici. Et toi ?

— Non, c'est une première pour moi aussi.

Prenant chacun une chemise sur le dessus de nos piles respectives, nous nous asseyons. Je me demande si une photo de la jeune femme brune de ma vision se trouve dans un dossier, sur le bureau d'un flic, quelque part dans le pays. Ce que j'ai vu en rêve a pu se produire il y a des années, ou seulement hier. Il est aussi possible que ce soit sur le point d'arriver. Ou qu'il ne s'agisse que d'un cauchemar, une pure invention de mon subconscient. Non, j'ai beau refuser de l'admettre, la fille est, ou était, bien réelle. Je ne sais pas pourquoi, mais j'en suis convaincue.

Avant même que j'aie eu le temps d'ouvrir mon premier dossier, Darren se relève.

— Je vais chercher des blocs-notes.

Il disparaît et je me plonge dans la contemplation du tas de papiers à dépouiller. Nous allons mettre plusieurs jours à tous les éplucher comme il faut. Je peux dire adieu à mes vacances ! Cette affaire est devenue trop importante pour qu'on se contente d'y travailler à temps partiel.

Darren revient avec un véritable arsenal de fournitures

de bureau : deux grands blocs-notes, deux stylos à quatre couleurs, des surligneurs, des Post-it, deux crayons de papier et même une règle.

Stone entre à sa suite.

— Il faut reconnaître qu'il s'y connaît en matière de papeterie !

Darren largue son butin sur le bureau.

Stone referme la porte et prend un siège.

— Où en sommes-nous ? demande-t-elle.

— On fouille dans les dossiers, répond Darren en désignant du menton les amoncellements de papiers. Et toi, tu as trouvé quelque chose d'intéressant dans la liste des clientes de Malcolm ?

— Pas encore, mais j'ai passé quelques coups de fil et j'attends qu'on me rappelle, explique-t-elle en brandissant son téléphone mobile.

Darren attrape une dizaine de chemises sur le haut de sa pile et les jette sur la table devant sa collègue.

— Dans ce cas, vas-y, amuse-toi !

— Super !

Elle se plonge dans la lecture du premier document, mais, au bout de quelques secondes à peine, glisse la main dans sa poche intérieure et en extrait plusieurs feuilles imprimées.

— Au fait, voici le profil que l'agent Evans du VICAP a envoyé par e-mail.

Il s'avère que le Bureau recherche notre tueuse depuis des lustres, et l'un des profileurs de mon unité a déjà établi un profil pour les consultants du VICAP et les policiers qui enquêtent sur l'affaire. Mais tout cela a commencé bien avant mon arrivée au FBI.

— Je vais jeter un coup d'œil sur les dossiers avant

d'étudier ce profil, dis-je en tendant le document à Darren.

Je préfère, en effet, me former au préalable ma propre image du tueur avant de voir à quel résultat un autre profileur est parvenu. Il peut se révéler dangereux de commencer à émettre des hypothèses psychologiques quand on ne dispose pas encore de toutes les informations, quand on ne connaît pas tous les faits. On risque alors de se fourvoyer en s'engageant sur une piste isolée et de finir par se fixer sur une théorie unique, une seule image du tueur.

Je m'absorbe de nouveau dans l'examen de mon dossier, celui du premier meurtre — Cameron Michaels. Je consacre toujours beaucoup de temps à plancher sur la première victime d'un tueur, c'est à mon avis indispensable. Je scrute les photos ; elles montrent un homme nu, menotté sur un lit. Bientôt, je me retrouve immergée dans son monde à *elle*, celui de l'étrangleuse.

A 17 heures, nous avons compulsé une première fois tous les dossiers, atterrés à l'idée que cette femme, qui a volé tant de vies, court toujours.

— Comment a-t-elle réussi à tuer impunément durant tant d'années ? s'étonne Stone, incrédule.

Darren se renverse sur sa chaise.

— Je dois dire que ça me dépasse ! Elle a dû battre tous les records.

— Et vous croyez vraiment que nous avons affaire à la même femme ? demande Stone en me regardant.

— Le détail à propos de la rose noire n'a pas été révélé dans la presse ni aux familles. Elle a opéré quelques changements, d'ailleurs assez insolites, mais la strangulation manuelle, les petites mains et les menottes collent parfaitement.

— Mais pas le dessin en forme de cœur, remarque Stone.

Darren se joint à elle pour se faire l'avocat du diable.

— Et nous avons toujours le problème d'une femme trimballant un homme de quatre-vingt-dix-sept kilos pour aller l'abandonner sur un campus.

— Le cœur est un élément nouveau, inhabituel, j'en conviens. Mais pour ce qui est de transporter le corps, comme l'a si bien dit Stone, il n'y a pas loin de la route à l'endroit où il a été retrouvé. Cela a certainement dû être difficile, mais pas impossible.

— Je suis tombé sur quelques-unes des affaires les plus anciennes dans mon tas, annonce Darren. Au cours de trois des enquêtes datant des années 1990, on a pu relever des empreintes ADN, mais il n'y a aucun échantillon auquel les comparer.

— Elles constitueront des preuves recevables pour la faire condamner une fois que nous lui aurons mis le grappin dessus.

— C'est ce qui s'appelle être optimiste ! s'exclame Stone.

Je souris.

— Je parlerais plutôt d'espoir. Je suis têtue. J'aime coffrer un meurtrier… homme ou femme.

— Comme nous tous, observe Darren qui se lève pour s'étirer. Mais certains criminels réussissent tout de même à prendre le large.

Ces dernières paroles provoquent en moi une réaction que je préfère dissimuler en serrant les poings sous la table. Il y a en effet un criminel dont je déteste me souvenir et qui a échappé à la justice — l'homme qui a kidnappé et assassiné mon frère quand j'avais huit ans. Le type n'a jamais été arrêté.

— Mais peut-être qu'un jour des éléments nouveaux remonteront à la surface, quelque chose qui permettra de les épingler, dis-je.

Darren croit que je fais allusion au dossier en cours, mais c'est à l'assassin de mon frère que je pense et à mon espoir obstiné que quelque chose émergera enfin pour faire la lumière sur cette affaire. Ce jour-là, je sauterai dans le premier avion à destination de l'Australie.

Chaque année, depuis que je suis flic et que j'ai accès à son dossier, je me replonge dedans. Mais jamais aucun élément nouveau n'intervient. Je pourrais peut-être me servir de mes dons paranormaux pour résoudre cette énigme. Jusqu'à présent, il ne m'était encore pas venu à l'idée de tenter le coup.

M'arrachant à mes réflexions, Darren me ramène à l'enquête qui nous occupe.

— Rangeons ces classeurs en ordre, suggère-t-il.

En tout, nous avons étudié vingt meurtres que le VICAP attribue à un seul assassin — notre fameuse femme fatale. Avec celui de Malcolm, nous arrivons à un total de vingt et un.

D'ordinaire, une fois que les dossiers sont placés en ordre chronologique, l'origine géographique du tueur apparaît de façon évidente. Mais, en l'occurrence, les meurtres semblent avoir suivi un schéma aléatoire. On en retrouve en Californie, au Texas, dans le Nevada et le Colorado, les lieux changeant d'un Etat à l'autre sans logique apparente.

— Elle se déplace pas mal, dis-je.

— Elle voyage peut-être pour son travail, suggère Stone en effleurant d'un doigt le dos des classeurs empilés.

Vingt et un meurtres au cours des quinze dernières années. Je me demande si elle a l'intention de prendre bientôt sa retraite.

— Elle n'est pas née de la dernière pluie, mais ça m'étonnerait qu'elle soit déjà proche de la retraite.

— Quel âge lui donnez-vous ?

Après avoir pris une profonde inspiration, je me livre à un rapide calcul mental.

— Disons qu'elle a commencé autour de la vingtaine, comme la majorité des tueurs en série. Ce qui lui donnerait maintenant dans les trente-cinq ans.

— En tout cas, elle n'a aucun mal à attirer de beaux jeunes gens.

Stone a raison. C'est là l'un des traits communs à toutes les victimes. Ils sont pour la plupart séduisants, bien bâtis et âgés d'une vingtaine d'années.

Darren hausse les épaules.

— Les hommes sont incapables de résister à l'appel du sexe.

Stone croise les bras.

— Les mecs ! On peut dire que votre pénis vous en cause, des ennuis !

Elle s'empare d'un dossier et le feuillette au hasard.

— Bon, qu'est-ce qu'on fait maintenant ?

Darren lui reprend la chemise.

— Toi, tu rentres chez toi !

Elle jette un coup d'œil à sa montre.

— Il n'est que 6 heures. C'est à ce moment-là que je travaille le plus efficacement.

— Jusqu'à quelle heure es-tu restée au bureau hier soir ?

— Tard, admet-elle.

— Alors, ouste ! ordonne Darren en agitant le dossier pour faire mine de la chasser.

Elle se lève à contrecœur.

— Bon, ça suffit ! Je m'en vais. Et vous, les gars ? Vous devriez arrêter pour aujourd'hui, non ?

Darren sourit.

— Bonsoir, Stone !

Elle reste immobile pendant quelques secondes, puis finit par prendre congé.

Darren repose le dossier sur la table.

— C'est une gentille gamine.

— Ce n'est plus vraiment une gamine, Darren. Elle a quel âge, vingt-six ans ?

— Quelque chose comme ça.

Darren se dirige vers le tableau blanc et le retourne. Sur la face vierge, il entreprend de noter par écrit ses observations, tout en les commentant à haute voix.

— Les meurtres s'échelonnent entre 1992 et aujourd'hui.

Il écrit *1992* puis dessine une flèche pour figurer une continuité temporelle.

— Vingt et un… ça nous fait une moyenne d'environ 1,25 par an.

Il inscrit *Type de victime* sur le tableau, m'interroge du regard, puis, sans attendre ma réponse, commence :

— Moyenne d'âge, vingt ans. Appartenant à tous les groupes ethniques.

— Oui, j'ai remarqué. Notre femme fatale est politiquement correcte.

Darren ferme les yeux, essayant de se rappeler les détails des différentes affaires.

— Blancs, afro-américains, hispaniques…

— N'oublie pas le Suédois qui était venu en vacances.

— Comment pourrais-je ne pas me souvenir de ce pauvre diable ? Tu parles de vacances !

D'après l'enquête, l'homme était arrivé dans le pays en juillet 1998 avec l'intention d'y passer un mois. On l'avait retrouvé mort deux jours avant la date prévue pour son retour à Stockholm. Il est des fois où ce métier me fait croire à l'inéluctabilité du destin.

Darren ajoute les différentes origines ethniques à la liste.

— Toutes les victimes ont été aperçues pour la dernière fois dans un bar, mais dans la plupart des cas, personne ne se rappelle les avoir vues avec une femme en particulier.

Il écrit *Bars* sur le tableau.

— C'est ça, le plus étrange. Elle les a forcément levés dans ces bars. Ils y ont passé un moment ensemble avant de se retirer dans un endroit plus intime.

— Ce serait logique. Mais dans les cas où la victime a effectivement été vue en compagnie d'une femme, la nuit de sa mort, les descriptions de celle-ci varient considérablement.

Je feuillette les divers documents, parcourant quelques-uns des témoignages.

— Rien de plus facile que de changer son apparence physique. En portant une perruque, par exemple.

— Mais, selon les déclarations des témoins, la taille non plus n'est pas la même.

— A cause des talons, dis-je. La taille ne varie que de quelques centimètres suivant les descriptions. Des chaussures plates ou des talons hauts peuvent faire toute la différence. De plus, il est courant que les gens évaluent diversement la taille d'une personne. Si quelqu'un mesure un mètre soixante-treize, je peux estimer qu'il fait un mètre soixante-dix alors que toi, tu diras un mètre soixante-quinze.

— Tu as raison.

Darren note *Déguisements*, trace un tiret et ajoute *Perruque*. Puis il écrit *Talons*.

— Nous savons que son mode opératoire habituel consiste essentiellement à draguer des hommes, à les emmener dans un motel, à les menotter, à faire l'amour avec eux puis à les étrangler durant l'acte sexuel.

Je manifeste mon assentiment d'un hochement de tête.

Darren écrit *MO* et liste tous les points qui s'y rapportent.

Je contemple le tableau.

— La véritable question, c'est de savoir pourquoi le corps de Malcolm a été abandonné sur un campus et non dans une chambre de motel. Cette variante me turlupine.

— Il est vrai que ça constitue un changement majeur dans son MO.

Darren martèle le tableau de son marqueur.

Je me lève pour m'étirer.

— En réalité, c'est plus qu'étrange. La chambre de motel et la façon dont elle les abandonne, nus et menottés, ça ne concerne pas seulement le mode opératoire, ça relève carrément de la signature. Pour ne rien dire de la rose. Elle a besoin de les voir ainsi, sans vie, attachés au lit. A ses yeux, cela représente le pouvoir ultime qu'elle exerce sur eux et leur sexualité. Peut-être même sur la sexualité masculine en général. Mais Malcolm ne cadre pas. Il était nu et exposé à tous les regards, mais pourquoi pas dans une chambre de motel ?

Nous demeurons silencieux quelques instants, l'un comme l'autre incapables de fournir une explication.

— Et n'oublions pas le cœur, ajoute enfin Darren. Encore une exception.

De nouveau, un silence de découragement s'abat sur nous.

Darren regarde la pendule murale.

— On devrait peut-être s'arrêter, nous aussi.

Il n'est pas vraiment tard, mais je me sens épuisée.

— Je n'ai pas l'impression que nous ayons beaucoup avancé.

Darren se rassoit et se renverse sur son siège, les mains croisées derrière la tête.

— Et ce profil ? Tu veux qu'on y jette un œil ?

— D'accord.

Je fouille dans le désordre des feuilles sur la table et finis par trouver celles que je cherche. Je les survole des yeux, sans réussir à focaliser mes pensées — signe indéniable de fatigue.

Sexe	Féminin
Age	Chronologique : 30-35 ans Emotionnel : 25-30 ans
Race	Difficile à déterminer. Montre une préférence pour les victimes afro-américaines. Serait peut-être elle-même d'origine noire ?

Type de criminel	Organisé — meurtres soigneusement planifiés ; MO et signature demeurent constants au fil du temps et des scènes de crime. Intelligence supérieure. Faibles risques : les meurtres semblent perpétrés au cours de relations occasionnelles.
Profession/ emploi	La tueuse chasse dans tous les groupes socio-économiques. Ce qui rend difficile de définir exactement son propre statut. Mais le fait qu'elle attire aisément des cadres indique qu'elle est probablement elle-même un col blanc. Voyage dans le cadre de son travail. Probablement un poste de commercial.
Statut marital	Célibataire, mais avec vie sexuelle active. Si elle se déplace pour son travail, il est possible qu'elle soit mariée et que les hommes avec lesquels elle a des relations sexuelles soient des liaisons sans lendemain, rencontrées au cours de ses voyages.
Personnes à charge	Aucune — son sens des responsabilités très peu développé rend invraisemblable l'hypothèse qu'elle ait des enfants.

Enfance	Probablement la benjamine de sa famille — guidée par ses instincts sexuels et dominateurs plutôt que dotée d'un sens des responsabilités développé. Suggère qu'un frère ou une sœur plus âgé s'est occupé d'elle, mais a disparu par la suite — dispute ou peut-être même décès. Très intelligente, sans doute excellente élève. Sexuellement active dès son jeune âge. Considérait le sexe comme un moyen de domination. C'est là que réside sa motivation principale : le pouvoir exercé sur les hommes. Il se peut qu'elle ait été victime d'abus sexuels et qu'elle veuille inverser les rôles — ses victimes représentent celui qui l'a agressée dans son enfance. Les victimes lui prêtent attention — ce dont elle a un besoin maladif. Peut-être à cause d'une maltraitance émotionnelle subie dans l'enfance ou d'une jalousie à l'égard d'une sœur ou d'un frère perçu comme le préféré, du père en particulier.
Personnalité	Charmante, extravertie, aguicheuse.
Handicap	Aucun

Interactions avec les victimes	Les victimes sont des victimes fortuites. Pas de traque avant la nuit du meurtre, juste un peu le soir où elle passe à l'attaque. Le MO dénote qu'elle choisit des victimes vulnérables dans les bars — des hommes en quête d'aventures sexuelles et/ou en état d'ivresse.
Signes de remords	Aucun — les corps des victimes sont abandonnés au vu et au su de tous, menottés sur un lit de motel. Elle n'a aucun respect pour les hommes qu'elle choisit et sans doute pour aucun homme. Elle veut que tout le monde les voie au stade final de leur déchéance. Ils ont payé leurs désirs sexuels de leur vie.
Vie domestique	Vit seule si elle est célibataire, ou possiblement avec un compagnon. Habite une petite maison.
Véhicule	Voiture de sport ? Mène sa vie « sur les chapeaux de roues » et cela pourrait faire partie de son image. Elle n'a pas besoin d'un véhicule plus pratique pour transporter les corps de ses victimes, puisqu'elle les abandonne dans des chambres de motel.

Intelligence	QI élevé
Niveau d'études	Pas clair. C'est peut-être davantage grâce à son physique et à la promesse de rapports sexuels qu'elle est capable de draguer des hommes ayant un bon niveau d'études, plutôt qu'au fait qu'ils la considèrent comme leur égale. Les victimes sont de tous les niveaux d'éducation — depuis ceux qui n'ont pas terminé le lycée jusqu'à ceux qui ont suivi des études universitaires.
Apparence	Présente bien. Allure soignée. Vêtements et apparence ostensiblement provocateurs.
Antécédents judiciaires	Nombreux meurtres à son actif. Pas de casier judiciaire en tant qu'adulte, mais probablement un casier juvénile.
Modus operandi (MO)	Repère sa victime dans un bar. A recours à un déguisement. Appâte sa victime à l'intérieur du bar, ou à l'extérieur (moins de témoins). L'emmène dans un motel en lui promettant des rapports sexuels. Prend une chambre sous un faux nom.

Signature	Menottes. Strangulation au cours de l'acte sexuel. Abandon du corps à découvert, nu et menotté. Rose noire déposée sur le lit.
Comportement après le crime	Met en scène les éléments de sa signature — une rose. Quitte le motel immédiatement après le meurtre. Elle aime voir ses victimes humiliées, mais n'éprouve pas le besoin de rester avec elles dans la chambre.
Utilisation des médias	Ne suivra sans doute pas les nouvelles dans les médias. Elle n'est pas narcissique et n'a pas besoin de revivre ses meurtres à travers les reportages des journalistes. Ne montrera qu'un intérêt minime pour la couverture médiatique de ses crimes.

— Eh bien, qu'en penses-tu ? demande Darren qui s'est levé et se tortille sur place.

— Tu as mal au dos ?

— Un peu.

Je sais ce qu'il ressent. Mes épaules et mes lombaires aussi sont douloureuses — ce qui n'a rien d'étonnant vu tout le temps que j'ai passé dans des avions ces derniers jours.

— Ce profil est correct, mais nous allons devoir y apporter quelques modifications pour tenir compte du meurtre de Malcolm et des changements survenus dans le MO et la signature.

Saisie d'un irrésistible bâillement, je me lève à mon tour pour étirer mes pauvres membres endoloris. Au bout d'une minute, je m'oblige à reprendre place sur mon siège.

— Bon, autant faire ça tout de suite !

Il y a quelques points que j'aimerais corriger, à commencer par l'appartenance ethnique. Je désigne du doigt la case en question.

— Le premier profileur a émis l'hypothèse que notre étrangleuse pouvait être d'origine afro-américaine, mais je n'en suis pas si sûre, étant donné l'échantillonnage de ses victimes.

En général, un tueur en série chasse au sein de son propre groupe ethnique : si les victimes sont des femmes noires, il faut rechercher un Noir, si les victimes sont de race blanche, il y a fort à parier que le criminel l'est aussi. Mais en ce qui concerne les tueurs de sexe féminin, on ne dispose que de très peu de statistiques. Les victimes de notre tueuse appartiennent à divers groupes raciaux, dont une majorité d'Afro-Américains. Mais cela signifie-t-il qu'*elle* est noire ? Un grand nombre de femmes blanches sont attirées par les hommes de couleur.

Darren suit mon raisonnement.

— En effet, c'est inhabituel. J'imagine que, puisque nous avons affaire à une femme, les normes concernant les tueurs en série ne s'appliquent pas forcément ?

Il a donné à sa remarque la forme d'une question.

— Disons que nous ne sommes pas tout à fait en terre inconnue, mais que nous ne disposons pas non plus de carte détaillée.

Darren saisit l'analogie.

— Nous ne pouvons donc pas présumer qu'elle est noire.

— Absolument pas. De même que plusieurs des normes relatives aux victimes ne conviennent pas non plus. Tous ces hommes appartiennent à la catégorie à hauts risques.

Darren lève un sourcil perplexe.

— Mais…

Je l'interromps d'un geste de la main.

— Je sais, les victimes à hauts risques sont d'habitude des femmes, lesquelles constituent des proies plus faciles. Par exemple, les prostituées ou les jeunes filles qui n'ont pas conscience des dangers de la rue. Mais le fait que les hommes qu'elle prend pour cibles sont en quête de sexe et souvent en état d'ébriété… cela fait d'eux des victimes à hauts risques pour un prédateur du genre de notre tueuse.

Darren hoche lentement la tête.

— D'accord, je vois où tu veux en venir. Il faut que nous raisonnions à l'envers puisqu'il est question d'une femme.

— Exactement. Les facteurs qui font d'une femme une victime à hauts risques sont différents de ceux qui s'appliquent à un homme. Mais les crimes en eux-mêmes ne présentent que de faibles risques. Notre tueuse est déguisée, et, dans la plupart des bars, elle n'a que l'embarras du choix pour lever un homme. De plus, une fois dans la chambre de motel, elle attache sa proie avec des menottes. Du moment que ses déguisements lui permettent de ne pas être reconnue, elle ne prend pas beaucoup de risques.

— Ce qui est apparemment le cas, vu les descriptions divergentes qu'on a d'elle.

Je reprends le profil et considère la partie suivante : le type de criminel. Selon la manière dont un crime a été commis, on classe les agresseurs en deux grandes catégories : les criminels organisés et les désorganisés. Dans le cas présent, les meurtres ont été soigneusement préparés, dans une certaine mesure, maîtrisés, les victimes ont été attachées, et le tueur est manifestement intelligent. Ajoutés les uns aux autres, ces points dénotent le criminel organisé. Je n'ai pas besoin de revoir cela en détail avec Darren — il a déjà enquêté sur plusieurs crimes en série et a eu l'occasion d'étudier des profils. Il connaît la chanson.

Je pose mon doigt sur la section suivante — la profession.

— Là, c'est un peu flou.

Darren parcourt les données enregistrées.

— Elle chasse dans différents groupes socioéconomiques. Un entrepreneur, un barman, un cadre commercial, un médecin, un mordu de l'informatique, un escort-boy…

Il s'interrompt à la sixième des vingt et une victimes. Inutile d'aller plus loin, le problème qui se pose est évident. De même que pour la race, il est difficile de se faire une idée de la criminelle en la confrontant à un type spécifique de victime. Par contre, les tueurs en série de sexe masculin ont en général tendance à prendre pour cible des catégories de femmes bien particulières.

Darren lit les dernières lignes de la case.

— Ah, je préfère ça ! Elle voyage pour son travail, ce qui veut dire qu'elle ne résidait peut-être pas dans les Etats où elle a commis ses forfaits. Elle s'y est juste rendue pour affaires.

— C'est fort probable.

— Un poste de commercial collerait parfaitement.

— Ça correspondrait aussi avec d'autres parties du profil. On a vu qu'elle était extravertie et qu'elle présentait bien. Elle est capable de s'intégrer n'importe où.

— Tu es d'accord avec l'enfance tourmentée ? poursuit Darren.

— Oui. Elle aime dominer totalement ses victimes sur le plan sexuel, et aussi sur le plan physique en les attachant. C'est pour compenser le manque de contrôle sur sa propre vie qu'elle a connu lors d'un traumatisme sexuel subi dans l'enfance. D'après les descriptions, elle est également provocante et allumeuse, et c'est là l'une des caractéristiques que l'on retrouve souvent chez les femmes victimes d'abus sexuels. Elles considèrent le sexe comme quelque chose qu'elles doivent donner, quelque chose que tous les hommes désirent. Et souvent, elles ont si piètre opinion d'elles-mêmes qu'elles s'imaginent que c'est la *seule* chose qu'elles ont à offrir. Notre étrangleuse, elle, utilise le sexe pour prendre les hommes au piège.

— C'est le pouvoir sur les hommes, sa motivation ?

— Oui, elle les domine sexuellement et physiquement. Elle n'a aucun respect pour eux et, d'une certaine façon, elle considère ses meurtres comme un acte de justice. Les hommes n'ont que ce qu'ils méritent… le chasseur devient gibier. Elle aime inverser les rôles.

Avec un hochement de tête, Darren passe à la prochaine section.

— Le profileur l'a décrite comme charmante, extravertie et aguicheuse, ce qui cadre bien avec le métier de commercial.

— Exact. Les commerciaux ont en général de la tchatche.

Nous demeurons un instant silencieux, puis Darren se lève et regarde le tableau blanc.

— Elle laisse ses victimes à découvert pour que tout le monde les voie.

— Ce qui indique qu'elle n'éprouve aucune honte ni aucun remords.

— On dirait qu'elle hait les hommes.

— C'est sûr qu'elle ne les tient pas en haute estime. Elle se sert d'eux pour assouvir ses désirs sexuels, et les étrangler contribue à cette satisfaction. A ses yeux, un homme menotté à un lit et assassiné par une femme qu'il connaissait à peine mais avec laquelle il voulait coucher est tout bonnement pitoyable. Et c'est ainsi qu'elle aime l'abandonner à son sort — nu et encore entravé.

— Sympa ! Ça ne me donne pas envie de courir le jupon, constate Darren, les yeux légèrement écarquillés. Non que j'y aie jamais songé… je veux dire, ce n'est pas mon truc, de toute façon.

— Non, bien sûr ! dis-je d'un ton sarcastique, bien que je n'aie aucun doute sur sa sincérité.

Le feu lui monte aux joues. Il détourne la conversation.

— Elle s'accouple avec eux et ensuite elle les tue. Comme cette araignée… comment s'appelle-t-elle déjà ?

— La veuve noire. D'autres insectes font la même chose. La mante religieuse, par exemple.

Nouveau silence. Nous sommes exténués.

— D'après les experts de la Scientifique, elle utilise des préservatifs, mais les remporte avec elle, remarque Darren. Cependant, on a tout de même pu prélever des fluides corporels sur trois des scènes de crime les plus anciennes.

— Oui, c'était avant qu'elle redouble de prudence, dis-je, en marquant une pause. Donc, elle emmène les hommes dans une chambre de motel, se livre à quelques préliminaires, puis les menotte.

— Ils doivent trouver ça excitant.

— Ouaip. Et avant qu'ils aient le temps de se rendre compte de ce qui leur arrive, ils sont morts.

Incapable de rester assise plus longtemps, je me lève à mon tour.

— Elle a un QI élevé. Ce qui correspond bien à un criminel organisé et à des scènes de crime relativement nickel.

La majorité des criminels organisés ont un QI de 120 et plus, et celui des tueurs en série est encore plus élevé.

— J'aimerais qu'on examine le niveau d'études, dis-je. Les victimes couvrent tous les niveaux d'instruction, il n'est donc pas facile de savoir si elle chasse à l'intérieur de son propre groupe, au-dessus ou au-dessous.

— En tout cas, elle a un certain degré de sophistication, pour avoir fait ça pendant toutes ces années.

— Continue, je t'écoute.

— Elle est au moins allée jusqu'au lycée.

— O.K., disons qu'elle se situe dans la moyenne, ce qui veut dire qu'elle a au minimum terminé ses études au lycée, et qu'elle est peut-être même allée à l'université.

Je note la modification sur le profil.

— Ça m'a l'air correct, approuve Darren qui regarde par-dessus mon épaule. Quelle sorte de casier juvénile, à ton avis ?

— Je pense qu'elle a dû faire des bêtises étant jeune, du genre vol à l'étalage ou conduite en état d'ivresse.

— Et la maltraitance ?

— Visiblement, elle est plutôt perturbée, mais je crois que durant son adolescence elle ne contrôlait pas son propre comportement. Elle doit forcément figurer dans un fichier quelque part. A tous les coups, elle avait un grand frère ou une grande sœur qui la sortait d'affaire chaque fois.

Les trois derniers éléments du profil concernent le MO, la signature et l'utilisation des médias.

— Le MO et la signature, nous les avons déjà vus.

— Ouaip, c'est assez évident.

— Pour ce qui est des médias, par contre, c'est un peu différent, du fait de son sexe. Elle n'est pas narcissique comme bon nombre de tueurs en série. Elle n'a pas besoin de lire des articles de presse qui relatent ses exploits ni d'en entendre parler aux informations. Elle tue pour son seul plaisir, et chaque meurtre lui procure satisfaction jusqu'à ce qu'elle choisisse sa prochaine victime. Je ne crois pas que nous pourrons nous servir des médias dans cette affaire.

Le silence retombe.

Une foule de pensées m'envahit, des impressions qui n'ont rien à voir avec la psychologie ou le profilage. Est-il question d'imagination ou de facultés extrasensorielles ? Je me représente mentalement cette femme : elle a de longs cheveux noirs légèrement ondulés, un corps mince mais bien tourné — et le profil me confirme qu'elle sait en jouer —, des traits fins et des lèvres sensuelles. Je l'imagine comme une femme qui dégage une sensualité exacerbée sans avoir à se donner beaucoup de mal et qui cependant ne manque pas de raffinement. Une sorte de croisement entre Angelina Jolie et Andy McDowell. Réalité ou fantasme ?

Ce que je ressens également, c'est sa colère. Son esprit prédateur bouillonne en moi, et ça ne me plaît pas le moins du monde.

Debout derrière ma chaise, Darren secoue légèrement le dossier.

— Allez viens, il faut vraiment que nous allions dormir maintenant.

Ses mains qui effleurent mes épaules me ramènent instantanément à la réalité, *ma* réalité.

American-Psycho vient d'entrer dans le salon.

Jamais-Pris : Enfin ! Alors, comment était Cindy ?

American-Psycho : Rudement bien !

Jamais-Pris : Vous avez eu l'occasion de tester sa fameuse souplesse ?

American-Psycho : Oui. Je l'ai soûlée dans l'hélicoptère et elle m'a sauté dessus dès que nous sommes entrés dans la maison. Elle a levé les jambes par-dessus la tête.

Jamais-Pris : Vraiment ? *** de veinard ! Alors, vous l'avez eue plus d'une fois ?

American-Psycho : Ouaip. Une fois avant qu'elle découvre notre petit secret et plusieurs fois après. J'ai gagné sur les deux tableaux.

Jamais-Pris : *** de veinard ! J'adore quand je les *** et qu'elles se rendent compte de ce qui leur arrive. J'aime voir leur *** d'expression passer du désir à la peur.

American-Psycho : Voici une photo de Cindy.

Jamais-Pris : Le pied !

Presque-Parfait : Vous vous êtes débarrassé du corps ?

American-Psycho : Bien sûr. Et grâce à ce deuxième cadavre, la presse pourra annoncer l'avènement d'un nouveau tueur en série.

Jamais-Pris : Excellent !

12

Un homme tend la main à l'intérieur d'un puits et hisse une jeune fille jusqu'à lui, une blonde. Elle se serre contre lui et, ensemble, ils se dirigent vers un hélicoptère. Il lui entoure les épaules de son bras, elle tortille des hanches en marchant. Dans l'hélicoptère, ils boivent du champagne. Elle émet de petits gloussements, de plus en plus forts, de plus en plus fréquents.

Ils atterrissent devant une grande maison. La fille s'élance. Elle court sur l'allée de gravier qui mène à la porte d'entrée. En chemin, elle dépasse une fontaine tarabiscotée. Une fois à l'intérieur de la maison, elle se jette au cou de l'homme et presse ses lèvres sur les siennes. Un baiser lascif, auquel ils ne mettent fin qu'après avoir virevolté dans la pièce et s'être retrouvés plaqués contre un mur. Elle lui arrache sa chemise puis, du bout des doigts, caresse sa poitrine musclée. Elle lui embrasse les mamelons. Il soulève sa jupe tandis qu'elle déboutonne son blue-jean. Elle lui grimpe dessus en se trémoussant, il la soulève le long du mur.

Quelques minutes plus tard, ils se dénouent. Il lui prend la main et la conduit dans une chambre à l'étage. Sans hésiter, elle saute sur le lit à baldaquin et immédiatement aperçoit les menottes. Elle s'allonge, roule sur le ventre, enfile le premier bracelet. Il s'agenouille sur le lit pour lui passer le deuxième.

Elle remonte une jambe contre sa poitrine puis, faisant étalage de sa souplesse, la tend de sorte que son tibia touche sa main menottée.

Il fait courir sa main le long de sa jambe jusqu'à son sexe, mais bientôt ramène la jambe sur le lit où il l'attache. Il fixe le dernier bracelet sur sa cheville, se relève et s'écarte.

Il lui déchire ses vêtements, s'allonge sur elle. Mais cette fois, il n'y a plus que de la peur dans les yeux de la fille.

Elle est morte, un cœur dessiné sur la poitrine.

Je me réveille en sursaut, complètement désorientée. Dans l'obscurité, un homme rôde près de mon lit. Je pousse un cri, tends le bras pour attraper mon revolver et le braque sur la silhouette.

— Sophie, c'est moi !

Plissant les paupières, j'essaie de focaliser mon regard pour enfin me rendre compte que c'est Darren qui se tient à côté de mon lit. Ah oui, c'est vrai, je dors dans sa chambre d'amis !

J'abaisse mon arme.

— Que s'est-il passé ?

— Tu as crié. J'ai frappé à la porte, mais… désolé, je ne savais pas quoi faire d'autre, alors je suis entré. J'espérais pouvoir te réveiller.

Les battements affolés de mon cœur ne semblent pas vouloir se calmer. Je repose mon revolver sur la table de chevet, balance mes jambes hors du lit et m'assois sur le bord du matelas.

— Tu as eu un autre rêve ? demande Darren d'une voix hésitante.

— Oui.

— Qu'est-ce que tu as vu ?

— Encore un cadavre. Une femme, mais pas la brune. Elle avait un cœur dessiné sur la poitrine… Il y avait autre chose, mais je ne me rappelle plus.

J'ai déjà dû refouler la vision au fin fond de ma mémoire, je suppose. En tout cas, une chose est sûre, la mort n'est pas belle à voir.

— Encore une femme ?

— Je sais, ça n'a pas de sens.

Je me lève et me mets à faire les cent pas dans la chambre.

— O.K., Malcolm a été tué par une femme qui, depuis quinze ans, assassine les hommes avec lesquels elle couche. Mais quel rapport avec la brune de ma vision ? Et cette nouvelle femme… elle avait le dessin en forme de cœur.

Darren observe un silence, il comprend que j'ai besoin de donner libre cours au trouble qui m'agite.

— Pourquoi notre tueuse a-t-elle changé brusquement de MO et instauré cette nouvelle signature ?

Je m'affale de nouveau sur le lit.

— Pourquoi est-ce que je n'arrive pas à comprendre ?

— Sophie, tout cela est terriblement embrouillé, dit Darren en s'asseyant à côté de moi. On ne s'y retrouve plus. Je veux dire, s'il n'y avait pas eu cette rose tatouée, on n'aurait jamais fait le rapprochement entre la mort de Malcolm et les autres.

— L'autre point d'interrogation, c'est pourquoi est-elle passée de la rose noire laissée bien en vue sur le lit à un petit tatouage dissimulé sur le corps de sa victime ? C'est comme si elle espérait qu'on ne le remarquerait pas.

— Peut-être que c'est exactement ce qu'elle voulait.

Je suis le raisonnement de Darren.

— Elle a peur de se faire pincer, alors elle organise cette mise en scène pour que l'on croie avoir affaire à un tueur différent. Malgré tout, elle ne peut pas s'empêcher de déposer une rose quelque part sur la scène de crime.

— C'est aussi ce que je pense.

Je laisse l'idée faire son chemin dans mon esprit.

— C'est la seule explication plausible.

— A moins que quelqu'un d'autre ne soit au courant au sujet de la rose et essaie de lui faire porter le chapeau.

Dans la chambre à côté, le téléphone mobile de Darren sonne. Machinalement, nous regardons nos montres. Il est 3 heures du matin. Un appel à cette heure-ci ne peut signifier qu'une chose : la découverte d'un cadavre. Silencieux, nous échangeons un bref coup d'œil ; nous savons tous les deux à quoi nous en tenir. Puis Darren se précipite dans sa chambre pour décrocher.

J'enfile mon blue-jean, remplace ma veste de pyjama par un chandail. Il n'y a pas l'ombre d'un doute dans mon esprit — nous allons nous rendre sur une scène de crime.

Darren revient dans ma chambre, vêtu d'un blue jean et d'un pull-over. Il n'a l'air que modérément surpris de me voir déjà habillée.

— Alors ?

— Une blonde. Et encore une fois, sur le campus de l'université de l'Arizona.

*
* *

Le spectacle est hélas ! familier. Dans un coin sombre est étendu le corps nu d'une jeune femme. Cette fois, la victime a été abandonnée à côté d'une benne à ordures. Des projecteurs éclairent la scène tandis que les policiers, les enquêteurs de la police scientifique et un représentant de l'institut médico-légal ratissent le secteur.

— C'est elle ? murmure Darren dès que nous sommes suffisamment proches pour distinguer le visage de la victime.

Sans un mot, je hoche la tête.

— Bonjour, Carter ! dit l'assistant du légiste.

— Bonjour, Johnson.

Je garde les yeux rivés sur la femme — environ un mètre soixante-dix, un corps parfait, des jambes qui n'en finissent pas. Ses courts cheveux blonds légèrement ondulés lui arrivent aux lobes des oreilles. Elle a les yeux ouverts et vitreux — elle est morte, c'est indubitable.

— A quoi avons-nous affaire ? interroge Darren pour entrer dans le vif du sujet.

— Il semblerait que la cause du décès soit une strangulation à mains nues, explique Johnson en pointant du doigt plusieurs ecchymoses sur le cou de la victime.

Cette fille n'est pas seulement de race blanche, elle a la peau très claire, ce qui rend les traces de strangulation beaucoup plus visibles que sur Malcolm.

— Je dirais qu'elle est morte depuis moins de vingt-quatre heures, poursuit l'assistant du légiste. Et puis, bien sûr, il y a ça.

D'un geste, il désigne la marque qui couvre partiellement la poitrine de la jeune femme. Le dessin en forme de cœur.

— Y a-t-il quelque chose sur ses poignets ?

Johnson me regarde.

— Vous êtes l'agent du FBI ?

— En effet. Je m'appelle Anderson.

Je tends la main, me souvenant tout à coup des convenances à respecter. J'ai déjà vu Johnson au moment de la découverte du corps de Malcolm, mais nous n'avons pas été présentés.

Il me serre la main.

— Johnson. Non, il n'y a pas de rose tatouée, si c'est ce que vous cherchez.

— Et pas non plus sur une autre partie du corps ?

— Je n'ai rien vu, du moins pas encore.

J'aperçois Stone qui se glisse à l'intérieur du périmètre de sécurité. Elle a l'air dans le même état que je me sens moi-même — lessivée. Ses cheveux auburn se dressent en épis sur sa tête et, sous son blouson, sa chemise n'est qu'à moitié rentrée dans son pantalon.

— Tu t'es coiffée avec un pétard, Stone ? demande Darren avec son sourire de gamin malicieux.

Elle se passe les doigts dans les cheveux, lui lance un regard enjoué. Puis elle baisse les yeux sur le corps.

— Encore un !

— Ils n'ont peut-être aucun rapport, dis-je.

Elle pointe l'index vers le cœur peint.

— Aucun rapport ?

— Il n'y a pas de tatouage, pas de rose. Et la victime est une femme.

A présent, c'est moi qui me fais l'avocat du diable, déniant tout à la fois mon instinct et mes visions qui pourtant m'assurent que les deux morts sont liées, d'une façon ou d'une autre.

Stone hoche pensivement la tête.

— Peut-être que Malcolm n'a pas été tué par la femme des motels.

Remarque tout à fait pertinente s'il en est. D'ailleurs c'est précisément à cela que Darren faisait allusion juste avant de recevoir l'appel téléphonique. Il est possible que notre tueur ait entendu parler de la rose et veuille nous égarer sur une fausse piste.

Darren s'accroupit à côté de Johnson.

— Qui est arrivé le premier sur les lieux ?

— O'Grady, répond Johnson en montrant l'un des policiers en faction à la limite du périmètre de sécurité.

Darren, Stone et moi rejoignons le dénommé O'Grady. Il ne nous faut que quelques minutes pour apprendre que le corps a été découvert par un étudiant de la résidence universitaire située non loin de là. Le jeune homme ne pouvait dormir à cause de l'odeur dégagée par un gros morceau de roquefort vieux de dix jours que son camarade de chambre — un Français — avait jeté à la poubelle et qui empestait toute la pièce. N'y tenant plus, notre amateur de nourriture simple était sorti en trombe, poubelle à la main, un peu avant 3 heures du matin, pour finalement tomber sur quelque chose d'autrement plus inquiétant que l'odeur nauséabonde d'un fromage.

13

Lorsque nous sommes revenus de la scène de crime, il était 5 heures du matin. Aussi avons-nous d'un commun accord décidé de retourner nous coucher.

Heureusement, la deuxième partie de ma nuit s'est avérée beaucoup plus agréable que la première et, au lieu d'un horrible cauchemar de jeune fille assassinée, c'est le gazouillis d'un oiseau qui me réveille. Je me retourne et regarde l'heure — 11 heures ! Je commence par m'étirer avant de m'extraire doucement du lit. Je n'ai couru que deux fois cette semaine et je me sens partagée entre le dégoût de moi-même et la fierté d'avoir résisté à mon obsession de l'exercice physique. Aujourd'hui, malgré tout, il est temps de m'y remettre. Le jogging m'aide à m'éclaircir les idées et à relâcher la tension — deux choses dont j'ai bien besoin en ce moment, il faut l'avouer.

J'enfile ma tenue de sport et me dirige sur la pointe des pieds vers la cuisine, prenant soin de ne pas réveiller Darren. Tout en me versant un verre d'eau, je remarque un petit bout de papier fixé au réfrigérateur par un aimant, sur lequel Darren a écrit : *Je n'ai pas voulu te réveiller. Je suis parti au travail. Appelle-moi quand tu te lèves. Il y a un trousseau de clés sur la table.*

J'extirpe mon téléphone de la poche arrière de mon

pantalon de survêtement et compose le numéro de Darren. Après une longue discussion, je réussis à le convaincre que je tiens absolument à le rejoindre — une fois de plus — bien que je sois en vacances. Il semble soulagé — ou peut-être se sent-il un peu moins coupable — lorsque je lui annonce malgré tout que je n'arriverai que dans deux heures environ — jogging oblige.

Les écouteurs de mon baladeur MP3 sur les oreilles, j'arpente bientôt les rues du quartier au pas de course. Au début, mes jambes pèsent une tonne, sans doute parce que j'ai rompu avec mes habitudes et n'ai pas couru depuis un moment, ou simplement à cause du manque de sommeil. Ce n'est qu'au bout d'une quinzaine de minutes que mon corps semble retrouver son rythme normal.

Le temps que j'arrive à l'hôtel de police de Tucson, il est 13 h 30. Darren est au téléphone, le visage empreint d'une expression soucieuse. Moins d'une minute plus tard, il raccroche et me regarde.

— Elle a un rapport avec Malcolm, cela ne fait plus aucun doute. Johnson a retrouvé de la terre sous ses ongles et l'a fait analyser en priorité. C'est la même que celle qu'on a prélevée sur Malcolm. Elle vient du désert de Mojave.

Je secoue la tête.

— Bon sang ! Qu'est-ce qui peut bien se manigancer là-bas ?

— Bonne question !

— On l'a identifiée ?

— Oui.

— Waouh ! Ils n'ont pas perdu de temps !

— Tu sais comment c'est avec les tueurs en série. Ils passent avant tout le monde. Il nous faut coûte que coûte trouver quelque chose sur l'auteur de ces crimes avant que la presse ne se déchaîne.

— Alors, qui est-ce ?

— Elle a un casier, comme Malcolm. Ce qui fait que nous avons pu l'identifier grâce à ses empreintes digitales. Elle s'appelle Cindy Star et est danseuse de revue à Las Vegas.

Darren entre le nom de Cindy dans la base de données.

— La voilà ! Elle a été arrêtée pour vol à l'étalage, il y a quatre ans. Elle avait dix-sept ans. C'était son troisième délit. Les deux premières fois, elle s'en était tirée avec un avertissement.

Par-dessus l'épaule de Darren, je regarde s'afficher le permis de conduire délivré par l'Etat du Nevada. Malgré la mauvaise qualité de la photo, il était évident qu'il s'agissait d'une jeune femme très séduisante.

Je fixe distraitement l'écran, essayant d'effectuer un rapprochement entre Malcolm et Cindy.

— Nous nous retrouvons donc avec deux personnes ayant un casier et qui sont allées dans le désert.

— Pour y faire quoi ?

— Ils ont peut-être été enlevés et traînés là-bas de force.

Darren hoche la tête. Puis se lève brusquement.

— Oh ! mon Dieu ! Et si nous avions affaire à un couple de meurtriers ? Ils kidnappent Malcolm et Cindy, les emmènent quelque part dans le désert de Mojave, les tuent puis se débarrassent des corps.

— Voilà une idée géniale ! Ça expliquerait pourquoi le MO de notre tueuse est différent de celui de ses crimes précédents. Et pourquoi elle n'a pas assassiné Malcolm dans une chambre de motel.

D'après le profil qui l'avait cataloguée comme célibataire ou engagée dans une relation durable, elle recherchait en parallèle des aventures avec d'autres hommes pour s'adonner au meurtre. Nous allons devoir réviser cette hypothèse.

— Ça pourrait aussi éclaircir cette histoire de dessin sur le corps des victimes. Le cœur symbolise l'amour que les tueurs éprouvent l'un pour l'autre.

— On dirait qu'ils sont assortis à merveille tous les deux, plaisante Darren.

— A merveille pour eux, pas pour leurs victimes.

— Tu l'as dit ! Cela signifierait également que l'homme a pu transporter le corps de Malcolm. Il y a déjà eu des cas de couples de tueurs en série. Ce ne serait pas la première fois.

Je me remémore les plus célèbres : les Tueurs de la lande, Ian Brady et Myra Hindley, Fred et Rose West, Gerald et Charlene Gallego. En général, la participation de la femme varie, allant du rôle de complice passive à celui de meurtrier actif. Notre affaire constituerait sans doute un exemple de ce dernier cas. Après tout, notre femme fatale a commencé à assassiner bien *avant* de rencontrer son nouveau galant.

— Sans oublier que ça cadre aussi avec la nature sexuelle des deux meurtres, dis-je.

— L'institut médico-légal confirme que Cindy a été violée, mais qu'un préservatif a été utilisé.

— Ça n'a rien d'étonnant. Il se pourrait même que le sexe fasse partie d'un rituel que les deux assassins accomplissent ensemble.

Stone arrive à son bureau.

— Vous m'avez l'air bien excités, tous les deux. Que se passe-t-il ?

Darren la met au courant des derniers développements de l'enquête et de l'hypothèse que nous avons échafaudée.

— C'est vrai que ça collerait tout à fait, convient-elle en s'asseyant. Et maintenant, que fait-on ?

Je tripote la bague que je porte à l'auriculaire.

— Les tueurs sont exceptionnellement rapides — deux victimes en une semaine. De plus, nous changeons maintenant de juridiction. Je crois qu'il est temps d'officialiser ma participation à l'enquête, ainsi que celle du Bureau.

— J'en serai très heureux, approuve Darren. Mais le FBI acceptera-t-il ?

— Evans, mon collègue du VICAP, en salivait presque quand je lui ai parlé du tatouage de la rose. Le Bureau recherche cette femme depuis des années, il s'intéresse tout particulièrement à cette affaire. Je vais appeler Rivers.

Je jette de nouveau un coup d'œil sur les photos de Cindy et ajoute :

— Il se peut que nous soyons obligés d'aller faire un tour à Las Vegas.

— C'est le Bureau qui paie ? demande Darren avec un clin d'œil.

— Ça, je n'en sais rien.

— Commençons par téléphoner, dit-il en souriant. Il ne sera peut-être pas utile de faire le voyage.

— Je voudrais voir le corps de Cindy encore une fois. Qui sait, ça pourrait déclencher quelque chose.

Je fais, bien sûr, allusion à quelque chose de paranormal, Darren l'a immédiatement compris. Il faut que j'apprenne à susciter mes prémonitions de manière plus fiable. Je suis arrivée à un certain résultat chez Malcolm et j'aimerais répéter l'opération.

— Bonne idée !

— Mais d'abord, Rivers, dis-je, revenant à mes moutons.

Commençons par le commencement. Je vais m'installer dans la salle de réunion afin d'appeler mon patron en toute tranquillité. Pour finalement m'apercevoir que j'ai été gagnée de vitesse ! Le directeur du VICAP l'a déjà mis au courant, et Rivers était justement en train d'hésiter entre deux options : me proposer de rester à Tucson ou affecter à l'affaire un autre agent de l'Unité. Mon offre décide pour lui.

De retour aux Homicides, je fais part de la bonne nouvelle à Darren.

— Bienvenue dans l'enquête ! dit-il avec un sourire. Par où allons-nous commencer ? Le corps de Cindy ou sa famille et ses amis ?

— Quelqu'un a prévenu ses proches ?

— Stone a téléphoné ce matin, répond Darren en se tournant vers sa collègue. Hé ! Stone ! Tu as des nouvelles des flics de Vegas ?

Elle lève la tête.

— Non, je les rappelle tout de suite.

Elle saisit son téléphone et appuie sur plusieurs touches.

— Inspecteur Cross ?… Ici l'inspecteur Stone des Homicides de Tucson. Avez-vous pu avancer sur le dossier de Cindy Star ?… Vraiment ? Attendez, je vais activer le haut-parleur.

Elle met l'appel en attente et nous regarde.

— Vous n'allez pas le croire !

Nous nous pressons autour de son bureau.

— Inspecteur Cross, reprend-elle, j'ai ici mon équipier, l'inspecteur Carter ainsi que l'agent spécial Anderson du FBI. Pouvez-vous leur répéter ce que vous venez de me dire ?

— Bien sûr. Après l'appel de l'inspecteur Stone, j'ai mentionné Cindy Star à l'un de mes collègues ici. Or, il se trouve que le nom lui était familier. Il avait dû se rendre chez elle pas plus tard que la semaine dernière. Sa colocataire, une dénommée Janice Dust, avait succombé à une overdose d'héroïne.

Darren et moi échangeons un regard. Mortes toutes les deux ? Impossible que ce soit une coïncidence !

Je m'appuie sur le bureau.

— Sa mort semblait-elle suspecte ?

— Non. J'ai ressorti son dossier pour l'étudier. Ça ressemble à un décès par overdose tout à fait ordinaire. Elle était accro à l'héroïne. Ses amis disent qu'elle avait décroché il y a deux ans, mais il arrive souvent que les drogués replongent.

— Dans quel état étaient ses veines ?

Il reste silencieux un instant, je l'entends fourrager dans ses papiers.

— En réalité, le médecin légiste n'a trouvé qu'une seule trace de piqûre, précise enfin Cross, conscient que ce détail sonne faux. Il n'y avait pas de blessure défensive, ni d'ecchymose. Rien qui indiquerait qu'elle ne s'est pas fait l'injection elle-même.

Admettons ! Considéré isolément, ce décès paraît assez banal, mais associé à la mort de Cindy…

— S'il s'agit d'un meurtre, c'est du bon boulot, ajoute Cross.

— Est-ce que Janice ou quelqu'un d'autre avait signalé la disparition de Cindy ? demande Stone.

— Non. Dust travaillait avec Star, comme danseuse dans la revue de chez Hugo's. Cindy a dit à son patron qu'elle devait subir une intervention chirurgicale et qu'elle serait absente pendant plusieurs semaines.

Je regarde Darren.

— Cindy, comme Malcolm, brouillait les pistes. S'ils avaient été kidnappés par un couple de tueurs, ils n'auraient pas pris leurs dispositions avant de partir.

— Malcolm ? répète l'inspecteur Cross, interloqué.

Darren lui explique.

— Le meurtre de Cindy est lié à un autre assassinat. La victime s'appelait Malcolm Jackson.

— Lié de quelle façon ?

— La scène de crime suggère qu'il s'agit du même tueur, répond Darren sans donner plus de détails. Et ils avaient tous les deux de la terre sous les ongles qui a été identifiée de façon formelle comme provenant du désert de Mojave. L'un comme l'autre se sont donc trouvés là-bas avant leur mort, peut-être en même temps.

Je me redresse. Je commence à y voir plus clair.

— Il est possible que Janice ait été au courant de ce que faisait Cindy. Et c'est pour cette raison qu'on l'a assassinée.

— Ce qui nous ferait trois meurtres. Ayant tous un rapport entre eux.

A l'autre bout de la ligne, Cross pousse un gros soupir.

Darren arpente son coin du bureau de long en large.

— Cross, je crois que nous ferions bien de vous rendre une petite visite. Nous apporterons tous les éléments dont nous disposons au sujet de Malcolm et Cindy pour essayer de découvrir ce qu'ils avaient en commun.

— Bien sûr. Vous n'aurez qu'à me prévenir de

l'heure de votre arrivée. Au fait, à quand remontent les meurtres ?

— Malcolm a été assassiné jeudi dernier et Cindy, hier.

— A exactement une semaine l'un de l'autre, observe Cross.

Darren, Stone et moi nous regardons. Nous savions que Malcolm avait été tué jeudi, bien sûr, mais nous ne nous étions pas pleinement rendu compte que les deux meurtres étaient intervenus à précisément une semaine d'intervalle.

— Et quand Malcolm a-t-il été vu pour la dernière fois ?

Darren n'a pas besoin de vérifier dans le dossier.

— Il y a deux semaines, le 20 mars. Et Cindy ?

— Bingo ! Son patron dit qu'elle s'est absentée à partir du 20 mars.

Darren repose le dossier.

— Merci pour votre aide, Cross. Nous vous rappellerons. Pouvez-vous nous faxer ou nous envoyer par e-mail tout ce que vous avez sur la colocataire de Cindy ? Nous allons l'ajouter au dossier et voir ce que nous pouvons en tirer.

Après avoir effectué nos réservations pour un vol à destination de Las Vegas demain matin, nous retournons à l'institut médico-légal, armés du rapport officiel du médecin légiste. L'un des techniciens en service nous introduit dans la chambre froide où sont conservés les corps qui ont été autopsiés mais pas encore récupérés par leurs familles. Pour l'heure, Malcolm et Cindy se trouvent tous les deux dans cette pièce, mais bientôt,

Malcolm sera transporté par avion jusqu'à Chicago et rendu à ses parents.

Le technicien cherche le nom de Cindy.

— Cindy Star, tiroir n° 24.

Il pique droit vers l'un des casiers en acier inoxydable — ou tiroirs, comme ils les appellent si prosaïquement — où sont entreposés les corps, tire sur la poignée et fait rouler la table jusqu'à lui. Un drap de plastique foncé recouvre le corps. Le technicien tend la main pour le soulever, mais avant qu'il ait le temps de le saisir, une image fulgurante de Cindy me traverse l'esprit. Elle est vivante, ligotée sur un lit dans la position de l'aigle déployé. Ça me rappelle quelque chose… des scènes du rêve que j'ai fait la nuit dernière. Je me mordille la lèvre inférieure, mes muscles se raidissent. J'ai gardé peu de souvenirs de ce rêve et, vu la manière dont j'ai réagi au cauchemar à propos de la jeune femme brune, je suppose que mon subconscient s'est empressé de les refouler.

Le technicien commence à replier le drap de plastique.

— Si vous n'y voyez pas d'inconvénient, je vais vous laisser.

— Oui, bien sûr, dit Darren.

— Rangez-la quand vous aurez terminé.

Darren acquiesce d'un signe de tête, et l'homme retourne à ses occupations.

Je retire entièrement le plastique, découvrant le corps dans sa banalité.

— Je viens d'avoir une vision de Cindy attachée sur un lit.

— Vraiment ?

— Oui. Je ne me rappelle pas tout ce que j'ai rêvé cette nuit, mais j'ai l'impression d'avoir déjà eu cette vision. Je suis sûre que dans mon cauchemar, Cindy était menottée à un lit.

— Le rapport d'autopsie mentionne qu'elle a été ligotée.

— Voyons ça, dis-je en baissant les yeux sur le document en question.

Darren entreprend de résumer à haute voix la première page :

— La cause du décès est la strangulation. Mais elle avait aussi un taux d'alcoolémie de 1,8. C'est énorme !

— Je ne te le fais pas dire ! Suffisamment pour la rendre apathique, peut-être même inconsciente.

— Oui, s'il n'y avait pas ces marques de ligature…

J'opine sans un mot. Il est vrai qu'on ne se débat pas quand on est sans connaissance.

Darren tourne les deux premières pages.

— Voilà, page 3 ! Elle a été attachée.

— Avec des menottes.

Je palpe les poignets et les chevilles de Cindy, scrute les écorchures sur la peau, lesquelles ne laissent place à aucun doute.

— Elle a tiré de toutes ses forces sur les menottes. Elle avait beau être ivre, elle s'est quand même défendue.

— Repense à ton rêve, Sophie. Tu es entraînée à remarquer les plus petits détails. Sers-t'en dans tes visions.

Darren a parlé avec douceur ; il n'empêche, je reçois ses paroles comme une gifle en pleine figure. Il a raison, naturellement. Je devrais enregistrer chaque détail, recueillir toute sorte d'information, exactement comme lorsque j'examine une scène de crime ou des photos prises sur les lieux d'un meurtre. Il n'y a aucune différence.

Je secoue la tête.

— Je crois que je présente une forme grave de refoulement.

— Je te comprends, crois-moi. Mais il faut que tu tentes le coup. Essaie de dépasser tes réticences.

Je soupire, force mes lèvres à se retrousser.

— D'accord.

Je ferme les yeux, tente de m'imaginer la scène, mais à la pensée que la terreur de Cindy va s'emparer de moi, je sens mon corps se raidir. Prenant une profonde inspiration, je m'oblige à surmonter ma peur.

— C'est un grand lit à baldaquin. On dirait un meuble ancien. Il est bois foncé, peut-être de l'acajou. J'ai l'impression de le reconnaître.

Et c'est alors que je comprends.

— C'est le même lit que celui sur lequel j'ai vu l'autre femme. La brune.

— Mais Malcolm et Cindy ont tous les deux été étranglés, et tu as vu la femme brune se faire poignarder. Quel rapport peut-il y avoir ?

Je n'en démords pas.

— C'est la même chambre.

Je laisse échapper un grognement de frustration.

— Mais ça non plus, ça n'a aucun sens. S'il s'agit d'un tueur en série, à savoir l'homme dans notre couple infernal, soit il étrangle ses victimes, soit il les poignarde. Mais pas les deux.

— Bon, revenons à Cindy. Décris-moi la pièce.

Exhalant un soupir agacé, je ferme de nouveau les yeux et me rejoue mentalement la scène, me contentant de visualiser quelques fragments de mon rêve.

— Un lit à baldaquin, dis-je, m'efforçant de me concentrer. Des draps de lit unis, gris foncé. Un plancher avec un tapis rouge sombre près du lit. Une table de chevet qui a l'air ancienne. Elle est assortie au lit. Et les murs sont peints en blanc. Je ne vois qu'un coin de la pièce.

— Y a-t-il quelque chose sur le chevet ?

— Juste une lampe. Elle aussi semble ancienne. Le pied est en cuivre et l'abat-jour en forme de demi-globe en verre dépoli.

— O.K. Donc, notre tueur, ou nos tueurs si ce type fait équipe avec la femme fatale, est un amateur d'antiquités et propriétaire ou locataire des lieux.

— Ouaip ! Ça ne nous aide pas beaucoup.

Darren tend la main, me touche le bras.

— Chaque détail a son importance, tu le sais aussi bien que moi.

Je hoche la tête, encore une fois distraite par le contact de sa peau. Après tout ce qui s'est passé avec Josh, je ne me sens pas prête à m'engager dans une liaison avec Darren. Et depuis ma mésaventure dans l'affaire de l'Ecorcheur, j'ai toujours autant de mal à supporter qu'un homme me touche. De plus, nous nous trouvons dans une morgue… pas exactement l'ambiance rêvée.

Percevant mon malaise, Darren retire sa main. Il baisse le regard sur le corps, puis reporte son attention sur la première page du rapport. Je l'imite.

— Nous disons donc que la cause de la mort est la strangulation, qu'elle remonte à hier, et que Cindy avait un taux d'alcoolémie élevé.

Il parcourt rapidement le document, ne s'arrêtant qu'aux détails les plus pertinents.

— Menottée.

— Et violée.

— On a détecté des traces de nonoxynol dans le prélèvement vaginal. Ce qui signifie qu'il y a sans doute eu rapport sexuel avec utilisation de préservatif. Très peu d'ecchymoses.

Les victimes de viol présentent souvent des contusions sur la face interne des cuisses et autour des organes génitaux. Or, la plupart des lésions cutanées de Cindy se situent à l'endroit des menottes.

— Si ses membres étaient entravés avant que le viol ait lieu, elle n'était pas en position de se défendre.

Darren hoche la tête.

— Il l'a soûlée, puis elle s'est réveillée ligotée sur un lit, pratiquement incapable de bouger.

— Exactement. A part mouvoir ses hanches sur quelques centimètres et tirer sur les bracelets, elle n'était pas en mesure d'offrir une résistance quelconque. Ce qui expliquerait l'absence de contusions.

Je poursuis la lecture du rapport. Les organes de Cindy étaient tous normaux, et seules de minuscules particules de terre ont été trouvées sous ses ongles.

Je contemple son visage. Comme j'aimerais pouvoir faire plus, percevoir davantage ! Mais la vision de la femme brune était trop intense, et je ne suis pas sûre d'être capable de supporter cela une nouvelle fois.

Je me replonge dans le rapport. Le médecin légiste n'a découvert aucun autre signe de traumatisme. Avant de mourir, Cindy était une jeune femme en excellente santé. Je secoue la tête, en proie à une fascination morbide. Quelqu'un va payer pour sa mort, je le jure !

Jamais-Pris : J'aurais dû miser davantage sur Cindy.

American-Psycho : Plus que cinq jours. Ça passera vite. Vous gagnerez peut-être quelqu'un.

Jamais-Pris : *Cinq jours ? Peut-être ?* Je vous en prie, faites en sorte que ce soit Brigitte et laissez-moi la prendre tout de suite. Regardez cette façon qu'elle a d'étendre ses longues jambes sur le casier à bouteilles, de les écarter juste assez pour que je puisse voir son slip en dentelle rouge. J'ai besoin d'une mise à mort, tout de suite !

American-Psycho : Vous allez devoir attendre.

14

Pour la seconde partie du vol Tucson-Los Angeles-Las Vegas, Darren et moi avons réussi à nous faire attribuer trois sièges. Je m'installe du côté hublot, Darren, du côté couloir, et nous étalons nos dossiers sur le siège du milieu.

— J'ai hâte d'arriver à Vegas, dis-je.

— Tu veux aller voir un spectacle ? Tenter ta chance au casino ?

Je souris.

— Non, j'ai surtout envie de découvrir le fin fond de cette affaire.

— Il est vrai que c'est presque aussi excitant que de jouer au black-jack, répond Darren. Tu es déjà allée à Vegas ?

— Non.

— Alors, il faut au moins que tu assistes à une revue et que tu risques 25 cents dans une machine à sous.

— Tu comptes me montrer comment passer un bon moment ?

Darren détourne le regard.

— Oui, quelque chose comme ça.

Mal à l'aise, je change de position sur mon siège

avant de remettre sur le tapis le sujet que je connais le mieux — mon travail.

— Cette affaire est si confuse, dis-je en feuilletant les dossiers que nous avons emportés — ceux de Cameron Michaels, la première victime de la femme fatale, de Malcolm Jackson, Cindy Star et Janice Dust.

Darren contemple les chemises cartonnées éparpillées sur le siège entre nous. Comme moi, il a l'air soulagé de se retrouver sur un terrain plus solide.

— Toutes les pistes nous entraînent dans des directions différentes. Il nous faudrait cinq à dix flics pour travailler sur cette enquête à plein temps. Toi, moi et Stone, nous n'en viendrons jamais à bout.

— Une vraie cellule de crise, ce serait idéal !

Je regarde par le hublot, repoussant le moment de décider quel dossier examiner en premier.

— Je parie qu'Evans est en train d'en assembler une. Il se pourrait bien que notre souhait se réalise, après tout.

— Nous en aurons besoin si l'intervalle d'une semaine entre deux meurtres devient une habitude.

Darren a raison — une victime par semaine est à la fois étrange et effrayant.

— Le Bureau va peut-être affecter à l'enquête quelqu'un de notre antenne locale.

Darren se penche vers moi.

— Tu sais, de nouvelles visions nous seraient aussi très utiles. Nous pourrions alors peut-être nous débrouiller sans aide supplémentaire.

Je détourne le visage pour dissimuler la légère irritation qui s'est emparée de moi. C'est absurde, je le sais, mais j'ai l'impression qu'il s'obstine à enfoncer le clou, et je me mets déjà suffisamment la pression moi-même pour ne pas avoir envie qu'il en rajoute. La vérité, c'est que le retour de ces phénomènes paranormaux éveille en moi des souvenirs douloureux, souvenirs que je n'ai aucun désir de ranimer.

— C'est difficile, Darren.

Avec hésitation, il pose sa main sur la mienne.

— Je regrette, mais ça ne disparaîtra comme ça, tu sais. Tu as vécu…

Il cherche ses mots.

— Tu as vécu un véritable enfer. Et rien ne pourra jamais changer ça, quoi que tu fasses.

Je sens fondre ma contrariété comme neige au soleil. Comment éprouver le moindre agacement envers un homme aussi gentil ? Je souris.

— Seigneur ! Tu es encore pire que la psy du Bureau.

Il esquisse un demi-sourire.

— Pas mal comme tactique de diversion !

— Je fais ce que je peux.

Je saisis le dossier concernant Janice. Bien que j'y aie jusqu'à présent consacré peu de temps, il retient toute mon attention. La jeune femme n'est pas allée dans le désert de Mojave, mais elle savait quelque chose, j'en mettrais ma main au feu.

— Je prends Janice, dis-je.

— Je vais jeter un autre coup d'œil sur le dossier de Cindy, propose Darren. Ensuite, j'échangerai avec toi.

J'examine les photos, essayant d'imaginer les différents scénarios qui tous aboutissent au même résultat : Janice, gisant effondrée sur le sol de sa cuisine. Je scrute attentivement les prises de vue montrant le corps. A gauche de la jeune femme se trouve la table de cuisine et légèrement derrière elle, une chaise renversée par terre. Elle devait être assise sur cette chaise lorsqu'elle s'est fait l'injection. Puis, à mesure que l'héroïne s'est engouffrée dans ses veines, elle est tombée de son siège, l'entraînant dans sa chute. Je feuillette les autres clichés, me familiarise avec le logement des deux jeunes femmes. Puis je me replonge dans le rapport d'autopsie. Aucune photo de scène de crime ne saurait remplacer ma présence réelle sur les lieux, surtout quand c'est le fait de me trouver physiquement sur place qui déclenche mes facultés extrasensorielles.

En étudiant ensuite le dossier de Cindy, je remarque quelques différences radicales. Son corps a été retrouvé dehors, aux premières heures de l'aube, et les photos contrastent de façon significative avec celles de Janice prises en plein jour à l'intérieur de l'appartement. Je survole une nouvelle fois les divers documents, mais rien ne me saute aux yeux.

Comme il ne nous reste plus que quinze minutes avant l'atterrissage, nous décidons de faire le point sur la façon dont nous envisageons le déroulement des faits.

Darren prend la parole en premier :

— Malcolm quitte Chicago, après avoir raconté à tout le monde des bobards sur ses intentions et sa destination véritables. Vraisemblablement, il part pour le désert de Mojave. Le hic, c'est qu'on n'a retrouvé aucune réservation d'avion, de train ou d'autocar à son nom. Et il n'a pas non plus loué de voiture.

En effet, nous avons eu confirmation ce matin que Malcolm Jackson n'a effectué aucune réservation sur un quelconque vol en partance de Chicago. De même, nous n'avons pas pu établir qu'il avait pris un train ou un autocar, même si, bien sûr, il est possible qu'il ait payé en espèces ou voyagé sous un faux nom.

J'enchaîne :

— Cindy se rend également dans le désert. Elle aussi ment à tout le monde sur ses projets réels, excepté à Janice, sa colocataire et meilleure amie.

Darren repose le dossier de Janice sur ses genoux.

— A un moment donné, alors que Cindy et Malcolm sont dans le Mojave, quelqu'un s'avise que Janice sait où se trouve sa copine et est au courant de ce qu'elle fait.

— Une information qu'ils tenaient à garder secrète.

— Pour l'instant, nous devons supposer que « ils » représentent notre femme fatale et son nouveau petit ami, l'assassin de Cindy, conclut Darren. Mais qui a tué Janice ?

— Ce meurtre est totalement différent de ceux de Cindy et Malcolm. Eux ont été tués pour le plaisir. L'assassinat de Janice était une affaire sérieuse.

Darren poursuit mon raisonnement :

— Elle a été tuée de manière expéditive, et le meurtrier a voulu faire croire à une overdose de drogue. Janice n'était pas une de leurs victimes ordinaires.

— Non, elle n'a tout simplement pas eu de chance que Cindy se soit confiée à elle.

— Et que les tueurs l'aient appris.

— Je me demande si Cross a prévenu la famille de Janice que sa mort était désormais considérée comme suspecte.

Je jette un coup d'œil par le hublot. Bien que nous soyons près d'atterrir, je ne distingue encore qu'une vaste étendue désertique.

Darren se penche légèrement pour admirer la vue.

— La famille de Janice serait sûrement soulagée de savoir qu'elle n'avait pas rechuté.

— Peut-être. Il n'empêche qu'ils voudront des réponses. Et ils réclameront vengeance.

— Ils font tous ça.

Le commandant de bord nous annonce par haut-parleur l'imminence de notre atterrissage. L'avion vire sur l'aile. Enfin, j'aperçois Las Vegas par le hublot.

J'imagine Las Vegas comme une ville surréaliste — avec des néons partout, des revues à grand spectacle, des machines à sous, des tables de blackjack et des sosies d'Elvis. Et vue de haut, elle tient encore davantage de la pacotille que ce à quoi je m'attendais, un peu comme si elle avait été construite pour servir de décor de cinéma. Un décor de sacrées dimensions !

Je me retourne vers Darren.

— A propos de familles, nous devrions appeler les Jackson.

— Pour leur dire que nous ne tenons toujours aucune piste ?

— Je crois qu'ils préféreraient encore cela plutôt que d'être laissés dans l'ignorance, dis-je en empilant soigneusement les dossiers sur le siège avant de les ranger dans ma sacoche. Et qu'en est-il des parents de Cindy ?

— Je ne sais pas. Je suppose que nous ne tarderons pas à en entendre parler.

Nous atterrissons et, à peine avons-nous franchi la porte de sortie, que j'allume mon téléphone mobile et consulte ma messagerie. Je n'ai reçu qu'un appel.

— Rivers veut des nouvelles fraîches, dis-je à Darren.

— Super ! Tâche donc de voir si tu peux trouver d'autres cadavres en rapport avec cette affaire.

— Je veux bien essayer.

— Et profites-en pour lui demander si mes frais seront

remboursés, plaisante-t-il avant d'effacer son sourire. J'appelle les Jackson.

Nous nous retirons dans un coin plus tranquille de l'aéroport pour passer nos coups de fil.

Je compose le numéro du portable de Rivers, lequel décroche au bout de trois sonneries.

— Bonjour, Anderson.

— Bonjour, patron.

Ma voix est immédiatement noyée dans le vacarme ambiant. Les haut-parleurs annoncent un embarquement immédiat, interrompant momentanément notre conversation.

— Où êtes-vous ? demande Rivers.

— A l'aéroport de Las Vegas.

— Las Vegas ?

— La dernière victime — la femme —, eh bien, nous avons découvert que sa colocataire était morte d'une overdose la semaine dernière.

— Ça m'a l'air louche.

— Nous avons pensé la même chose. C'est pour cette raison que nous sommes venus ici. En fait, monsieur, cette affaire prend des proportions inattendues, et nous avons besoin de renforts.

Rivers ne répond pas.

Sans ménagement, j'insiste :

— Qu'en pensez-vous ?

Mon chef se décide enfin à répondre, lorsqu'une nouvelle annonce couvre sa voix.

— Qu'est-ce que vous dites ?

— Nous sommes surchargés ici, en ce moment. J'ai pris contact avec notre antenne dans l'Arizona, mais eux aussi sont débordés. Voyez ce que vous pouvez déjà tirer au clair cette semaine. Ensuite, nous ferons le point.

— Mais il y aura peut-être un autre mort d'ici à la fin de la semaine.

— Nous n'en savons rien, Anderson. Deux meurtres ne constituent pas un schéma récurrent. Attendons la suite.

— Et Evans ?

Evans est mon dernier recours. Il n'a pas l'expérience du terrain, mais il connaît le dossier sur le bout des doigts.

— Tenez Evans au courant, mais c'est vous qui restez notre seul agent à plein temps sur cette affaire. Pour le moment, du moins.

Sa décision est irrévocable, j'ai en bien peur.

— Eh bien ? demande Darren en s'approchant de moi.

Je secoue la tête.

— Rien à faire. Rivers veut attendre encore une semaine pour voir ce qui va se passer.

— Mais…

— Je sais, je le lui ai dit. C'est toujours la même histoire. Il y a trop de crimes à résoudre et pas assez de personnel.

Je suis vraiment en pétard, mais je comprends. Toutes les affaires sont importantes, pas seulement celles sur lesquelles je travaille. Je remets mon téléphone dans mon sac.

— Comment ça s'est passé avec les Jackson ?

— Ils sont toujours dans la phase de déni.

— Et le corps de Malcolm ?

— On le renvoie à Chicago par avion aujourd'hui.

— Ça devrait les aider à accepter la mort de leur fils.

— Rien de tel qu'un cadavre pour vous faire revenir à la réalité, pas vrai ?

— Exactement.

J'empoigne mon sac de voyage, essayant de ne pas penser à M. et Mme Jackson contemplant le corps sans vie de leur fils.

Vingt minutes plus tard, nous quittons l'aéroport de Las Vegas dans une Chevrolet de location et mettons le cap sur le quartier général de la police de la ville pour y rencontrer l'inspecteur Cross.

L'aéroport est plus ou moins situé dans le centre de Las Vegas, ce qui fait que nous avons tout loisir d'admirer en chemin la capitale mondiale du jeu dans toute sa splendeur. Darren tourne deux fois à gauche et, au bout de cinq minutes, apparaissent les fameux casinos, réputés pour leur démesure.

— Nous sommes sur le célèbre boulevard de Las Vegas, le *Strip*, annonce Darren.

Je secoue la tête, confondue par le nombre et l'extravagance des établissements de jeu. Je ne suis pas certaine que Darren ait emprunté la route la plus directe pour atteindre notre destination. Je le soupçonne plutôt d'avoir pris l'itinéraire touristique dans le seul but de m'épater.

— Alors, qu'en dis-tu ?

— Waouh !

En vérité, c'est la foule qui m'époustoufle, davantage que le spectacle de la ville elle-même. Je m'attendais aux paillettes, aux néons, et même à la face cachée de la ville — plus sombre, plus trouble —, mais cette marée humaine qui afflue à Las Vegas pour prendre sa part du gâteau…

— Mon Dieu ! regarde tous ces gens !

Ce n'est certes pas un endroit pour les personnes sujettes à l'ochlophobie. Ni à la claustrophobie, d'ailleurs ! La foule se déplace en masse compacte, ne laissant que de rares petits interstices dans lesquels se faufiler.

Nous dépassons une enseigne plantée au milieu de la route, qui, en toute modestie, annonce : « Bienvenue à la fabuleuse Las Vegas ». Il a fallu qu'ils rajoutent l'adjectif *fabuleuse* ! Je ne peux réprimer un sourire et continue à regarder droit devant moi. Nous sommes maintenant arrivés en plein cœur de la ville, au milieu d'un essaim de touristes. Les casinos apparaissent plus tangibles, mais il y a toujours une telle outrance dans leur clinquant que je suis obligée de me rappeler qu'ils sont réels. A gauche se dresse un casino plus modeste — le Mandalay Bay —, mais juste à côté émerge le premier casino à thème — le Luxor — dans toute sa magnificence égyptienne. Construit en forme de pyramide, il est placé sous la protection d'un énorme sphinx qui en garde l'entrée.

— Ça alors !

— Impressionnant, non ?

Ebahie, je demeure muette quelques secondes, avant de fixer les yeux sur une ligne d'horizon miniature de New York qui se dessine devant moi.

J'en bafouille.

— Qu'est-ce… que… ?

Darren suit mon regard.

— Ah ! New York-New York. C'est le nom de l'hôtel.

— Oui, bien sûr ! Où avais-je la tête ?

Avec un petit rire, je contemple le grand huit qui forme une boucle autour de la statue de la Liberté et de l'Empire State Building.

— Mais nous ne sommes pas seulement en Amérique,

dit Darren en désignant le côté droit de la route que j'ai négligé tant j'étais fascinée par le New York-New York.

Un pâté de maisons plus loin se profile une mini tour Eiffel.

— Ça, c'est le Paris-Las Vegas, précise Darren. Et, oh ! nous venons de dépasser le casino Hugo's, celui où travaillaient Cindy et Janice.

Darren pointe le pouce par-dessus son épaule.

A vrai dire, pendant une minute ou deux, j'ai oublié la raison de notre venue dans cette ville. Je ne suis pas ici pour faire du tourisme, que diable, mais pour élucider un meurtre. Et, avec un peu de chance, arracher aux griffes de la mort la jeune femme brune de mon rêve. Braquant de nouveau mon regard devant moi, je considère le reste du panorama d'un œil beaucoup moins enthousiaste. Nous passons devant le majestueux Caesars Palace — avec ses colonnes et son char flamboyant — le Mirage, le Circus Circus et enfin le Stratosphere. New York-New York n'est pas le seul casino à avoir incorporé un manège dans son imposante architecture.

Finalement, nous quittons le boulevard principal et tournons à gauche dans Stewart Avenue avant d'atteindre le bureau de police. L'enquête m'occupe tout entière, cela va de soi ; il n'empêche, j'ai l'impression que la poussière d'étoile qui enveloppe Las Vegas m'a alourdi les sens. Poussière d'étoile… *stardust*…

— Attends une minute ! Je viens de me rendre compte que le nom de Cindy est Star et celui de Janice, Dust. Ça fait Stardust.

Darren éclate de rire.

— Compris ! Il doit s'agir de leurs noms de scène. C'est une spécialité du coin, comme les sosies d'Elvis qui ont officiellement changé leur nom en LoveMe Tender. Nous sommes à Vegas, ma chère, ne l'oublie pas !

Nous nous extrayons de la voiture et piquons droit vers le bureau d'accueil. Moins de deux minutes plus tard arrive un grand gaillard d'inspecteur, âgé d'une cinquantaine d'années. Le sergent en faction à la réception nous désigne du doigt ; Cross s'avance vers nous.

Darren tend la main.

— Merci de nous recevoir, Cross.

— Heureux de vous rencontrer, dit-il avant de se tourner vers moi. Et vous êtes l'agent du FBI ?

Tout en lui donnant une poignée de main, je me présente.

— Pourquoi le Bureau s'intéresse-t-il à cette affaire ?

D'après le ton de sa voix, il est difficile de déterminer si Cross apprécie la présence du Bureau ou si, au contraire, elle lui déplaît. Comme la plupart des gens, les flics se montrent parfois très jaloux de leur territoire.

Darren répond à ma place.

— Il semble que ces derniers meurtres aient un rapport avec une criminelle que le Bureau traque depuis quelque temps déjà.

Venant de Darren, cette explication laisse entendre à Cross que c'est lui qui a réclamé notre assistance et non que le Bureau essaie de dicter sa conduite à la police locale. De plus, elle lui signifie que Darren coopère avec moi, ce qui, selon toute vraisemblance, devrait l'inciter à se mettre au diapason.

— Ah, super ! sourit Cross avec sincérité.

Il nous conduit à travers les couloirs du bâtiment.

— Pour vous parler franchement, cette affaire me laisse perplexe.

— Il est vrai qu'elle est assez troublante.

— Plus je réfléchis à la mort de Janice, plus j'y perçois les caractéristiques d'un meurtre de professionnel. Est-ce que vous enquêtez du côté de la mafia ?

Nous arrivons au pied d'un escalier que Cross entreprend de gravir avec lenteur.

— Non, mais je suppose que c'est un facteur à ne pas prendre à la légère dans votre juridiction, répond Darren.

Nous ralentissons le pas afin de laisser l'inspecteur mener le train. Il n'est pas question de risquer qu'il nous fasse un infarctus, surtout qu'il n'est sans doute plus très loin de la retraite !

— Ce n'est rien de le dire ! Cependant, qu'est-ce que Cindy et Janice avaient à voir avec la mafia ?

Songeur, Cross secoue la tête.

C'est un point de vue intéressant, je l'admets, mais à mon avis, cette histoire de mafia ne sonne pas juste.

— Les meurtres de Malcolm et Cindy étaient tous les deux de nature sexuelle. Typiques d'un tueur en série.

Cross me regarde.

— Vous êtes spécialiste des tueurs en série ?

— En effet, je m'occupe principalement des affaires de ce genre.

— C'est pour cette raison que vous êtes venue aux Etats-Unis ? Il n'y a pas assez de tueurs en série en Australie ?

Il a reconnu mon accent ! Je dois dire que je suis impressionnée. La plupart des Américains me prennent pour une Sud-Africaine, voire une Anglaise, parce que je ne parle pas avec l'accent à couper au couteau de Paul Hogan.

— Je suis venue par intérêt pour le profilage et pour le

FBI, mais il est vrai que j'aime travailler sur les dossiers concernant des meurtres en série.

Cross hoche la tête. Arrivé au premier étage, il tourne à gauche.

— Y en a-t-il beaucoup, en Australie ?

— Nous en avons eu quelques-uns, dis-je, bien que le mot *plusieurs* serait plus approprié. Mais rien de comparable avec les Etats-Unis. C'est surtout une question de taille. L'Australie ne compte même pas vingt millions d'habitants. Environ un quatorzième de la population américaine.

Il émet un petit grognement et tourne de nouveau à gauche.

— Mais je parie que vous n'avez pas la même proportion de tueurs en série.

Tout juste ! Les statistiques révèlent des nombres beaucoup plus élevés dans ce pays. Je me rappelle la première fois que j'ai lu les estimations avancées par le Bureau — ça m'a fait froid dans le dos. Ils évaluent le nombre de tueurs en série en liberté sur le sol américain à plus de deux mille. Je me livre à un rapide calcul mental et arrive à un total d'environ cent quarante, en tenant compte de la différence de population. De toute évidence, l'Australie est comparativement loin de compter autant de criminels, surtout en cavale.

Cross n'attend pas de réponse.

— Comment avez-vous résolu le problème de la nationalité américaine ?

Bonne question ! Tous les employés du FBI doivent en effet être citoyens américains.

— Comme mon père est américain, j'ai la double nationalité.

— Je vois.

Cross tourne à droite, entre dans un bureau paysagé et se dirige vers la table de travail située dans le coin le plus éloigné sur la droite.

— C'est ici mon domaine, dit-il en s'asseyant.

Les deux chaises devant le bureau, je suppose qu'il les a installées en prévision de notre visite.

Darren et moi prenons place, tandis que Cross ouvre un dossier. Le bavardage mondain est terminé.

— J'ai pensé que nous pourrions commencer par aller au domicile des deux filles. Ensuite, j'ai arrangé un rendez-vous avec leur patron à 13 heures.

En pensant à la manière de procéder de l'inspecteur de Chicago, je ne peux retenir un sourire. Quelle différence avec Cross ! Hamill s'est certes révélé utile, jusqu'à un certain point, mais Cross est l'efficacité personnifiée. Un trait que je n'aurais jamais soupçonné en le jugeant sur sa seule apparence — plutôt miteuse, force est de le reconnaître.

— J'ai localisé les parents de Cindy. Son nom véritable est Cindy Bass, elle est originaire de Yucca Valley. Chose intéressante, cette ville est située non loin de la pointe sud du désert de Mojave. Un officier de la police locale est allé informer les parents. Apparemment, ils n'avaient plus de nouvelles de leur fille depuis qu'elle a eu seize ans.

— Vraiment ? dis-je, curieuse de savoir ce qui a provoqué cette mésentente familiale.

Voilà encore un point commun entre Malcolm et Cindy.

Darren me regarde, interloqué.

— Qu'est-ce que tu as ?

L'expression de mon visage doit ressembler à un signal lumineux.

— Cindy et Malcolm étaient tous les deux, dans une certaine mesure, brouillés avec leurs parents.

— Tu crois que ça signifie quelque chose ?

— Sait-on jamais ? C'est tout de même un lien entre eux qui présente un intérêt en termes de profil de victime.

Cross reprend la parole.

— Je me suis également entretenu avec les parents de Janice. Ils habitent à Los Angeles. Je leur ai dit qu'il y avait du nouveau et que nous enquêtions désormais sur la mort de leur fille que nous considérions comme suspecte. Comme vous pouvez l'imaginer, ils m'ont posé un tas de questions.

— Ça ne m'étonne pas, convient Darren.

— Enfin bref, je leur ai dit que le corps de la colocataire de Janice avait été retrouvé en Arizona, et que nous trouvions la coïncidence troublante.

Darren sort son calepin.

— Il est *possible* que ce ne soit qu'une coïncidence.

Cross se gratte le nez.

— Peut-être, mais quelles sont les chances ?

— Les parents de Janice ont-ils paru surpris ?

— Non, répond Cross en secouant la tête. Pas du tout. J'ai parlé avec la mère, elle savait que sa fille n'était pas morte d'une overdose. Elle était persuadée que Janice avait définitivement décroché.

Ce qui semble parfaitement logique et confirme notre pressentiment que Janice était au courant de quelque chose qu'elle n'aurait pas dû savoir.

Cross repose le dossier, en prend un autre.

— En ce qui concerne Cindy, j'ai rassemblé ce que j'ai pu à son sujet et j'y ai jeté un œil hier. Je ne sais pas si cela vaut vraiment le coup d'aller à Yucca Valley. Je veux dire, sa famille ne l'a pas vue depuis plus de cinq ans.

J'acquiesce d'un signe de tête.

— En effet, ça me surprendrait qu'ils connaissent grand-chose de sa vie.

— Qu'a-t-elle en commun avec Malcolm ? interroge Cross. A part ses démêlés avec ses parents ?

Darren n'hésite qu'une seconde.

— Les éléments qui constituent la signature du tueur sur la scène de crime correspondent parfaitement…

Je l'interromps :

— Presque.

Cross me regarde, attendant une explication.

— Ils avaient tous les deux un cœur dessiné sur la poitrine, mais Malcolm avait également une rose tatouée sur la face interne du poignet droit. C'est d'ailleurs pour cette raison que nous avons fait le rapprochement avec ces autres affaires auxquelles le Bureau s'intéresse de près. Cindy, elle, n'avait pas de tatouage.

— Bizarre ! remarque Cross.

Darren prend la relève.

— Nous pensons avoir affaire à deux tueurs. Un couple.

— Pas possible !

Nous hochons la tête en chœur.

— Et lequel des deux est responsable de la mort de Janice ?

— Ce pourrait être l'un ou l'autre. Comme vous l'avez dit, le meurtre de Janice a été exécuté de manière toute professionnelle. A mon avis, Malcolm et Cindy ont été tués uniquement pour le plaisir.

Je marque un temps d'arrêt pour laisser Cross digérer l'information. Puis je reprends :

— Mais l'assassinat de Janice, c'était du sérieux. Rapide et discret. Le meurtrier n'en a retiré aucune jouissance. Janice savait quelque chose, et il fallait la réduire au silence, point barre.

Nous nous taisons quelques secondes, puis Darren poursuit sa comparaison entre les victimes.

— Malcolm et Cindy sont partis à peu près au même moment. L'un comme l'autre ont menti à leurs proches au sujet de leur destination et de ce qu'ils allaient faire. Et l'expertise médico-légale nous certifie qu'ils se sont tous les deux trouvés dans le désert de Mojave.

— Quoi d'autre ? demande Cross.

— Il y a aussi leurs occupations professionnelles.

Darren et moi n'en avons pas encore discuté entre nous, mais je vois une similitude entre le métier d'escort-boy et celui de danseuse de revue. L'un et l'autre faisaient commerce de leur corps, encore que dans le haut de gamme.

Darren hausse les sourcils.

— Oui, peut-être, concède-t-il avant de se tourner vers Cross. Malcolm travaillait comme escort-boy de luxe.

Cross me regarde.

— Mais ils ont été tués par des personnes différentes.

— Oui. Voici le premier profil établi pour l'assassin de Malcolm, dis-je en sortant de ma sacoche la photocopie du rapport sur lequel figurent les quelques modifications que j'y ai apportées.

Je lui tends le document.

— Il a été dressé, il y a deux ans, par le FBI, mais nous avons effectué quelques mises à jour.

— Quelle était la cause du décès de Malcolm ?

— Strangulation à mains nues. C'est une femme qui

séduit ses victimes et les étrangle pendant l'acte sexuel. Et ça dure depuis quinze ans.

Le visage de Cross se décompose.

— Pas étonnant que le FBI la recherche !

— Comme vous dites.

Cross reporte son regard sur les feuilles qu'il tient à la main, puis, une fois terminé sa lecture, il lève les yeux.

— Je n'ai jamais poursuivi de tueuse en série auparavant, murmure-t-il. D'habitude, vous tuez plutôt par amour ou pour vous défendre.

Ces dernières paroles, il les a prononcées en me regardant, mais je sais qu'il fait allusion aux femmes en général. Et il a raison. Quand une femme commet un meurtre — et il nous arrive de tuer, inutile de le nier — c'est souvent parce qu'elle a été abandonnée ou trompée par son amant ou parce qu'elle se trouve dans une situation de violence conjugale qui s'est à ce point aggravée qu'elle n'a plus qu'une alternative : « c'est lui ou moi ». Il est à parier que tous ceux qui vont travailler sur cette affaire se passionneront d'autant plus pour l'enquête qu'elle les lancera sur la piste d'un tueur en série de sexe féminin.

Le silence retombe. Au bout de quelques instants, Cross reprend sa veste sur le dossier de sa chaise.

— Allons voir cette scène de crime.

15

Nous laissons notre voiture de location garée devant le bureau de police et montons dans celle de Cross. Le trajet se déroule en silence. J'en profite pour observer le décor qui m'entoure. Je n'aurai pas le loisir de vraiment explorer Las Vegas — du moins pas au cours de ce voyage —, mais je peux au moins la regarder de loin, en tant que visiteur, sinon comme touriste. Nous redescendons le Las Vegas Boulevard avant de rejoindre l'autoroute I-515. Après avoir emprunté la sortie qui conduit à l'aéroport puis tourné à gauche et une autre fois à droite, Cross s'arrête devant une petite maison de brique. Le quartier a l'air agréable, plus familial que branché. Un PT Cruiser rouge est stationné dans l'allée devant la maison.

— A qui appartient ce véhicule ?

Cross coupe le contact.

— A Janice, me répond-il.

Darren descend de voiture et examine le Cruiser.

— Elles sont chouettes, les roues !

La pelouse est un brin clairsemée mais entretenue avec amour. Pas de mauvaises herbes, quelques arbustes qui commencent à bourgeonner et une dizaine de rosiers plantés à intervalles réguliers le long de la façade de la maison. Le ruban jaune délimitant la scène de crime est tendu en travers de la petite véranda qui protège la porte d'entrée. Cross détache une extrémité du ruban et sort une clé d'une pochette en plastique étiquetée « Dust : 275 Calliope Drive ». La porte de bois sombre comporte une seule serrure. Visiblement, les deux jeunes femmes ne se montraient pas très soucieuses de leur sécurité. Mais bien sûr, il se peut aussi que cette absence de crainte reflète tout simplement l'atmosphère paisible du voisinage. Ce qui me conduit à me poser des questions : le système de verrouillage de ma porte ne relèverait-il pas davantage de la paranoïa que de la simple prudence ?

A la seconde où nous entrons, je me rends compte aussitôt que cet endroit n'est pas seulement une maison, il a la douceur d'un foyer. Comment les flics ont-ils pu croire un seul instant que Janice était morte d'une overdose ? Ce lieu n'a absolument rien à voir avec le logis de l'héroïnomane typique. Il suffit d'un coup d'œil pour se convaincre que Cindy et Janice tiraient fierté de leur cadre de vie et possédaient un sens très développé du confort. Elles avaient déployé de gros efforts pour créer une ambiance douillette et, à moins que les danseuses de revue ne gagnent fichtrement plus que ce que j'imagine, elles devaient consacrer la plus grosse partie de leur salaire à la décoration de leur maison, et certainement pas à acheter de la drogue pour Janice.

La porte d'entrée s'ouvre sur un grand séjour, à gauche duquel se trouve la cuisine. La moquette est usée par endroits, mais les filles lui ont ajouté trois tapis moelleux. Deux canapés de cuir — ils ont l'air neufs — se font face, adossés aux murs de droite et de gauche, et au milieu se dresse une table basse au plateau de verre. Près de la porte trône un téléviseur grand écran qui doit valoir pas moins de deux mille dollars.

J'enfile une paire de gants en latex — tout bon enquêteur se doit d'en avoir au moins deux paires dans son sac — et marche droit vers les photos accrochées aux murs. La plupart montrent Cindy et Janice. Toutes portent à croire que les deux jeunes femmes étaient très proches. Elles travaillaient, vivaient et sortaient ensemble. Sur quelques clichés, on les voit en compagnie de plusieurs personnes, sur d'autres, les filles apparaissent dans leurs costumes de scène.

J'interroge Cross.

— Vous savez qui sont ces gens ?

— Ouais. Ils font pour la plupart partie du spectacle. Cindy habitait Las Vegas depuis cinq ans, depuis qu'elle avait quitté Yucca. Elle a travaillé comme serveuse au Circus Circus pendant deux ans, puis un an au Caesars, avant de se faire engager dans une revue. Les trois premières années, elle a passé audition sur audition, sans succès, jusqu'à ce que Hugo's lui offre un contrat.

— Janice était un peu plus âgée qu'elle.

La différence d'âge me donne à penser que soit Cindy était mûre pour son âge soit Janice était immature.

— Cindy avait vingt et un an et Janice, vingt-six. Tout le monde chez Hugo's dit qu'elles étaient inséparables.

A son tour, Darren regarde les photos.

— On dirait qu'il n'y avait pas beaucoup d'hommes dans leur vie.

— Nous nous sommes posé la même question.

— Vous croyez qu'elles étaient amantes ?

Vu la manière dont Cindy pose sur les photos et les vêtements qu'elle porte en dehors de son travail, cette éventualité me surprendrait. Toute sa personne semble vouloir attirer sur elle le regard des hommes. Sur chacun des clichés, elle arbore le même sourire effronté, bombe légèrement la poitrine et semble avoir un faible pour les jupes courtes et les décolletés généreux. Elle n'aurait pas eu besoin de faire autant d'efforts si elle avait voulu retenir l'attention d'une femme.

— Nous avons essayé d'éclaircir la question, mais tous ceux à qui nous en avons parlé disent que c'est impossible. L'une comme l'autre avait des relations occasionnelles avec des hommes, mais avec aucun en particulier.

Je gagne la cuisine tandis que Darren prend la direction opposée, sans doute celle des chambres. Quant à Cross, il semble hésiter un instant puis finit par m'emboîter le pas. La cuisine est plus grande qu'elle le paraissait sur les photos. Dans un coin, il y a une table à manger, celle à laquelle était installée Janice au moment de sa mort. La chaise renversée a été ramassée et remise à sa place.

— Nous pensons qu'elle était assise quand elle a reçu l'injection, explique Cross en posant une main gantée sur le dossier de la chaise près de la porte. Elle s'est affaissée sur le côté et est tombée à terre.

Du bout du pied, il me montre l'endroit où gisait le corps de la jeune femme.

— Est-ce que les techniciens du labo sont revenus ?

Tant qu'il ne s'agissait que d'une mort par overdose, les gars de la Scientifique n'auront pas cherché à relever des empreintes ni autres indices, cela, je le sais.

— Oui, ils ont tout ce qui leur faut pour l'instant.

— Parfait.

Cela signifie que je n'ai pas besoin de prendre autant de précaution pour ne rien déranger sur la scène de crime. Je m'assois sur la chaise.

— Bon, disons que l'assassin a réussi à s'introduire ici sous un prétexte quelconque. Janice est assise à la table… pourquoi ?

— Elle a peut-être bu un verre avec lui.

C'est possible, en effet, mais à un moment donné il est passé derrière elle pour sortir la seringue, la préparer puis empoigner Janice par surprise et lui injecter la drogue. Le tout sans qu'elle se débatte. Elle devait être préoccupée, tellement absorbée qu'elle ne faisait pas attention.

— Et s'il lui avait donné quelque chose à regarder, un catalogue, par exemple ?

Je sors le profil de mon sac, le pose sur la table et m'incline comme si j'étais en train de lire.

Cross joue le jeu.

— Il la surveille du coin de l'œil, de temps en temps lui désigne quelque chose du doigt.

Il se penche au-dessus de moi, pose l'index sur une page du document.

— Une fois qu'elle est suffisamment plongée dans sa lecture, il prépare la seringue. Ensuite, il lui attrape le bras par-derrière et lui plante l'aiguille dans la veine.

Cross saisit mon bras et simule la scène.

— C'était plutôt risqué. Nous devons avoir affaire à un tueur très sûr de lui. Elle aurait pu lui flanquer un coup, ou il pouvait rater la veine.

De bonne grâce, Cross répète le geste de m'agripper le bras. Cette fois, je me redresse et fais mine de le frapper de ma main droite, mais, sans lâcher mon bras, il réussit à esquiver le coup.

— Il lui suffisait d'être costaud…, conclut Cross en passant sous mon bras tendu pour m'infliger une autre piqûre dans la veine. Et il faisait d'elle ce qu'il voulait. Au cas où les choses auraient mal tourné avec la drogue, je suis certain qu'il avait un plan de rechange. C'est un vrai travail de professionnel.

Je réfléchis au raisonnement de Cross. J'ai été entraînée

à me battre, à me défendre, alors que la plupart des femmes n'y sont pas préparées. Au temps où, à Melbourne, je pratiquais le kung-fu, dans sa forme dite « Tigre et Grue », nous n'étions qu'une petite poignée de filles à suivre les cours. En fait, il m'arrivait parfois d'être la seule représentante de mon sexe. Il n'est pas question ici de ce que *moi* j'aurais fait, mais de Janice, de la façon dont *elle* aurait réagi. Elle était peut-être trop désarçonnée pour avoir ne serait-ce que le réflexe d'essayer de frapper son agresseur. Ou bien elle n'a pas été assez rapide — le tueur s'attendait à une réaction de sa part, tout comme Cross. En faisant une seconde tentative, j'aurais pu m'arracher à la poigne de l'inspecteur. Après tout, je ne m'entraîne pas deux heures par jour pour rien, que diable ! Mais c'est de Janice qu'il s'agit. Elle n'était pas prête à affronter cette situation, Cross a raison.

— Votre hypothèse me semble concluante. Elle colle tout à fait avec l'audace dont l'assassin a fait preuve en venant chez elle.

Cross regagne le séjour, me laissant fouiner dans la cuisine pendant quelques minutes encore. Mais rien ne retient mon intérêt ni ne me paraît particulièrement probant. Je ferme les yeux et essaie de me concentrer sur Janice et sur la scène qui s'est déroulée dans cette pièce. Toutefois, le bruit que fait Cross à quelques mètres seulement de moi distrait mon attention. S'il revenait à l'instant, j'aurais sans nul doute l'air bizarre, campée au milieu de la cuisine, respirant profondément, les yeux fermés.

En traversant le séjour pour me rendre dans les chambres, je croise Darren et Cross.

— Vous avez trouvé quelque chose ?

Darren secoue la tête.

— *Tu* auras peut-être plus de chance que nous, répond-il en appuyant légèrement sur le pronom.

J'ai compris l'allusion. Il va occuper de l'inspecteur pour que je ne sois pas dérangée.

— O.K., dis-je.

Cross ne semble pas avoir remarqué le sens caché de notre échange.

Darren me désigne le couloir.

— La chambre de Cindy est la première porte, précise-t-il.

— Merci, dis-je en réprimant une grimace. Janice est morte dans la cuisine. Cross peut te montrer comment nous imaginons que les choses se sont passées.

En entrant dans la chambre de Cindy, je suis immédiatement frappée par le vaste lit à baldaquin qui trône dans la pièce. Je secoue la tête. Quelle ironie ! Cependant, au contraire de celui que j'ai aperçu en rêve et dans mes visions éveillées, celui-ci est de style moderne. Les colonnes de fer forgé sont reliées entre elles par des volutes en fer. Un cœur artistiquement travaillé décore la tête de lit. De nouveau, le symbolisme des formes me confond. Cindy dormait sous la représentation d'un cœur et elle est morte avec ce même dessin peint sur la poitrine. Les draps sont simples, d'un bleu clair uni. Il y a quatre grands oreillers sur le lit. Deux tables de chevet en fer avec plateau de verre occupent un petit espace de chaque côté du lit ; une commode se dresse contre le mur près de la porte. Le placard encastré dans le mur opposé est plein à craquer de chaussures et de vêtements. Je vérifie d'un coup d'œil les étiquettes. La plupart des tenues portent la griffe de stylistes connus et toutes ont l'air exagérément étriquées.

Avec un soupir, je reporte mon regard sur le lit. Mon

estomac se noue. Je devrais tenter de provoquer l'apparition d'une vision, mais je redoute ce que je vais voir et ressentir.

La pensée des Jackson s'impose à mon esprit. Justice ! C'est une question de justice. C'est là tout l'objet de mon travail. Il est trop tard pour Malcolm, Cindy et Janice, mais leurs familles réclameront que justice soit faite. Je me dois au moins d'essayer.

Darren va distraire l'attention de Cross, je lui fais confiance. Malgré tout, je m'enferme à clé dans la chambre de Cindy afin de m'assurer la tranquillité nécessaire. Assise sur le bord du lit, je roule mes épaules en arrière pour détendre mes muscles, puis tourne la tête d'un côté et de l'autre. A force de traîner ma grosse valise derrière moi, j'ai le dos et la nuque douloureusement contractés, mais bientôt je les sens qui se relâchent quelque peu. Je prends une profonde inspiration et focalise mon regard sur un point du mur en face de moi. Je me concentre sur la pure blancheur de ce point. Un flot impétueux de pensées se déverse dans mon cerveau déjà surchargé — des plus graves aux plus triviales. Une lutte acharnée se livre en moi pendant quelques minutes avant que mon esprit ne retrouve enfin son calme. Sur la toile de fond devenue vierge, j'invoque l'image de Cindy et me polarise sur elle. Au début, il ne se passe rien, puis finalement, après quelques secondes d'étourdissement, *cela* arrive. Or, ce n'est pas vraiment ce à quoi je m'attendais ni ce que j'espérais.

*
* *

Cindy avance dans un tunnel, un long tunnel. Elle porte un sac de voyage. Encombrée par son bagage, elle gravit avec difficulté une échelle. Puis une main d'homme se tend vers elle et l'aide à remonter à l'air libre. Tout autour, du sable, le désert.

Elle est morte, étendue près de la benne à ordures, un cœur dessiné sur la poitrine.

Ensuite, elle se tient debout, dans le désert. Elle me regarde. Ses lèvres forment les mots « Aidez-moi ! », mais aucun son ne sort de sa bouche. Elle est nue, un grand cœur rouge lui couvre la poitrine. Ses cheveux volent dans tous les sens, et le sable fouette ses chevilles, frappe son corps avec violence.

Assise à l'arrière de la voiture, je regarde par la vitre tout en me mordillant furieusement la lèvre inférieure. Je n'arrive pas à chasser de mon esprit l'image de Cindy implorant mon aide. Sans relâche, je me la repasse, encore et encore. Que diable signifie-t-elle ? Pourquoi ai-je vu Cindy ainsi ?

La voiture, en s'arrêtant, m'arrache à mes lugubres réflexions. Je lève les yeux, m'aperçois que nous sommes arrivés à l'entrée du casino Hugo's. Nous descendons du véhicule et Cross montre rapidement son insigne au gardien du parking. *Reviens sur terre, Sophie ! Concentre-toi sur l'enquête.*

Quelques secondes à peine après que le badge a fait son apparition, une femme en tailleur-pantalon accourt à notre rencontre. Elle est grande et maigre, le genre qui peut se permettre de dévorer une vache entière — avec des frites — chaque soir pour le dîner, sans prendre un gramme. Son tailleur bleu marine est impeccablement coupé — probablement sur mesure, à moins que sa taille ne corresponde pile poil à celle du prêt-à-porter. Le col d'un chemisier blanc dépasse du revers de sa veste. Visiblement, elle nous attendait ; sans doute pour veiller à ce que l'insigne de police soit rempoché illico, loin des regards curieux des touristes et des clients qui pourraient avoir la fâcheuse idée de dépenser moins d'argent dans son établissement s'ils soupçonnaient qu'il s'y passe quelque chose de louche.

— Inspecteur Cross ?

— Oui.

— Je suis Beverly Vander, directrice des spectacles de Hugo's. Si vous voulez bien me suivre…

Et sans laisser à Cross le temps de nous présenter, elle s'éloigne au pas de charge. Nous nous précipitons tous les trois à sa suite, tâchant de ne pas nous laisser distancer, tandis qu'elle nous conduit à travers les différentes salles du casino. Ça ne me dérange pas de devoir marcher à vive allure, au contraire, c'est un excellent moyen d'éviter de penser à l'affreuse vision de Cindy. A la place, je m'imprègne de l'ambiance environnante. Nous dépassons plusieurs tables de jeu et quelques roulettes, avant d'arriver à l'immense espace occupé par les machines à sous. Les clients du casino couvrent toute la gamme des joueurs en puissance — retraités, familles avec enfants, jeunes couples… Il nous faut plusieurs minutes pour nous frayer un chemin à travers les différentes sections et gagner un autre hall.

Finalement, Mme Vander ralentit le pas et se tourne vers nous.

— Je vais vous montrer les coulisses.

Cross saute sur l'occasion pour prendre la parole.

— Madame Vander, voici l'inspecteur Carter de la brigade des Homicides de Tucson et l'agent spécial Anderson du FBI.

Avec un signe de tête, elle nous gratifie d'une brève poignée de main avant de s'engager dans un couloir. Elle maintient son allure frénétique jusqu'à ce que nous arrivions à une porte arborant l'inscription « Loges ».

— C'est ici que les filles se préparent.

Elle ouvre la porte. Au fond de la pièce, une longue penderie ouverte croule sous les costumes de scène. Le long des murs s'alignent des coiffeuses — cinq de chaque côté — encombrées d'un fouillis de produits de maquillage et surmontées de miroirs surchargés de photographies.

— Lesquelles étaient leurs places ?

Même à mes propres oreilles, ma voix semble un brin distraite. Darren me lance un regard interrogateur, dont je ne tiens aucun compte.

— Euh…, fait Mme Vander, perdant du même coup toute autorité. Le régisseur devrait le savoir.

Cross examine les miroirs et pointe du doigt une photo de Cindy et Janice. Il se penche pour l'examiner de plus près.

— Ce devait être la place de l'une des deux filles.

Je regarde par-dessus son épaule, mais ce n'est pas Cindy souriant devant l'objectif que je vois. C'est l'image de la jeune fille morte dans le désert qui me revient à la mémoire. Qu'ai-je vu exactement ? Il ne s'agit pas du passé, ni du présent ni du futur. Se pourrait-il que ce soit… un fantôme ? Cindy essaie-t-elle de m'envoyer un message ?

La voix de Cross me ramène sur terre, et je canalise mon attention sur le lieu où je me trouve pour l'heure. Il ne faut plus que je pense au désert.

— Où est le régisseur ? demande Cross.

— J'ai réuni toute l'équipe dans la salle de spectacle, répond Vander. Ils vous attendent.

Cross se dirige vers la porte.

— Allons les interroger. Nous reviendrons ici plus tard.

Vander nous montre le chemin. Au-delà du rideau de scène, j'aperçois une vingtaine de personnes rassemblées sur les sièges du premier rang. Un homme d'un certain âge se hisse sur la scène.

— Rodney est à votre disposition pour tout ce dont vous pourriez avoir besoin, annonce Vander. Mais, je vous en prie, n'hésitez pas à m'appeler si je peux vous être utile en quoi que ce soit.

Elle extrait une carte de visite de la poche de sa veste et la tend à Cross. La voilà qui protège ses arrières à présent ! Evidemment, elle a tout intérêt à se montrer coopérative. S'approchant de Cross, elle baisse la voix, pas assez toutefois pour que je ne distingue pas ses paroles.

—S'il vous plaît, inspecteur, nous vous serions reconnaissants de traiter cet incident avec toute la discrétion possible. Hugo's ne souhaite pas s'attirer une mauvaise presse.

Cross hoche la tête.

— Nous ferons de notre mieux.

A mon avis, Cross ne se soucie aucunement de la presse, mais, à l'instar de Vander, il préfère se couvrir et ne pas faire de vagues. Toutefois, si nous avons besoin de recourir aux médias, il n'hésitera pas une seconde à s'en servir.

— Merci, inspecteur.

Elle m'adresse un bref signe de tête, ainsi qu'à Darren, avant de disparaître à grands pas.

Rodney attire notre attention sur le groupe.

— Je n'arrive toujours pas à le croire. Janice et Cindy, toutes les deux !

L'affliction perceptible dans sa voix ne laisse place à aucun doute. Pour Mme Vander, Cindy et Janice ne représentaient que des noms sur une liste, des numéros d'employés, mais pour Rodney et toutes les personnes présentes, elles étaient à tout le moins des collègues, voire des amies.

Je me tourne vers Rodney.

— C'est une terrible tragédie.

L'image du corps sans vie de Cindy toujours profondément gravée en moi teinte ma voix d'émotion. Une émotion bien trop forte pour une simple enquêtrice.

Rodney accueille cette preuve d'empathie en me fixant du regard tandis qu'il secoue la tête avec lenteur.

— Cindy assassinée, et Janice qui meurt d'une overdose, c'est impossible !

Cross fait un pas en avant.

— En réalité, monsieur…

— Rodney Sands, mais appelez-moi Rodney, comme tout le monde.

Cross reprend.

— En réalité, Rodney, à la lumière du meurtre de Cindy, nous considérons désormais la mort de Janice comme suspecte.

— J'en étais sûr ! Je savais que Janice n'aurait jamais retouché à l'héroïne. Nous étions très proches, Janice et moi. J'ai travaillé avec elle pendant quatre ans sur ce spectacle, et un an avant cela au Caesars. Je la connaissais déjà à l'époque où elle se droguait. Elle avait décroché — pour de bon. Rien n'aurait pu la faire replonger, j'en suis convaincu. Et je dis bien, *rien*.

Cela fait deux personnes proches de Janice — sa mère et Rodney — qui attestent le changement de vie radical de la jeune femme.

Cross hoche la tête.

— Elle et Cindy… ça ne peut pas être une coïncidence.

— En effet, convient Rodney, les yeux humides. Comment pouvons-nous vous aider ?

— Nous allons commencer par interroger tout le monde. Toutes ces personnes font-elles partie de la troupe du spectacle ? demande Cross en désignant le premier rang.

— Non, il y a là l'équipe au grand complet. Les danseuses, les artistes vedettes et les machinistes.

— J'interroge les danseuses, dis-je aussitôt, avant que Darren ou Cross n'aient le temps le réagir.

Personnellement, j'estime qu'il me sera plus facile qu'à un homme de me consacrer entièrement aux interrogatoires. Du moins ne me laisserai-je pas distraire par ce que révèlent ces petits costumes si suggestifs.

L'air déçu, Cross approuve néanmoins d'un signe de tête.

— Je prends les machinistes, dit-il. Carter, vous vous chargez des artistes vedettes, quelle que soit la signification de ce terme.

Je m'installe dans la rangée du fond et, l'esprit uniquement occupé de l'enquête, je questionne les filles les unes après les autres.

*
* *

Trois heures plus tard, Cross, Darren et moi quittons le théâtre.

— Eh bien ? demande Cross en nous interrogeant du regard.

Je commence :

— Je n'ai pas appris grand-chose. Certaines des filles ont remarqué que Cindy paraissait un peu surexcitée, plus heureuse que d'habitude.

Je tripatouille ma bague, songeant au visage bouleversé de la jeune fille qui m'est apparu dans ma vision.

— Vraiment ? demande Darren, en haussant les sourcils.

— Qu'est-ce que cela a d'extraordinaire ? s'étonne Cross.

Darren se tourne vers lui.

— L'un des amis de Malcolm a fait la même réflexion. Apparemment, Malcolm avait laissé entendre qu'à son retour de *vacances* — Darren agite les doigts en l'air pour mimer des guillemets — il pourrait avoir gagné pas mal d'argent.

Cross manifeste son intérêt par un grognement.

— Laurie, la sœur de Cindy, est venue lui rendre visite, il y a quelque temps, dis-je.

Les deux hommes hochent ensemble la tête. J'en conclus qu'on leur a fourni la même information.

— Et vous, qu'avez-vous appris ?

— Tu en sais plus que moi, répond Darren. Tout ce que j'ai réussi à obtenir, c'est la confirmation que les deux filles étaient sympathiques. Personne n'a vu ni entendu quoi que ce soit d'inhabituel. Il semble que les vedettes ne fréquentent pas beaucoup les danseuses de la troupe.

— L'une des filles m'a aussi dit que Gary, l'un des

machinistes, avait le béguin pour Cindy, dis-je en regardant Cross.

— Ouaip, il me l'a dit lui-même, confirme ce dernier. Je ne crois pas que ce soit nécessaire, mais je vais tout de même vérifier ses allées et venues au cours des deux dernières semaines. Juste par précaution.

Nous le fixons du regard, attendant la suite.

— C'est Rodney qui s'est révélé le plus utile, continue-t-il. Il passait beaucoup de temps avec les deux filles. Il avait des soupçons à propos de cette histoire de traitement médical qu'avait racontée Cindy. D'après lui, elle n'avait jamais été très douée pour le mensonge. Il croyait plutôt qu'elle voulait rentrer chez elle pour essayer de se rabibocher avec ses parents.

— A-t-il précisé ce qui rendait cette réconciliation nécessaire ?

— Oui. Une sale histoire, d'après lui. Cindy a été violée par un ami de la famille, Ronald, quand elle avait seize ans. Rodney ne connaît pas le nom de famille du type. Toujours est-il que Cindy n'en a rien dit à personne jusqu'à ce qu'elle se rende compte qu'elle était enceinte. Elle a alors avoué à ses parents ce qui s'était passé.

Je secoue la tête, imaginant la scène. La compassion que je ressens pour la jeune fille atteint son comble ; je serre les poings de rage.

Cross continue.

— Ils ne l'ont pas crue. Ils l'ont traitée de pute et l'ont jetée dehors. Elle est venue à Las Vegas, s'est fait avorter et a commencé à travailler. Plutôt difficile comme départ dans la vie !

— Sa fin a été encore plus dure, dis-je.

16

Enfin seuls ! Darren et moi venons de nous installer dans les chambres d'un motel plutôt minable, à quelque distance du Strip. Comme nous avons réservé à la dernière minute, c'est tout ce que nous avons pu trouver, sauf à payer le prix d'une suite de luxe dans l'un des grands hôtels de la ville — ce qui ne nous serait jamais remboursé en tant que frais de mission, je ne me fais aucune illusion. Nous avons disposé les dossiers sur la petite table de ma chambre.

— Tu as vu quelque chose chez Cindy et Janice, n'est-ce pas ? demande Darren.

Je décide de mentir.

— Non, rien du tout.

Sentant le regard de Darren rivé sur moi, je me mets en devoir de fourrager dans les documents.

— Sophie, qu'est-ce que tu as ?

Je ne réponds pas.

Il se lève et m'oblige à faire demi-tour pour le regarder en face.

— Tu te comportes de façon bizarre depuis que tu es allée dans la chambre de Cindy. Que s'est-il passé ? Qu'as-tu vu ?

Bonne question ! Qu'ai-je vu, au juste ?

— Je… je ne sais pas.

— Ecoute, Sophie. Je sais qu'il est arrivé quelque chose. Pourquoi ne me fais-tu pas confiance ?

Je secoue la tête.

— Ce n'est pas de toi que je me méfie.

— De qui, alors ?

Je baisse les yeux.

— De moi.

— Que veux-tu dire ?

— Tout cela n'a aucun sens.

Je m'affale sur la chaise derrière moi. Darren s'agenouille, me prend les mains.

— Je dois… je dois voir des trucs, dis-je avant d'inspirer un grand coup. Je veux dire, des hallucinations.

Il sourit, d'un sourire qui se transforme presque en éclat de rire.

— C'est tout ?

D'un geste vif, je retire mes mains des siennes.

— Comment ça, tout ? Je m'interroge sur ma santé mentale, et tu te moques de moi ?

— Non, bien sûr que non ! Ce n'est pas ce que je voulais dire. Excuse-moi. O.K… tu as raison. C'est une question de confiance. De confiance en toi et en ce pouvoir que tu détiens. Je ne connais pas tes croyances, je ne sais pas si tu crois en Dieu ou en une autre forme d'être supérieur. Mais une chose est sûre. Tu as une vocation, une prédisposition qui te met en contact avec toutes sortes de phénomènes. Je sais que ce que tu as vu chez Cindy t'a effrayée, mais tu dois t'y fier.

L'intensité de son regard bleu empreint de compassion me fait fondre. J'ai une totale confiance en lui, je ne peux le nier.

— J'ai vu Cindy.

— Oui ?

— Elle était morte… mais elle me parlait.

— Oh ! je vois ! dit-il en passant à la position accroupie. Elle est venue vers toi.

— Tu crois que c'était… son fantôme ?

— Ma tante croyait à l'esprit des défunts. Et même si elle n'avait jamais rencontré de fantômes en tant que tels, elle sentait parfois que c'était des esprits qui la guidaient, lui envoyaient des messages.

Je hoche la tête. C'est vrai, j'ai eu l'impression que Cindy essayait d'attirer mon attention.

— Elle m'a demandé de l'aider.

Darren s'assoit.

— C'est ce que tu es en train de faire.

Je hausse les épaules.

— Tu crois ?

— Bien sûr. En ce moment même, nous l'aidons. Et c'est dans ce but que, malgré ta peur, tu t'es attachée à susciter une prémonition dans la chambre de Cindy aujourd'hui.

— Je… je ne sais pas.

Nous restons un instant sans souffler mot. Ce que dit Darren se tient, je l'admets. Il n'empêche que parfois la logique et l'émotion sont à des années-lumière l'une de l'autre.

Je change de conversation.

— As-tu parlé à Stone ?

Darren me dévisage, tâchant de décider s'il doit poursuivre sur le même sujet, j'en suis consciente. Mais au bout de deux secondes, il se relève.

— Non, je vais l'appeler tout de suite pour voir s'il y a du nouveau à Tucson.

Il presse la touche d'un numéro abrégé sur son téléphone

mobile. Puis, tenant l'appareil éloigné de son visage, il active le haut-parleur.

— Bonjour, Stone.

— Salut, Carter. Alors, c'est comment, Las Vegas ?

— Bof, tu sais…

Elle rit.

— Modère ton enthousiasme ! En tout cas, moi, je préférerais me trouver à Las Vegas qu'à Tucson.

— Là, tu n'as peut-être pas tort. Désolé de ne pas t'avoir appelée plus tôt. Nous n'avons pas arrêté de la journée, avec Cross.

— Comment ça s'est passé ?

— Apparemment, Malcolm et Cindy étaient tous les deux assez surexcités à l'idée de l'endroit où ils se rendaient. Et ni l'un ni l'autre n'entretenaient de bons rapports avec leurs parents. A part ça, nous n'avons rien trouvé qui soit susceptible de constituer un lien entre les deux victimes… du moins, pas encore.

— Et la colocataire de Cindy ?

— Tous ceux qui la connaissaient sont persuadés qu'elle n'aurait jamais recommencé à prendre de l'héroïne.

— Les trois morts sont donc liées.

— On dirait bien, convient Darren. Et de ton côté ?

— J'ai parlé à toutes les clientes de Malcolm, mais je n'ai rien découvert de suspect. Quelques-unes correspondent au profil en termes d'âge, de profession, etc., mais elles ont toutes un alibi pour le jeudi où Malcolm a été assassiné.

— Hmm ! Bon, tiens-nous au courant s'il y a du nouveau.

— Entendu. Et joue une partie de black-jack pour moi.

— Compte sur moi.

Il raccroche et me jette un coup d'œil.

Son regard et son silence me mettent mal à l'aise. Je fixe mon attention sur les dossiers posés sur la table.

— Je meurs de faim, déclare-t-il enfin. Pas toi ?

Ouf ! Il semble avoir renoncé à poursuivre la conversation au sujet de mes visions. Soulagée, je réponds :

— Moi aussi. Et tu sais, je crois que Stone a raison. Une petite partie de black-jack nous ferait sûrement beaucoup de bien.

— Vraiment ? s'exclame-t-il, visiblement surpris.

— Je suis peut-être un bourreau de travail, mais je sais aussi m'amuser de temps en temps.

Ce n'est que la seconde allusion un tant soit peu suggestive que je fais à Darren depuis mon arrivée ici, et déjà je me sens stressée.

Sur le seuil de ma chambre, il se retourne et lance :

— On se retrouve dans le hall dans vingt minutes ?

— D'accord, dis-je, bien qu'une part de moi ne rêve que de se glisser dans des draps et dormir pendant vingt-quatre heures.

Exactement vingt et une minutes plus tard, je déboule dans le hall du motel. Assis sur un canapé de propreté douteuse, Darren est plongé dans la lecture d'un quotidien. Il porte un jean noir, des bottes de cow-boy et un pull-over rouge.

— Où allons-nous ?

Il referme son journal.

— J'ai pensé que nous pourrions essayer un casino.

J'éclate de rire.

— Merci pour la précision !

Nous sortons nous fondre dans la foule qui arpente le *Strip*.

— Tu aimes les manèges ? demande Darren.

— J'adore !

— Tant mieux.

Il lève les yeux, je suis son regard. Nous sommes devant le Stratosphere, à l'extrême nord du boulevard.

— Oh non ! Pas question !

Il secoue la tête.

— Tu ne vas pas me dire qu'un agent du FBI a peur d'un petit tour de manège de rien du tout !

— Chameau !

Il m'a piégée. Maintenant je ne peux pas me dérober, je suis obligée de me montrer à la hauteur — c'est une question de fierté.

Je pousse un soupir.

— Bon, allons-y.

Un ascenseur nous emporte vers les derniers étages du Stratosphere. Darren sélectionne une attraction. Ce sera *Insanity.*

— Une force de 3 G, au centième étage, ça te dit ?

— Hum hum, fais-je avec un enthousiasme que je suis loin d'éprouver.

Bien que les attractions soient situées au sommet de la tour, nous devons faire la queue quelques étages plus bas. Je regarde la vidéo de promotion. Bonté divine ! Encore heureux que j'aie l'estomac vide. L'attraction dénommée *Insanity* consiste en un bras articulé qui, du sommet de la tour, vous expédie par-dessus bord, littéralement suspendu au-dessus du vide. Il n'y a pas à dire, elle porte bien son nom ! Dix personnes à la fois peuvent monter dans l'engin. Finalement, nous atteignons le sommet de l'édifice. Dieux du ciel ! C'est encore plus effrayant dans la réalité que sur les affiches et les films de promotion.

Les gens qui en sortent arborent des expressions qui

vont de l'euphorie à l'horreur. Il y en a même qui sont devenus verts. Espérons que, pour ma part, je ressemblerai aux premiers.

Maintenant que nous ne pouvons plus faire marche arrière, Darren paraît inquiet.

— Hmm, ils devraient s'arranger pour qu'on ne puisse pas le voir avant de monter dedans.

C'est mon tour de le railler.

— Un super-flic de la brigade des Homicides qui a peur d'un petit manège de rien du tout !

Il me décoche le regard de défi d'un gamin effronté.

Le moment est venu de nous installer dans les tentacules d'*Insanity*. Incapable de réprimer un léger tremblement, j'ai l'impression que mon estomac m'est remonté dans la gorge. Pour tout dire, ce n'est pas vraiment différent de ce que j'éprouve quand je participe à une descente de police. Tout est question d'adrénaline. Je devrais tout de même m'y être habituée, depuis le temps ! Or, bizarrement, je crois que ce fichu tour de manège m'effraie encore davantage.

Je m'attache sur mon siège avec les sangles de sécurité et me prépare à mourir de peur. Je regarde autour de moi : les autres passagers affichent tous la même expression d'impatience et de crainte. Les bras articulés commencent par tournoyer doucement, me donnant un faux sentiment de sécurité. Ce n'est pas si terrible, après tout. Si ? Mais bientôt, la vitesse s'accélère, les tentacules se déplient vers le haut puis vers l'extérieur, de telle sorte que nous nous retrouvons suspendus dans le vide.

Je regarde en bas, pousse un cri — mélange d'excitation et d'épouvante. Darren m'adresse un sourire déformé par la force de gravité. Je lui souris en retour. Après deux minutes d'une terreur à vous couper le souffle, l'allure ralentit et les bras se replient, nous ramenant en lieu sûr. Je me détache et me glisse hors du siège, un brin flageolante, peut-être pas encore tout à fait certaine d'être de retour sur la terre ferme. Après tout, je viens de me balancer à des centaines de mètres dans les airs.

— C'était incroyable ! dis-je.

— J'étais sûr que tu aimerais.

— Menteur ! Tu espérais que j'aurais la frousse.

Un large sourire illumine son visage. Je reprends :

— Heureusement que je n'avais rien mangé.

— Là-dessus, je suis d'accord avec toi, convient-il en se tapotant le ventre. Mais je crois que je ne vais pas tarder à avoir de nouveau faim.

Nous nous décidons pour un restaurant asiatique situé dans le complexe hôtelier du Stratosphere. Puis, après avoir savouré quelques sushis, nous regagnons le *Strip*. Le boulevard est encore noir de monde, plus animé à 10 heures du soir qu'il ne l'était à 8 heures. Tandis que nous nous frayons un chemin à travers la foule, j'observe avec curiosité tout ce qui m'entoure.

— Il est temps de faire connaissance avec la véritable Las Vegas, annonce Darren en pointant du doigt le Mirage.

Franchissant les portes de l'établissement, nous pénétrons dans l'antre du casino.

— Où veux-tu tenter ta chance ? Au black-jack, au poker, aux machines à sous ?

— Au black-jack, mais avec une petite mise.

— Compris.

Nous nous faufilons entre les machines à sous — avec leurs lumières clignotantes et leurs cliquetis caractéristiques — autour desquelles s'agglutinent des joueurs enragés. Direction : les tables de jeu. A la première table, la mise minimale est fixée à dix dollars. Nous poursuivons notre chemin jusqu'à ce que nous trouvions une place libre à une table à un dollar. Darren m'invite à m'asseoir.

— Et toi ?

— Je vais commencer par regarder.

Je tends au croupier un billet de vingt dollars — une folie !— en échange de vingt jetons. Ça y est, me voilà entrée dans le jeu ! Avant la fin de la première partie, une serveuse nous demande ce que nous aimerions boire. Darren commande une bière et moi, une piña colada. Tant qu'on y est…

Je suis dans une bonne passe — j'ai déjà gagné dix dollars en seulement dix minutes —, lorsque Darren réussit à s'asseoir à côté de moi. Le croupier distribue les cartes. J'ai un dix et un cinq — situation délicate, s'il en est. La règle générale au black-jack, m'a-t-on dit, est de « rester » à seize points ou plus. Je décide donc de respecter la règle et demande au croupier une autre carte. Il me donne un cinq, et je m'en tiens là, incapable d'effacer le sourire de mon visage. Ce qu'il y a de bien dans les casinos, c'est qu'on n'a pas besoin de bluffer.

— Tu t'amuses bien ? s'enquiert Darren.

— Génial !

Je bois la dernière gorgée de ma boisson, laquelle était certes délicieuse mais malheureusement servie dans un verre minuscule.

Satisfait de sa donne, Darren ne demande pas d'autre carte. Le croupier tire ses propres cartes, mais finit par dépasser les vingt et un points. Nous avons gagné !

Les parties s'enchaînent, se fondent en une seule, entrecoupée d'autres verres et de nombreux éclats de rire. Lorsque finalement je consulte ma montre, je manque de tomber de mon siège.

— Il est 2 heures du matin ! dis-je. Comment est-ce possible ?

Incrédule, Darren jette un coup d'œil à sa propre montre.

— Sacré nom ! Nous ferions mieux d'aller nous coucher.

— Tu l'as dit ! A quelle heure Cross nous attend-il demain ?

— A la première heure.

— De mieux en mieux !

Je compte mes jetons — trente-deux au total. Pas mal ! J'ai gagné douze dollars, je me suis amusée pendant plusieurs heures et j'ai bu quatre piñas coladas. Quant à Darren, il a perdu, mais seulement quelques dollars.

Le chemin du retour nous semble interminable, et la multitude des gens et des lumières nous paraît désormais plus oppressante que féerique. C'est ce qui arrive quand les effets de la fatigue commencent à se faire sentir.

— J'ai passé une merveilleuse soirée ! dis-je à Darren tandis que nous remontons le couloir en direction de nos chambres.

— Tant mieux. Tu avais besoin de te reposer et de te changer les idées.

Nous nous arrêtons devant ma porte.

— Eh bien, c'est chose faite.

Je fouille dans mon sac à la recherche de ma clé magnétique.

— Elle est là-dedans, quelque part, j'en suis sûre.

Mes cheveux retombent sur mon visage, je les repousse avant de me remettre à fourrager. De nouveau, quelques mèches me recouvrent les yeux. Cette fois, c'est Darren qui lisse ma frange en arrière, me frôlant la joue au passage. Je me fige, oublie l'espace d'un instant ce que j'étais en train de faire. Mais je me garde bien de lever le regard sur Darren. Poser les yeux sur lui maintenant serait trop dangereux, j'en ai le pressentiment.

Je me remets à chercher ma clé.

— Ça y est, je l'ai trouvée !

Du bout des doigts, Darren effleure mon visage et, finalement, je cède à l'envie de le regarder. A la seconde où nos yeux se croisent, il s'incline en avant et m'embrasse. Pourtant, malgré tout le désir que j'ai de lui, ma réaction s'avère tout ce qu'il y a de plus tiède. Notre baiser est bref, nous avons tous deux conscience du côté embarrassant de la situation. Il laisse retomber sa main, son corps tout entier semble s'affaisser.

— Bon, alors, à demain.

Et sur ces mots, il tourne les talons et, sans se retourner, gagne sa chambre, quelques mètres plus loin. Il disparaît avant que j'aie eu le temps d'ouvrir ma porte.

Une fois à l'intérieur, je m'adosse contre le mur. Nom d'un chien ! On peut dire que j'ai le chic avec les hommes ! Darren est un type formidable, j'éprouve une véritable attirance pour lui, mais il est encore trop tôt. Ma dernière liaison est toujours en suspens. Est-ce que nous faisons une pause dans notre relation, ou bien avons-nous rompu pour de bon ? Et cette satanée affaire de l'Ecorcheur qui ne fait que compliquer les choses ! Sans parler du malaise que je ne peux m'empêcher de ressentir chaque fois que je me trouve en présence d'un homme, quel qu'il soit. Réussirai-je un jour à m'en débarrasser ? A bien des égards, Darren représente l'homme idéal pour moi, et pourtant ça ne colle pas. Pas encore.

*
* *

Veuve-Noire : Ça m'étonne que Danny ait partagé cette pizza.

Presque-Parfait : En effet, ça ne lui ressemble pas du tout.

American-Psycho : Bien lui en a pris.

Jamais-Pris : Pourquoi dites-vous cela ?

American-Psycho : Disons que la pizza ne va pas leur réussir.

Presque-Parfait : Ce coup-là est assez tordu, Psycho. De quoi vous êtes vous servi ?

American-Psycho : D'une vilaine souche de salmonelle.

Jamais-Pris : C'est mortel ?

American-Psycho : Ça aurait pu l'être… s'il avait tout mangé.

Veuve-Noire : Je me demande pourquoi il a partagé avec les autres.

Jamais-Pris : Il doit en avoir marre que tout le monde le déteste.

Veuve-Noire : Possible. Mais je crois que ses motivations relèvent davantage de la stratégie. Combien de temps va-t-il falloir attendre avant de constater les effets ?

American-Psycho : Une intoxication alimentaire prend en général entre quatre et six heures. Ça ne devrait plus tarder, maintenant. On dirait que Danny commence déjà à se sentir mal.

Veuve-Noire : C'est vrai.

Jamais-Pris : Regardez Clair et Jonathan. Je crois qu'ils ont le béguin l'un pour l'autre.

Presque-Parfait : Je trouve qu'ils vont plutôt bien ensemble. Ils aiment tous les deux la musique — si on peut appeler ça de la musique. Avez-vous essayé de former des couples ? Rien que pour le plaisir des yeux ?

American-Psycho : En fait…

Jamais-Pris : J'espère qu'ils vont ***. Ce serait cool. Comme ça, je pourrais me faire deux plaisirs pour le prix d'un.

Presque-Parfait : Regardez Danny ! Il a sûrement connu des jours meilleurs.

Jamais-Pris : Les autres n'ont pas l'air en super forme non plus.

American-Psycho : C'est parti pour la course aux toilettes ! Danny démarre le premier.

Presque-Parfait : C'est lui qui a mangé la plus grosse part de pizza.

Veuve-Noire : Je préfère baisser le son.

Presque-Parfait : Je suis d'accord avec vous. Eux aussi, ce bruit doit les déranger.

Jamais-Pris : Et voilà Susie, maintenant. C'est dégoûtant !

American-Psycho : Vous pouvez toujours vous déconnecter.

Jamais-Pris : Oui, mais je risquerais de rater quelque chose.

Veuve-Noire : Vous imaginez la puanteur dans ces toilettes !

Presque-Parfait : Je ne préfère pas.

American-Psycho : Ce que c'est drôle ! Vous entendez Jonathan appeler au secours ?

Jamais-Pris : Un médecin ! Par pitié !

Veuve-Noire : Il est gentil de s'inquiéter pour Danny. Moi, à sa place, je n'en ferais rien.

Jamais-Pris : Oui, mais vous, vous êtes une tueuse impitoyable.

17

Le radio-réveil s'allume à 6 h 30, aussitôt étouffé par le grondement sourd qui résonne dans ma tête. Avec un gémissement, je me retourne et appuie sur le bouton d'arrêt momentané. Je n'irai pas courir ce matin, je ne crois pas. Dire que je n'ai bu que quatre petites piñas coladas ! Comment se fait-il que j'aie la gueule de bois ? Mon niveau de tolérance est tombé bien bas ces jours-ci !

Il est 7 h 30 lorsque je me lève enfin. Maudit Darren ! Je vais le tuer. Mais bon, il est vrai que j'aurais pu refuser les verres qu'il me commandait. Las Vegas et ses boissons alcoolisées gratuites ! Ou le moyen idéal de retenir les clients autour des tables de jeu ! Je m'extirpe du lit à grand-peine et vide d'une traite la seule bouteille d'eau qui se trouve dans le mini-réfrigérateur. Il est temps d'appeler Darren. J'hésite, mes mains se figent au-dessus du clavier du téléphone. Le baiser de cette nuit risque de rendre les choses délicates. O.K., je vais faire comme si de rien n'était. Cela s'avère toujours une bonne tactique — enfin, presque.

— Allô ? répond une voix indistincte. Inspecteur Carter, ajoute-t-il au dernier moment.

Je réussis à émettre un petit rire.

— C'est moi, tu es levé ?

— Oui, oui, bien sûr !

— Je te retrouve à la réception dans une demi-heure ?

— Hmm.

Sa voix est toujours pâteuse. Au contraire de moi, Darren n'a pas été obligé de limiter sa consommation d'alcool.

— Dans trente minutes, d'accord.

Je raccroche. Quand il s'agit d'un désagrément auto-infligé, ça fait du bien de savoir que quelqu'un souffre encore plus que vous. Et puis, taquiner Darren me permettra de dissiper la gêne provoquée par le baiser de cette nuit.

Lorsque j'arrive à la réception, exactement trente minutes plus tard, il est déjà en train régler sa note. Surprise, je demeure immobile un instant et, profitant de ne pas me trouver dans son champ de vision, le contemple de loin. Darren est un beau parti, il faut le reconnaître, un type formidable. Peut-être suis-je une idiote, après tout. Combien de temps restera-t-il libre, si j'attends trop longtemps ? Essayant d'apaiser la tempête qui se déchaîne dans mon estomac, je prends une profonde inspiration et me dirige d'un pas que je veux décontracté vers le bureau d'accueil.

— Tu n'étais pas vraiment levé, n'est-ce pas ?

Il se tourne vers moi. L'expression de son visage trahit l'attirance qu'il éprouve pour moi.

— Bien sûr que si, rétorque-t-il, tout en secouant la tête. Je n'ai pas besoin de beaucoup de temps pour me préparer le matin. Une douche, un coup de rasoir…

La légèreté de son humeur me rassure.

— Toi et tes piñas coladas !

Il agite la main devant moi, comme pour balayer mes accusations.

— Elles étaient minuscules et, en plus, ils les coupent avec de l'eau ici. Ne me dis pas que tu es mal fichue.

Nous nous tenons très près l'un de l'autre, dangereusement près, je m'en rends compte.

— J'ai un peu mal à la tête.

Levant la main, j'esquisse le geste de pincer quelque chose entre le pouce et l'index, pour montrer à quel point mon mal de tête est insignifiant.

— Ma parole, vous êtes des petites natures au FBI !

— Il fut un temps où j'aurais pu te faire rouler sous la table.

— Tu peux toujours rêver !

— Non, c'est vrai, je tenais très bien l'alcool quand j'avais vingt ans.

Il rit.

— Comme tout le monde. Nous glissons sur une pente fatale, tu sais.

Soit ! Darren et moi avons dépassé la trentaine. J'ai trente-cinq ans et je ne sais pas exactement quel âge il a, mais, en tout cas, sûrement entre trente-quatre et trente-huit, malgré ce que laisse croire son visage juvénile.

Il signe le ticket de sa carte American Express.

— On va prendre un petit déjeuner ? demande-t-il en se poussant sur le côté pour que je puisse à mon tour régler ma note.

Je rends ma clé à l'employé de la réception.

— Absolument ! dis-je.

Malgré le souvenir du baiser qui me hante, je me sens déjà plus à l'aise. En fait, je dirais même que la tempête qui me secouait l'estomac s'est transformée en brise légère.

Le réceptionniste nous a suggéré deux restaurants accessibles à pied. Nous optons pour le plus proche. Les murs y sont tapissés de photos et autres souvenirs du *King*. Je commande deux œufs pochés et Darren, le « petit déjeuner complet », comprenant œufs, bacon, saucisses, pommes de terre sautées et pain grillé.

— Rassure-moi ! Tu ne vas pas arroser ton bacon de sirop d'érable, n'est-ce pas ?

— Un peu que je vais le faire ! rétorque-t-il avec un clin d'œil malicieux. Tu y as déjà goûté ?

— Non. Mais j'imagine très bien à quoi ça doit ressembler, et ça me suffit largement.

— Ne critique pas avant d'avoir essayé.

Rien au monde ne me fera tenter l'expérience. Jamais de la vie !

— Sur quoi allons-nous travailler aujourd'hui ?

Je me sens à présent tout à fait à l'aise en sa présence. Tout est pour le mieux. Des amis… voilà ce que nous pouvons être.

— Bonne question !

— A quelle distance se trouve Yucca Valley d'ici ?

— La ville d'où venait Cindy ? A environ trois heures de voiture, ou vingt minutes d'avion. Tu penses que ça vaut la peine d'y aller ? Je veux dire, si elle n'est pas retournée chez elle depuis cinq ans, je ne sais pas si ses parents pourront nous apprendre grand-chose.

— Sa sœur est venue ici et est restée quelque temps chez elle. Elles sont peut-être restées en contact.

Darren suit mon raisonnement.

— Et si elle a parlé à Janice…

— Elle a dû parler aussi à sa sœur.

— Essayons d'abord de lui téléphoner. Des fois que ça nous évite de faire le voyage.

Il est certes, en général, préférable d'interroger les gens en tête à tête. On peut alors déchiffrer leur langage corporel et deviner s'ils mentent ou disent la vérité ; sans compter qu'ils sont également plus susceptibles de s'ouvrir à vous en personne. Mais puisque Cindy est morte, sa sœur voudra probablement nous aider par tous les moyens.

— D'accord, on tente le coup. Mais j'aimerais lui parler moi-même. Je crois qu'elle sera davantage disposée à se confier à une femme, compte tenu de ce que Cindy a subi.

Darren esquisse une grimace.

— Tu veux dire, le viol ?

J'acquiesce d'un hochement de tête.

La serveuse arrive avec nos cafés — du café filtre ordinaire. Bon sang, comme le *caffè latte* me manque dans ce pays ! Ici, il faut aller chez Starbucks pour boire le moindre petit espresso. Enfin, ils vous remplissent votre tasse à volonté, ce n'est déjà pas si mal !

Darren ajoute du sucre dans sa tasse.

— Nous pourrions nous servir du bureau de Cross. De toute façon, il nous attend.

— Je me demande si la réouverture du dossier de Janice débouchera sur quelque chose.

— L'appartement aura peut-être des indices à nous révéler. Les experts de la Scientifique l'ont passé au peigne fin avant notre arrivée hier. Ce serait formidable s'ils avaient relevé des empreintes.

Je bois une gorgée de mon café.

— Formidable, mais improbable. Je te rappelle que le meurtre de Janice est l'œuvre d'un professionnel. Et les professionnels portent des gants.

La serveuse nous apporte nos petits déjeuners.

— Ça a été rapide !

Elle sourit.

— La plupart des gens aiment que ça aille vite. Comme ça, ils peuvent retourner aussi sec aux machines à sous ou aux tables de jeu.

C'est un complot ! La ville entière de Las Vegas participe à une vaste conspiration !

Darren saisit le sirop d'érable et l'agite devant mes yeux. Je lève la main pour ne pas le voir verser le liquide épais sur ses toasts et son bacon.

— Beurk, c'est dégoûtant !

— Deux cent millions de personnes ne peuvent pas avoir tort, réplique-t-il.

Je souris.

— Dans ce cas, pourquoi ne manges-tu pas avec des baguettes ? Deux milliards de personnes peuvent encore moins se tromper.

Lorsque nous arrivons à l'hôtel de police de Las Vegas à 8 h 45, Cross est déjà installé à son bureau. Et il semble être là depuis un bon moment.

— Eh bien, avez-vous eu l'occasion de goûter aux plaisirs de la ville ou bien avez-vous planché sur les dossiers ?

— Un peu des deux, répond Darren, avec l'aplomb d'un arracheur de dents.

Accablée par un sentiment de culpabilité, je fronce les sourcils. Nous aurions dû nous escrimer à faire progresser l'enquête, hier soir. J'aurais pu éplucher les dossiers et tenter de déclencher une prémonition, malgré la panique que provoque en moi la pensée du fantôme de Cindy — ou quoi qu'il puisse être… Un frisson irrépressible me traverse.

— Vous avez gagné ?

— J'ai perdu quelques dollars, avoue Darren.

Avec un effort pour paraître normale, je me glisse dans la conversation.

— Et moi, j'ai gagné douze dollars.

Cross lance un coup d'œil à Darren.

— Vous aurez plus de chance ce soir.

— Nous comptons reprendre l'avion avant ce soir, objecte Darren. Nous avons déjà réglé notre note d'hôtel et tout le reste. Avez-vous des nouvelles du médecin légiste ?

— Ils vont réexaminer le corps de Janice ce matin.

— Parfait. Et le labo ?

— Toujours rien. Nous ne recevrons sûrement aucun résultat aujourd'hui. Ils ont accumulé pas mal de retard là-bas.

Toujours la même histoire ! Partout dans le monde, les experts médico-légaux peinent à suivre le rythme des criminels.

— Et la famille ? reprend Cross.

Il a tapé en plein dans le mille — la famille demeure en effet le seul véritable point de départ sur lequel on puisse s'appuyer.

Darren pose sa serviette.

— Anderson veut parler à la sœur de Cindy.

— J'espère que sa visite à Cindy n'a pas été leur seul contact en deux ans, dis-je.

— La police d'Etat a informé les parents, il y a deux jours, annonce Cross, mais depuis je n'ai entendu que dalle de leur part. Ce devait être une sacrée dispute si un meurtre dans la famille n'a même pas pu les rapprocher.

Normalement, dans ces cas-là, les parents téléphonent toutes les heures.

Je secoue la tête.

— Je suppose qu'ils continuent de privilégier la version des faits de leur ami plutôt que celle de Cindy.

Cross ouvre l'un des dossiers posés sur son bureau et écrit un numéro de téléphone sur un bout de papier adhésif qu'il me tend.

— Je vais vérifier l'alibi de Gary, puis avancer un peu sur mes autres affaires. Je suis bientôt en week-end.

Nous sommes dimanche, mais le tableau de service lui a, semble-t-il, assigné lundi et mardi comme jours de congé cette semaine. De toute façon, il n'y a pas grand-chose à faire tant que le médecin légiste et le labo ne nous auront pas transmis leurs résultats.

— Vous pouvez vous servir de ce bureau pour aujourd'hui, dit-il en désignant une table libre, encore qu'encombrée d'un fouillis indescriptible.

Tandis que Cross prend congé, nous nous installons. Darren extrait un dossier de sa serviette.

— Je vais étudier ces documents encore une fois pendant que tu téléphones à la famille de Cindy.

— Il faudra aussi que nous reprenions le dossier de la première victime de la tueuse, Cameron Michaels.

— Téléphone d'abord.

Je saisis le combiné et compose le numéro.

— Allô ? répond une voix de femme, vraisemblablement la mère de Cindy.

— Bonjour, je suis l'agent spécial Anderson du FBI. J'enquête sur le meurtre de Cindy Bass.

J'ai utilisé le véritable nom de la jeune fille, attendu que ses parents ne sont peut-être même pas au courant qu'elle a adopté un pseudonyme.

— Oui ? répond la voix avec hésitation.

— Vous êtes madame Bass ?

— Oui, je suis la mère de Cindy.

Le ton est glacial, détaché. Comme si elle avait honte d'admettre que Cindy était son enfant.

— Toutes mes condoléances, madame Bass.

— Merci.

— Je ne sais pas ce que la police d'Etat vous a dit…

— Seulement que Cindy était morte. Qu'elle avait été assassinée.

Encore cette froideur dans la voix. Voilà ce qui s'appelle avoir l'instinct maternel !

— C'est exact. Et nous avons trouvé un lien entre cette affaire et plusieurs autres meurtres.

— Oh !

Cette fois, c'est une pointe de surprise et de curiosité que je perçois dans la voix.

— Comment pensiez-vous que Cindy était morte, madame Bass ?

— Je n'aime pas dire du mal des défunts, le Ciel me pardonne, mais Cindy était une source de problèmes. Alors je me suis dit qu'elle s'était encore mise dans le pétrin avec un homme.

Comment peut-elle parler ainsi de sa propre fille ? Incroyable ! Et cette expression qu'elle a choisie — « elle s'est mise dans le pétrin » —, comme si Cindy l'avait fait exprès ! Même si Mme Bass avait accepté de croire en partie à l'histoire de sa fille — qu'elle s'était retrouvée enceinte d'un ami de la famille — elle aurait sans hésiter supposé que Cindy était la seule fautive. Serrant le poing, j'enfonce mes ongles dans la paume de ma main. Ce genre d'ignorance me rend folle de rage.

— Il semble que Cindy ait été victime d'un tueur en série, dis-je.

— Oh !

Peut-être un soupçon de chagrin, cette fois — ou bien est-ce que je prends mes désirs pour des réalités ?

— Quand avez-vous vu Cindy pour la dernière fois ?

Elle laisse passer un silence avant de répondre.

— Il y a cinq ans. Quand elle a quitté Yucca. Elle s'était attiré des ennuis ici.

— Vraiment ?

Je veux l'entendre expliquer la situation avec ses propres mots.

— Elle… elle était enceinte.

Elle baisse la voix, et je ne sais pas si c'est par crainte que quelqu'un l'entende ou si le sujet constitue toujours pour elle un motif de honte.

— Le bébé doit avoir dans les quatre ans, maintenant, reprend-elle.

A présent, sa voix est nettement empreinte de tristesse.

Je déteste devoir lui annoncer la nouvelle, mais il faut qu'elle sache.

— Cindy s'est fait avorter, madame Bass. Ici, à Las Vegas.

— Non ! Non, c'est impossible ! Cindy était… tout ce que vous voudrez, mais elle ne se serait jamais fait avorter. Pas avec l'éducation religieuse qu'elle a reçue !

— Je suis désolée, madame Bass.

Je décide de tout déballer. Pauvre Cindy ! Je la plains de tout cœur. Après un départ si difficile dans la vie, se retrouver ainsi mêlée à… enfin, bref, cette fichue affaire, quelle qu'elle soit ! Sa famille doit connaître la vérité.

— C'est courant quand la grossesse résulte d'un viol, dis-je.

— On vous a farci la tête de mensonges.

Ce n'est plus l'avortement qui la met en colère à présent, toute son énergie émotionnelle se reporte sur les « mensonges » de sa fille. Il est certes possible que Cindy ait menti, possible qu'elle ait été consentante lors du rapport sexuel en question ou que le père de l'enfant ait été un garçon de son école. Peu importe ! Mon instinct me dit que Cindy a subi un traumatisme. Quand les gens font de fausses allégations d'agression sexuelle, c'est en général pour se venger ou attirer l'attention. Or, l'attitude de Cindy ne montre aucun signe de l'une ou l'autre de ces motivations. Rodney était son seul collègue à être au courant du viol, ce qui prouve bien que Cindy avait honte… elle ne voulait pas éveiller les curiosités. Mme Bass et son mari ne sont que des imbéciles.

— Nous essayons de découvrir tout ce que nous pouvons au sujet de Cindy, dans l'espoir que quelque chose nous mettra sur la piste du tueur, dis-je en m'efforçant de réprimer mon indignation.

Silence.

— Vous n'avez donc eu aucun contact avec elle au cours des cinq dernières années ? Aucun coup de fil ? Aucune carte de Noël ?

— Non.

— Votre mari non plus ?

— Sûrement pas !

Il y a un brin de moquerie dans sa voix.

— Puis-je lui parler ?

Pour bien faire, j'aimerais m'entretenir avec tous les membres de la famille.

— Il ne prononce jamais son nom. Il ne vous parlera ni à vous ni à personne d'autre.

— Et votre autre fille, ou votre fils ?

— Que leur voulez-vous ?

— Ils étaient peut-être restés en rapport avec Cindy.

Je sais pertinemment qu'au moins Laurie avait maintenu un lien avec sa sœur, mais, vu la réaction de sa mère, je n'ai pas envie de lui causer des embêtements. Je ne serais pas le moins du monde étonnée que sa visite à Las Vegas ait été tenue secrète.

— Non, ni l'un ni l'autre n'ont parlé à Cindy depuis le jour où elle est partie.

— Pouvez-vous me passer votre fille, je vous prie ?

Elle hésite.

— Je ne vois pas l'intérêt.

— Simple routine, madame Bass, dis-je avec un gros soupir de quelqu'un qui s'ennuie. Vous savez ce que c'est, la paperasserie… Je suis censée interroger tous les membres de votre famille, y compris votre mari, et même les oncles et les tantes de Cindy.

Je m'interromps un instant, le temps de laisser mes paroles produire leur effet. Je parie qu'elle ne tient pas du tout à ce que le reste de la famille apprenne la grossesse et l'avortement de Cindy.

— Mais je ne veux pas vous déranger plus que nécessaire. Si je pouvais seulement m'entretenir avec votre fille et ensuite votre fils, je vous laisserais tranquille. Du moment que je mentionne au moins trois personnes de la famille dans mon rapport, mon patron ne me fera pas d'histoires.

Elle laisse planer un silence.

— Je suppose… je suppose que je pourrais vous passer Laurie. Ne quittez pas.

J'entends un léger froissement.

— Laurie ! crie-t-elle.

Le reste de la conversation est étouffé, Mme Bass doit recouvrir le combiné de sa main.

Une minute plus tard, une voix se fait entendre sur la ligne.

— Allô ?

— Bonjour, Laurie. Je suis Sophie Anderson, du FBI. J'enquête sur le meurtre de votre sœur.

— Mmm !

— Nous aurions vraiment besoin de votre aide.

— Euh…

J'imagine très bien la scène à l'autre bout du fil — la mère qui se tient à côté de sa fille afin de s'assurer qu'elle ne laissera rien filtrer, et ce, pour l'unique raison que cela pourrait nuire à la réputation de la famille. La situation s'avère délicate.

— Nous savons que vous avez rendu visite à Cindy à Las Vegas.

Elle retient son souffle.

— Ne vous inquiétez pas. Je ne l'ai pas dit à votre mère.

— O.K.

Le soulagement perce dans sa voix.

— Votre mère est-elle à côté de vous ?

— Oui.

— Vous ne pouvez pas vous éloigner ?

Bref silence.

— Non.

— D'accord, mais il faut absolument que je vous parle. Avez-vous un téléphone mobile ?

— Oui.

— Très bien. Je vais vous appeler sur votre portable dans une demi-heure.

D'une façon ou d'une autre, il faut que j'obtienne son numéro.

— Ça prendrait trop de temps de trouver votre numéro de mon côté. Mais je connais déjà votre indicatif : 760. Je vais vous énumérer tous les chiffres, vous n'avez qu'à m'arrêter quand j'arrive au bon numéro. Un… deux… trois… quatre…

— Ouaip.

— Parfait.

Je répète l'opération jusqu'à ce que j'aie noté tous les chiffres de son numéro de portable.

— Super ! Merci, Laurie. Maintenant, repassez-moi votre mère.

Mme Bass reprend l'appareil.

— Je vous l'avais bien dit que nous ne pouvions pas vous aider.

— Vous aviez raison. Bon, je suppose qu'il ne servirait à rien que j'interroge votre fils. Mon patron devra se contenter de deux noms sur le formulaire… Je vous ferai savoir quand nous aurons mis la main sur l'assassin de votre fille.

— Oui, s'il vous plaît.

Elle semble intéressée, malgré tout.

— Merci, madame Bass, au revoir, dis-je en injectant une pointe d'amabilité dans ma voix.

— Au revoir.

Je raccroche.

Darren lève les yeux.

— Ça m'avait l'air pénible.

— Ne me lance pas sur le sujet ! Je suis contente que

nous n'y soyons pas allés en personne. Tu aurais été obligé de me retenir à deux mains.

— C'était si difficile que ça ?

— Tu n'as pas idée ! Je rappelle Laurie sur son mobile dans une demi-heure. Espérons qu'elle pourra sortir de la maison.

— Sa mère ne la lâche pas d'une semelle ?

— C'est un miracle qu'elle ait réussi à venir voir Cindy.

Sans répondre, Darren brandit le dossier de Cameron Michaels.

— Tu es prête ?

— Tout ce qu'il y a de plus prête.

18

Je compose le numéro du portable de Laurie.

— Allô ?

— Laurie, c'est l'agent Anderson.

— Re-bonjour.

Son ton est totalement différent d'il y a une demi-heure. Elle semble détendue, sa voix ressemble davantage à celle d'une adolescente ordinaire.

— Merci, ajoute-t-elle. Vous m'avez sauvé la vie.

— Vos parents sont si sévères que ça ?

— Qu'est-ce que vous croyez ? On ne peut même pas prononcer le nom de Cindy dans cette maison.

— Savez-vous pourquoi elle est partie ?

— A l'époque, je l'ignorais, commence-t-elle, sa voix perdant de sa gaieté au fur et à mesure. Pendant deux ans, j'ai même cru toutes les foutaises que mes parents m'ont racontées à propos de Cindy et de la façon dont elle avait terni la réputation de la famille.

Ce sont les mots de ses parents qu'elle utilise, pas les siens, ça ne fait pas l'ombre d'un doute.

— Que s'est-il passé ensuite ?

— Ronald, crache-t-elle. Mais j'ai eu plus de chance que Cindy. Mon frère est arrivé juste à temps. Il a fait semblant de n'avoir rien vu et, par la suite, il n'y a même jamais fait allusion, mais ce foutu Ronald a dû avoir peur, parce qu'il n'a plus jamais essayé de me toucher ensuite.

Je reste un instant silencieuse.

Un homme d'un certain âge est allongé sur Cindy encore adolescente. Elle pleure, mais il ne s'arrête pas.

Je chasse cette image répugnante, la repousse dans les profondeurs d'où elle vient, quelles qu'elles soient. Mais la colère qui s'est emparée de moi est si intense qu'il me prend l'envie de cogner du poing sur la table et de jeter tout ce qui me tombera sous la main.

— Vous êtes toujours là ?

La voix de Laurie attire de nouveau mon attention sur notre entretien, sur mon travail.

— Oui, excusez-moi. Ne quittez pas une seconde.

J'inspire un grand coup avant de reprendre mes questions :

— Saviez-vous que Cindy était enceinte ?

— Après que Ronald a essayé avec moi, j'ai compris qu'il y avait quelque chose de louche. J'ai réussi à localiser Cindy à Las Vegas, et elle m'a raconté toute l'histoire. Quel salaud ! J'ai essayé d'en parler à mes parents, mais ils n'ont rien voulu savoir, et mon frère a refusé de me soutenir. J'ai dû laisser tomber. J'avais vu ce qui était arrivé à ma sœur quand elle avait dit la vérité. Encore six mois dans ce trou perdu, et je me tire.

— Vraiment ? Où irez-vous ?

Au bout d'un instant de silence me parvient un bruit sur lequel il est impossible de se tromper. Elle pleure.

— Cindy ! gémit-elle dans un sanglot. Pendant tout ce temps, elle a économisé pour moi, pour que j'entre à l'université. Ça ne paiera pas tout, bien sûr, mais ça suffira si je trouve un travail à temps partiel.

— Elle devait beaucoup vous aimer.

— Nous étions très proches quand nous étions petites. Ça a été un coup terrible pour moi quand elle est partie. Ensuite, je ne savais plus où j'en étais. J'ai commencé à croire à leurs mensonges.

— C'est difficile de ne pas croire ses parents.

— Hum hum ! renifle-t-elle. Je suis allée voir Cindy à Las Vegas, il y a un peu moins de deux ans. J'ai dit à mes parents que je partais faire une retraite spirituelle. Mon Dieu ! S'ils avaient su que j'allais dans la cité même du vice…

Elle laisse sa phrase en suspens.

— Et vous êtes restée en contact avec votre sœur depuis ?

— Bien sûr ! On se téléphonait au moins deux fois par semaine.

— Et ces derniers temps aussi ?

— Non, elle était partie.

— Vous a-t-elle dit où elle allait ?

— Naturellement ! Elle me racontait tout.

— Ah bon ?

Je me penche en avant sur mon siège, attirant par mon geste le regard de Darren qui me dévisage avec attention.

— Elle allait à l'hôpital pour se faire arracher une dent de sagesse.

Mes épaules s'affaissent.

— Mais ce genre d'opération ne prend pas plusieurs semaines.

— Ensuite, elle devait rejoindre New York pour passer des auditions. Elle essayait de décrocher un contrat à Broadway, conclut Laurie d'une voix emplie de fierté.

Encore un mensonge ! Malcolm et Cindy ont tous deux prétendu qu'ils se rendaient à New York. Coïncidence ? Et pour quelle raison n'a-t-elle pas téléphoné ? Si elle était à New York — ou n'importe où d'ailleurs —, rien ne l'empêchait d'appeler sa petite sœur pour leur papotage hebdomadaire. Quelle qu'ait été sa véritable destination, elle savait qu'elle n'aurait pas accès à un téléphone. Ce qui cadre bien avec le désert, endroit isolé s'il en est.

— Quand lui avez-vous parlé pour la dernière fois ?

— Hum, voyons… Elle devait entrer à l'hôpital le 20 mars et elle m'a appelée la veille. C'était donc le 19.

Je note la date dans mon calepin.

— Vous a-t-elle semblé différente, ce jour-là ?

— Elle était surexcitée. A propos de l'audition. Elle disait que ce job lui ferait gagner beaucoup d'argent et que si elle le décrochait, elle pourrait prendre complètement en charge mes études. Elle paierait pour tout.

Bingo ! Il est encore question d'argent. Et cette explication-là est beaucoup plus claire que celle que Cindy a donnée à ses collègues de travail.

— Ce devait être un fameux contrat, dis-je.

— Cindy avait tout pour réussir.

Sa voix s'est étranglée à la fin de sa phrase, reflétant le chagrin qui l'accable.

— Et Janice ? Vous la connaissiez bien ?

— Janice est une fille formidable.

Je marque une pause. Laurie vient d'utiliser le présent. Nom d'un chien !

— Laurie, votre mère ne vous a donc rien dit ?

— Dit quoi ?

Oh ! mon Dieu ! Je prends une profonde inspiration.

— Janice… Janice est morte.

— Quoi ?

J'observe un instant de silence pour lui laisser le temps de digérer cette tragédie supplémentaire.

— Mais… comment ?

— Elle a succombé à une overdose.

— De drogue ? Janice ne touche pas à la drogue.

Son démenti a beau être empreint de stupéfaction, il n'en demeure pas moins catégorique.

— Elle s'est droguée dans le passé. Vous le saviez ?

Silence.

— Cindy m'a dit que Janice avait connu de gros problèmes, il y a quelques années. Mais elle ne m'a jamais précisé en quoi ils consistaient.

— L'héroïne. Elle en a pris pendant deux ans.

— Mais plus maintenant. Pas depuis que je la connais.

— En fait, nous enquêtons en même temps sur la mort de Cindy et celle de Janice. Elles sont liées.

— Que voulez-vous dire ?

— Je ne sais pas ce que vous a laissé entendre votre mère. Ce n'est peut-être pas mon rôle…

— Cindy est ma sœur. Vous devez tout me dire. Je ne suis pas une gamine.

Elle a raison. Laurie a dix-huit ans, elle a le droit de savoir. Je lui parle de la mort de sa sœur et lui relate dans quelles circonstances suspectes on a retrouvé son corps, sans toutefois m'appesantir sur les détails pénibles.

— Je… je ne comprends pas. Ça n'a aucun sens. Cindy ne m'aurait jamais menti.

— Les gens se comportent parfois de façon incompréhensible, Laurie.

— Non, pas Cindy !

— Et si quelqu'un l'avait menacée ? Lui avait dit que si elle n'obéissait pas, on vous ferait du mal. Et que si elle vous racontait tout, on vous tuerait. Est-ce qu'elle ne vous aurait pas menti dans ce cas ?

Elle ne souffle mot. Puis répond :

— Si.

Elle a saisi où je voulais en venir. Parfois, ce n'est pas une simple question de mensonge ou de vérité. D'autres facteurs entrent en jeu. Manifestement, Cindy avait une bonne *raison* de mentir. De même que Malcolm. Il ne nous reste qu'à la découvrir.

— Etes-vous certaine qu'elle ne vous a rien dit d'inhabituel au cours des semaines qui ont précédé le 20 mars ?

Il y a un long silence. Laurie doit être en train de se rejouer les conversations qu'elle a eues avec sa sœur. Elle s'est sûrement déjà engagée dans ce processus — il fait partie des étapes par lesquelles on passe quand on apprend le décès d'un être cher. A la différence près que, cette fois, elle recherche quelque chose de particulier.

— Non, finit-elle par laisser tomber.

— Il n'y avait aucune trace de peur dans sa voix, vous êtes formelle ?

— Absolument. Je l'aurais deviné tout de suite. Comme je vous l'ai dit, c'était plutôt le contraire. Elle était excitée.

J'essaie de me mettre à la place de Laurie. Se pourrait-il qu'elle me mente ? Et dans ce cas, pour quelle raison ?

— Laurie, vous savez que si vous avez des ennuis, n'importe quels ennuis, vous pouvez m'appeler. Nous sommes en mesure de vous protéger.

— Ce n'est pas ça du tout, je vous jure ! J'aimerais bien savoir où Cindy est allée, vous pouvez me croire.

D'un côté, je voudrais que Laurie détienne la réponse à mes questions, de l'autre, son ignorance me rassure. Car si elle avait su quelque chose, elle serait probablement déjà morte.

Jamais-Pris : Alors, là, c'est brutal ! Même de mon point de vue.

Veuve-Noire : Il a raison, cessez de vous en prendre à mon Jonathan.

American-Psycho : C'est dans l'intérêt général.

Veuve-Noire : Je n'en suis pas si sûre.

Presque-Parfait : Ah ! ça me rappelle l'ancien temps ! C'est tout à fait pour moi. Rien ne vaut une bonne petite séance de torture.

American-Psycho : Ce n'est qu'une cellule d'isolement.

Veuve-Noire : Et tout le reste.

American-Psycho : Qu'est-ce qui vous inquiète, Veuve-Noire ? Ne disiez-vous pas que Jonathan était malin, génial ? Et fort, malgré son air de tocard ?

Veuve-Noire : C'est vrai, mais je ne veux pas qu'on me l'abîme.

Jamais-Pris : Moi, cette brutalité me plaît. Je vote pour qu'elle continue.

American-Psycho : Nous ne l'avons pas encore brisé.

Presque-Parfait : En effet, il résiste remarquablement bien. Je suis impressionné. Et inquiet.

Jamais-Pris : Vous vous faites toujours de la bile, mon vieux. Tâchez de vivre un peu.

Presque-Parfait : Mais je vis... et eux, ils meurent.

American-Psycho : Oui, ils finissent toujours par mourir.

19

— Eh bien ? demande Darren.

Je secoue la tête.

— Elle ne sait rien. Et à vrai dire, je crois que si elle savait quelque chose, elle serait morte à l'heure qu'il est.

— Tu as peut-être raison. Les tueurs n'ont pas commis beaucoup d'erreurs jusqu'à présent. Notre seule piste sérieuse aurait été Janice.

— Et regarde ce qui lui est arrivé.

Les coudes appuyés sur le bureau, le visage entre les mains, je me frotte le front.

— J'imagine que vous n'avez rien pu tirer de la famille de Cindy ?

Je relève la tête et croise le regard de Cross.

— Non, ça n'a rien donné. Ils ne sont au courant de rien. Et vous, qu'avez-vous appris du soupirant de Cindy chez Hugo's ?

— Rien non plus. J'ai vérifié tous ses faits et gestes. Il n'a pas quitté Las Vegas. Qu'avez-vous l'intention de faire, maintenant ? Vous retournez à Tucson ?

Darren et moi échangeons un regard. Je hausse les épaules, il hoche la tête.

— Je suppose, répond-il enfin.

Cross balance son corps massif d'un pied sur l'autre.

— Il n'y a plus grand-chose que vous puissiez faire ici. Je vous appellerai dès que j'aurai reçu les résultats de l'autopsie et les analyses du labo.

— Merci, Cross, dis-je.

— Oui, merci pour votre aide, ajoute Darren avec un sourire forcé.

— Qu'on ne dise pas ensuite que la police de Vegas n'est pas coopérative, plaisante Cross, les poings sur les hanches.

— Au fait, vous deviez prendre des congés, non ? Les résultats risquent d'arriver en votre absence. Ce serait dommage de perdre deux journées de travail.

— Le médecin légiste et le labo savent qu'ils peuvent me joindre sur mon portable. Ne vous inquiétez pas, vous n'aurez pas à attendre que je sois de retour au bureau.

— Vous seriez tout à fait à votre place dans la brigade de Tucson, dit Darren.

J'ajoute :

— Dans n'importe quelle brigade des Homicides, d'ailleurs.

Je n'ignore pas combien il est difficile de partir en vacances en laissant derrière soi ses soucis professionnels, surtout quand on sait que des vies sont en jeu. Cette enquête ne fait pas exception à la règle. En fait, si nous ne nous sommes pas trompés, il ne nous reste que quatre jours avant le prochain meurtre. Peut-être la prochaine victime se trouve-t-elle déjà dans le désert de Mojave, prisonnière de la femme fatale et de son nouveau partenaire.

Tandis que les hommes échangent leurs souvenirs de guerre au sein de leurs brigades respectives, je les abandonne à leur conversation et, me calant sur mon siège, passe mentalement en revue les pistes qui s'offrent à nous. Il y a une chose que nous n'avons pas vérifiée : la situation financière des victimes. J'interromps cette touchante scène de fraternisation masculine.

— Cross, avez-vous jeté un œil sur les finances de Janice ?

— Pas encore. Et comme les inspecteurs chargés de l'enquête avant moi croyaient à une mort par overdose, ils ne s'y sont pas intéressés non plus.

— Tu crois qu'on devrait revenir au b.a.-ba ? interroge Darren.

Je lui lance un clin d'œil.

— Tu sais ce qu'on dit : « Cherchez l'argent ».

— La bonne vieille méthode ! renchérit-il avec un sourire.

Cross prend un document sur son bureau.

— Ils ont trouvé une carte Visa et une carte GAB dans le portefeuille de Janice, plus un chéquier sur la table de cuisine. Ils ont joint aux dossiers toutes leurs factures et leurs relevés de compte. Je vais demander qu'on me les fasse parvenir.

Aussitôt dit, aussitôt fait. Il saisit son téléphone et compose le numéro.

— J'appelle Hamill, dit Darren. Des fois qu'on découvre quelque chose dans les comptes de Malcolm.

Je parcours des yeux le dossier de Cindy. Son portefeuille n'a jamais été retrouvé.

Cross est le premier à terminer sa conversation téléphonique.

— Ils ont rassemblé les relevés des douze derniers mois pour les deux filles. Ça devrait nous suffire.

Darren raccroche.

— Hamill va vérifier. Il nous rappelle.

Tout en fouillant dans ma propre mémoire, j'en appelle aux souvenirs de mes deux collègues.

— Y avait-il autre chose qui aurait pu dénoter la présence d'une grosse somme d'argent ? Dans l'appartement, par exemple.

— Une voisine…, commence Cross en feuilletant le dossier de Janice. L'une de leurs voisines a dit qu'elle avait vu une limousine, il y a environ deux semaines. C'était cette commère qui habite en face de chez elles. Sur le moment, nous n'y avons pas prêté attention. Les limousines sont monnaie courante à Las Vegas.

— Il y a deux semaines, répète Darren. C'est-à-dire aux environs du 20 ?

Cross feuillette les pages de son calepin.

— Possible… Ah, voilà ! Elle ne se rappelait pas la date exacte, mais elle était certaine qu'il s'agissait de la semaine où Cindy a quitté Las Vegas.

Je griffonne quelques notes sur une feuille de papier. *Excitée, argent, limousine, désert de Mojave, New York.* Ces mots-là ont une signification importante, j'en mettrais ma main au feu.

Darren jette un coup d'œil sur ma liste, mais n'émet aucun commentaire. Au lieu de quoi, il annonce :

— Nous ferions tout de même mieux de rentrer à Tucson.

— D'accord, prenons un vol cet après-midi. Nous recevrons les relevés de compte dans la journée et le nouveau rapport d'autopsie demain. Pour l'instant, nous n'avons qu'à étudier la chronologie des événements.

Je sors une feuille de l'imprimante la plus proche, la pose horizontalement sur le bureau et trace une ligne sur toute sa longueur.

— Le 20 mars est donc la date du départ de Malcolm.

A l'aide d'un stylo rouge, j'écris *Malcolm, 20 mars*, au tout début de la ligne.

— Et de celui de Cindy également.

Pour marquer la date de la « disparition » de Cindy, j'utilise un stylo bleu. La date suivante, inscrite en rouge, concerne de nouveau Malcolm.

— Malcolm a été tué aux environs du 26.

— Et Cindy, une semaine plus tard, vers le 2 avril, ajoute Darren.

Je reprends le stylo bleu pour signaler la mort de la jeune femme.

— Ensuite, nous avons Janice. On a retrouvé son corps le 1er avril, mais le légiste affirme qu'elle était morte depuis près de vingt-quatre heures.

Je passe à l'encre noire pour noter la mort de la troisième victime.

— Ce qui fait que Janice a été tuée deux jours avant Cindy, vers le 31 mars, dis-je en faisant tourner le marqueur entre mes doigts. Le secret avait été éventé. Janice savait où Cindy était réellement partie, et nos tueurs l'ont appris.

Le buste incliné en arrière, Darren étudie cette ébauche de la représentation chronologique des événements.

— Si Cindy a évoqué le fait que Janice était au courant de l'endroit où elle se trouvait, tout porte à croire qu'elle ne se sentait pas le moins du monde menacée à cc momcnt-là.

— Non, à moins qu'on ne le lui ait fait avouer par des moyens musclés. Mais il n'y avait pas trace de torture ni de trauma physique.

Darren hoche la tête.

— Elle ne croyait pas sa vie en danger et ne se rendait absolument pas compte que Janice courait un risque quelconque.

American-Psycho : Félicitations, Jamais. Brigitte est à vous.

Jamais-Pris : Heureusement qu'il y a les mercredis ! Je suis fou de joie…, bientôt je la posséderai.

Presque-Parfait : Je suis jaloux.

American-Psycho : Qu'allez-vous faire d'elle ?

Jamais-Pris : Je vais l'emmener dans cette maison très particulière qui est à notre disposition. Je l'attacherai, m'amuserai quelques instants avec elle, avant de lui faire tâter de mon couteau.

American-Psycho : Pas de couteaux ! Je vous ai clairement énoncé les règles lorsque vous avez rejoint le club. Elle doit être étranglée.

Jamais-Pris : Je sais. Mais ça n'empêche pas que je peux lui montrer ma lame… et la lui promener sur le corps.

20

Depuis que nous sommes rentrés de Las Vegas, il y a trois jours, tout est resté au point mort. Rien de suspect n'a été découvert dans les comptes en banque des victimes, la seconde autopsie pratiquée sur Janice n'a rien révélé de nouveau, et le laboratoire de criminologie de Las Vegas n'a déniché que dalle dans la maison des deux filles. Pas une empreinte, pas un brin de fibre textile, pas un cheveu, le néant !

Après avoir épluché les relevés de banque pour la énième fois, Darren se lève et s'étire.

— Pourquoi diable Malcolm et Cindy ont-ils fait allusion à l'argent qu'ils allaient gagner ? Quelle que soit la provenance de cet argent, ils n'ont touché aucun acompte.

Ce n'est pas la première fois que nous nous posons cette question, et la réponse nous fait toujours autant défaut. Je hausse les épaules, lorsque tout à coup une idée jaillit dans mon cerveau.

— Peut-être savaient-ils qu'ils allaient mourir.

Darren me lance un regard étrange. Je poursuis :

— Supposons que nos tueurs en série leur aient promis de l'argent. Cindy avait l'intention de le donner à sa sœur et à Janice. Quant à Malcolm, on ne peut nier que ses parents en auraient eu bien besoin.

Darren fronce les sourcils.

— Je ne sais pas…

— On a déjà vu des choses plus curieuses. Tu te rappelles cette affaire en Allemagne ? Le cannibale qui recrutait ses victimes par petites annonces. Il ne rencontrait aucune difficulté pour trouver des sujets consentants.

A cette pensée, je sens un long frisson me secouer l'échine.

— Rien que l'idée me retourne l'estomac. Comment peut-on manger un être humain ?

Le visage plissé de dégoût, Darren se tortille nerveusement d'un pied sur l'autre.

— Cette affaire m'avait fait froid dans le dos.

— Tu n'es pas le seul, crois-moi !

— Cependant, Malcolm économisait pour ses études à l'université, pas pour ses parents. De plus, je vois mal quelqu'un d'aussi sûr de lui renoncer à la vie.

Impossible de prétendre le contraire.

— Tu as raison. Et après avoir vécu l'enfer, Cindy avait enfin remonté la pente. Alors pourquoi aurait-elle tout abandonné, justement maintenant ?

Tout cela ne nous mène nulle part — une fois de plus. Il ne nous reste plus beaucoup de temps. Pour la prochaine victime, il est même probablement déjà trop tard.

— Si les tueurs s'en tiennent à leur scénario habituel, dis-je, soit la prochaine victime est déjà morte, soit elle le sera dans les douze heures qui viennent.

— Pas la peine de me le rappeler, grommelle Darren en se passant la main dans les cheveux.

— L'enquête avance si mal que ça ? s'enquiert Stone qui vient d'entrer dans la salle de réunion.

Elle travaille avec Darren depuis suffisamment longtemps pour détecter en lui le moindre signe de contrariété.

— En effet, répond-il.

Un silence.

— S'il s'agit d'un schéma qui se répète une fois par semaine, il ne va pas tarder à se manifester, dis-je. Cela fait six jours que le dernier cadavre a été découvert.

Je me lève à mon tour et exécute quelques mouvements pour décontracter ma nuque et mes épaules.

Darren contemple fixement le tableau blanc, sur lequel sont toujours inscrites les notes concernant la femme fatale.

— Nous arriverons peut-être trop tard pour le prochain, lâche-t-il d'une voix dure comme l'acier.

Jamais-Pris vient d'entrer dans le salon.

Presque-Parfait : Que se passe-t-il ?

Jamais-Pris : Bonjour tout le monde ! Ça fait une personne de plus au courant de notre petit secret.

Presque-Parfait : Comment Brigitte l'a-t-elle pris ?

Jamais-Pris : A votre avis, Parfait ?

American-Psycho : Est-ce à dire qu'elle est toujours en vie ?

Jamais-Pris : Pour l'instant. J'ai interrompu mes petits jeux avec elle pour venir bavarder un peu avec vous.

Presque-Parfait : Avez-vous pris des photos ?

Jamais-Pris : Oui, bien sûr.

American-Psycho : Montrez-les-nous.

Jamais-Pris : Tenez, jetez un œil !

American-Psycho : Oh waouh ! J'adore cette peur sur son visage.

Presque-Parfait : Admirez ce corps. Quelle jolie peau !

Jamais-Pris : Oui, je ne regrette pas mon fric.

Presque-Parfait : Avez-vous…

Jamais-Pris : Evidemment ! Elle s'est abandonnée comme si c'était la dernière fois. Je lui ai ôté son bâillon exprès pour l'occasion. C'est une vraie poufiasse.

Presque-Parfait : J'aimerais qu'elle soit à moi.

Jamais-Pris : Pour un peu, je vous plaindrais presque, Parfait. C'est réellement fantastique ! Ce club est la meilleure chose qui me soit jamais arrivée.

21

Le campus de l'université de l'Arizona grouille de flics en civil. Quant aux deux unités de la Brigade de recherche et d'intervention — la B.R.I. — elles se font discrètes, hors de vue des tueurs, du moins l'espère-t-on. En l'absence de toute piste solide, nous avons dû nous résoudre à adopter la seule solution qui s'offrait à nous — surveiller l'université pour le cas où les assassins respecteraient de nouveau un intervalle d'une semaine entre les meurtres et essaieraient de se débarrasser du corps quelque part sur le campus cette nuit.

Me faisant passer pour une étudiante, je parcours à pied le trajet qui m'a été assigné, plusieurs livres sous le bras. Il est sans doute encore trop tôt pour que les meurtriers se montrent, mais comme il était hors de question de courir le risque de les manquer, nous avons investi les lieux dès la tombée de la nuit, par vagues successives.

Il est trop tard pour sauver cette nouvelle victime, mais si cette nuit nous réussissons à pincer les criminels en flagrant délit, du moins pourrons-nous mettre fin aux assassinats. Je traverse l'esplanade principale et tourne à droite après la bibliothèque, juste en face de l'endroit où l'on a découvert le corps de Malcolm. De là, je coupe à travers le parc jusqu'à la 4e rue que je longe en direction de l'ouest. Il s'agit d'une action concertée des diverses unités, et chacun de nous doit suivre un itinéraire particulier, de façon à ce que le campus tout entier soit dûment quadrillé.

Vers minuit, mes jambes me font mal, je suis épuisée. Je me suis autorisé une sieste cet après-midi, en prévision de cette surveillance qui va durer toute la nuit, mais ça n'a pas suffi, et je sens mes paupières s'alourdir. Du moins la marche me permet-elle de ne pas avoir froid. Je mets le cap vers notre point de rencontre. Maintenant qu'il est minuit passé et que le campus devrait normalement retrouver son calme, nous allons patrouiller à tour de rôle dans certains secteurs à pied, tandis que le reste des hommes se posteront en hauteur. J'ai reçu pour mission de faire le guet sur le coin nord-ouest du toit de la bibliothèque principale.

Les quatre heures suivantes s'écoulent avec lenteur, interrompues seulement par un changement de lieu : à 2 heures du matin, je quitte le toit de la bibliothèque pour gagner le bâtiment de l'école d'architecture sur Speedway Boulevard. Mais je ne remarque rien d'anormal en chemin, rien non plus une fois arrivée à mon nouveau poste d'observation sur le coin sud-est du toit. A 4 heures, la voix du sergent Harris, sur la fréquence radio de la police, nous ordonne de regagner l'immeuble administratif de l'université que nous avons choisi comme base des opérations.

En cours de route, j'appelle Darren :

— Que se passe-t-il ?

— J'allais justement te prévenir, répond-il, une pointe de découragement dans la voix. Ils ont trouvé un corps.

— Quoi ? Où ça ?

— Dans Himmel Park. Un kilomètre à l'est du campus.

— Bon sang !

Je raccroche et m'élance au pas de course pour rejoindre les policiers et les gars de la B.R.I. dans le bâtiment administratif.

Darren, Stone et Harris sont déjà sur place.

— Qu'est-il arrivé ?

— La police a reçu un appel, il y a une vingtaine de minutes, explique Harris. J'ai tout de suite expédié deux agents dans le parc pour aller voir de quoi il retournait. Et bien sûr, il s'agissait de notre troisième cadavre ! Vous trois, retournez là-bas pendant que je fais le point avec eux, ajouta-t-il en désignant du menton les équipes de la B.R.I.

— Le médecin légiste a-t-il été prévenu ? demande Stone.

— Il arrive. Et les gars du labo de criminologie aussi.

— La victime est-elle un homme ou une femme ?

Si les tueurs assassinent à tour de rôle, il serait logique que ce soit un homme, cette fois.

— Une femme, répond Harris.

Tandis qu'il rejoint le reste des hommes dans le fond de la salle, nous nous éclipsons.

Jetant un regard à Darren, je me mords la lèvre. Mon Dieu ! Pourvu que ce ne soit pas la femme brune !

Aussitôt arrivés à Himmel Park, nous nous précipitons vers la scène de crime. Ma fébrilité est à son comble. Il faut sans tarder que je voie le visage de la victime !

Je brandis mon insigne devant le policier en uniforme qui monte la garde près du corps en attendant l'arrivée des divers protagonistes de l'enquête. La victime a été abandonnée sous un buisson, le visage contre terre, les bras relevés au-dessus de la tête — dans une position différente des deux autres. Elle est étendue sur un morceau de plastique transparent, mais pas celui du légiste ; probablement celui dans lequel elle a été transportée. J'extirpe une petite torche électrique de ma poche arrière et braque le faisceau lumineux sur le corps pour l'examiner de plus près. Ses cheveux ressemblent à ceux de la fille de mon rêve, mais je n'en serai tout à fait certaine que lorsque j'aurai vu son visage. Pour ce faire, il me faudrait la retourner sur le dos. Or, le corps ne peut être déplacé tant que le médecin légiste et l'équipe de la police scientifique n'ont pas installé leur équipement nocturne et effectué une première inspection des lieux. Un frisson d'impatience me traverse, je ressens un besoin impérieux de voir son visage. Darren me considère de son doux regard bleu, mais la sympathie que j'y lis ne fait qu'aggraver les choses. Je détourne les yeux, focalisant mon attention sur *elle* uniquement.

Cinq minutes plus tard, le médecin légiste, Ray George, arrive enfin. Il ne devait pas se trouver très loin, car même s'il a été appelé immédiatement après la découverte du cadavre, il ne lui a fallu que quinze minutes pour se rendre sur place. Les gars du labo le suivent de près, et en quelques instants, la scène de crime est illuminée par les projecteurs et fourmille de représentants de la loi. Darren et moi dirigeons les flics et les experts de la Scientifique affectés à l'enquête, les incitant à accomplir leurs tâches avec toute la célérité possible. Je jette de nouveau un regard sur le corps, lequel nous apparaît beaucoup plus distinctement à présent. George s'apprête à le retourner. Dévorée d'impatience, je fais les cent pas autour de lui.

Une fois que tout est prêt et qu'une multitude de photos ont été prises, ils font doucement rouler le cadavre sur le dos. Darren s'approche, surtout pour m'apporter son soutien, je m'en doute. Le corps finit par se retourner entièrement, entraîné par son propre poids, mais le visage est encore dissimulé par les cheveux. Je me penche et, avec précaution, écarte les boucles épaisses… pour découvrir son visage. Un violent hoquet me secoue, je réprime une envie de vomir.

— Nom d'un chien !

C'est elle ! Je m'éloigne du corps à reculons. Je voulais tant la protéger, la sauver, et maintenant… elle est morte. Je suis arrivée trop tard. Et ce sentiment, je ne le connais que trop bien, hélas !

Dans une tentative pour combattre la nausée qui s'est emparée de moi, je m'efforce de me distancier de la situation, de recouvrer mon objectivité professionnelle. Dans ma vision, la jeune femme a été poignardée. Or, pour faire partie des victimes de nos tueurs, elle aurait dû être étranglée. Je me baisse et, bien que les projecteurs l'éclairent déjà en plein, je balaie le corps du pinceau lumineux de ma torche. Le dessin en forme de cœur est là, bien sûr, mais il n'y a aucune trace de coups de couteau. Elle ne semble en rien différente des autres, excepté en ce qui concerne la position du corps. Pourquoi alors ai-je rêvé qu'elle était poignardée avec une telle violence ?

— C'est la femme de votre portrait-robot, remarque Stone.

— En effet.

Je me retire à l'écart, déchirée entre le désir de la regarder et l'horreur qui me rend incapable de le supporter. Chaque fois que mon regard ou ma pensée se fixe sur elle, je la vois, en train de se débattre de toutes ses forces contre son agresseur qui la tire par les cheveux et la traîne à travers les couloirs d'une maison. Or, cette scène, je l'ai vue avant qu'elle n'ait lieu. Avant qu'elle ne meure. Pourquoi n'ai-je pas pu arrêter le tueur à temps ?

Enfin, le corps est prêt à être emporté. Darren et moi rentrons en même temps que la victime, confiant à Stone la responsabilité de la scène de crime. Je ne peux détacher mes yeux de la housse à cadavre. Darren me lance un regard.

— Ça va aller ? demande-t-il.

— Pas vraiment.

Il observe un temps d'arrêt avant de reprendre :

— Il n'est pas toujours possible d'arriver à temps, tu sais. Personne ne le peut.

Je hoche la tête, accablée. Je ne me sens pas le moins du monde déculpabilisée.

— Ce n'est pas notre boulot, poursuit-il.

— Bien sûr que si !

— Le mieux que nous puissions faire, c'est coffrer le tueur le plus vite possible.

Evitant celui de Darren, je garde mon regard fermement planté sur la housse à cadavre. Je ne suis pas d'humeur à discuter logique. Je distingue le visage de la jeune fille, aussi clairement que s'il n'y avait pas ce plastique noir entre elle et moi. Des bribes de mon rêve fusent dans mon esprit. Je tente de les repousser, mais en vain. Ce n'est plus la housse à cadavre que je regarde, ni même le corps étendu sur la civière devant nous. Je ne vois plus que son passé ou, plus exactement, la manière dont elle est morte.

*
* *

Il la traîne dans un couloir en la tirant par les cheveux. Elle hurle, donne des coups de pied, résiste avec l'énergie du désespoir. Mais il est plus grand, plus fort qu'elle et il la maîtrise sans effort. Il la fait entrer de force dans une chambre, la jette sur le lit et lui menotte les mains aux barreaux. Elle crie, encore et encore, jusqu'à ce que sa voix devienne rauque et finisse par s'éteindre.

Je ferme les yeux, essayant désespérément de réprimer ces images, mais leur déferlement se poursuit.

Elle se remet à crier. Il promène l'épaisse lame d'un couteau sur sa peau bronzée, la fait descendre de ses seins nus à son ventre, à l'intérieur d'une de ses cuisses. Puis il remonte de l'autre côté, jusqu'à son visage.

— Que se passe-t-il ? demande Darren en posant sa main sur la mienne.

Avec un sursaut, je rouvre les yeux, dans l'espoir de faire cesser la vision. Rien n'y fait.

Il brandit le couteau au-dessus d'elle et, d'un geste frénétique, le lui plonge dans le corps. Le sàng jaillit avec force, éclabousse son visage, son torse dénudé, le lit… il y en a partout.

Je lève les mains devant moi, tente de dévier les coups, de mettre fin à ce déchaînement de violence.

Darren agrippe mes mains.

— Sophie ! Sophie !

L'horreur de cet épisode paranormal desserre enfin son étau sur moi ; je fixe mon regard sur le visage de Darren. Il est accroupi à mes pieds. Mes mains tremblent de façon incontrôlable dans les siennes. Je me rends compte que je suis aussi essoufflée que si j'avais couru quinze kilomètres.

Darren presse mes mains.

— Qu'as-tu vu ?

Tout d'abord, je suis incapable de répondre, encore sous le choc, terrifiée à l'idée que les images, et avec elles la peur, reviennent me submerger. Enfin, je réussis à articuler :

— Sa mort.

Ma respiration ralentit, je ne ressens plus le besoin de me recroqueviller dans mon coin. Secouant la tête, je continue, désorientée :

— Mais, encore une fois, elle était poignardée…

— Il n'y a pas eu de blessure par lame, Sophie. Peut-être que ta vision se trompe.

— Non, impossible ! Elle était trop intense. Et puis, c'est toi qui m'as dit de leur faire confiance.

Il ne sait que répondre, et nous laissons tous les deux un silence s'installer.

Ray George a décidé de pratiquer l'autopsie sans attendre — la femme brune passera avant tout le monde. Ce qui n'est guère surprenant, attendu que nous avons affaire à un tueur en série qui, de plus, opère à une cadence des plus précipitées. Les meurtres sont hebdomadaires — même Rivers ne peut nier ce schéma à présent. Ça n'a plus aucun rapport avec la moyenne annuelle de notre femme fatale.

Dans la salle d'autopsie, je contemple fixement le cadavre, hébétée.

— Y a-t-il un tatouage quelconque ?

Si chaque meurtrier se manifeste à son tour, c'est un homme qui devrait être étendu sur la table en ce moment, et je m'attendrais à voir une rose tatouée sur son corps. Or, la victime est une femme.

Le médecin légiste retourne le poignet avant d'en essuyer la terre, qu'il met soigneusement de côté pour analyse ultérieure. Il y a fort à parier que cette terre provient de Himmel Park. Mais aucun tatouage n'est visible. Le légiste examine rapidement le reste du corps, sans succès. Il ne décèle aucune marque ressemblant à un tatouage.

— A quand remonte la mort ? interroge Darren.

— D'après la rigidité cadavérique et la température du corps, je dirais que la mort est survenue, il y a entre douze et vingt-quatre heures.

Il retire les sacs en plastique qui enveloppent les mains et les pieds du cadavre et poursuit son examen visuel. Il attire notre attention sur de petites contusions sur les jambes, huit en tout.

Darren me regarde.

— Ça doit venir des coups de pied qu'elle a donnés en essayant de s'échapper.

Je hoche la tête. Malgré tous mes efforts, je ne peux m'empêcher de me représenter mentalement la jeune femme que l'on traîne dans le couloir, se débattant avec toute la vigueur dont elle est capable. Au passage, elle a dû se cogner les jambes contre les murs et les meubles.

— Les hématomes se sont formés juste avant qu'elle ne meure, explique le légiste, ce qui veut dire que les lésions ne sont survenues que quelques heures avant la mort.

Il retourne les mains et examine les ongles.

— Vous voyez quelque chose ?

— Ils ont été soigneusement brossés. Si elle a réussi à arracher le moindre fragment de peau de son agresseur, il a fait disparaître toute trace compromettante. Je vais tout de même effectuer quelques prélèvements. On ne sait jamais ce qui peut en ressortir.

Il continue son inspection, s'arrête longuement sur le cou.

— Elle a été étranglée ?

— On dirait, me répond-il en palpant le cou meurtri. L'examen interne nous le confirmera.

Il passe sa main gantée dans la chevelure, en ressort une poignée de mèches arrachées.

— Le cuir chevelu a souffert. Il semble qu'on l'ait tirée par les cheveux pour la maintenir immobile.

Une fois de plus, je ne peux refouler l'image de la jeune femme hurlant et donnant des coups de pied cependant qu'on la traîne dans un couloir.

Puis le légiste vérifie s'il y a eu viol.

— Elle a été violée, confirme-t-il en désignant du doigt les ecchymoses sur la face interne des cuisses. On dirait qu'il s'est acharné, ajoute-t-il en examinant la région pelvienne. Il y a des déchirures vaginales et rectales. Il a dû la violer à plusieurs reprises.

— Des traces de sperme ? demande Darren avec une grimace.

— Je vais réaliser un prélèvement vaginal. Nous verrons ce que ça donne.

— Ce viol est très différent de celui de Cindy, dis-je.

— Je suppose qu'il a perdu les pédales, convient Darren.

L'espace d'un instant, je me sens quelque peu décontenancée par la différence de style entre les deux viols, puis tout à coup, un vertige me saisit. J'essaie de résister à ce qui, je le pressens, ne va pas manquer d'arriver. Mes efforts ne servent à rien.

Le corps d'une femme enveloppé dans un morceau de plastique transparent maculé de boue a été abandonné dans les hautes herbes. Elle est étendue sur le ventre, les jambes légèrement tournées en dehors, les bras relevés au-dessus de la tête. Sur son dos, il y a plusieurs lacérations, de profondes entailles creusées par la lame d'un couteau.

Lorsque je reviens à moi, Darren me dévisage. Dieu merci ! le médecin légiste est si absorbé par son travail qu'il n'a rien remarqué. Darren m'interroge du regard. Je me contente de secouer la tête, troublée par la vision qui vient de m'assaillir — il ne s'agissait même pas de la femme brune. Je focalise mon attention sur le corps allongé sur la table devant moi, m'efforçant d'enregistrer chaque détail. Mais le reste de l'autopsie se déroule sans découverte remarquable, à l'exception de quelques particules de terre que le légiste extrait du conduit de l'oreille interne.

*
**

— L'analyse de la composition minéralogique montrera sans doute que cette terre provient du désert de Mojave, remarque Darren.

— Certainement.

Nous laissons le médecin légiste achever son travail. Dès que nous sommes dehors, Darren appelle Stone et s'entretient un moment avec elle.

— Eh bien ? dis-je une fois qu'il a raccroché.

— Ils ont relevé une empreinte de pied près de l'endroit où le corps a été abandonné, mais rien d'autre. Elle pourrait aussi bien appartenir au tueur qu'au jardinier.

Nous passons l'après-midi suivant, installés dans la salle de réunion, à étudier le rapport d'autopsie et les photos prises sur la scène de crime.

— Quels sont les résultats du prélèvement vaginal ? demande Stone.

Darren relève la tête.

— Aucune trace d'ADN. Il a utilisé un préservatif.

Stone poursuit sa lecture du rapport d'autopsie.

— Lésions du cuir chevelu ? s'étonne-t-elle.

— Ça n'a rien de surprenant, dis-je.

Elle attend mes explications.

— On l'a tirée par les cheveux.

A peine ai-je prononcé ces mots que je regrette l'assurance exprimée par ma voix.

— Mais bien sûr, suis-je bête ! s'exclame Stone en levant les yeux au ciel. Les violeurs aussi utilisent cette technique.

Je hoche la tête, soulagée. La jeune fliquette croit que je fonde mes affirmations sur des statistiques, elle ne se doute pas une seconde que je m'appuie sur des pouvoirs paranormaux. Je m'empresse d'ajouter :

— C'est un moyen rapide et facile de soumettre quelqu'un qui a les cheveux longs. Et très efficace.

Darren reprend la parole :

— Tous ses organes semblent en bon état, mais évidemment nous devons attendre les résultats des analyses toxicologiques, observe-t-il avant de lire la page suivante. Les radios montrent une ancienne fracture, un bras cassé. Et elle n'a pas eu d'enfants.

Ce détail ne s'avérera vraisemblablement d'aucune utilité pour nous, mais il est d'usage, lorsque la victime est une femme, que le rapport du légiste comporte des indications gynécologiques, telles que l'absence ou non d'accouchement.

— On a des nouvelles à propos des empreintes digitales ?

Avec un peu de chance, on les aura confrontées à celles du fichier central.

— Ils ont comparé les empreintes, mais aucune concordance n'a été trouvée dans la banque de données, dit Stone.

— Ce qui veut dire qu'au contraire de Malcolm et Cindy, elle n'avait pas de casier.

La différence est flagrante, mais sans doute pas significative.

Stone laisse échapper un soupir.

— Une femme qui s'est cassé le bras et n'a jamais accouché… ce n'est pas ça qui va restreindre le champ d'investigation.

— Sûrement pas !

Nous restons muets quelques instants. Puis, pleine d'espoir, je demande :

— Et l'empreinte de pied ?

— Elle correspond à celles d'un entrepreneur qui travaille pour Himmel Park, répond Stone. Et nous n'avons toujours rien sur le morceau de plastique.

— Est-ce que le Bureau va nous fournir davantage de moyens, maintenant ? interroge Darren.

Je pousse un soupir résigné.

— Non. J'ai appelé Rivers, mais il n'a personne à nous envoyer.

Darren a beau ne pas broncher, je vois bien qu'il est contrarié.

Nous reprenons l'étude des faits concrets, et je m'applique à assimiler tous les détails de l'affaire. Mais quels que soient mes efforts pour les ignorer, deux choses retiennent mon attention : le morceau de plastique sur la scène de crime et cette nouvelle vision que j'ai eue hier. Le corps de cette victime, qui qu'elle soit, a été mis en scène exactement de la même manière que la femme brune — face contre terre et enveloppée dans du plastique. Je pense à ce que Darren m'a dit à Las Vegas à propos de ma « vocation ». Je n'ai pas le droit de dédaigner cette vision — ce serait comme de ne tenir aucun compte d'une pièce à conviction.

— Ça ne te dérange pas si je me sers de ton ordinateur un moment, Carter ?

Darren me lance un regard interrogateur avant de répondre :

— Non, bien sûr.

Tant que je n'aurai pas assemblé les pièces du puzzle, ou du moins réussi à en comprendre la signification, je ne parlerai pas de cette vision. Ce serait prématuré.

Installée au bureau de Darren, j'active le logiciel du VICAP et lance une recherche sur les agressions à coups de couteau dans lesquelles les victimes ont été retrouvées recouvertes de plastique transparent. Afin de limiter le champ des recherches, j'ajoute la position du corps sur la scène de crime : allongé sur le ventre, les bras au-dessus de la tête. Quelques minutes plus tard, la base de données en ligne me propose sept résultats présentant exactement les mêmes caractéristiques que celles mentionnées dans mon scénario.

Je clique sur chacun d'eux. L'un des dossiers contient des photos en documents attachés. Je m'empresse de l'ouvrir et de l'imprimer dans sa totalité, y compris le rapport de la scène de crime, le compte rendu d'autopsie et les clichés. J'imprime également les dossiers concernant les six autres meurtres, bien qu'ils ne comportent pas de photos. Il est possible de joindre des images au questionnaire original que l'on remplit pour le VICAP, mais les numériser prend du temps — du temps dont la plupart des flics ne disposent pas.

Après avoir passé une heure à décortiquer les dossiers, j'ai acquis la conviction que, d'une façon ou d'une autre, la femme brune est liée à ces sept affaires criminelles. La position du corps, le plastique — il ne fait aucun doute qu'ils constituent des indices sur le tueur. Et de l'avoir « vue » se faire poignarder me conforte sérieusement dans cette idée. Pour autant, tout cela n'a rien à voir avec Cindy.

J'emporte les dossiers dans la salle de réunion où j'ai laissé Darren et Stone.

— Je crois que je tiens quelque chose.

D'un même mouvement, ils relèvent la tête.

J'étale les photos imprimées en couleurs sur la table, par-dessus les clichés de l'affaire en cours.

— Une agression à coups de couteau ? s'étonne Stone, perplexe.

— Je sais, je sais, dis-je en levant la main. Vous allez me dire que je suis à côté de la plaque. Mais j'ai repensé à Malcolm. Il portait une rose tatouée, et la rose est une signature de notre tueuse. Quelqu'un s'amuse à nous laisser des indices. Et si la position du corps et le plastique étaient également des indices ?

Naturellement, je me garde bien de mentionner mes visions prémonitoires devant Stone.

— Enfin bref, j'ai effectué une recherche dans le VICAP sur les femmes assassinées qui ont été emballées dans du plastique transparent comme celui retrouvé sur la dernière scène de crime. Et voici ce que ça a donné.

Je désigne du doigt les photos sur la table.

— Il y a sept meurtres au total qui correspondent, mais celui-ci est le seul pour lequel le fichier du VICAP possède des clichés.

Stone et Darren ramassent les feuilles imprimées et les étudient avec attention. La première photo représente la scène de crime telle qu'elle était au moment où la police est arrivée sur les lieux. Le corps est étendu à une dizaine de mètres d'un sentier, à peine visible à travers les nombreuses épaisseurs de plastique transparent souillé de boue. Exactement comme dans ma vision. Il n'y a rien à proximité du corps. Pas d'arme du crime, pas d'effets personnels, rien. A ce stade de l'enquête, les prises de vue couvrent tous les angles possibles ; certains clichés ont été réalisés à une certaine distance, d'autres sont des gros plans. Vient ensuite une série de photos prises au fur et à mesure que les enquêteurs ont retiré les couches supérieures du plastique. Le tueur a créé un effet « sandwich » en plaçant le corps sur une feuille de plastique pliée en deux, avant de le recouvrir d'un autre morceau plus grand plié en trois qu'il a rabattu sur les côtés. On dirait presque qu'il voulait le préserver du monde extérieur. Puis plusieurs clichés montrent le dos de la victime, dénudé et présentant cinq blessures par lame. La série finale révèle ce que les enquêteurs ont découvert en retournant le cadavre. La face antérieure du corps avait reçu de multiples coups de couteau portés avec une sauvagerie inouïe. Il y a des blessures profondes aux endroits où la lame a été plongée dans les chairs, et des lacérations plus superficielles sur le ventre et les seins. Ces dernières me rappellent les coupures mal assurées que les candidats au suicide se font tandis qu'ils rassemblent leur courage avant de s'infliger des blessures plus mortelles. Or, notre tueur n'est ni indécis ni hésitant. Il a probablement voulu s'amuser avec elle, c'était son truc pour exercer sa domination.

— Tu penses que… ? hasarde Darren.

— Ils sont liés, dis-je en pointant du doigt les photos. La position du corps et le plastique sont des signatures typiques.

— Admettons, convient-il. Mais pourquoi notre couple infernal laisserait-il des indices pour nous ramener à des crimes passés ? Comme la rose tatouée ou le plastique.

Là, je suis d'accord avec lui ! Pourquoi le feraient-ils ?

Stone intervient :

— Ils veulent peut-être se moquer de nous ? Ils se croient tellement plus malins !

Darren se lève :

— A moins que…

Nous accrochons son regard, impatientes d'entendre la suite.

Au bout de quelques secondes, il reprend :

— Avez-vous vu ce film qui s'appelle *Copycat* ?

— Bien sûr, dis-je. Avec Harry Connick Jr. et Sigourney Weaver.

— Et si ni notre femme fatale ni ce type-là n'étaient en cause ? avance Darren en montrant les nouveaux dossiers que j'ai placés sur la table. Si c'était quelqu'un d'autre qui essayait de leur faire porter le chapeau ?

— Tu penses que c'est possible ? demande Stone.

— Tout est possible, dis-je. Mais s'il s'agit d'un plagiaire, comment est-il au courant de la rose et du plastique ? Ces détails n'ont jamais été révélés.

Nous voilà de nouveau dans une impasse.

— Et que devient Cindy, la deuxième victime, dans tout ça ? s'interroge Darren. Il n'y avait aucun indice particulier sur elle.

— Pas que nous sachions, dis-je.

Stone prend une inspiration, s'apprête à dire quelque chose, mais y renonce. Darren et moi l'encourageons du regard.

— Oui, allez-y.

Elle a une idée derrière la tête, j'en suis sûre, mais pas assez d'assurance pour la formuler à haute voix.

— Eh bien… à votre avis, serait-il possible que nous ayons trois tueurs ? La femme qui a tué Malcolm, l'assassin de Cindy et ce troisième meurtrier.

Darren et moi ne soufflons mot.

— Désolée, c'était une idée stupide, concède Stone, penaude.

— Non, pas du tout ! En fait, cela expliquerait un autre détail qui me chiffonne. Les viols. Cindy a été violée, mais il n'y a pas de traces de contusions sur ses cuisses ni autour de l'aine. Par contre, le violeur de la troisième victime s'est montré extrêmement brutal. Ce n'était pas le même homme.

Tout en reconstituant mentalement le puzzle, je tripote la bague autour de mon doigt.

— Mais pour quelle raison trois meurtriers se seraient-ils associés ? Un couple, je le comprends, mais trois ?

Nous retombons dans le silence.

Darren se raccroche à l'idée.

— Nous aurions alors trois assassins qui feraient équipe ? Peut-être même quatre, si l'on compte celui de Janice.

Du regard, il me demande mon avis.

— Le meurtre par overdose pourrait constituer le MO d'un tueur particulier, il ne s'agit peut-être pas d'un cas isolé. Ils doivent travailler ensemble, comparer leurs techniques respectives. Une sorte de concours pour voir qui va tuer le plus de gens.

— C'est dégoûtant ! s'insurge Stone.

Je me mords la lèvre.

— C'est toujours répugnant. Mais ça, c'est…

Je n'achève pas ma phrase, incapable de trouver un mot réellement approprié pour décrire une telle perversité.

Veuve-Noire : Eh bien, Jamais, vous êtes-vous bien amusé ?

Jamais-Pris : Bien sûr. Voulez-vous voir les dernières photos que j'ai prises d'elle ?

Veuve-Noire : Les photos pornos d'hier soir me suffisent amplement.

Jamais-Pris : Vous ne marchez pas à voile et à vapeur, VN ?

Veuve-Noire : Non, voyez-vous, je suis vieux jeu.

Presque-Parfait : Je ne dis pas non à de nouvelles photos.

Jamais-Pris : Je les télécharge immédiatement.

Presque-Parfait : Avez-vous trouvé cela plus excitant qu'un meurtre ordinaire ?

Jamais-Pris : Certainement. Brigitte ne se doutait de rien.

American-Psycho : Cindy non plus. Vous auriez dû voir son visage lorsque je le lui ai annoncé. Ça l'a très vite dégrisée. Mais à ce moment-là, il était trop tard... elle s'était déjà passé elle-même les menottes.

Presque-Parfait : Vous êtes tous trop rapides et sordides à mon goût.

American-Psycho : Je vous ai préparé le matériel de vidéo dans la chambre spéciale.

Presque-Parfait : Merci, Psycho.

Jamais-Pris : Quelle chambre spéciale ?

American-Psycho : Parfait va étrangler sa victime comme prévu, mais je vais lui laisser plus de temps avec la fille. Il n'ira pas dans la maison.

Veuve-Noire : Ce n'est pas juste !

American-Psycho : Allons, VN ! Vous préférez les aventures sans lendemain de toute façon.

Veuve-Noire : C'est vrai. Mais Malcolm m'a beaucoup plu. Je l'aurais bien gardé plusieurs nuits de suite.

Jamais-Pris : Brigitte a été parfaite. Et elle fait la une de tous les journaux télévisés locaux.

American-Psycho : Je vous félicite d'avoir su vous maîtriser, Jamais.

Jamais-Pris : Merci. Je suis content que vous reconnaissiez mes efforts, parce que ça a été ***ment difficile.

Presque-Parfait : J'aimerais que mon tour vienne, à présent. Mais je veux Ling. Je ne me contenterai pas de n'importe qui. Les gens avaient certains critères dans le temps, vous savez. Les jeunes Américains d'aujourd'hui sont paresseux et ingrats. Je suis certain que le QI de la nation diminue. Et qu'est-il advenu des bonnes manières ? Ce bon vieux savoir-vivre ?

Veuve-Noire : Il a raison. Je m'en rends bien compte quand je chasse. La galanterie a disparu.

Presque-Parfait : Seriez-vous capable d'abandonner, VN ? De ne plus tuer ?

Veuve-Noire : Non. Absolument pas. Et vous ?

Presque-Parfait : Moi non plus. Cependant, je me demande comment j'arriverai à continuer quand j'aurai soixante-dix ans.

American-Psycho : Il faudra que vous vous trouviez un complice.

Presque-Parfait : Ce n'est pas une mauvaise idée.

Jamais-Pris : J'ai encore des années de meurtre devant moi avant de devoir penser à la retraite.

American-Psycho : Je ne m'arrêterai jamais. Jamais. Comment voulez-vous renoncer à une vocation aussi magnifique ?

22

Le lendemain, nous planchons sur les dossiers fournis par le VICAP concernant les victimes poignardées et emballées dans du plastique, dossiers complétés par les photos de scène de crime que nous avons réclamées auprès des polices locales. Je suis contente que l'une de mes visions ait enfin fini par engendrer quelque chose d'utile, une piste valable à exploiter. Il n'en demeure pas moins que le seul fait de me rappeler la vision de la femme brune me donne envie de vomir. Et m'ôte toute envie de renouveler ce genre d'expérience.

Nous commençons par le crime pour lequel le dossier du VICAP contenait des photos. Dans cette affaire, le corps — ou victime n° 1, comme nous l'avons baptisée — a été découvert dans la Black Hills National Forest du Dakota du Sud.

Darren nous résume le rapport d'autopsie :

— La mort a été causée par une blessure par lame de cinq centimètres de long. La plaie était profonde, l'artère carotide a été sectionnée.

Nous examinons les photos de la victime n°1 étendue sur le dos. La blessure décrite par le médecin légiste est nettement visible. Elle part de la clavicule gauche et s'étend sur cinq centimètres en travers de la gorge.

— L'intention de tuer ne fait aucun doute, dis-je.

— De toute façon, elle se serait vidée de son sang, commente Stone qui désigne quelques-unes des autres lacérations sur le corps.

— Oui, mais celles-là, il ne les a faites que pour s'amuser, dis-je en montrant toutes les entailles qui zèbrent le ventre et les seins avant de repointer du doigt la plaie à la gorge. Et celle-ci, pour finir le boulot. Histoire de revenir aux choses sérieuses.

Le schéma des blessures me rappelle l'Ecorcheur de Washington.

Darren feuillette le rapport.

— Pas de fibre, pas de cheveux, pas d'empreinte sanglante sur le corps. Les analyses toxicologiques étaient normales et les prélèvements vaginal et anal n'ont rien donné, à l'exception d'une petite quantité de lubrifiant pour préservatif.

— Il n'y a rien d'autre dans le compte rendu d'autopsie ? demande Stone, d'une voix chargée d'espoir.

Darren parcourt rapidement la fin du document.

— Non, à moins que vous ne teniez à savoir combien pesait son cœur.

— Non, merci !

Je ramasse la première série de photos et choisis celle qui montre le corps enroulé dans le plastique.

— Vous croyez qu'il voulait la camoufler ?

Cette question, je me la pose autant à moi-même qu'à mes deux collègues.

Stone scrute le cliché.

— Il n'allait pas tarder à neiger et, apparemment, ce sentier n'est pas du tout fréquenté pendant les mois d'hiver.

— Mais pouvait-il vraiment espérer que *personne* ne passerait par là ?

La voilà la vraie question, à mon avis. Le tueur s'attendait-il à ce que ses prouesses ne soient pas révélées avant le printemps ?

— Non, probablement pas, répond Darren.

Je continue d'examiner la photo.

— C'est intéressant. Se débarrasser de son corps à cet endroit-là, c'était comme faire semblant d'essayer de la dissimuler. Et pareil pour le plastique. Il l'a soigneusement recouverte, mais avec du plastique transparent. Je crois qu'il voulait pouvoir la regarder jusqu'au tout dernier instant.

— Ou peut-être qu'il avait l'intention de lui rendre visite… au cas où personne ne l'aurait trouvée, hasarde Stone. Grâce au plastique transparent, il aurait pu la contempler tout son soûl sans avoir à déranger la scène de crime.

Très juste ! De nombreux tueurs aiment revivre leurs meurtres en se rendant sur la tombe de leur victime ou en venant voir leur cadavre.

— C'est vrai, dis-je. Ou alors, c'est lui qui a découvert le corps.

Cette hypothèse peut paraître évidente, mais il est étonnant de voir le nombre de fois où elle se confirme. Là encore, cela relève du besoin que ressent le meurtrier de revivre son crime, de se sentir impliqué aussi bien dans la découverte de son forfait que dans son exécution.

Darren tourne quelques pages du dossier.

— Son corps a été trouvé par deux randonneurs, Simon Creaser et Jim Torr.

Il extrait de la liasse des feuillets les dépositions des témoins et autres documents annexes.

— Simon a trente-quatre ans et Jim, trente-huit. Ils travaillent ensemble dans une entreprise de plomberie à Rapid City.

Darren s'interrompt quelques secondes, le temps de lire les dépositions, puis nous en donne un résumé.

— Le scénario habituel. Ils ont coupé à travers la pelouse pour rejoindre le sentier et ont aperçu une feuille de plastique qui claquait au vent. Ils sont allés jeter un œil et sont tombés sur le corps. Toutefois, en se fondant sur l'heure de la mort, la police les a rayés de la liste des suspects potentiels.

Nous passons aux autres dossiers, les six autres meurtres, dans l'espoir de dénicher une piste quelconque. Toutes les victimes ont été violées à plusieurs reprises, poignardées à mort puis placées dans du plastique et abandonnées dans des zones boisées des deux Dakota. Aucune trace d'ADN, aucun indice — à l'évidence, le tueur sait ce qu'il fait.

Nous nous taisons un instant, regardant fixement les documents étalés sur la table.

Stone brise le silence.

— Nous n'avons toujours pas décidé si nous avons affaire à trois ou à quatre assassins. Janice a-t-elle été tuée par le meurtrier de Malcolm, celui de Cindy, de la troisième victime, ou bien un quatrième tueur est-il en cause ?

Avec un soupir, je hausse les épaules.

— Toutes les hypothèses sont possibles.

Je me dirige vers le tableau blanc et le retourne pour découvrir la face où nous avons noté nos observations à propos de Malcolm. C'est l'un de ces tableaux électroniques qui permettent d'imprimer les textes et dessins inscrits dessus, aussi puis-je l'effacer entièrement après avoir effectué un tirage papier de nos notes que j'étudierai plus tard, à tête reposée. Je divise le tableau en quatre colonnes : *Tueur n° 1*, *Tueur n° 2*, *Tueur n° 3* et *Janice*. Je commence par la première.

— Le tueur n° 1 est notre femme fatale.

A raison d'une ligne par élément, j'écris : *Sexe féminin ; entre 30 et 35 ans ; utilise le sexe pour attirer ses victimes ; les étrangle pendant l'acte sexuel ; menottes ; 21 victimes entre 1992 et aujourd'hui.* Puis, sous *Profil des victimes,* j'énumère leurs attributs : *De 20 à 25 ans ; toutes origines ethniques ; carrure athlétique ; physique avenant ; habitués des bars ; groupes socio-économiques divers.*

J'entame la deuxième colonne.

— Le tueur n° 2 est l'assassin de Cindy. Nous ne savons pas grand-chose de lui. S'il a laissé des indices sur son MO ou sa signature, nous les avons manqués.

Je note *Sexe masculin* et laisse le reste de la colonne vide pour le moment.

Nous passons au troisième tueur, le meurtrier de la femme brune.

— Il est encore question d'un individu de sexe masculin, probablement âgé de vingt à trente ans, étant donné que son premier crime ne remonte qu'à cinq ans.

— Il attachait ses premières victimes avec des cordes, remarque Darren. Ce qui constitue un autre changement dans son MO.

Avec un hochement de tête, je note l'observation de Darren. Que tous nos tueurs aient entravé leurs victimes n'a rien de surprenant en soi. C'est l'une des particularités des tueurs en série de type organisé, de même que le QI élevé, le fait de traquer sa proie et de la transporter ailleurs. En réalité, c'est plutôt l'absence d'attaches qui nous inciterait à nous interroger.

— De plus, il est ici question d'une mort par strangulation, alors que le tueur se sert d'habitude d'un couteau.

J'écris *Strangulation/Coups de couteau* sur le tableau.

— Sept victimes enregistrées dans le fichier du VICAP depuis 2002, précise Darren tandis que je note sous sa dictée. Leur profil correspond à des femmes entre vingt et trente ans, pour la plupart appartenant à des groupes situés au bas de l'échelle socio-économique. Aucune ressemblance physique. Quoique… elles avaient toutes des poitrines plutôt fortes, ajoute-t-il après avoir jeté un coup d'œil sur les photos.

J'esquisse un sourire.

— Heureusement que tu es là, Darren. Je suis sûre que ni Stone ni moi n'aurions remarqué ce détail.

Nous arrivons enfin à la partie concernant Janice, mais elle demeure encore plus vide que la deuxième colonne. Une recherche dans le VICAP sur les meurtres déguisés en overdose n'a donné aucun résultat — ce qui n'a rien de surprenant. Même s'il a existé des affaires similaires, elles auront été classées comme suspectes, mais pas comme homicides, et n'auront donc sans doute pas été entrées dans la banque de données du système.

— Nous savons au moins qu'il y a un rapport entre la mort de Janice et celle de Cindy, rappelle Darren. Janice était au courant de quelque chose qu'elle aurait dû ignorer.

— Et nous savons avec certitude que les meurtres de Cindy, Malcolm et la troisième victime sont liés, ajoute Stone. Pour preuve, les particules de terre provenant du désert de Mojave prélevées sous leurs ongles et les cœurs peints sur leur poitrine.

Je dessine des flèches entre Janice et le meurtrier de Cindy et entre les tueurs n° 1, 2 et 3.

— Comment les assassins se connaissent-ils ? Et comment communiquent-ils entre eux ?

Nous nous plongeons tous les trois dans nos réflexions, chacun à sa manière. Darren tapote sur la table avec ses doigts. Stone se tient assise, parfaitement immobile, les bras croisés. Je regarde par la fenêtre.

Stone décroise les bras.

— Une chose est sûre, ce n'est pas par courrier ni par téléphone. Je dirais par e-mails.

Darren interrompt son tambourinage.

— Ou par messagerie instantanée.

— C'est vrai… hmm… Si c'est le cas, je devrais pouvoir réclamer la participation du Département de cybercriminalité du Bureau. Je vais appeler Rivers pour essayer de le convaincre de nous affecter un expert. Ça sera peut-être plus facile que d'obtenir un agent de terrain.

— Je n'ai rien contre.

Rivers décroche son téléphone dès la première sonnerie et, après un bref échange, me suggère de téléphoner à l'agent Daniel Gerard, expert en investigation numérique légale au Département de cybercriminalité du FBI.

Gerard répond au bout de quatre sonneries.

— Agent Daniel Gerard.

Sa voix semble distante, comme s'il était préoccupé par quelque chose.

— Bonjour, je suis Sophie Anderson de l'Unité d'analyse comportementale.

— Oui ?

— L'agent spécial Andy Rivers, l'un des directeurs de l'UAC, m'a conseillé de vous appeler au sujet d'une affaire. Pouvons-nous en discuter maintenant ?

— Hum, attendez une seconde.

Je l'entends taper sur un clavier comme un forcené, avant de reprendre le téléphone.

— Excusez-moi, il fallait que je termine ça. Allez-y, je vous écoute.

— Nous enquêtons sur une affaire qui nous fait penser à une association de tueurs en série.

— Ça, c'est moche !

— Comme vous dites. Et nous pensons qu'ils communiquent entre eux par e-mails ou par messagerie instantanée.

— Voilà qui est intéressant.

— Existe-t-il un moyen de repérer des courriers électroniques suspects ?

— Avez-vous déjà entendu parler d'*Echelon* ?

— Oui, bien sûr.

Après avoir été maintes fois niée dans les années 80 et 90, l'existence d'un réseau de satellites chargés d'intercepter les conversations téléphoniques, les courriels et autres communications contenant certains mots clés suspects est désormais largement reconnue. Le sujet n'en demeure pas moins très controversé. Le système constitue-t-il une violation de notre vie privée ou, au contraire, contribue-t-il à notre protection ? Les avis divergent. J'hésite moi-même à me faire une opinion. Sachant de quoi les êtres humains sont capables, je trouve rassurant de posséder un outil susceptible de servir de système d'alarme précoce. D'un autre côté, je suis également consciente que la retenue n'est pas toujours le point fort de nos gouvernements. Il suffirait que la mauvaise personne soit aux commandes…

— Ce dispositif a été mis en place pour repérer des mots clés, principalement en rapport avec le terrorisme, mais il inclut aussi d'autres termes suspects, dont certains pourraient figurer dans les courriels de vos meurtriers.

— Super !

L'idée de disposer d'un moyen de localiser nos tueurs me regonfle soudain le moral.

— Le problème, c'est qu'il y a des quantités énormes de messages à filtrer.

— Oh !

— Dites-m'en un peu plus sur l'affaire pour que nous puissions lancer une recherche ciblée.

Je fournis à Gerard les éléments essentiels de l'enquête, y compris le dessin en forme de cœur sur la poitrine des victimes et les indices qui nous orientent sur la piste du désert de Mojave.

— D'accord, je vais demander à quelqu'un de plancher là-dessus et je vous tiens au courant. Je ne vous promets rien, mais nous verrons ce que nous pouvons en tirer.

— Merci, Gerard.

Je raccroche, hésitant entre espoir et déception.

American-Psycho : La prochaine fois, nous devrons éliminer Danny ou Jonathan. Ils semblent avoir dépassé leur hostilité première et commencent à se parler. Beaucoup trop, à mon goût.

Presque-Parfait : Je suis d'accord avec American-Psycho sur ce point. Je pense que Danny devrait être le prochain. Sa formation militaire me déplaît. Mais, d'un autre côté, il y a longtemps que j'attends mon tour et je pense mériter qu'on me donne enfin Ling.

American-Psycho : Vous avez été très patient, Parfait. Mais nous sommes obligés de suivre le calendrier et, après tout, mercredi n'est que dans quelques jours.

Jamais-Pris : Pourquoi ne pas en prendre deux la prochaine fois ? Qu'est-ce que ça peut *** ?

Presque-Parfait : C'est une idée formidable, Jamais. Je vous en prie, American-Psycho, acceptez de considérer cette possibilité.

Veuve-Noire : Allez, Psycho ! Comme ça, nous ferons d'une pierre deux coups… si je puis dire.

American-Psycho : Hum !

Presque-Parfait : Il conviendrait que je sois le prochain. Toutefois, je comprends votre point de vue en ce qui concerne Danny. Cette solution aurait le mérite de résoudre les deux problèmes en même temps.

American-Psycho : Entendu. Nous sommes en démocratie… en quelque sorte. Je me charge de Danny — rien d'extraordinaire —, quant à l'autre personne, elle suivra la procédure normale. Je suis heureux d'accéder à la requête de Parfait et de mettre Ling aux enchères. Tout le monde est d'accord ?

Veuve-Noire : Ça me convient.

Jamais-Pris : A moi aussi, je suppose.

American-Psycho : Ce sera donc Danny et Ling. Cependant, chacun de nous aura une chance de gagner Ling.

23

Je me prends la tête à deux mains. Le temps avance plus vite que nous. Nous n'avons accompli aucun progrès ces derniers jours, et la date du prochain meurtre se rapproche de plus en plus. Si les tueurs suivent leur calendrier, il ne nous reste que deux jours. Or, nous sommes encore à cent lieues de mettre le grappin sur un seul des meurtriers. Alors, trois ou quatre ! Les recherches entreprises par l'agent Gerard dans les courriels n'ont abouti à rien de concret, ce qui signifie soit que les assassins ne communiquent pas par e-mails soit qu'ils utilisent un programme de cryptage très puissant. Si nos techniques habituelles d'investigation font chou blanc, je devrai accepter mon don au lieu de le rejeter, j'en ai conscience. Mais, bien que j'aie ressenti à deux reprises les signes annonciateurs d'une vision, je les ai repoussés de toutes mes forces, terrifiée à l'idée de ce que j'allais voir.

La sonnerie du mobile de Darren retentit.

— Carter, Homicides… Parfait.

Couvrant l'appareil de sa main, il me regarde.

— Les résultats du labo au sujet de notre inconnue sont arrivés, chuchote-t-il.

Il retire sa main du téléphone et sort un stylo de sa poche poitrine.

Dès qu'il a raccroché, je l'interroge :

— Alors ?

Il survole ses notes : les analyses toxicologiques sont négatives, il n'y a pas de sperme et pas de trace d'ADN. La provenance du plastique a été établie : il a été fabriqué par une société appelée Lee Light Industrial Products Co. Ltd, installée à Hong Kong.

— Et le cadavre n'a toujours pas été identifié ?

Darren secoue la tête.

— Les radios dentaires ont été envoyées par courrier électronique pour être comparées à celles des fichiers centraux.

— Je vais dresser un profil de son meurtrier. Ça pourra peut-être nous aider.

Jusqu'à présent, nous avons exploré toutes les pistes possibles et discuté du MO et de la personnalité du tueur, mais rien ne saurait remplacer un portrait psychologique en bonne et due forme. Maintenant que nous avons reçu les dossiers complets des polices des deux Dakota, y compris les photos, je suis en mesure d'établir le profil du tueur.

— Va t'installer dans la salle de réunion, si tu veux, propose Darren.

— D'accord. Et toi ?

— Je vais éplucher les dossiers une fois de plus. Mais il n'y a plus grand-chose à examiner. Du moins jusqu'au prochain meurtre.

— La pensée d'un autre assassinat me rend malade.

— Je sais.

Nous observons un silence. Que pourrions-nous

dire d'autre sur le sujet ? Je ramasse mon ordinateur portable.

— A tout à l'heure.

Une fois dans la salle de réunion, j'étale les sept dossiers sur le bureau, mais avant que j'aie eu le temps de les ouvrir, Darren entre dans la pièce, le visage impassible.

— Que se passe-t-il ?

Il ouvre la bouche, la referme, se trémousse, frotte ses mains sur les jambes de son blue-jean.

— Qu'y a-t-il ?

Il prend une inspiration et, d'une voix maîtrisée, articule avec lenteur :

— Ça fait plusieurs jours, maintenant, Sophie.

Je lui lance un regard perplexe.

— Depuis ta dernière vision, ajoute-t-il.

— Oh !

Je me penche sur la table et ouvre les chemises cartonnées.

Darren saisit ma main droite.

— Sophie !

Je le regarde dans les yeux.

— Oui, je sais, ça fait un moment.

— Et tu n'as pas eu d'autre vision ? Ni de rêve ?

Dans sa voix perce un soupçon d'incrédulité.

Je retire doucement mon bras.

— Non, rien.

Il secoue la tête.

— Tu es sûre ? Tu ne m'avais pas d'entrée de jeu parlé de celle de la fille enveloppée dans du plastique.

D'incrédule, sa voix est devenue accusatrice.

— Y a-t-il autre chose que tu me caches ?

Je m'appuie des deux mains sur le bureau et le regarde fixement.

— Rien du tout.

— Tu veux dire que tes visions ont brusquement cessé, comme ça, d'un seul coup ?

Sa voix est calme, trop calme.

Je marque un temps d'arrêt, hésitant entre la colère et l'aveu. Je pourrais lui dire que je me suis évertuée à réprimer mes visions, que je suis trop lâche pour désirer voir quoi que ce soit. Mais j'ai honte. Alors, je mens.

— Oui, elles se sont arrêtées.

Il s'attarde quelques secondes, puis, hochant brièvement la tête, quitte la pièce. Je ne sais pas s'il est fâché contre moi. Peut-être. En tout cas, c'est à ce moment précis que l'une des photos attire mon attention, et tout le reste me devient égal. J'ai une tâche à accomplir, et elle consiste à dresser un profil, pas à jouer les médiums de service. En répartissant quelques clichés soigneusement sélectionnés autour de chaque dossier, je m'aperçois que les scènes de crime sont identiques Les sept victimes enregistrées dans le VICAP ont toutes été découvertes dans les deux Dakota, ce qui donne à penser soit que le tueur a déménagé dans l'Arizona, soit qu'il y est venu spécialement pour accomplir son forfait. Sur une feuille de papier, j'inscris les dates approximatives des meurtres. Dans certains cas, le corps n'a été découvert qu'au bout de plusieurs jours, aussi la police a-t-elle dû se baser sur le moment de la disparition pour estimer la date du décès.

1. Mai 2002
2. Janvier 2003
3. Novembre 2003

4. Décembre 2004
5. Juin 2005
6. Janvier 2006
7. Février 2007
8. Avril 2007 : victime non identifiée.

Le seul schéma qui se dégage de cette liste semble indiquer que la plupart des meurtres ont eu lieu durant les mois d'hiver, ce qui, en vérité, a permis au tueur de gagner du temps. Les corps ont été retrouvés dans des zones boisées régulièrement ensevelies sous la neige en hiver. La neige ne les a pas seulement camouflés jusqu'au dégel printanier, elle a également ralenti leur décomposition.

Toutes les victimes ont été frappées de multiples coups de couteau — de vingt et un à quarante-trois chacune — et, bien qu'on ait constaté quelques lacérations sur leur dos, la plupart des entailles étaient concentrées sur la face antérieure, en particulier sur les seins et le ventre. L'emplacement des blessures reflète la nature sexuelle des meurtres, les seins et le ventre représentant la féminité et, peut-être, la fertilité.

Chacune des victimes a été sauvagement violée à plusieurs reprises, et toutes ont été attachées à l'aide de cordes — sauf notre inconnue, qui a été menottée. Dans aucune des occurrences, on n'a relevé la présence de sperme ni d'autre fluide corporel. Ce qui normalement devrait suggérer l'incapacité de l'agresseur à conduire l'acte sexuel jusqu'à son terme ou l'utilisation d'un préservatif. Dans le cas de notre tueur, les infimes traces de nonoxynol détectées dans le prélèvement vaginal font penser qu'il s'agit de cette dernière hypothèse. Le positionnement des corps dénote également la nature sexuelle des meurtres — bras relevés au-dessus de la tête et jambes légèrement écartées. L'agresseur n'accomplit manifestement pas l'acte sexuel avec ses victimes dans cette position — dans mon cauchemar, la femme brune était attachée sur le lit, les bras et les jambes pliés suivant des angles différents —, aussi cette mise en scène *post mortem* des corps doit-elle avoir une signification particulière à ses yeux. Difficile cependant de préciser laquelle. Elle pourrait correspondre à sa première expérience sexuelle ou évoquer la première fois qu'il a assisté à des rapports physiques dans un magazine ou un film pornographique. Quelle qu'en soit l'origine, cette position l'excite.

Je regarde les photos des femmes prises de leur vivant. Darren a raison, elles ont toutes une poitrine opulente et la taille bien marquée. Je vérifie leur taille et leur poids. Elles mesuraient entre un mètre soixante-dix et un mètre soixante-dix-huit et pesaient entre cinquante-neuf et soixante-douze kilos. Visiblement, le tueur n'est pas intimidé par les femmes de grand gabarit, ce qui signifierait qu'il est lui-même de haute stature. Je remarque également qu'aucune des victimes n'est blonde ni claire de teint. Les femmes au physique exotique seraient davantage son type. J'ajoute quelques informations à ma liste de dates :

1. Mai 2002 : 19 ans, serveuse, cheveux noirs, origine italienne.

2. Janvier 2003 : 22 ans, ouvrière dans un abattoir de volaille, cheveux châtains.

3. Novembre 2003 : 17 ans, lycéenne, cheveux noirs, un quart de sang indien.

4. Décembre 2004 : 18 ans, employée de supermarché, cheveux noirs, origine grecque.

5. Juin 2005 : 24 ans, serveuse, cheveux bruns.

6. Janvier 2006 : 20 ans, employée d'un McDonald, cheveux bruns.

7. Février 2007 : 19 ans, strip-teaseuse, cheveux noirs, origine asiatique.

8. Avril 2007 : victime non identifiée, cheveux bruns, profession inconnue, origine inconnue.

Pour certaines des victimes, j'ai pu glaner les informations relatives à leurs origines dans les dossiers ; pour d'autres, je les ai déduites de leur nom. Ainsi le nom de famille Mykonos m'a-t-il fait conclure à une ascendance grecque. Il est intéressant que notre homme ait choisi ce type de victimes. Leur échantillonnage indique que lui-même n'appartient à aucun de ces groupes ethniques. Il recherche l'exotisme, ce qui signifie que non seulement il est de race blanche, mais également qu'il a le teint clair.

Comme un profil plus complet commence à prendre forme dans mon esprit, je m'empresse d'allumer mon ordinateur portable, d'ouvrir Word et de créer un nouveau document en utilisant mon modèle standard.

Sexe	Masculin
Age	Chronologique : 20-25 ans Emotionnel : 16-20 ans
Race	Blanche — mais il chasse parmi les types non caucasiens et est attiré par l'exotisme.

Type de criminel	Organisé — meurtres soigneusement planifiés ; transporte ses victimes avant et après la mort ; intelligent. Les agressions à coups de couteau sont brutales mais demeurent organisées — les blessures par lame sont identiques d'une victime à l'autre et les scènes de crime ne révèlent aucun indice médico-légal. La sauvagerie des agressions témoigne de la jeunesse du tueur.
Profession/ emploi	Col blanc, mais il aime que ses victimes lui soient inférieures en termes de situation socio-économique et d'intelligence. Cadre moyen — il détient quelque pouvoir, mais pas assez pour s'en contenter.
Statut marital	Célibataire, mais vie sexuelle active avec des partenaires occasionnelles. Elles ont probablement, comme lui, suivi des études supérieures.
Personnes à charge	Aucune — célibataire typique.
Enfance	Education privilégiée — les blessures par lame et la brutalité des viols indiquent un enfant gâté, habitué à obtenir et faire tout ce qu'il veut.

Personnalité	Charmant, mais aussi très manipulateur. Peut se montrer impulsif si les choses ne vont pas dans son sens. A besoin de recourir au viol et au meurtre pour affirmer une domination qu'il ne peut exercer sur ses pairs. Dissimule sa propre insuffisance en se conduisant comme un play-boy égotiste.
Handicap	Aucun
Interactions avec les victimes	Détient ses victimes un jour ou deux — d'après l'expertise médico-légale. Suffisamment longtemps pour les violer à de multiples reprises et pour se sentir maître de la situation. Traque ses victimes et connaît leurs habitudes. Les cueille la nuit, lorsqu'elles se trouvent en situation de vulnérabilité — la serveuse a disparu alors qu'elle rentrait chez elle à pied, ce qu'elle faisait tous les soirs. Passe du temps avec elles après leur mort — mise en scène élaborée des corps.

Signes de remords	L'enveloppe de plastique dénote quelques remords — il recouvre symboliquement ses victimes. Cependant, le fait que le plastique soit transparent montre qu'il n'est pas accablé de honte. Positionner un corps à plat ventre est normalement le signe que le tueur ne veut pas que sa victime le « regarde » ni le « juge », mais, en l'occurrence, cela évoque davantage une position sexuelle. Il fait prendre à ses victimes une pose qu'il trouve provocante.
Vie domestique	Vit seul dans un appartement moderne ou une maison de ville — logement typique de célibataire. Doit dépenser une grande partie de ses revenus pour sa maison, probablement équipée des gadgets les plus modernes et décorée dans un style contemporain et dépouillé.

Véhicule	Puisqu'il transporte ses victimes, il doit posséder une fourgonnette ou un 4x4. Plus vraisemblablement un véhicule haut de gamme cadrant avec son image de célibataire fortuné. Il est possible aussi qu'il ait deux voitures — une pour la frime et une autre pour s'occuper de ses victimes.
Intelligence	QI élevé.
Niveau d'études	Etudes universitaires — bien qu'il ait probablement passé plus de temps à faire la fête qu'à étudier. Considère l'éducation comme allant de soi, vu que sa famille est aisée.
Apparence	Etudes supérieures, allure soignée. Toutes les filles semblent l'avoir suivi de leur plein gré. Il doit donc paraître digne de confiance d'une certaine façon — encore qu'une femme se fie sans doute plus volontiers à un homme en complet veston au volant d'une belle voiture qu'à un motard couvert de tatouages. Toujours bien habillé — vêtements de marque ou tenues plus décontractées.

Antécédents judiciaires	Probablement pas de casier judiciaire, mais il est possible qu'il ait été arrêté quand il était à l'université pour possession de drogue ou conduite en état d'ivresse — typique fils à papa loin de ses parents.
Modus operandi (MO)	Traque ses victimes, apprend à connaître leurs habitudes. Les attire dans sa voiture, les emmène ensuite dans un endroit isolé — mais pas chez lui. Les attache et les viole à plusieurs reprises avant de les poignarder à mort. Transporte ses victimes dans des zones boisées où il se débarrasse de leur corps — peu de sang relevé sur place, ce qui indique qu'il les transporte *post mortem*.
Signature	Agression sauvage à coups de couteau. Mise en scène *post mortem* des cadavres dans du plastique.
Comportement après le crime	Il se peut qu'il se rende sur les lieux où il a jeté les corps pour contempler ses victimes — ce qui serait facilité par le plastique transparent.

Utilisation des médias	Le tueur suivra probablement les médias avec attention et voudra voir ses exploits relatés dans les journaux. Il utilise les reportages des médias pour satisfaire son ego — et masquer son profond sentiment d'insuffisance. Cela pourrait s'avérer dangereux — une trop grande couverture médiatique de ses crimes le stimulerait et pourrait le pousser à récidiver.

Tandis que je relis le profil, une évidence m'apparaît clairement : cela a dû être un véritable enfer pour lui que de ne pas jouer de son couteau sur la femme brune. Ce qui me prouve qu'il est capable d'exercer une certaine maîtrise sur ses meurtres — une aptitude dangereuse chez un tueur.

American-Psycho : Vendue, au fou de cinéma.

Presque-Parfait : Le ciel soit loué !

Jamais-Pris : Fou de cinéma ?

Presque-Parfait : C'est à cause de mon pseudo. Il vient du film *Le Crime était presque parfait*.

Jamais-Pris : Ah oui ! Avec Michael Douglas.

Presque-Parfait : Non, pas celui-là. L'original, celui qui date de 1954, avec Grace Kelly et Ray Milland. Un classique.

Jamais-Pris : Je vous crois sur parole. Félicitations, Parfait, vous avez fini par en gagner une.

Presque-Parfait : Ce n'est pas grâce à vous, Jamais. On peut dire que vous aimez faire monter les enchères.

Jamais-Pris : Si vous n'en avez pas les moyens, vous ne devriez pas faire partie de ce club.

Presque-Parfait : Je peux payer. Mais je tiens d'abord à m'assurer que la fille en question en vaut la peine.

Jamais-Pris : Ling vaut le coup, vous le savez très bien.

Presque-Parfait : C'est vrai.

Jamais-Pris : Eh bien, Parfait, qu'allez-vous faire d'elle ?

Presque-Parfait : L'enchaîner dans mon donjon personnel. Quoi d'autre ?

24

Installée à un bureau libre dans les locaux de la brigade des Homicides de Tucson, je planche sur un profil pour une autre affaire que m'a envoyée Rivers. L'enquête en cours ici est au point mort, il n'y a pas eu d'autre victime au cours de la semaine passée et il ne reste plus de piste à explorer. L'absence de nouvelle victime me rassure et m'inquiète tout à la fois — se pourrait-il que tout soit fini ? Que les tueurs en série aient mis un terme à leurs activités ? Ou bien la prochaine victime attend-elle simplement d'être découverte ? Les meurtriers ont déjà changé leurs habitudes une fois — en abandonnant le corps dans un lieu différent — peut-être ont-ils récidivé ? Nous avons placé des équipes en faction dans l'enceinte de l'université et dans Himmel Park jeudi soir, mais rien ne s'est produit.

Brusquement, la pièce commence à tourner légèrement autour de moi. Je m'efforce de penser à autre chose, me concentrant sur la lecture du dossier posé sur la table, jusqu'à ce que la sensation de vertige se dissipe. Encore une vision d'évitée, ouf ! Je laisse échapper un gros soupir et vérifie ma montre. Il est 8 heures du matin, soit 1 heure du matin à Melbourne. Je décide de jeter un œil sur *The Age*, le journal de la ville où j'ai grandi, avant de me replonger dans mon travail. Il m'arrive souvent de consulter les informations australiennes deux fois par jour. Ça me rappelle mon pays et m'aide à me tenir au courant de ce qui s'y passe. En plus de mes appels téléphoniques à mes parents et amis, c'est ma manière de rester en contact avec ma patrie.

La page d'accueil de *The Age* s'affiche. Je lis la manchette ; aussitôt, un frisson me secoue le dos : « Mise en examen d'un réseau de pornographie enfantine sur internet ». Il s'agit certes d'une histoire épouvantable, mais c'est pour une autre raison qu'elle déclenche en moi une sourde inquiétude. Aussi me fais-je un devoir de lire l'article dans son entier. L'affaire a pris des proportions internationales, des descentes de police ont eu lieu simultanément en Australie, Allemagne, France, Amérique, jusqu'à Singapour. Plus de trente individus ont été interpellés. Parmi les coupables présumés se trouvent non seulement les organisateurs qui détenaient les victimes contre leur gré et les forçaient à se livrer à des actes sexuels pendant qu'ils les photographiaient, mais aussi les destinataires passifs des prises de vue. Le réseau communiquait *via* internet, par l'intermédiaire d'un forum de discussion spécialement créé. De nos jours, une grande partie de la pornographie enfantine s'opère en ligne — c'est tellement plus facile !

Je retourne sur la page d'accueil et la fixe d'un air absent. Je note vaguement que la météo annonce 22 degrés, que la saison de football a commencé. Mais cette histoire de réseau pédophile revient me tarabuster. Nous avions pensé à des courriels ou à une messagerie instantanée, mais s'il s'agissait en fait d'un site Web comprenant un forum de discussion, exactement comme celui que les pédophiles ont mis sur pied ?

Je rejoins le bureau de Darren qui travaille, lui aussi, sur d'autres affaires criminelles. Il lève les yeux.

— Salut !

— Et s'ils communiquaient par le biais d'un forum de discussion sur un site Web ?

— C'est tout à fait possible. Ça voudrait dire qu'il y a parmi eux quelqu'un de très calé sur le plan technique.

— Je n'y avais pas pensé, mais tu as raison. Ils auraient été obligés de construire le site Web et sans doute d'installer un dispositif de sécurité.

— Exact. A moins qu'ils ne l'aient fait faire par quelqu'un d'autre et qu'ils l'aient ensuite éliminé.

Enfin ! Une voie possible s'ouvre au milieu de toutes ces impasses.

— Je rappelle Gerard, dis-je. Pour lui demander ce qu'il en pense.

— Il nous faut à tout prix quelque chose, remarque Darren. Tu sais quel jour nous sommes, n'est-ce pas ?

— Oui, le 22 avril. Il reste deux jours avant le prochain meurtre. J'essaie de ne pas y penser.

— Hum hum… Ils se montrent plus prudents, maintenant. Ils font attention quand ils se débarrassent des corps.

— Dans ce cas, il se peut que nous ne trouvions rien avant deux jours.

— Possible.

De retour à mon bureau provisoire, j'appelle Gerard. Le téléphone sonne plusieurs fois, et je suis sur le point de raccrocher lorsqu'il répond enfin.

— Bonjour, Gerard ! Ici, l'agent Anderson.

— Bonjour, Anderson. Que se passe-t-il ?

Sa respiration est encore irrégulière.

— On dirait que vous venez de courir un marathon, Gerard.

— Presque. J'arrive à l'instant, je me suis précipité pour attraper le téléphone.

Je regarde ma montre, il est à peine plus de 8 heures, ce qui fait 11 heures à Washington. Un peu tard pour arriver au bureau !

— Voulez-vous que je rappelle tout à l'heure ? Je vous laisse le temps de vous installer ?

— Nan ! Allez-y.

— Je me demandais si nos meurtriers ne se servaient pas d'une sorte de site Web sécurisé ? Ou peut-être d'un forum de discussion ?

Je ne suis pas un as de l'informatique, mais je m'y connais tout de même un petit peu. Un grand nombre de sites utilisent des systèmes de sécurisation et disposent de zones auxquelles ne peuvent accéder que les membres possédant un identifiant.

— Il est possible de créer une adresse Web de telle sorte que le site reste invisible tant qu'on n'est pas connecté, n'est-ce pas ?

— Absolument. Votre page d'accueil demeure vide, avec seulement une boîte pour entrer le nom d'utilisateur et le mot de passe. Si vous n'avez pas les détails de connexion, vous ne verrez rien de plus.

— Je comprends. Dans ce cas, comment trouver le site ?

— Ça, c'est la partie la plus difficile. S'il a été créé sans raccourci de recherche, il est pratiquement impossible de le débusquer à moins de connaître l'adresse URL.

— Pratiquement ?

Il émet un petit rire.

— Le Bureau dispose d'un programme informatique

spécial, tenant davantage du virus, en réalité, qui serait capable de le détecter.

— Continuez.

— L'année dernière, nous avons développé un logiciel qui remplit les mêmes fonctions qu'*Echelon*, mais sur le Web. Il surveille les sites internet, à la recherche de textes suspects.

— Alors pourquoi n'avons-nous pas encore arrêté et inculpé tous les réseaux pédophiles de ce pays ? Du monde entier ?

— Le Web est trop vaste. Mon système crache des adresses URL que nous contrôlons, et nous avons appréhendé et mis en examen pas mal de monde au cours de l'année passée. Mais si les types auxquels on a affaire s'y connaissent un tant soit peu, ils peuvent déplacer leur site toutes les deux semaines et se réinstaller avec une nouvelle adresse Web qu'ils envoient dare-dare à tous leurs membres par e-mail.

— Je vois.

— Nous n'avons plus alors qu'à attendre que Betsy leur remette la main dessus.

— Betsy ?

Il se racle la gorge.

— Je lui ai donné le nom de mon chien.

Je réprime à grand-peine un brusque fou rire.

— Ne vous gênez pas, moquez-vous. Tout le monde le fait.

— Excusez-moi. Alors, comme ça, c'est vous qui avez mis au point ce système ?

— Oui, j'ai écrit le programme, répond-il.

Il y a une pointe de fierté dans sa voix, et à juste titre d'ailleurs. Son logiciel a l'air génial.

— Gerard, je peux vous demander ce que vous faisiez avant de travailler pour le Bureau ?

— Vous avez bien une petite idée, non ? s'esclaffe-t-il.

— Certainement.

A l'autre bout du fil, je perçois le son d'un ordinateur qui s'allume.

— Eh bien, oui, j'étais hacker.

Ce genre de situation arrive aussi bien au sein du gouvernement que dans les entreprises privées. En vérité, pour certains pirates informatiques, s'introduire par effraction dans un réseau hautement sécurisé s'apparente à un entretien d'embauche. Dans le monde de l'entreprise, tant qu'aucun préjudice n'a été subi, la société embauche le hacker et lui offre un salaire à six chiffres au lieu de le poursuivre en justice. Toutefois, Gerard travaille pour le gouvernement, ce qui peut signifier trois choses : aucune société privée ne lui a fait de proposition alléchante ; il « purge une peine » en tant que fonctionnaire ; ou bien il a décidé de mettre ses compétences au service du gouvernement par pur patriotisme ou sens de la justice.

— Vous avez été condamné par un juge à travailler pour le Bureau ?

— Non, pas du tout. J'ai effectivement réussi à pénétrer dans le réseau de l'armée américaine quand j'avais seize ans, mais ils ne m'ont jamais pincé.

— Seize ans !

Ça alors ! En voilà un qui fait sans nul doute partie de l'élite !

— Mais deux ans plus tard, je suis tombé sur de vrais gangsters sur internet. J'ai appelé le Bureau et, sans savoir comment, je me suis retrouvé ici. Allez comprendre ! C'est mes parents qui étaient contents !

— J'imagine.

Les pauvres avaient dû redouter la prison pour leur fils. Ils ne s'étaient certes pas attendus à l'alternative : la maison d'arrêt ou le FBI.

— Betsy est-elle capable de repérer des mots en particulier ?

— Bien sûr. Lesquels par exemple ?

— Disons, *meurtre* ou *victime*.

— Ces mots-là, elle les recherche déjà, de même qu'elle traque tous les mots relatifs à la violence. Mais le monde où nous vivons est une véritable jungle, vous savez.

— A qui le dites-vous !

— Et je crains que ce ne soit pas si simple. Une flopée de sites utilisent ces termes-là. Même ceux qui ne sont animés d'aucune mauvaise intention. A commencer par le site du FBI lui-même.

Je renverse la tête en arrière. Il a raison. Le site du Bureau doit mentionner les mots *meurtre* et *victime* des centaines, pour ne pas dire des milliers de fois. Je marque une pause. Il y a sûrement d'autres appellations que nous pourrions essayer de détecter.

— Et *désert de Mojave*, ça irait ?

Mais à peine ai-je achevé ma phrase que je m'avise que cette recherche donnerait encore beaucoup trop de résultats. Gerard confirme mes soupçons.

— Ça ne limiterait guère le champ d'investigation. Je regrette, je vous donne bien peu d'espoir, n'est-ce pas ?

— En effet, mais j'apprécie votre franchise.

— On pourrait combiner les critères pour affiner la recherche. Je pourrais associer *meurtre* à *désert de Mojave*.

— Super ! Combien de temps vous faudrait-il ?

— Le processus de recherche est rapide, c'est le

tri des résultats qui pose problème. Cela peut prendre des semaines pour passer en revue tous les sites Web manuellement.

— Bigre !

— Désolé. Essayer de localiser un site en particulier, c'est comme chercher une aiguille dans une botte de foin. Betsy est programmée pour balayer large, pour surveiller et signaler toutes les saletés qu'elle trouve, plutôt que pour repérer un site spécifique.

Découragée, je ne réponds pas.

— Je regrette sincèrement, Anderson.

Je me ressaisis.

— Ça va, ce n'est pas votre faute.

— Je vais tout de même lancer les opérations dès ce matin. Je vous tiendrai au courant.

— Très bien, merci.

J'ai tenté de mettre un peu d'enthousiasme dans ma voix, mais ce n'est pas facile. Il ne nous reste plus beaucoup de temps.

Il est 19 heures lorsque nous regagnons le domicile de Darren. Comme je lui ai proposé de cuisiner des crevettes au curry à la thaï, je m'affaire dans la cuisine pendant qu'il prend une douche. Un quart d'heure plus tard, le curry mijote sur la gazinière, le riz est en train de cuire et Darren émerge de la salle de bains en caleçon.

— Tu n'as pas froid ?

— J'ai monté le chauffage pour toi. Tu ne vas pas tarder à le sentir.

— Merci.

Je suis sincèrement touchée. Bien que je sois aux Etats-Unis depuis un peu plus d'un an, mon corps ne s'est pas encore complètement acclimaté aux températures de l'hémisphère nord. Je ne m'y habituerai sans doute jamais.

— Mmm, ça sent bon, déclare-t-il en se penchant au-dessus de la sauteuse. Je meurs de faim.

— Moi aussi. Mais ça va demander encore au moins une quinzaine de minutes.

Il hausse les épaules.

— Je peux attendre.

Il ouvre le réfrigérateur, en sort deux bières, les ouvre et m'en tend une, sans même me demander mon avis. Son geste semble tout naturel.

Je repense à Las Vegas et à notre baiser furtif dans le couloir du motel. Darren va-t-il tenter de nouveau de m'embrasser ? En ai-je envie ? Peut-être devrais-je prendre les devants ? Non, j'ai suffisamment de bon sens pour savoir que je ne suis pas prête. Et Darren n'est pas le genre à servir de lot de consolation ; il est de ceux qu'on garde précieusement. Un brin nerveuse, je m'empresse de mettre l'enquête sur le tapis, histoire de détourner le cours de mes pensées.

— Cette affaire me contrarie, tu ne peux pas savoir !

— Moi aussi, convient-il en riant. Qui aurait cru qu'on regretterait de n'avoir pas trouvé d'autre cadavre ?

Sa remarque a beau sembler désinvolte, je sais que telle n'est pas son intention. Ce travail exerce une emprise aussi puissante sur Darren que sur moi — enfin, presque. Pour autant que je sache, Darren n'a pas eu de petit frère kidnappé et assassiné alors qu'il était encore enfant. Je détourne la tête, dans un effort pour masquer l'émotion qui s'empare de moi, comme chaque fois que je pense à mon frère John. Mais aussitôt je me rappelle que la tante de Darren a également été tuée par l'Ecorcheur de Washington. Il a donc toutes les raisons d'être personnellement affecté. A la différence près que Darren était déjà flic au moment où sa tante a été assassinée ; il avait choisi son métier. Pas moi. Le meurtre de John a été la raison qui m'a poussée à entrer dans les forces de l'ordre ; et il a influé sur ma vie de tant d'autres manières !

Darren se plante devant moi.

— Tu te sens bien ?

Je réfrène le désir de me détourner de lui.

— Oui, ça va, excuse-moi.

— Tu as vu quelque chose ?

— Non, rien du tout.

— Toujours pas de visions ? Pas de visite de Cindy ?

Me tournant vers la gazinière, je m'absorbe dans la contemplation de la poêle.

— Non.

— Et tu ne veux pas essayer de provoquer quelque chose ?

Je bois une gorgée de bière, touille le curry.

— Non.

Il laisse passer un silence avant de poursuivre :

— Nous sommes en train de végéter, tu sais.

Je me mords la lèvre.

— Oui, j'en ai conscience.

Plus que deux jours avant l'arrivée « programmée » de la prochaine victime. Mes visions seraient-elles capables de la sauver ? Un frisson me parcourt, tandis que des bribes de cauchemars à propos de la femme brune et de Cindy dans le désert fusent dans ma tête. *Laissez-moi tranquille, bon sang de bonsoir !*

Les images semblent m'obéir et s'évanouissent. Mais

quelques secondes plus tard, elles sont remplacées par d'affreux souvenirs de l'affaire de Washington, puis de la disparition de mon frère. Je me rappelle les paroles de Darren — c'est une vocation. Et celle-ci ne se contente pas de me taper nonchalamment sur l'épaule pour attirer mon attention ; elle me secoue avec véhémence.

— Ça m'est très pénible, Darren.

Sans me quitter des yeux, il s'appuie contre le comptoir de la cuisine.

— Ça te rappelle Washington ? Ce qui s'est passé là-bas ?

— Oui, ça et…

— Et quoi ? coupe-t-il avec impatience.

Pour essayer de gagner du temps, je tourne la cuillère de bois dans la poêle. Puis, finalement, je laisse tomber :

— Ce n'était pas la première fois que je voyais des choses.

Darren ne paraît pas le moins du monde surpris.

— Ça ne t'étonne pas ?

— Non.

— Mais…

— Je sais que tu me caches des choses, Sophie.

A la différence de notre conversation dans la salle de réunion, cette fois je ne perçois aucun reproche dans sa voix, uniquement une sorte d'acceptation, peut-être aussi de la peine.

J'ai l'impression de l'avoir trahi.

— Je suis désolée, Darren, dis-je en lui effleurant le bras.

Il s'oblige à sourire.

— Ma tante connaissait de nombreux médiums. Elle disait que le don se déclarait presque toujours dans l'enfance.

Je le regarde droit dans les yeux, hoche la tête.

— J'avais… j'avais un frère. Il a été enlevé quand j'avais huit ans. Ils ont retrouvé son corps un an plus tard, mais ils n'ont jamais attrapé le type qui a fait ça. Pendant une semaine entière avant l'enlèvement, j'ai fait des cauchemars — je rêvais que John était en danger.

Ces derniers mots, je les ai prononcés rapidement, avec un détachement forcé.

Darren repose sa bière et s'approche de moi. Il me frotte le bras de haut en bas. Je sens son souffle sur ma peau.

— Je suis navré, Sophie.

Tout ce qu'il y a de plus banal comme réaction. Pour autant, je perçois la sincérité et l'émotion qui se cachent derrière son geste.

Je baisse la tête.

— La première fois que j'ai eu des visions, une personne que j'aimais était menacée, et la deuxième fois, ça s'est passé de la même façon.

Inutile de le nier. Voilà encore un sujet que je préférerais éviter. Se peut-il qu'une autre personne de ma connaissance coure un danger ? Quelqu'un à qui je tiens ? Je regarde Darren. Et si c'était lui ? Je ne pourrais supporter de perdre encore un être cher.

— Je ne crois pas que ce soit si simple, dit Darren.

Je l'interroge du regard.

— Tu as toujours été extralucide, Sophie. Toujours. Seulement, tu n'en avais pas conscience.

— Mais…

— Laisse-moi finir, m'interrompt Darren avec un geste de la main. Etais-tu capable de retrouver des objets perdus quand tu étais petite ? Avais-tu des intuitions ?

Par exemple, quand le téléphone sonnait, devinais-tu qui appelait ? Je parle d'*avant* le meurtre de ton frère.

Je me reporte à l'époque bénie d'*avant* le drame. Il m'est difficile de naviguer dans ma mémoire — j'ai refoulé tant de souvenirs au fil des années —, mais finalement je remonte jusqu'à ma petite enfance et me rends compte que Darren a raison.

— Des bricoles, oui. Mais c'étaient des coïncidences.

— Absolument pas. Ce n'était pas par hasard. Chez toi, c'était naturel. Ensuite, quand la vie de John s'est trouvée en péril, ton don s'est intensifié.

— Oui, c'est vrai.

Je me rappelle avoir vu John avec les yeux du tueur.

— Et quand il a été enlevé pour de bon, quand tu as su qu'il était mort, tu as réprimé ce don. Mais il était toujours là, attendant de remonter à la surface, espérant que tu lui lâcherais la bride. Et c'est ce que tu as fait quand tu en as eu le plus besoin. N'oublie pas, Sophie, tes visions ont permis de résoudre l'affaire de l'Ecorcheur. Elles ont sauvé des vies.

Je hoche la tête, incapable de trouver la faille dans son raisonnement, incapable de nier la vérité.

— Alors cela signifie qu'une personne que j'aime court un danger en ce moment même. Pour quelle autre raison mes visions reviendraient-elles après six mois de silence ?

Il secoue la tête.

— Comme je te l'ai dit à ton arrivée ici, je crois qu'elles ont été déclenchées par ta présence sur une scène de crime. Plus j'y réfléchis, et plus ça me paraît logique.

Il m'entraîne vers la table à manger à laquelle nous nous asseyons.

— Rose donnait des consultations à distance, mais elle m'a avoué qu'il lui avait fallu beaucoup de temps pour développer ses aptitudes afin de ne plus avoir besoin de la présence physique de la personne en question. Et je pense qu'il en est de même pour toi. Tu pouvais regarder toutes les photos que tu voulais dans ton bureau du FBI, rien ne se passait. Mais en venant ici, tu as vu le corps de Malcolm pour de vrai. La proximité physique a créé un lien entre cette affaire et toi. Et une fois le contact établi, les vannes s'ouvrent en grand.

Là-dessus, je dois avouer qu'il n'a pas tort. J'ai beau me battre contre mes visions, ça ne les empêche pas de revenir. Je fixe son regard bleu de l'autre côté de la table, prête à entendre ce qu'il a encore à me dire.

Darren poursuit :

— Je suis persuadé qu'à un moment donné, tu n'auras plus besoin du contact physique, exactement comme Rose qui s'est exercée à donner des consultations à distance.

— Je ne suis pas sûre que ce soit une pensée très rassurante.

La tension des dernières semaines s'est révélée particulièrement éprouvante. Je n'ose imaginer ce que ce serait si la même chose se passait chaque fois que je dressais un profil dans le cadre d'une enquête.

— Un jour, tu seras bien obligée d'admettre la notion que ce don fait partie de toi — depuis toujours.

Je laisse l'idée s'imposer à mon esprit, essaie de concevoir ce qu'impliquerait l'acceptation de mes visions au lieu de leur rejet pur et simple. Difficile de réfuter le raisonnement de Darren.

*
* *

American-Psycho : Cette fois, nous devons mettre Jonathan aux voix. Il se comporte bizarrement. Il commence peut-être à comprendre ce qui se passe *réellement*.

Presque-Parfait : Plus tôt il mourra, mieux ça vaudra. Il m'a vu ! Je n'arrive toujours pas à croire qu'il ait porté les sacs de Ling jusqu'à la sortie du souterrain.

American-Psycho : Il n'y avait rien que nous puissions faire pour l'en empêcher, Parfait. Si je lui avais ordonné par haut-parleur de regagner la pièce principale, il aurait pu avoir des soupçons. De toute façon, j'étais occupé avec Danny.

Jamais-Pris : Comment ça s'est passé avec lui ?

American-Psycho : Ça a été rapide. A dire vrai, je n'y ai trouvé aucun plaisir.

Veuve-Noire : J'aurais aimé voir sa tête. C'était bien ?

American-Psycho : Intéressant. Son visage affichait une expression de surprise plus que d'incrédulité.

Veuve-Noire : Croyez-vous qu'il avait deviné ?

American-Psycho : Non, absolument pas. Mais il savait mieux que les autres de quoi les êtres humains sont capables. En tant que soldat, il avait assisté à des meurtres et à des crimes de guerre dans sa vie de tous les jours. Je crois qu'il était étonné moins par ce qu'il voyait que par l'idée d'en faire partie intégrante.

Jamais-Pris : Quelle poisse !

American-Psycho : Je dois avouer que c'était décevant.

Presque-Parfait : Pour en revenir à Jonathan, je veux qu'il parte. Qu'il meure, tout de suite.

American-Psycho : D'accord, d'accord. Jonathan mourra bien assez tôt. N'est-ce pas, VN ?

Veuve-Noire : Je brûle d'impatience. Et ne vous

inquiétez pas, je découvrirai s'il se doute de quelque chose et s'il en a discuté avec les autres.

Jamais-Pris : Comment vous y prendrez-vous ? Par la torture ?

Veuve-Noire : Il n'y a pas que la douleur… C'est incroyable ce qu'un homme peut vous raconter pour assouvir ses appétits sexuels.

Jamais-Pris : Le veinard !

American-Psycho : Comment va Ling, Parfait ? Vous vous amusez bien ?

Presque-Parfait : Et comment !

American-Psycho : Les images de Ling seront diffusées en flux continu sur le site Web jusqu'à ce que Parfait la mette à mort. Ensuite son corps sera jeté de la même façon que les autres.

Jamais-Pris : C'est ennuyeux, comme spectacle. Elle reste tout le temps recroquevillée sur le lit.

Presque-Parfait : J'adore la regarder.

American-Psycho : Revenons aux affaires en cours. Jonathan.

25

Installés dans la salle de réunion, nous fixons le tableau blanc d'un regard vide. Demain est le jour fatal, et nous ne tenons toujours rien de solide. J'ai tenté de déclencher une vision hier soir après le dîner. Peine perdue ! Il suffit que je me décide enfin à sauter le pas pour que cette partie de mon esprit se referme.

— Tu veux faire une nouvelle tentative ? me demande Darren.

— Je suppose. Nous n'avons pas d'autre choix, n'est-ce pas ?

Assise bien droite sur ma chaise de bureau, j'essaie d'adopter une position plus confortable, sans succès. En fin de compte, les ergonomistes ont vu juste en rendant impossible de s'asseoir sur ce genre de siège autrement que droit comme un piquet. Je m'accommode comme je peux de la position forcée de mon corps, tout en essayant de me détendre le plus possible, m'enfonçant dans le siège comme si ma chair fusionnait avec lui.

Je prends une profonde inspiration, expire et, avec chaque bouffée d'air, m'efforce de relâcher la tension de mon corps et de faire le vide dans ma tête. Les deux choses sont aussi difficiles l'une que l'autre. Pratiquement chacun de mes muscles se contracte, refusant d'obéir à mes ordres. Mes pensées virevoltent, sans cesse en mouvement. Me demander de me relaxer et de libérer mon esprit, c'est comme demander à un motard de monter sur scène et de danser le rôle principal de *La Belle au bois dormant*… en tutu. Je m'empresse de repousser cette pensée saugrenue et reprends mes exercices de respiration. Il faut à tout prix que j'y arrive. Pas d'excuses, je ne dois pas me laisser distraire. Nous avons épuisé toutes les options, il n'y a plus d'alternative. Je ne peux pas attendre pendant des semaines que Gerard déniche le site Web.

Inspire, expire, inspire, encore, encore… Finalement, je réussis à maîtriser quelque peu mon esprit rebelle.

Un homme court dans un tunnel. Mais il ne sait pas à quoi il essaie d'échapper. Il fait sombre, seules quelques ampoules nues émettent de loin en loin assez de lumière pour l'empêcher de tomber. Il lève les yeux, et ce qu'il voit l'effraie davantage que l'obscurité, davantage que la chose derrière lui.

La sonnerie du portable de Darren interrompt brutalement la vision, et je reprends connaissance, la peur de l'homme toujours ancrée en moi. Mon cœur bat la chamade, ma respiration n'a plus rien de calme ni de régulier. Darren pose la main sur mon genou et se penche en avant :

— Ça va ? Qu'as-tu vu ?

— Je…

La sonnerie du mobile devient assourdissante.

— Je vais bien. Réponds à ton téléphone.

Il sort l'appareil de sa poche, jette un œil sur le numéro qui s'affiche et le repose sur la table.

— Ils laisseront un message.

— Qui est-ce ?

— Sais pas.

Je ressens comme un coup de poing au creux de l'estomac.

— Darren, je crois que tu ferais mieux de prendre cet appel !

— Ça peut attendre. Ce qui se déroule ici est plus important.

Mon sixième sens est en alerte. Un frisson me parcourt l'échine.

— Darren, il *faut* que tu répondes !

— D'accord, dit-il, encore que d'une voix hésitante.

Je ne suis plus qu'une boule d'énergie nerveuse, mon estomac fait des triples sauts périlleux. Quelque chose de terrible est arrivé, j'en mettrais ma main au feu. Qui est au téléphone, et que dit-il ? Je me lève brusquement, me mets à marcher de long en large. Je regarde la pendule. Darren ne souffle mot, tandis qu'il assimile les informations que lui transmet son interlocuteur. Or, c'est une nouvelle renversante qu'on lui apprend, je le vois à l'expression de son visage.

Enfin, après ce qui me semble une éternité, il raccroche. Un silence pesant plane un instant.

— Darren ?

— Excuse-moi.

Il paraît secoué, rêveur.

— Qui était-ce ?

— Un flic de la police de Pima County, à Catalina Foothills.

Sa voix manque encore de fermeté.

— Et ?

— Il y a environ une heure, un homme du nom de Jonathan Cantor a débarqué au poste de police.

Darren sort progressivement de sa stupeur.

— Sophie, tu ne vas pas le croire !

Trois heures plus tard, l'agent spécial Daniel Gerard arrive à Tucson par avion charter. Il n'était pas question d'attendre qu'il puisse trouver une place sur un vol régulier, pas après la nouvelle que m'a annoncée Darren. Dès que j'ai mis Rivers au courant, il n'a plus hésité et a affecté Gerard à l'enquête. A plein temps.

Je suis en proie à une terrible tension nerveuse, pleine d'énergie et, je dois l'avouer, excitée comme une puce. Si Jonathan Cantor dit la vérité, nous avons affaire à une machination tellement... diabolique qu'il est difficile de se l'expliquer. L'individu qui l'a ourdie est incontestablement brillant. Monstrueux, mais génial. Nous allons devoir agir rapidement — d'autres victimes sont retenues prisonnières dans le désert de Mojave.

Vingt minutes après son atterrissage, Gerard se tient avec nous, de l'autre côté du miroir sans tain de la salle d'interrogatoire. Nous regardons Jonathan faire les cent pas, serrant farouchement un ordinateur portable sous son bras. Il n'a pas voulu s'en séparer, a refusé de nous parler tant que nous ne ferions pas venir un expert en informatique sur place. Il a débité son histoire à l'officier de police de Catalina, et depuis n'a pas prononcé un mot, excepté pour exiger la présence d'un spécialiste de l'informatique.

Si Jonathan est seul dans la salle d'interrogatoire, la

pièce contiguë est bondée — Stone, Darren, Gerard, Harris et moi, nous sommes tous là.

Le regard de Harris se fixe sur moi.

— Vous y croyez, à son histoire ? demande-t-il d'une voix où perce le doute.

Normalement, j'hésiterais à émettre un jugement avant de m'être personnellement entretenue avec Jonathan, mais il est l'homme qui m'est apparu dans ma vision, l'homme du tunnel, cela je ne peux le contester. Et dans un autre de mes épisodes paranormaux, j'ai aussi vu Cindy dans un passage souterrain. Elle essayait de me conduire quelque part, de me montrer où elle s'était trouvée avant de mourir, mais à ce moment-là j'étais incapable de la suivre. De plus, le récit de Jonathan colle parfaitement avec les nombreuses singularités de l'affaire.

— Ça ne m'étonnerait pas plus que ça, dis-je.

Harris se retourne pour regarder Jonathan.

— C'est peut-être l'un des tueurs. Il essaie de s'immiscer dans l'enquête.

— Possible.

Si je n'avais pas vu Jonathan courir dans un tunnel, cette réponse me semblerait tout à fait logique.

Harris secoue la tête.

— S'il est impliqué dans les meurtres, c'est un sacré comédien ! concède-t-il. J'ai vu des tas de choses dans ma vie, mais ça…

— Je sais. Je vous comprends.

Jonathan a les cheveux foncés, d'égale longueur — environ 2,5 cm. On dirait qu'après s'être rasé le crâne, il a décidé de se laisser repousser les cheveux. Son visage et ses bras sont d'un brun rougeâtre, trahissant de nombreuses et récentes expositions au soleil. Le trait le plus frappant de son visage anguleux, ce sont ses sourcils noirs et broussailleux qui se rejoignent sur son front proéminent. J'imagine qu'en temps normal ils doivent lui conférer un air maussade, mais aujourd'hui il est visiblement bouleversé, et ses sourcils en bataille lui donnent une expression hystérique, un brin démente. Pour autant, si son récit est véridique et qu'il a réellement vécu ce qu'il proclame, il a toutes les raisons du monde d'être un peu déjanté.

Son corps maigre se retourne brusquement, il s'approche du miroir.

— Sortez de là ! crie-t-il. Qu'est-ce que vous attendez là-dedans ?

Il secoue la tête, se remet à arpenter la pièce.

Darren me jette un coup d'œil.

— Qu'en penses-tu ?

Sans quitter Jonathan des yeux, je réponds :

— Il souffre. Il est extrêmement anxieux et frustré. Mais qui ne le serait pas à sa place ?

Je sors un carnet et un stylo de mon sac. Parfois, nous emportons quelques énormes dossiers dans la salle d'interrogatoire — dossiers généralement composés de feuilles blanches — pour faire croire au suspect que nous détenons des tas de preuves contre lui. Mais pour l'instant, un carnet et un stylo feront l'affaire. Je prends également mon Dictaphone. Le matériel d'enregistrement du poste de police filmera l'interrogatoire, mais je tiens à garder sous la main ce que Jonathan a à nous révéler.

— J'y vais la première, dis-je à la ronde. Je veux savoir comment il réagit à ma seule présence.

Bien que j'ajoute foi à la déposition de notre homme, je dois le traiter comme n'importe quelle autre personne dans les mêmes circonstances, même si cela s'avère cruel, vu son état mental. De toute façon, accepter sans réserve ses dires pourrait éveiller des soupçons, surtout de la part de Harris et de Stone. La procédure normale consiste à traiter tout fournisseur d'informations comme un témoin ou un suspect potentiel.

— Darren, quand il se sentira plus à l'aise, tu pourras m'aider à lui poser des questions. Ensuite, nous ferons entrer Gerard. Pour l'instant, il tient le coup. Voyons comment il va se comporter.

— Vous appelez ça tenir le coup ? objecte Harris en montrant du doigt Jonathan qui se frotte le visage de sa main libre avec une fureur telle qu'il s'en écorche presque la peau.

Je sais exactement ce qu'il ressent, je sais quel effet ça fait d'avoir été traité comme un gibier. Je répète, péremptoire :

— Il tient le coup.

Au moment où je pénètre dans la pièce, Jonathan redresse brusquement la tête.

— Dieu merci ! Ce n'est pas trop tôt ! Ça fait des heures que je suis ici. Vous êtes l'expert en informatique ?

L'avalanche de colère avec laquelle il m'accueille ne me surprend pas. Il a raison ; ça fait des heures. Plus de trois heures, pour être précis. Normal qu'il soit furieux. Il en veut aux gens qui lui ont fait subir cette épreuve et à nous de l'avoir obligé à attendre. Et ces sentiments sont d'autant plus exacerbés que c'est maintenant la deuxième fois qu'on le retient captif. Cependant, c'est lui qui a fixé les règles, qui a refusé de parler à Darren ou à quiconque jusqu'à ce qu'un expert en investigation numérique soit disponible.

— Je ne suis pas l'expert en informatique, mais il est arrivé. Je suis désolée pour le retard, nous voulions faire venir le meilleur.

— Alors, dites-lui d'entrer.

— Je dois d'abord vous poser quelques questions.

Il secoue la tête.

— Le temps presse. Il y a des vies en jeu.

Il agite les mains avec frénésie, puis baisse les yeux sur l'ordinateur qu'il tient sous son bras gauche et s'immobilise.

— Bon sang ! Il ne faudrait pas que je le bousille, dit-il d'une voix soudain radoucie. Je ne peux pas me permettre de démolir le disque dur.

Je presse la touche d'enregistrement de mon Dictaphone que je pose sur la table en même temps que mon carnet et mon stylo. Je sors mon badge de la poche de ma veste.

— Monsieur Cantor, je m'appelle Sophie Anderson, je suis agent spécial au FBI.

Les traits de son visage se décrispent légèrement.

— Le FBI ?

— Oui, je suis désolée que vous ayez dû attendre si longtemps, mais j'ai fait venir spécialement par avion l'un des meilleurs analystes en informatique du Département de cybercriminalité du Bureau.

— Quel est votre rôle dans tout ça ? demande-t-il.

Sa voix n'est plus chargée d'agressivité. Le FBI a une réputation et, pour l'heure, elle a réussi le tour de force de calmer notre homme.

— Je travaille comme profileuse criminelle au quartier général du FBI. J'établis les profils psychologiques de divers malfaiteurs et, en ce moment, travaille sur les profils des meurtriers de Malcolm Jackson et de Cindy Star.

Je mentionne les noms des victimes, même si mes affirmations ne sont pas tout à fait véridiques — je n'ai fait que réviser le profil de l'assassin de Malcolm et je ne dispose pas encore d'éléments suffisants pour dresser celui du meurtrier de Cindy. Le seul profil que j'ai réellement tracé est celui du tueur de la femme brune, et je ne connais même pas le nom de la victime.

Jonathan pose avec précaution l'ordinateur sur la table et s'assoit. Il se prend la tête entre les mains.

— Alors, ils sont morts ?

Je devine qu'il était déjà arrivé à cette conclusion par lui-même, mais qu'une part de lui n'avait pas complètement accepté leur disparition, avait espéré que peut-être il se trompait.

— Oui, malheureusement. Malcolm Jackson est la première victime que nous ayons retrouvée.

— C'est vrai, c'est lui qu'ils ont éliminé par vote en premier.

— Eliminé par vote ?

Darren m'a déjà briefé sur l'essentiel, mais je veux l'entendre de la bouche de Jonathan.

— Oh ! mon Dieu ! gémit-il. Et les autres ?

Il n'a plus du tout l'air égaré, seulement accablé.

Je coule un regard vers le miroir sans tain et sens les yeux de Darren fixés sur moi. C'est exactement ce que nous craignions — nous ne les avons pas tous retrouvés.

— Nous avons découvert un autre corps que nous n'avons pas pu identifier. C'était une femme, avec de longs cheveux bruns bouclés, la peau mate…

— Brigitte, lâche-t-il en secouant la tête. Brigitte Raine.

— Vous savez comment ça s'écrit ?

Cette question, je l'ai posée surtout pour Darren et Stone. L'un des deux va vérifier pendant que je poursuis l'interrogatoire. Le cas échéant, il faudra prévenir la famille.

— Euh… non, répond-il distraitement, incapable d'aligner deux pensées. Vous n'avez pas retrouvé les autres ?

— Combien y en avait-il ?

Redoutant sa réponse, je me mords la lèvre.

— D'abord, il y a eu Malcolm. Ensuite, Cindy puis Brigitte. Danny et Ling sont partis la même semaine. Et enfin, moi. Comment avons-nous pu être aussi stupides ? Ils ont dit que ce serait le plus grand événement de la télé réalité.

Je me concentre sur les noms qu'il vient de citer.

— Connaissez-vous les noms de famille de Danny et Ling ?

— Ouais. Danny Jensen et Ling Gianolo. Danny voyage beaucoup. Enfin, voyageait beaucoup. Il servait dans l'armée. Mais il était originaire du Texas. Du moins, c'est ce qu'il nous a dit. Et Ling est australienne, comme vous.

Il prononce le mot *australienne* comme le font la plupart des Américains.

— Elle a été éliminée par vote la semaine avant moi.

Je hoche la tête. C'est surtout le site Web qui m'intrigue, mais nous devons aborder cette enquête avec méthode. D'abord obtenir le nom des autres victimes et confirmer qu'elles sont effectivement portées disparues. Cela prouvera la véracité du récit de Jonathan.

— Vous dites que le nom de famille de Ling est Gianolo ?

— Exact.

— C'est un nom d'origine italienne.

J'ai grandi en majeure partie à Melbourne, une ville

multiculturelle où les immigrants italiens des années 50 sont légion.

— Si l'on veut.

— C'est-à-dire ?

— Ling a été adoptée en Chine, explique Jonathan en se frottant le front. Elle était venue ici pour six mois avant de commencer ses études à l'université. Pour l'amour de Dieu, elle n'avait que dix-huit ans !

Il enfouit son visage dans ses mains, et je le laisse en paix quelques instants. Plusieurs secondes s'écoulent avant qu'il ne relève la tête, une lueur d'espoir dans les yeux.

— Se pourrait-il qu'elle soit encore vivante ? Je veux dire, si vous ne l'avez pas trouvée…

— J'ai peur que ce soit peu probable, Jonathan.

Je m'interromps. Il a peut-être raison. Les trois premiers corps n'avaient sans doute pour dessein que d'attirer notre attention, et le rythme hebdomadaire des meurtres garantissait le succès de la tactique. A présent, il se pourrait que les tueurs ralentissent quelque peu la cadence. Pourtant, hélas ! la plupart des meurtriers ne changent pas leurs habitudes.

— Les tueurs ont suivi de très près un scénario qui prévoit des assassinats hebdomadaires. Je crois que le seul changement qu'ils y ont apporté, c'est ce qu'ils font des corps.

A leurs yeux, c'est une question de contrôle. Contrôle exercé sur les candidats et, plus important, sur ce que nous réussissons à découvrir. Or, Jonathan leur a mis des bâtons dans les roues.

Malgré les mauvaises nouvelles que j'ai dû lui apprendre, l'homme s'est calmé et devient coopératif. Dans la mesure du possible, je tiens à le mettre à l'aise. Je ne veux pas qu'il pense que nous avons le moindre doute quant à son statut de victime plutôt que de coupable.

— Voulez-vous un café ou une boisson fraîche ? Quelque chose à manger ?

Stone lui a donné un café et un sandwich dès qu'il est arrivé du poste de police de Catalina, mais cela fait un moment déjà.

Il me lance un regard empreint d'une immense gratitude, à la limite de l'exaltation.

— Seigneur ! je ferais n'importe quoi pour un café ! Non, un Coca, plutôt. Et peut-être aussi quelque chose de sucré ? A part la pizza que l'un de nous a gagnée en remportant une épreuve, ils ne nous ont nourris que de viande en conserve et de haricots blancs.

De la viande en conserve — cela expliquerait le contenu de l'estomac de Malcolm. Je suppose que ce dernier est parti avant la « récompense » de l'épreuve. D'un discret signe de tête en direction du miroir, je demande que l'on accède à la demande de Jonathan. Mettre les gens à l'aise est une pratique couramment utilisée lors des interrogatoires. Elle aide les victimes à se confier et à déballer tout leur vécu ; quant aux suspects, elle endort leur méfiance. Se sentant plus détendus, ils sont davantage susceptibles de laisser échapper un détail compromettant. Dans le cas présent, elle a de plus l'avantage de désamorcer, espérons-le, la paranoïa de Jonathan, d'instaurer une confiance entre nous. Il garde toujours une main protectrice crispée sur le portable.

En attendant le café, je rive mon regard sur l'ordinateur.

— Je vais le prendre, si vous voulez, dis-je en tendant la main, sans toutefois esquisser le geste de me saisir de l'appareil pour ne pas réveiller la méfiance de Jonathan.

Il serre le portable contre lui, mais sa fureur semble l'avoir définitivement quitté.

— Je vous l'ai dit, des vies sont en jeu, et cet ordinateur est la seule chose qui puisse les sauver. Quelqu'un qui s'y connaît pourrait accéder aux fichiers journaux des connexions à internet, vérifier les fichiers log du forum de discussion et, avec un peu de chance, remonter jusqu'à la source des vidéos en direct et débusquer Chester.

— On dirait que vous savez de quoi vous parlez.

— J'ai étudié l'informatique pendant deux ans à l'université. Avant de laisser tomber mes études.

— Je vois. Mais au fait, qui est Chester ?

— C'est celui qui est venu au bunker. Le seul visage que nous ayons vu.

— Vous n'avez vu personne d'autre ? Et vous ne vous êtes pas méfiés ?

Il secoue la tête.

— Non, pas au début. Et le temps que je commence à me douter de quelque chose, il était trop tard. Nous étions pris au piège. Même Susie, ma meilleure amie, ne m'a pas cru.

Il se relève, les yeux écarquillés.

— Nous perdons notre temps. Il faut agir, et vite !

La porte s'ouvre sur Stone qui apporte un Coca et un plateau de beignets fourrés à la crème. Jonathan se jette sur la canette, en arrache l'anneau d'ouverture et descend la moitié de son contenu sans s'arrêter, avant de reprendre son souffle. Puis, en deux bouchées, il engloutit un beignet. Il n'y a pas de doute, il dévore comme un homme qu'on a nourri de viande en conserve et de haricots pendant quatre semaines. A dire vrai, en quelques secondes, il a renoncé à toute exigence concernant les actions à entreprendre pour se concentrer uniquement sur l'urgence de se nourrir. Ce qui cadre bien avec la privation de nourriture qu'il a subie, de même qu'avec sa maigreur, bien que je sois en mesure d'affirmer, d'après sa silhouette, qu'il est mince de nature.

Il enfourne un autre beignet dans sa bouche, lève les yeux. Un éclair de panique traverse son regard. Il repose la moitié de la pâtisserie sur le plateau et s'assoit, la tête entre les mains.

— Mais qu'est-ce que je fais ? Susie et Clair m'attendent.

— L'expert en informatique légale est ici, mais d'abord vous devez me dire tout ce qui s'est passé. Depuis le début.

Il secoue la tête.

— Ce n'est pas important. On doit se bouger pour retrouver le bunker et délivrer Susie.

Il se relève, se remet à marcher de long en large.

Je me lève à mon tour.

— Il y a de la méthode dans cette folie. Le plus infime détail pourrait nous aider à les localiser.

Il s'arrête, prend le temps de traiter l'information. C'est un homme intelligent, il sait que j'ai raison. Il hoche la tête.

— D'accord.

Résigné à devoir débiter toute l'histoire une fois de plus, Jonathan reporte son attention sur la nourriture et ramasse le reste de son beignet. En une seule bouchée, il l'avale, puis prend une profonde inspiration.

American-Psycho : Je me demande si Veuve-Noire s'amuse autant avec Jonathan que moi avec Cindy.

Jamais-Pris : Je parie qu'il est en train de connaître la meilleure séance de *** de sa vie.

American-Psycho : Je suis content qu'il soit parti. Je ne l'aimais pas.

Jamais-Pris : Vous étiez jaloux de lui.

American-Psycho : Ne soyez pas ridicule. C'est… un moins que rien, une nullité.

Jamais-Pris : Peut-être, mais pas pour Susie. J'ai tout compris, mec, vous en pincez pour elle.

Presque-Parfait : Jamais a raison. Ça expliquerait pourquoi vous avez traité Jonathan si durement.

American-Psycho : J'admets que Susie me plaît. Mais quoi qu'il en soit, je n'ai jamais aimé Jonathan.

Presque-Parfait : Où allez-vous vous débarrasser de son corps ?

American-Psycho : Je verrai comment les choses se présentent sur le campus de l'université de l'Arizona. S'il y a trop de présence policière, je trouverai un autre endroit.

Jamais-Pris : Mais ils ne sont plus dans l'ordre !

Presque-Parfait : Ling sera tout de même mise à mort et son corps abandonné de la même manière. Il ne s'agit que d'un léger contretemps.

26

— Tout a commencé il y a quelques mois, lorsque Susie m'a montré une petite annonce parue dans le *Los Angeles Times.*

Je l'interromps :

— Quel est le nom de famille de Susie ?

Il a déjà parlé d'elle à plusieurs reprises ; visiblement, ils sont proches.

— Dean. Susie Dean.

Ses sourcils se rapprochent, son front se plisse. Il se tourmente à propos de la jeune femme, cela se voit.

Darren, qui nous a rejoints comme prévu, se penche en avant :

— C'est votre petite amie ?

— Non, c'est ma meilleure amie.

— Que vous rappelez-vous au sujet de cette petite annonce ?

— Tout, réplique-t-il en me regardant de travers comme si j'avais insulté son intelligence. Elle disait : « Nouvelle émission de télé réalité à sensation recherche candidats. Ouverte à tous. Envoyez une vidéo de cinq minutes à la boîte postale 556, West Hollywood, avant le 20 décembre. »

On dirait qu'au lieu de la résumer, Jonathan s'est appliqué

à réciter la petite annonce mot pour mot. Or, il n'a pas buté sur un seul terme. Ce qui est pour le moins inhabituel. La plupart des gens se contenteraient de paraphraser et éprouveraient quelque difficulté à tout se rappeler. L'annonce date de cinq mois, ne l'oublions pas.

Je décide de ne pas en tenir compte pour le moment et pose la question suivante :

— Donc, toutes ces dernières semaines, vous et plusieurs autres avez cru que vous participiez à une émission de télé réalité ?

Jonathan acquiesce d'un signe de tête.

— Ouaip. Il y avait un million de dollars en jeu.

Nous y voilà ! Depuis la nuit des temps, les êtres humains ont recours à toutes sortes de ruses pour attirer des proies potentielles — offrir des bonbons à des gosses ou faire semblant d'être blessé. Cela n'est qu'un exemple de plus. Pour qui rêve de jouer les vedettes à la télé, faire l'objet d'une couverture médiatique à l'échelon national et avoir la possibilité de gagner un million de dollars constituent évidemment une occasion à ne pas manquer. Pourtant, Jonathan ne me donne pas l'impression de quelqu'un assoiffé de gloire. Ce type doit recéler un potentiel caché. Mais lequel, je n'en suis pas encore certaine. Et cette façon de réciter par cœur la petite annonce, ça me chiffonne. Comment peut-il s'en souvenir, à la virgule près, alors qu'elle remonte à plusieurs mois ? Et s'il nous menait en bateau ? Peut-être ma vision était-elle erronée, ou bien me suis-je tout bonnement trompée en l'interprétant ? Jonathan se trouvait bel et bien dans le tunnel, mais en tant que prédateur et non comme victime.

— Quels étaient les termes de l'annonce, déjà ?

Il les répète, mot pour mot. Je ne les ai pas oubliés, mais je n'ai eu à les retenir que pendant quelques minutes et, en outre, ma mémoire est particulière exercée. Qualité indispensable dans ce métier.

— Comment se fait-il que vous vous rappeliez la formulation exacte ?

Il se tapote la tête.

— J'ai une mémoire photographique.

Je note l'adresse pour vérification ultérieure. N'importe qui peut louer une boîte postale, et il est probable qu'ils ont utilisé une fausse identité.

Darren griffonne également l'information dans son calepin.

— Y avait-il autre chose de particulier dans cette annonce ?

— Elle n'était pas longue, mais elle occupait un quart de page. Vu les villes d'où venaient les autres candidats, ils ont dû la faire passer à Las Vegas, New York, Boston et La Nouvelle Orléans. J'imagine qu'il y en avait d'autres, dans d'autres Etats, mais les candidats n'ont pas été sélectionnés pour faire partie des huit finalistes… Je ne sais pas comment Susie est arrivée à m'entraîner là-dedans. Je déteste la télé réalité. Je trouve ça pitoyable.

Là, il dit la vérité, ou je ne connais rien à l'être humain.

— Dans ce cas, pourquoi y avez-vous participé ?

— Susie voulait passer une audition et elle a insisté pour que j'envoie aussi une vidéo. Elle sait se montrer très convaincante, parfois. De toute façon, j'étais persuadé qu'aucun de nous deux ne serait retenu. Et puis, nous avons été choisis pour prendre part au deuxième tour. Et avant qu'on ait eu le temps de s'en rendre compte, nous attendions la limousine qui venait nous chercher dans notre trou perdu de West Hollywood.

— Une limousine ? répète Darren.

Exactement comme Cindy.

— Nous pouvons tirer parti de ça, surtout s'ils l'ont louée.

Certes, mais combien de loueurs de limousines existe-t-il à Los Angeles ? De plus, s'ils ont réussi à éviter de se faire repérer à Las Vegas, il ne fait aucun doute qu'il en est de même à L.A.

Jonathan hoche la tête.

— Elle est venue nous prendre le 20 mars, vers 14 heures.

— A quelle adresse ?

— Au 352 North Ogden Drive, dans West Hollywood.

— O.K., que s'est-il passé ensuite ?

— C'est Chester qui est venu nous chercher avec la limousine. Il a pris nos sacs, que la télé nous avait fournis, et nous a conduits à une hélistation.

Darren lève les yeux de son calepin.

— Quand avez-vous reçu les sacs de voyage ?

— Environ une semaine avant. Dans les sacs, il y avait une sorte de règlement qui indiquait tout ce que n'avions pas le droit d'emporter. Pas de téléphone mobile, pas d'ordinateur de poche, en fait, aucun gadget électronique. C'est à ce moment-là que j'ai voulu tout laisser tomber.

— Pourquoi ?

— Vous me voyez sans mon assistant personnel ou mon ordinateur ? Ça me fichait les boules, rien que d'y penser !

Je regarde le miroir sans tain et essaie de m'imaginer ce que ressentirait l'agent spécial Gerard si on lui retirait ses joujoux. Je ne le connais pas très bien, mais je suis certaine qu'il n'apprécierait pas du tout. Aucun mordu de l'informatique ne le supporterait. Bon sang ! Même moi, je n'aime pas être privée de courrier électronique pendant plus d'une journée !

— Alors pourquoi n'avez-vous pas fait marche arrière ? demande Darren d'un ton légèrement accusateur.

Jonathan se tourne vers lui. Son regard se durcit.

— J'avais signé un contrat dont les termes étaient on ne peut plus clairs en ce qui concernait les conséquences d'une résiliation. Ils m'auraient poursuivi en justice. Je ne roule pas vraiment sur l'or, vous savez.

— Quelle est votre profession, monsieur Cantor ?

Darren regarde ailleurs, comme si toute cette histoire l'ennuyait.

— Je travaille comme disc-jockey deux soirs par semaine et dans un bar le reste du temps. Je vous le répète, ce n'est pas exactement l'opulence.

Je me penche en avant.

— Où était située l'hélistation ?

Il secoue la tête.

— J'étais tellement distrait que je n'y ai même pas prêté attention. Ça ne me ressemble pas du tout. Il y avait du champagne dans la voiture, alors nous avons bu tout en essayant de repérer des caméras cachées.

La voix de Jonathan s'est teintée de dégoût de soi. J'ai envie de le réconforter, mais je réprime mon instinct naturel. Il s'agit d'un interrogatoire, pas d'une séance de thérapie. Il faut que je me concentre sur les faits.

Revenons à la limousine.

— Et en avez-vous trouvé, des caméras ?

— Bien sûr, j'en ai détecté une dans le plafonnier, répond-il les poings crispés. Ils nous surveillaient. Ils observaient notre excitation, ils nous regardaient nous conduire comme des imbéciles. C'était une occasion unique pour Susie de tenter sa chance.

— Elle est chanteuse ? demande Darren, affectant toujours le même désintérêt.

— Actrice, rectifie Jonathan sur la défensive.

Le ton de sa voix suggère qu'il entretient une véritable relation avec Susie, ce qui m'incite d'autant plus à le considérer comme une victime et non comme un coupable.

— Elles étaient trois à être venues dans l'espoir de donner un coup de pouce à leur carrière dans le milieu du spectacle. Susie, Cindy et Clair.

— Clair ?

— Elle est toujours dans le bunker. Toujours en vie… autant que je sache.

— Au fait, finissons-en sur cette question. Qui reste-t-il là-bas, à part Susie ?

Je tiens mon stylo en suspens au-dessus de mon carnet.

— Juste Clair Kelly. Ce sont les deux finalistes.

J'écris les noms de *Clair Kelly* et *Susie Dean*. Les deux finalistes — voilà bien du langage de télé réalité ! Mais bon, il faut dire aussi qu'elles sont réellement les deux dernières survivantes.

Darren me lance un regard, je hoche la tête. Pour Jonathan, ce signe de tête peut revêtir n'importe quelle signification, mais pour Darren, c'est ma manière de lui faire savoir que je crois à la sincérité de notre homme. Que nous n'avons plus besoin de le traiter comme un suspect potentiel.

— Nous allons faire tout ce qui est en notre pouvoir pour les retrouver, dis-je, m'autorisant cette fois à rassurer le malheureux.

Je me lève, imitée par Darren.

— Nous revenons dans une minute.

Je quitte la pièce avant que Jonathan n'ait le temps de protester. Mais le regard qu'il me lance en dit assez long. Nous l'avons fait attendre pendant des heures, et maintenant je l'abandonne au moment où il commence à peine à raconter ce qui lui est arrivé ces dernières semaines.

Dans la pièce voisine, c'est Harris qui prend la parole le premier.

— Bon, vérifions d'abord les noms qu'il vous a donnés.

Je lui tends la liste complète — Danny Jensen, Ling Gianolo, Clair Kelly, Susie Dean.

— J'aimerais qu'on recueille le maximum de renseignements sur ces autres « candidats ». Qu'on voie ce qu'ils ont de commun avec Cindy et Malcolm.

D'après moi, il doit exister un schéma récurrent, en termes de type de victime. Ni Cindy ni Malcolm n'entretenaient de liens solides avec leur famille, ce qui faisait d'eux des proies de choix pour ce genre de stratagème. On peut dire sans risquer de se tromper que toutes les victimes étaient isolées d'une façon ou d'une autre, et c'est pour cette raison qu'elles ont été choisies.

— J'y retourne.

Harris m'approuve d'un signe de tête, puis se tourne vers Darren et Stone.

— Vous deux, vous restez ici. Je vais faire vérifier ces noms par quelqu'un d'autre.

Comme il se dirige vers la porte, je le retiens d'une question :

— Vous préférez que j'attende un peu ?

J'espère qu'il va dire non. Je ne pense pas que ce soit

une bonne idée de faire mariner Jonathan plus longtemps. Il est calme pour l'instant, mais si on le laisse seul plus de cinq minutes, il est probable que ça risque de changer.

— Non, allez-y, répond Harris.

— Merci.

Je regagne la salle d'interrogatoire.

— Désolée, Jonathan. Il fallait que je demande à quelqu'un de s'occuper de ces noms, de commencer à joindre les familles.

— Les familles ? Vous ne trouverez pas grand-chose.

— Vraiment ?

— C'est l'une des choses qui m'a tout de suite mis la puce à l'oreille. Nous venions tous de familles inexistantes ou dysfonctionnelles. J'ai commencé à me dire que ce n'était peut-être pas une coïncidence. De plus, il n'y en avait pas un seul parmi nous qui avait vraiment réussi dans la vie. Aucun avocat, aucun scientifique. Je trouvais ça louche.

J'opine du chef. Une chose est sûre, Jonathan a oublié d'être bête. Une chance pour les autres, et pour nous. S'il n'avait pas flairé quelque chose, s'il ne s'était pas échappé, nous n'aurions peut-être jamais été en mesure de retrouver la trace des tueurs. La plupart des pistes dont nous disposions ont abouti à des impasses — exactement comme les meurtriers le souhaitaient. Heureusement que Jonathan nous remet sur la bonne voie !

— Racontez-moi ce qui s'est passé à partir de l'hélistation. Le pilote, de quoi avait-il l'air ?

— C'était Chester, le pilote.

Combien y a-t-il de pilotes d'hélicoptère titulaires d'un brevet aux Etats-Unis ?

— Donc, il a abandonné la limousine sur place ?

— Oui, il l'a laissée dans un garage, puis il nous a bandé les yeux. Il a dit que l'emplacement du bunker était secret, et sur le moment, ça m'a semblé plausible.

— Pourriez-vous décrire les lieux ? Je suppose que ce n'était pas un aéroport.

— Non, ça ressemblait à une usine ou un entrepôt. Je n'ai vu personne d'autre dans les parages.

— Combien de temps le vol a-t-il duré ?

— Environ deux heures.

— Le désert de Mojave !

C'est là qu'ils étaient emprisonnés, là que certains d'entre eux sont encore séquestrés, je le sais, mais il me faut tout de même le traduire en paroles.

Jonathan hausse les épaules.

— Un désert, sûrement, celui de Mojave, je n'en sais rien.

— Que s'est-il passé une fois que vous avez atterri ?

— Chester nous a ôté nos bandeaux et nous a indiqué l'entrée du bunker, une simple trappe dans le sable. Il fallait un code pour l'ouvrir : 5413. Il a dû redécoller dès que nous sommes arrivés en bas.

— Et qu'avez-vous trouvé à l'intérieur ?

— Nous avons descendu une série d'échelles jusqu'à un long tunnel.

Les tunnels de mes visions me remontent aussitôt à la mémoire.

Jonathan poursuit :

— Au bout du couloir s'ouvrait une autre porte, mais avant cela il y avait un portique électronique et un tapis roulant. Comme on en voit dans les aéroports.

— Ce n'est pas rien !

— Ça a dû coûter une fortune pour aménager cet

endroit. Aussi bien au niveau de la construction que de la technologie, tout était balèze.

Je l'encourage d'un signe de tête.

Il reprend :

— Nous avons franchi la dernière porte avant d'entrer dans le bunker proprement dit. Les autres nous attendaient.

— Ils étaient déjà tous là ?

— Oui. Susie et moi étions les derniers. Aussitôt la porte s'est refermée derrière nous. A double tour. Nous étions pris au piège.

Je réprime un frisson. Enfermés dans un souterrain et choisis un à un par des tueurs en série — pas exactement la méthode idéale pour mourir. Etait-ce un bienfait pour eux de n'avoir pas conscience de la gravité de leur situation ? Je n'en suis pas certaine.

— A quoi cela ressemblait-il, dans ce bunker ?

— Il y avait six pièces — une grande salle centrale qui servait de séjour et de cuisine, deux chambres, une salle de bains, des toilettes, et une salle insonorisée qu'ils appelaient la chambre bleue. Les murs étaient faits d'un mélange de terre battue et de béton, et au plafond il y avait des poutres d'acier auxquelles étaient accrochées les caméras et quelques lampes. Par la suite, nous avons localisé plusieurs caméras espions.

Il s'interrompt une seconde avant de reprendre :

— C'était vraiment rudimentaire. Nous avions des caisses qui nous servaient de sièges, une malle en guise de table, et un matériel de camping dans la cuisine. Il y avait aussi un grand évier en céramique et une pompe à eau.

Je continue de prendre des notes, vérifie que le

Dictaphone fonctionne toujours, tandis que Jonathan poursuit :

— Les deux chambres étaient petites, avec chacune quatre lits de camp. Dans la salle de bains, il y avait une autre pompe à eau avec un tuyau d'évacuation et une petite cabine de douche bricolée maison. Les toilettes étaient une simple fosse d'aisances.

Sans cesser de griffonner avec frénésie dans mon carnet, je hoche la tête, puis demande.

— Comment communiquaient-ils avec vous ?

— Il y avait un haut-parleur dans le bunker, mais la plupart du temps ils s'adressaient à nous par l'intermédiaire de Chester.

— Il est revenu ?

— Bien sûr. C'était lui qui supervisait les épreuves.

— Les épreuves ?

— Comme dans les émissions de télé réalité. Le gagnant était assuré de l'immunité et ne risquait pas d'être éliminé par vote. Il était en sécurité à l'intérieur du bunker. Tu parles d'un abri ! Cette voix dans le haut-parleur, elle donnait la chair de poule ! Je savais bien qu'il y avait quelque chose de pas catholique dans la façon dont elle disait « sécurité ». On aurait dit qu'il voulait nous jouer un tour.

— C'était la voix de Chester ?

Jonathan prend le temps de la réflexion avant de répondre :

— Difficile à dire. Ils se servaient d'un logiciel de déformation de la voix qui la faisait ressembler à une voix informatisée. En tout cas, elle était grave.

— La voix de Chester est-elle grave ?

— Oui, on peut dire ça.

Je le questionne du regard, attendant qu'il étoffe sa réponse.

— Sa voix est grave et râpeuse, comme s'il venait de siffler dix whiskys et fumer un paquet de cigarettes… en plus d'avoir passé une nuit blanche.

La description de Jonathan m'arrache un gloussement.

— J'imagine très bien, dis-je avec un sourire. A quoi ressemble-t-il ?

— C'est un Afro-Américain. Il mesure environ un mètre quatre-vingt-quinze et est bâti comme une armoire à glace. Mais pour dire la vérité, avant que je me rende compte de ce qui se passait, je le trouvais plutôt sympathique. Je suppose que ça faisait partie de la mise en scène.

— Probablement. Mais il est aussi possible qu'il ait reçu des consignes. On ne sait jamais ce qui se déroule dans les coulisses.

— C'est vrai. Quoi qu'il en soit, il avait le crâne lisse et brillant et portait un anneau d'or à l'oreille gauche.

— Nous ferons venir un dessinateur de la police tout à l'heure. Avec un peu de chance, nous trouverons une correspondance.

— Vous croyez que Chester a un casier judiciaire ?

— Possible. Il se peut que nous réussissions à l'identifier grâce à son portrait-robot. Sinon, nous aurons toujours la possibilité d'envoyer le portrait à la police de Los Angeles et des environs pour qu'ils ouvrent l'œil.

— D'accord.

— Ensuite, qu'est-il arrivé ?

— Pas grand-chose. Nous sommes restés assis comme des idiots, à attendre les épreuves. On s'ennuyait ferme. Pour tuer le temps, on lisait, on bavardait, parfois on cherchait les caméras. C'est comme ça qu'on est tombés sur les caméras espions.

— Parlez-moi de ces épreuves.

— Elles avaient toujours lieu le mercredi. C'était notre seul moyen de savoir quel jour on était, surtout compte tenu qu'on ne voyait jamais la lumière du soleil, qu'on ne distinguait pas le jour de la nuit.

— Vous n'aviez pas de montre ?

Il secoue la tête.

— Elles n'étaient pas autorisées. Celui ou celle qui avait remporté l'épreuve bénéficiait de l'immunité. Ensuite, nous allions tous dans la chambre bleue et donnions aux spectateurs — il mime des guillemets avec ses doigts — le nom du candidat qui, selon nous, devait partir cette semaine-là, ainsi que les raisons qui nous l'avaient fait choisir. Alors ils nous annonçaient lequel d'entre nous avait été éliminé par vote, et cette personne devait quitter le bunker sur-le-champ.

Les corps ont tous été découverts un vendredi. Cela cadre parfaitement avec les trois premières victimes.

— Comment saviez-vous que les épreuves se déroulaient le mercredi ?

— La voix nous l'a fait savoir dès le départ. Mais vous avez raison, ce pouvait être une feinte.

— Le mercredi correspondrait aux indices que nous avons.

Je note *mercredi* sur mon carnet puis relève les yeux vers Jonathan.

— En quoi consistaient les épreuves ?

Pour la première fois, Jonathan se fige.

— Il s'est commis plusieurs saloperies là-dedans, laisse-t-il enfin tomber.

— Vous voulez parler des épreuves ?

Il tressaille.

— La première avait l'air plutôt banale — une partie de paintball. Mais j'ai trouvé la deuxième cruelle, blessante. Il s'agissait d'enregistrements individuels que nous étions obligés d'écouter en boucle. Ils étaient ignobles.

— Est-ce à ce moment-là que vous avez commencé à avoir des soupçons ?

— En partie. Je suppose que ça s'est fait progressivement. Les épreuves sont devenues de pire en pire, et je voyais bien que quelque chose clochait, mais je ne savais toujours pas ce qui se passait. Il se pouvait que nous passions pour de bon à la télé, mais il s'agissait peut-être aussi d'un remake du *Truman Show,* et c'était moi qui en faisais les frais. Susie est comédienne, et je la croyais capable de participer au complot à seule fin de donner un coup de pouce à sa carrière.

Dans un geste protecteur, il pose ses mains sur l'ordinateur portable.

— Et puis il y a eu l'épreuve de la nourriture. Avec cette fois une récompense à la clé : une pizza et un pack de bières. Tout cela était très tentant.

— J'imagine, dis-je, me rappelant la façon dont il s'est jeté sur les beignets.

— Danny a gagné et a partagé ses gains avec nous, ce qui nous a fichtrement étonnés parce que c'était plutôt un connard. Mais nous avons tous été malades. Intoxication alimentaire. Danny était très mal en point.

— Vous croyez que c'était intentionnel ?

— Sur le moment, ça m'est venu à l'esprit. Mais j'en ai écarté l'idée. Je me suis dit que j'étais paranoïaque.

— Et maintenant ?

— Maintenant, je suis sûr que ces salauds l'ont fait exprès.

J'incline à partager l'opinion de Jonathan. Les tueurs n'ont pas cessé de jouer avec les candidats, et un empoisonnement alimentaire concorde tout à fait avec leur scénario. Une forme de torture comme une autre.

— Ensuite, je crois qu'ils se sont doutés que je soupçonnais quelque chose, parce que l'épreuve suivante a consisté en un séjour en cellule d'isolement. A part que j'ai eu droit à un traitement spécial. Ils voulaient que je quitte le bunker, ça ne faisait plus aucun doute. Tout le monde était plongé dans le noir, sauf moi qui me suis retrouvé exposé à des lumières blanches aveuglantes.

— Une séance de torture, ni plus ni moins.

— Ouaip, je sais. Quand je suis sorti de la cellule d'isolement, les autres ont pensé que j'avais eu des hallucinations, et j'ai commencé à les croire.

Il laisse échapper un petit grognement.

— Susie me traite de théoricien du complot. Je dois avouer qu'il m'arrive parfois de m'emballer.

— Vous avez douté de votre intuition ?

— J'ai pensé que mon instinct n'était en fait rien de plus que de la paranoïa, admet-il.

Il me saisit la main, passant en un éclair de la réflexion au désespoir.

— Il faut les retrouver. Nous devons à tout prix localiser ce bunker. Si seulement il ne nous avait pas mis ces foutus bandeaux sur les yeux !

Il se lève brusquement, renversant avec rudesse sa chaise sur le sol.

Je ne m'inquiète pas. Ayant vécu la même expérience, je sais exactement ce que ressent Jonathan. Je ne m'attends pas à ce qu'il soit calme et raisonnable, en tout cas sûrement pas tout le temps. Il est normal qu'il soit en proie à des sautes d'humeur, à mesure que son esprit passe par une multitude d'émotions — de l'incrédulité à l'horreur, à la colère. Du moins les éprouve-t-il toutes. Ce qui est bigrement plus salutaire que de les refouler.

Il me regarde.

— Nom d'un chien ! J'aimerais bien savoir où se trouve ce maudit bunker !

Et nous donc ! Mais je garde ma réflexion pour moi.

— Racontez-moi ce qui est arrivé une fois que vous avez été éliminé.

Jonathan se crispe.

— J'ai fait mes adieux à Susie et Clair.

Il se rassoit.

— Dehors, une femme attendait avec l'hélicoptère. Elle m'a dit qu'elle travaillait pour l'émission, mais il y avait quelque chose en elle qui ne collait pas.

— Comment ça ?

Je suppose qu'il s'agit de la femme fatale, celle qui avait déjà assassiné Malcolm. J'imagine son regard de prédatrice se délectant de l'ignorance de Jonathan.

— Elle était très…

Il n'achève pas sa phrase.

Je la termine à sa place.

— Elle vous a fait des avances.

— Oui.

Il a l'air soulagé de ne pas avoir dû le formuler lui-même.

— A quoi ressemble-t-elle ?

— Elle a les cheveux noirs, jusqu'aux épaules, légèrement ondulés, avec des mèches qui lui retombent sur le visage. Elle fait à peu près la même taille que Susie, c'est-à-dire un mètre soixante-dix, et a l'air en excellente condition physique. Séduisante, très sexy. Je lui donnerais la trentaine.

Je hoche la tête. Cette peinture correspond aux vagues descriptions que nous ont fournies les dossiers du VICAP ainsi qu'à l'image que je me suis moi-même forgée de cette femme.

— Comment était-elle habillée ?

— Un pantalon de cuir noir et un T-shirt noir moulant avec l'emblème de Super Girl dessus.

Des vêtements sexualisés qui font partie de son image. Du profil, aussi.

— Avez-vous répondu à ses avances ?

— Pas vraiment. J'étais désorienté. Et, pour être franc, sa conduite m'a rendu encore plus méfiant.

— Pourquoi ?

Il sourit.

— Eh bien, peut-être que je ne fréquente pas les bons milieux mais, en général, les belles inconnues ne me draguent pas. Regardons les choses en face, je ne suis pas précisément le genre top model.

Je note sa réponse dans mon carnet.

— O.K. Ensuite, que s'est-il passé ?

— Nous sommes montés dans l'hélicoptère.

— C'était Chester qui pilotait ?

— Je n'en suis pas sûr. Je n'ai pas pu le voir, cette fois-là. L'hélicoptère nous tournait le dos lorsque j'ai rampé hors du bunker, et il y avait une cloison entre la cabine et le cockpit.

Une idée me frappe : si Chester était le pilote, c'était à la femme fatale qu'il dissimulait sa véritable identité, pas à Jonathan.

— Nous avons dû tous les deux nous mettre des bandeaux sur les yeux.

— Il y a donc de grandes chances qu'elle aussi ignore où est situé le bunker.

— J'ai trouvé ça bizarre sur le coup, mais elle m'a dit que seules deux personnes appartenant à l'émission connaissaient l'emplacement exact, ajoute-t-il avec un petit rire amer. Apparemment, ils ne voulaient pas risquer que l'information soit divulguée et que des fans débarquent en masse à l'improviste.

— Combien de temps a duré le vol ?

Il hausse les épaules.

— Après plusieurs semaines passées dans le bunker, j'avais perdu la notion du temps.

— Essayez d'évaluer. Croyez-vous que ça se rapprochait plus des quinze minutes ou des trois heures ?

— Deux heures, peut-être.

Il se tortille, sa voix est incertaine. On peut dire qu'ils l'ont salement arrangé.

— De quoi avez-vous parlé pendant le vol ?

— Au début, nous sommes restés longtemps sans prononcer un mot. Et quand nous avons commencé à parler, la conversation a roulé sur le bunker, les autres candidats, les épreuves, vous voyez. Elle m'a dit à quel point elle détestait Danny et que nous avions été de véritables saints pour l'avoir supporté si longtemps.

— A-t-elle mentionné quelque chose d'insolite ? Qui vous aurait donné l'éveil ?

— Non. En fait, elle avait l'air tout à fait naturelle. Elle avait arrêté de me faire du gringue, et nous avons juste bavardé.

— Et vous avez atterri… ?

Il a déjà raconté aux flics cette partie de l'histoire, mais je veux l'entendre de sa bouche.

— Une belle maison, très grande, avec une hélistation et une fontaine devant l'entrée. L'hélico est reparti et nous sommes entrés.

Une fontaine ? Un souvenir flou de mon rêve à propos de Cindy perce à la surface de ma mémoire. Je l'ai vue courir près d'une fontaine. Je reporte mon attention sur Jonathan.

— Et ensuite ?

— Elle a dit que nous allions décompresser pendant quelques jours, en attendant qu'une équipe de caméramen et le psychologue de l'émission viennent me débriefer. Ensuite ils m'emmèneraient pour passer en direct à la télé dans l'émission *Letterman*.

— Vous l'avez crue ?

— Je ne savais plus que penser à ce moment-là.

— Continuez.

— Nous nous sommes assis, et elle a apporté un pack de bières. Bon sang, j'aurais vendu mon âme pour une bière !

Je pense au MO de la tueuse. Enivrer sa victime, la rendre vulnérable. Etant donné que Jonathan n'avait rien bu depuis plusieurs semaines et pratiquement rien mangé, elle n'avait pas dû avoir trop de difficultés à appliquer son mode opératoire.

Il poursuit :

— Nous avons bavardé tout en buvant et elle s'est remise à me draguer, mais pas de manière aussi agressive. Je suppose que l'intérêt qu'elle me manifestait m'a flatté.

Honteux, il baisse la tête. Je ne comprends pas pourquoi. Peu d'hommes, surtout parmi les célibataires, résistent à l'intérêt que leur témoigne une jolie femme.

— Qu'est-il arrivé ensuite ?

— Nous nous sommes embrassés, mais je me sentais toujours mal à l'aise. Quelque chose clochait. Alors j'ai essayé de l'interroger sur l'émission, et elle n'a pas du tout apprécié. Pour finir, elle s'est même mise en rogne.

Elle a commencé à marmonner à propos des autres qui ne rencontraient jamais ce genre de problème. Je savais qu'il y avait quelque chose de pas net dans cette histoire, mais je n'imaginais franchement pas que ma vie était en danger. Je ne savais pas que les autres étaient… morts.

Il déglutit, sa pomme d'Adam tressaute.

— Je veux dire, il existe des théories du complot et puis, il y a *ça*, reprend-il en secouant la tête. C'est… le mal. Je n'avais jamais cru à la réalité de ce mot jusqu'alors.

J'opine du chef. Ça fait des années que je crois à l'existence du mal.

— Et ensuite ?

— Elle a sorti un pistolet, dit-il avant d'inspirer longuement. Et j'ai vu qu'elle prenait son pied en voyant ma stupéfaction. Elle a tenu l'arme pointée sur moi et a eu le culot de me dire qu'elle aurait préféré me baiser avant. C'est alors qu'elle m'a expliqué comment tout cela allait se terminer. Qu'elle faisait partie d'un groupe appelé le Club des Assassins, que leur président les avait recrutés dans des forums de discussion et avait tout combiné.

Ses poings se crispent.

— Elle m'a dit qu'après chaque épreuve, les membres du club procédaient à l'élimination d'un candidat par vote et que cette personne… était vendue aux enchères à l'un d'entre eux… Je n'arrive toujours pas l'imaginer !

— C'est une réaction tout à fait normale, Jonathan. La plupart des victimes d'actes criminels ont du mal à accepter ce qui leur est arrivé. Et cela est tellement… tellement bizarre que ça a l'air surréaliste, tellement pervers que c'en est impensable.

— Toujours est-il qu'avec ce pistolet braqué sur moi, je n'avais guère le choix. Une part de moi attendait toujours que quelqu'un surgisse pour me dire qu'on s'était payé ma tête, mais quelque part je savais bien à quoi m'en tenir. Mon instinct de conservation a repris le dessus. Je ne peux toujours pas croire que j'ai fait ça.

Il enfouit son visage dans ses mains, déconcerté tout autant par sa propre réaction que par les agissements des membres du club.

— Je veux dire, je ne suis pas un assassin. Je ne crois pas à la guerre, aux armes, et à tous ces trucs-là.

Il se tait un instant, et je le laisse à ses réflexions avant de le relancer.

— Qu'avez-vous fait ?

Il pousse un soupir.

— J'ai d'abord essayé de discuter pour me sortir de ce pétrin. Je lui ai dit que tant qu'à mourir, j'aimerais d'abord baiser une jolie femme. Elle a hésité, s'est approchée de moi. Comme si elle allait se remettre à m'embrasser. Je me tenais près du mur, elle n'était qu'à une trentaine de centimètres de moi. J'ai cru qu'elle se laissait prendre, mais elle a décliné mon offre. A ce moment-là, j'ai compris que je devais agir vite. Je pensais qu'il ne me restait probablement plus que quelques secondes à vivre. Je n'avais pas une haute opinion de Danny Jensen, mais c'est à lui que je dois la vie.

— Comment ça ?

— Pendant la partie de paintball, il m'a désarmé en deux secondes. Je m'en suis souvenu et ai répété mentalement sa tactique avant de la mettre à exécution.

D'un geste de la tête, je l'encourage à continuer.

— J'ai fait un bond sur la gauche et repoussé son bras avec la paume de ma main gauche. Le coup est parti, mais je n'étais plus dans la ligne de mire, et le pistolet a volé à travers la pièce. De ma main droite, je lui ai saisi le poignet et j'ai essayé de l'immobiliser.

Il fronce le nez de dégoût avant de poursuivre :

— Mais elle s'est jetée sur moi. Je lui ai donné un coup de poing, très fort. Et puis un autre, et un autre.

Nerveusement, il se tord les mains.

— Finalement, j'ai cessé quand je me suis rendu compte qu'elle s'était évanouie… ou qu'elle était morte. Je ne suis pas sûr. J'ai repris mes esprits, je me suis écarté. Je ne sais pas combien de temps je suis resté comme ça. Un bon moment, j'imagine. Puis je me suis calmé et j'ai essayé de remettre mes idées en place. J'ai arrêté de regarder son visage ensanglanté, je me suis emparé de son sac à main. Il y avait des menottes à l'intérieur, alors je l'ai attachée à la rampe de l'escalier.

« J'ai vérifié le téléphone, il n'y avait pas de tonalité. J'ai fouillé rapidement la maison, mais je n'ai rien trouvé à l'exception de l'ordinateur portable. Je voulais me connecter tout de suite, puis je me suis dit qu'il valait mieux ne pas toucher à l'ordinateur, le laisser en l'état. Je l'ai pris sous le bras et je me suis enfui en courant. J'étais comme fou. Je ne savais pas quoi faire, tout ce que je savais, c'était qu'il me fallait sortir de cette maison au plus vite et prévenir les flics.

— Si nous vous reconduisions au poste de police auquel vous vous êtes adressé, pensez-vous être capable de retrouver la maison ?

— J'étais… affolé. Complètement paniqué. Je ne me rappelle même pas combien de temps j'ai couru.

Je me mords la lèvre. Il est absolument indispensable qu'il se souvienne.

— Nous vous aiderons.

— Il faut que j'y arrive. Si un membre du club débarque dans cette maison et trouve cette maudite femme menottée à la rampe d'escalier, Susie et Clair mourront.

27

Dans la petite pièce contiguë à la salle d'interrogatoire, nous passons en revue les options qui s'offrent à nous. Une chose est sûre, il est temps d'agir, et vite ! Quelqu'un, sans doute Chester, va revenir chercher la femme et le cadavre de Jonathan. Et alors, le seul avantage dont nous disposons — l'élément de surprise — sera perdu.

Harris se tourne vers Gerard.

— De quoi avez-vous besoin ?

— J'aimerais parler à Jonathan et mettre la main sur ce portable. Alors nous pourrons nous connecter au site et…

— Il n'y a qu'à se faire passer pour la femme fatale, dis-je.

Gerard hoche la tête.

— Il faut d'abord effectuer plusieurs copies du disque dur. A partir du moment où nous utilisons cet ordinateur, il devient suspect en tant que pièce à conviction.

Il s'interrompt un instant, puis explique :

— C'est comme si nous falsifiions des preuves. Chaque fois qu'on allume l'ordinateur, les fichiers sont modifiés.

— A vous de décider, déclare Harris, remettant la responsabilité de l'enquête entre les mains du FBI.

Dès lors qu'internet est impliqué dans l'affaire, celle-ci relève de la loi fédérale — c'est-à-dire de notre juridiction, à Gerard et à moi — et non plus de la loi de l'Etat.

Je prends les choses en main.

— Gerard et moi allons nous occuper de Jonathan. Pendant ce temps-là, vous pourriez essayer de localiser cette mystérieuse maison. Avec un peu de chance, les résidences cossues ne sont pas légion à Catalina Foothills.

Harris, Carter et Stone échangent un regard.

— Qu'est-ce que j'ai dit ?

Darren soupire.

— Catalina Foothills regorge de demeures luxueuses.

— Il ne manquait plus que ça ! dis-je. Cette affaire est foireuse depuis le début.

Tandis que je quitte la pièce, Gerard sur mes talons, Harris répartit les tâches entre Carter et Stone.

Dans la salle d'interrogatoire, je fais les présentations.

— Jonathan Cantor, voici l'agent spécial Gerard.

Jonathan jauge mon collègue du regard avant de lui serrer la main.

— Alors comme ça, vous venez du Département de cybercriminalité ?

— En effet, répond Gerard en sortant son badge. J'imagine que vous voulez examiner ceci de plus près.

Il lui tend son insigne.

Un échange souterrain s'établit entre les deux hommes, une sorte de reconnaissance muette qui m'échappe totalement.

Gerard se tourne vers moi et m'explique :

— Jonathan a besoin de vérifier mon identité. Juste pour s'assurer qu'il n'est pas victime d'une mystification.

Les affaires criminelles que j'ai eues à résoudre ne m'ont jamais entraînée très loin dans le monde de l'informatique, et je ne suis toujours pas plus avancée dans ce domaine.

— Un grand nombre de hackers et d'experts en informatique se lancent dans la subversion psychologique ou *social engineering*, continue Gerard. Ils s'introduisent dans le réseau d'une société, usurpent une identité, se faisant passer pour ce qu'ils ne sont pas. En fait, ce sont des escrocs dont l'outil principal est un ordinateur.

Jonathan examine attentivement l'insigne, le retire même de son étui. Chose qu'il ne s'est pas donné la peine de faire avec le mien.

— Alors, c'est vous l'expert ?

Malgré tout, Jonathan continue de serrer le portable contre lui.

Gerard exhale un soupir.

— Je travaille pour le Bureau depuis un peu plus de six ans maintenant. Avant cela, je faisais dans le piratage. Du piratage de première !

— Par exemple ?

Jonathan cuisine Gerard, peu désireux de lui céder le portable avant de s'être assuré qu'il ne va pas le lui esquinter. Or, à ses yeux, les références de l'expert ne tiennent pas tant dans son parcours professionnel au sein du FBI que dans ce qu'il a fait avant d'intégrer le Bureau.

Gerard plisse les yeux.

— J'ai dans l'idée que vos connaissances en informatique ne datent pas d'hier.

Jonathan ne bronche pas.

Gerard soupire de nouveau, résigné à devoir prouver sa bonne foi.

— Vous êtes plus jeune que moi, je vais donc commencer par le plus récent. Avez-vous entendu parler du piratage présumé chez Microsoft en 2000 ?

— Ouais, répond Jonathan avec un gloussement. Il paraît qu'un gourou est entré par effraction dans la machine de Bill Gates et y est resté pendant une heure avant que les cracks en informatique ne réussissent à le mettre hors d'état de nuire.

Gerard me traduit :

— Un gourou est quelqu'un qui appartient à l'élite des hackers, un virtuose de l'informatique.

Il se retourne vers Jonathan et lui lance un petit clin d'œil.

— Non !? s'exclame ce dernier.

— Si !

— CommMaster, c'était vous ?

— Ouaip.

Interloquée, je répète :

— CommMaster ?

— Mon nom de hacker, précise Gerard en se raclant la gorge. Je veux dire, avant que j'entre au Bureau.

— Je me demandais aussi pourquoi vous vous étiez volatilisé, reprend Jonathan. J'ai cru que vous étiez en prison, privé d'ordinateur par ordonnance du juge.

— C'était en effet une option. Mais j'ai décidé de quitter le côté obscur.

Je lève les yeux au ciel. Voilà un exemple typique de référence à *Star Wars*, ou je ne m'y connais pas !

— O.K., les gars, ça devient beaucoup trop tordu pour moi.

— Je suis d'accord ! répond Gerard avec un sourire, puis

se tournant vers Jonathan : Eh bien, avez-vous remarqué quelque chose d'inhabituel à propos de ce joujou ?

Il lance un regard sur le portable, mais sans faire mine de vouloir s'en emparer.

— Je dois admettre que je me suis contenté de l'empoigner avant de prendre mes jambes à mon cou. J'ai jeté un rapide coup d'œil dans la maison pour voir s'il y avait d'autres gadgets, mais je n'ai rien vu. Il est équipé d'une carte modem cellulaire. Comme ça, il n'y a pas besoin d'être relié à un modem ou à un réseau téléphonique pour se connecter. La sécurité en est d'autant plus renforcée.

— Mais vous ne l'avez pas allumé ?

Je ne peux me résoudre à croire que Jonathan n'ait pas mis l'ordinateur en marche, ne serait-ce que l'espace de quelques minutes.

— Non ! répondent catégoriquement les deux hommes avec un ensemble parfait.

Je lève la main.

— Bon, ça va ! Je n'ai rien dit.

— Il est possible d'installer une sécurité intégrée dans un ordinateur, qui effacera le disque dur si l'on ne tape pas certaines commandes au démarrage.

— Lesquelles, par exemple ?

Jonathan répond à la place de Gerard :

— Il faut peut-être appuyer sur la touche « Majuscule » pendant la durée du démarrage. Faute de quoi, le disque dur est réduit en poussière. C'est pour cela que j'ai résisté à la tentation.

— Je vois.

Gerard approuve Jonathan d'un hochement de tête.

— Vous avez bien fait. Surtout étant donné que… enfin, j'ai tout entendu.

Il ne s'étend pas sur le sujet. Inutile de rappeler à Jonathan ce qu'il a vécu ces dernières semaines, en particulier ces douze dernières heures.

Gerard ouvre son sac à malice et commence à en extraire divers gadgets. La plupart, je les reconnais — quelques disques durs externes, deux clés USB, des câbles, des CD, des disquettes. Reste que j'aimerais en savoir davantage. Comme on dit, la connaissance, c'est le pouvoir.

— Qu'est-ce que c'est que tout ce bazar ?

— Disons que c'est la trousse de premiers secours en matière d'investigation informatique, répondit-il avec un sourire. Ma mallette de médecin. J'ai toujours sous la main des disques durs vierges, quelques logiciels de première nécessité et des disques de démarrage pour la récupération de données, les analyses d'activités, les audits de sécurité, le recouvrement des mots de passe…

Je l'interromps d'un geste de la main.

— D'accord, j'ai compris.

Il hausse les épaules.

— En un mot, j'ai de quoi faire parler ce portable.

Je souris.

— Maintenant, je vous comprends. Mais j'aimerais tout de même que vous m'expliquiez ce que vous faites, au fur et à mesure.

— Bien sûr. En fait, vous me servirez de témoin, surtout si nous finissons par allumer ce joujou et dénicher le site Web. Vous pourrez attester que j'ai fait des copies avant de me connecter au site.

J'acquiesce d'un signe de tête. Comme pour tout ce qui concerne le domaine de l'application de la loi, nous devons procéder selon les règles. Il n'y a rien de pire que de savoir qu'un suspect est coupable et qu'il a réussi à échapper à la justice grâce à une faille dans le système judiciaire, telle que la possibilité de contester la façon dont les preuves ont été recueillies.

Gerard se met au travail.

— Tout d'abord, je vais commencer par effectuer une copie du disque dur en son état actuel. Je le sors, le relie à mon système en tant que disque externe et en faisune copie conforme.

Ses mains s'activent en même temps qu'il parle.

— Pour servir de pièce à conviction, nous aurons besoin des copies des fichiers, exactement tels qu'ils figurent sur le disque dur, avec la date et l'heure de leur dernière utilisation.

Il frotte son menton hérissé d'une barbe de plusieurs jours.

— Ça nous évitera également de tomber dans les pièges qui pourraient avoir été installés, du genre auto-effacement des données. Le contenu de ce disque dur est probablement vital pour l'enquête.

Ce n'est pas moi qui le contredirai !

— Le disque dur est assez propre, ça ne prendra pas longtemps.

Jonathan observe les moindres gestes de Gerard par-dessus son épaule, tandis que je reste assise à attendre.

Environ dix minutes plus tard, mon collègue annonce que le processus de duplication est achevé.

— Bon, je vais à présent démarrer le portable avec mon disque de démarrage spécial pour la collecte de preuves informatiques.

Il me regarde et devance ma question :

— Il lancera l'ordinateur en utilisant ma copie du système d'exploitation.

Je hoche la tête.

Gerard introduit le disque et allume l'ordinateur.

— Humm…

— Quelque chose ne va pas ?

Je me penche en avant, soudain inquiète à l'idée que notre unique piste soit grillée.

— Il faut un mot de passe pour le BIOS.

— Ça ne m'étonne pas, remarque Jonathan qui visiblement sait de quoi il parle.

— Qu'est-ce qu'un mot de passe pour le BIOS ?

— Quand on allume un ordinateur, c'est d'abord le processeur ou unité centrale de traitement qui démarre grâce à une impulsion électrique. Puis le BIOS ou système de gestion élémentaire des entrées/sorties entre en action pour vérifier l'intégrité des composants critiques du système. Et cela avant même la phase de démarrage, c'est-à-dire avant que je puisse me servir de mon disque.

Voilà qui me semble bien compliqué. Pourtant ni Gerard ni Jonathan n'ont l'air de s'inquiéter outre mesure.

— Ça pose un problème ?

— Non, je dois juste chercher dans la base de données du FBI pour trouver une porte dérobée.

Je secoue lentement la tête.

— Si vous le dites, fais-je, avec l'impression désagréable de jouer le rôle de la blonde idiote.

— Ça ne prendra qu'une minute, me précise Gerard qui s'est déjà mis à l'œuvre sur l'ordinateur du FBI.

Je me lève, mais résiste à l'envie de marcher de long en large. Dieu merci ! Gerard tient sa promesse, ma patience est épargnée. Une minute plus tard, le portable reprend vie avec un ronronnement.

— Parfait, dis-je.

— Nous ne sommes pas encore au bout de nos peines, répond mon collègue sans quitter l'écran des yeux. Il faut probablement un mot de passe Windows.

A peine a-t-il prononcé ces mots qu'un message s'affiche à l'écran pour nous inviter à nous connecter. Gerard presse les touches Ctrl, Alt et Delete et une boîte de dialogue apparaît. Le nom d'utilisateur est « bunker » mais le champ du mot de passe est désespérément vide.

— Nom d'un chien !

Je m'avachis sur ma chaise.

— Et maintenant, qu'est-ce qu'on fait ?

— Nous avons deux possibilités. Soit nous obtenons le mot de passe de la charmante amie de Jonathan — si elle est encore en vie —, soit nous essayons de le trouver par nous-mêmes.

— Et tous ces outils sophistiqués que vous nous avez vantés ?

— L'un d'eux sert effectivement aux mots de passe, mais ça va demander du temps.

Je me mords la lèvre.

— Bon, Jonathan et moi allons travailler avec les inspecteurs Carter et Stone pour tenter de localiser la maison et la femme mystérieuse. Vous pouvez rester ici et vous amuser avec vos joujoux.

— Merci bien ! répond Gerard avec un sourire. Puis, reprenant aussitôt une attitude plus professionnelle, il ajoute, les yeux de nouveau rivés sur l'écran : Je veux voir ce que ce disque dur a dans le ventre.

— Allons-y, Jonathan !

Jonathan hésite un instant, le regard fixé sur l'ordinateur. Il n'a nulle envie de s'en éloigner, ne serait-ce qu'une minute, cela saute aux yeux.

— Ne vous inquiétez pas, il est dans de bonnes mains, dis-je pour le rassurer.

— Ouais, je suppose que vous avez raison.

Nous quittons la salle d'interrogatoire et gagnons le

bureau des Homicides. Sur le tableau blanc, Darren et Stone ont accroché une carte de la région, qu'ils ont déjà marquée de plusieurs cercles.

En nous voyant entrer, Darren lève la tête.

— Ça a marché ?

Je hausse les épaules.

— On dirait que l'investigation informatique va durer un moment.

— Celui qui a programmé cet ordinateur savait ce qu'il faisait, ajoute Jonathan.

Darren opine de la tête puis reporte son attention sur le plan. Il désigne l'un des cercles tracés à l'encre rouge.

— Voici l'endroit où l'on a ramassé Jonathan, sur la 10.

Il fait allusion au numéro de l'autoroute.

— Vous ne savez vraiment pas combien de temps vous avez couru ?

Jonathan paraît déconfit, troublé.

— Jonathan, vous avez une mémoire photographique, dis-je. Je sais que le stress nuit à la mémoire, mais essayez de faire le vide dans votre esprit et de vous représenter la maison.

— Oui, oui, vous avez raison.

Il ferme les yeux, mais ses sourcils demeurent froncés. Au bout d'une minute, il les rouvre.

— Bon sang ! Je n'arrive à penser à rien d'autre qu'à cette femme, et à Susie et Clair.

Il a frissonné en disant « cette femme ». Il est vrai qu'il sort à peine d'un grave traumatisme.

Je pourrais lui dire qu'il doit à tout prix rappeler ses souvenirs s'il veut être en mesure d'aider Susie et Clair, de les sortir du bunker, mais je sais que cela fait justement partie du problème. Non seulement il a ressenti une terrible angoisse en s'enfuyant de la maison, mais à présent il subit en plus une pression énorme. La vie de Susie et de Clair est entre ses mains, et il en a conscience.

— Darren, j'aimerais parler avec Jonathan en privé.

— Bien sûr, tu peux utiliser l'autre salle de réunion, celle qui se trouve au bout du couloir, répond Darren en pointant le doigt vers le coin nord-est de l'étage. Nous allons continuer d'étudier la carte.

Réticent à s'éloigner, Jonathan contemple fixement le tableau.

— Vacherie !

Son niveau de stress grimpe de nouveau en flèche.

Darren lui pose la main sur l'épaule.

— Ne vous inquiétez pas. Nous connaissons ce secteur. Nous trouverons la maison. S'il le faut, nous ratisserons toute la zone par hélicoptère pour repérer chaque fontaine du quartier. De toute façon, il n'y a pas des centaines d'endroits où elle peut être située.

Jonathan hoche la tête, son front semble se déplisser quelque peu.

Or, je sais, d'après la description que Darren m'a donnée de la région, qu'une multitude de maisons possèdent des fontaines. Mais là encore, Jonathan n'a pas besoin d'être au courant, pas tout de suite.

Nous descendons le couloir jusqu'à la salle de réunion. Une fois entrée, je ferme la porte et baisse les stores.

— Que faites-vous ? s'affole Jonathan en reculant dans un coin de la pièce.

A l'évidence, j'ai sous-estimé son anxiété. Tout ce que je voulais, c'était créer une ambiance paisible pour l'aider à se détendre. Mais c'est l'effet inverse que j'ai obtenu. Je m'empresse de rouvrir les stores vénitiens.

— Désolée, j'essayais seulement de nous assurer un peu de tranquillité, c'est tout.

Jonathan s'écarte du mur, mais je me rends compte que cette maladresse de ma part a sapé la confiance que j'avais réussi à instaurer entre nous. Je m'assieds afin de minimiser toute menace physique qu'il pourrait percevoir. Il faut que je rétablisse cette confiance, et vite !

— Jonathan, je sais ce que vous ressentez, croyez-moi.

— Parce que vous êtes profileuse ? réplique-t-il avec dédain, comme s'il était impensable que je puisse me mettre à sa place. C'est ce que vous faites, non ?

— En effet. Mon métier consiste à entrer dans la peau des victimes et des criminels pour connaître leurs pensées. Mais c'est plus que ça.

Il affiche un air dubitatif.

— Je sais ce que c'est que d'être pris pour cible par un tueur en série, dis-je.

Il scrute mon visage avant de répondre.

— Vraiment ?

Il s'assied, mais pas sur le siège à côté de moi. Il laisse une chaise entre nous — une distance normale entre deux personnes qui ne se connaissent pas.

— J'ai travaillé sur une enquête, il y a six mois, et les choses ont pris une tournure plus… personnelle. Beaucoup de gens comptaient sur moi, alors je sais aussi très bien quel effet ça fait quand on vous met la pression.

— Susie et Clair ont besoin de mon aide.

— Pourtant, il vaut mieux vous concentrer sur ce qui se passe ici, pas sur elles. Sinon, vous finirez par prendre la tête.

— C'est ce qui vous est arrivé, à vous ?

— Presque. Mais vous savez, ce que vous avez dit tout à l'heure, à propos du mal ?

— Oui ?

— Vous aviez raison. Le mal existe, mais je crois être en mesure de changer les choses. Et vous aussi. D'ailleurs, vous l'avez déjà fait.

— Comment ? demande-t-il avec un grognement.

— Jonathan, vous avez échappé à une tueuse en série. Bien sûr, c'est une femme et elle est physiquement moins forte que vous, mais ne la sous-estimez pas. Elle a assassiné Malcolm.

— Je n'ai rien d'un héros. Pour parler franchement, si je m'en suis sorti, c'est par manque d'orgueil. Malcolm n'a pas dû trouver cela bizarre qu'une femme lui fasse des avances. Moi, si.

— Vous avez perçu ce qu'elle était réellement — une prédatrice. Et vous nous avez permis d'éclaircir les points obscurs de cette affaire. Mon Dieu, Jonathan, vous rendez-vous compte de tout ce que vous avez accompli ?

Il se lève.

— Ça ne suffit pas. Pas si…

— Ce n'est pas fini. Vous pouvez encore nous aider, d'une façon ou d'une autre. Si vous ne vous rappelez plus l'emplacement de la maison, peu importe. Nous disposons d'autres moyens pour la retrouver, elle et tout le reste.

Mes paroles n'ont d'autre but que de le rassurer. Pourtant, je sais à quel point le temps nous est compté. Nous devons localiser la maison aujourd'hui. Pas demain, pas la semaine prochaine. Aujourd'hui !

Je continue :

— Détendez-vous pendant quelques minutes. Et

repensez à ce qui est arrivé après que vous avez menotté cette femme.

Il ferme les yeux.

— D'accord, ça, je peux le faire.

Il prend une profonde inspiration, secoue les bras, tel un athlète s'apprêtant à prendre le départ d'une course.

— Je l'ai attachée, puis j'ai fouillé la maison, articule-t-il d'une voix lente. Sur la table de cuisine, j'ai aperçu le portable. Je l'ai pris sous le bras et je suis allé jeter un œil au premier étage, mais je n'ai rien trouvé d'autre. Je suis sorti en courant et j'ai claqué la porte derrière moi. Puis j'ai suivi une allée de gravier, contourné la fontaine. Ensuite, il y avait une bifurcation.

Ses sourcils se froncent tandis qu'il s'efforce de se souvenir des détails.

— L'allée aboutissait à une fourche. Je savais que l'hélistation se trouvait sur la gauche, alors j'ai pris le chemin de droite. Pour finir, je suis arrivé devant un grand mur de briques blanches avec un portail en fer. J'ai franchi le portail au galop et je me suis retrouvé dans la rue.

— Avez-vous noté les numéros des maisons ?

Il considère la question.

— Non… je n'ai même pas essayé d'entrer en rapport avec qui que ce soit dans les habitations du voisinage. Je ne savais pas à qui je pouvais faire confiance, ni si quelqu'un du club n'était pas en train de m'observer. Je me suis mis à courir vers la ligne d'horizon.

La ligne d'horizon, c'était Tucson.

— Est-ce ça vous paraissait loin ?

— Non. Sept à huit kilomètres, peut-être ?

Il semble hésitant. Il est vrai qu'il est toujours difficile d'évaluer les distances.

— Vous rappelez-vous où se trouvait le soleil ?

Il réfléchit un instant.

— Il était haut dans le ciel. Presque au zénith.

— Très bien.

Jonathan a été ramassé sur la route à 14 h 5. Le soleil avait déjà amorcé sa descente vers l'ouest.

— Aviez-vous le soleil légèrement sur le côté pendant que vous couriez ?

— Hmm… oui. Je l'avais en face, un peu sur ma droite.

— O.K.

Je note *nord-est de la ville* sur mon carnet.

— Avez-vous vu autre chose ?

— Beaucoup de hautes clôtures. De grandes maisons.

— Le nom de la rue ?

— Non.

Je tourne une page et oriente mon carnet en format paysage. Au centre de la feuille, je dessine un carré au-dessus duquel j'écris le mot *maison*. En bas, j'inscris Tucson. Puis, je trace une flèche partant de la maison vers la gauche.

— Au bout de la rue, j'ai tourné à gauche.

Je représente une intersection en T puis ajoute une flèche vers la gauche.

Jonathan poursuit :

— Ensuite, j'ai pris la première à droite.

Je note la direction sur mon plan miniature.

Jonathan tend la main sur le côté.

— Puis encore à droite.

— C'était le premier embranchement auquel vous êtes arrivé sur cette route ?

— Non, le deuxième.

— Très bien, continuez, dis-je tout en consignant sa réponse.

— J'ai traversé deux carrefours, puis j'ai tourné à gauche au troisième. Je ne voyais plus la ville, mais j'ai continué à courir. Je suis entré dans plusieurs maisons. J'imagine que je n'avais pas l'air très engageant.

Il baisse la tête et regarde sa chemise ensanglantée.

— A un moment donné, j'ai failli me faire renverser par une voiture. Le conducteur m'a injurié et a fait mine de s'arrêter. C'est alors qu'il a remarqué ma chemise. Il a appuyé sur l'accélérateur.

— Vous l'avez regardé partir ?

— Oui.

— Jonathan, la plaque minéralogique ! Rappelez-vous, utilisez votre mémoire photographique.

— Bien sûr, dit-il, le visage tendu par l'effort de concentration. La voiture est immatriculée dans l'Arizona, numéro : 543K19.

Le conducteur se souviendra certainement de la rue — ou du moins la partie de la ville — dans laquelle il se trouvait au moment où il a manqué d'écraser un homme couvert de sang.

— Ensuite, où êtes-vous allé ?

— Je n'en suis pas certain, j'ai fini par atteindre l'autoroute.

— La I-10. C'est là que le chauffeur routier dit vous avoir ramassé.

— C'est vrai.

— Combien de temps aviez-vous marché avant cela ?

— Je... je ne sais pas. J'avais ralenti l'allure au moment où il s'est arrêté. Bien obligé ! J'étais à bout de souffle.

— Naturellement. Vous ne pouviez pas courir tout le long du chemin.

— J'aurais dû. Je fais de la course à pied. Pourquoi n'ai-je pas continué à courir ?

Le voilà de nouveau en proie à l'obsession de sa culpabilité. Il se punit à tort. Mais les émotions sont étrangères à la logique, tout le monde le sait.

— Vous vous en êtes sorti, Jonathan, et maintenant vous êtes en mesure de secourir les autres.

Il frissonne. Peut-être pense-t-il au sort de ses compagnes de captivité, ou bien se rend-il compte qu'il a failli laisser sa peau dans cette maison.

— Ecoutez, Jonathan, vous allez vous reposer tranquillement ici quelques instants. Je vais voir avec mes collègues si on peut localiser cet endroit avec précision.

— Je ne peux pas rester assis sans rien faire. Je préfère venir avec vous.

— Vous êtes sûr ?

— Oui. Laissez-moi vous aider, je vous en prie.

— D'accord, dis-je. Puis, après un temps d'arrêt : Au fait, Jonathan, combien de kilomètres courez-vous d'habitude ?

— Entre six et neuf, quatre fois par semaine.

J'enregistre ce détail en hochant la tête.

De retour dans le bureau paysagé des Homicides, je marche droit sur le tableau et m'empare d'un feutre.

— Tu permets ?

— Je t'en prie, ne te gêne pas, répond Darren en s'écartant.

Je trace une grande croix sur deux des emplacements entourés de rouge.

— La maison est située au nord-est de la ville, disons à une distance comprise entre sept et quinze kilomètres.

Depuis un coteau, Jonathan a vu la ligne des toits du centre-ville et l'a estimée à environ sept kilomètres de là. Mais il faut probablement compter davantage.

Tout point de repère aperçu dans le lointain semble souvent plus proche qu'il ne l'est en réalité, je ne l'ignore pas.

— Lorsqu'il est arrivé sur l'autoroute, dis-je en pointant la carte de mon stylo-feutre, il était essoufflé et a dû ralentir le pas. En temps normal, il court six à neuf kilomètres, un jour sur deux. On peut donc en déduire qu'il a couru entre sept et quinze kilomètres depuis la maison jusqu'à l'autoroute. Je prends en compte le fait qu'il était un peu rouillé à cause de son séjour dans le bunker mais que, d'autre part, son adrénaline lui avait donné un coup de fouet.

Darren s'approche et désigne du doigt un point sur la carte.

— On l'a ramassé ici. Il marchait en direction du sud. S'il est arrivé de ce côté de l'autoroute, il avait dû se trouver quelque part par là.

De son index, il dessine un large cercle sur la carte, délimitant environ 20 km^2 du district de Catalina Foothills. A l'intérieur se trouvent deux secteurs déjà marqués à l'encre rouge.

— Est-ce que ces deux zones sont situées sur des hauteurs ?

Darren réfléchit deux secondes avant de répondre :

— Oui, toutes les deux.

— Jonathan a échappé de justesse à un accident. J'ai le numéro de la plaque de la voiture qui a failli le renverser. Le conducteur devrait pouvoir se rappeler où il était quand c'est arrivé.

— Je vais prendre ce numéro, propose Stone.

Je recopie l'information sur un bout de papier, le lui tends.

— Merci, dit-elle. Ça se serait passé aux environs de 13 heures, 13 h 30 ?

— Hum hum.

Je m'approche du tableau que j'examine attentivement. Puis je déchire la feuille sur laquelle j'ai dessiné mon plan et la manipule dans tous les sens, essayant de trouver dans l'un des secteurs entourés d'un cercle une configuration identique à la mienne. Mais comme je ne connais pas les distances exactes, il m'est difficile de situer l'endroit avec précision.

Je jette un coup d'œil à Jonathan. Il a toujours le teint terreux et de grands cernes sous les yeux. Pauvre gars !

— Vous reconnaissez quelque chose ?

Il secoue la tête.

— Non. Je ne regardais pas vraiment autour de moi. Je n'osais pratiquement pas quitter le portable des yeux.

Le portable ! Je me demande comment Gerard se débrouille avec notre pièce à conviction la plus précieuse — après Jonathan, évidemment !

Jamais-Pris : Vous avez dû gagner un paquet d'argent avec cette histoire, Psycho.

American-Psycho : Pas du tout. Combien croyez-vous que ça m'a coûté d'organiser tout cela ?

Jamais-Pris : Cent mille dollars ?

Presque-Parfait : Sûrement pas, avec tout cet équipement électronique. Je dirais deux cent cinquante mille dollars.

American-Psycho : Voilà qui est plus proche de la

vérité, Parfait. Sans compter les frais de main-d'œuvre que j'ai dû supporter.

Presque-Parfait : Vous voulez dire qu'il y a des gens qui savent où se trouve le bunker ?

American-Psycho : Bien sûr que non !

Presque-Parfait : Eh bien ?

American-Psycho : Je les ai supprimés, cela va de soi.

Jamais-Pris : Super ! Et leurs corps ?

American-Psycho : Je m'en suis débarrassé. En fait, Danny est avec eux.

Presque-Parfait : Quelque part dans le désert, alors ?

American-Psycho : Oui. Ils devraient tous se momifier gentiment.

Jamais-Pris : Susie et Clair ont l'air de vraiment s'ennuyer.

American-Psycho : C'est étonnant ce que les gens sont prêts à faire pour de l'argent.

Jamais-Pris : Pourtant, moi j'aime assez la télé réalité.

Presque-Parfait : La télévision est un fléau pour notre société et la télé réalité… eh bien, c'est…

Jamais-Pris : On dirait que ça vous la coupe !

Presque-Parfait : C'est vrai. J'ai des idées bien arrêtées sur les effets néfastes de la télévision, et ce que je pense de la télé réalité est tout simplement indicible.

American-Psycho : Je vous comprends, Parfait. Il n'empêche que vous en profitez bien en ce moment même… avec Ling dans votre petit donjon

Presque-Parfait : Je le reconnais. Mais là, c'est moi qui suis aux commandes.

28

La voiture de Darren s'engage dans la rue dans laquelle Jonathan a manqué d'être heurté par une voiture. Grâce à son numéro d'immatriculation, il ne nous a fallu qu'une demi-heure pour dénicher l'adresse du chauffard, le joindre et obtenir de lui le nom de la rue en question. Jonathan descend du véhicule et regarde autour de lui, essayant de revivre mentalement l'incident. Le soleil se couche déjà, et bientôt il nous deviendra difficile de percevoir quoi que ce soit dans l'obscurité.

Quelques secondes plus tard, Jonathan est de retour dans la voiture.

— Par là, dit-il en pointant le doigt devant lui.

Darren redémarre. Entre mon plan artisanal et la mémoire de Jonathan — si affectée par le stress soit-elle — nous avons réussi à reconstituer le trajet qu'il a effectué à partir de la maison. La voiture gravit la dernière pente.

— Arrêtez ! s'exclame Jonathan. C'est ici, quelque part.

Darren écrase la pédale de frein et Jonathan sort du véhicule en trombe. Au pas de course, il arpente la rue sur une centaine de mètres, examinant avec attention les propriétés dont l'accès est défendu par un portail en fer.

Pour la plupart, les demeures elles-mêmes, dissimulées derrière leurs clôtures, demeurent invisibles. A peine peut-on entrevoir une portion de jardin ou de toit.

Au bout de quelques minutes, Jonathan nous rejoint, tremblant de tous ses membres.

— Je l'ai trouvée.

— Vous en êtes sûr ? dis-je. Il fait presque nuit. Vous pouvez vous tromper.

— Non, c'est celle-là.

Je téléphone immédiatement au juge — lequel attend notre appel —, pour lui donner l'adresse exacte afin qu'il nous délivre un mandat de perquisition. La déposition de Jonathan s'est révélée si irréfutable que le juge n'a même pas tiqué lorsque nous l'avons dérangé au milieu de son dîner. De son côté, Darren réclame l'intervention de trois voitures de patrouille et d'une ambulance — pour notre femme fatale — et leur demande de nous rejoindre devant la maison.

Vingt minutes plus tard, les véhicules de police, l'ambulance et le mandat arrivent. Suivant les consignes de Darren, les voitures ont désactivé leur sirène dès qu'elles ont quitté l'autoroute. Si Chester ou un autre membre du club est déjà dans la place, nous ne tenons pas à l'avertir de notre présence.

— Jonathan, vous devez attendre ici que nous ayons sécurisé le périmètre, dis-je.

Il acquiesce d'un mouvement de tête, visiblement soulagé. A sa place, je ne serais pas non plus pressée de remettre les pieds dans cette maison.

Il est peu probable que quelqu'un — autre que notre étrangleuse — soit présent à l'intérieur, mais mieux vaut prévenir que guérir. Peut-être l'heure du rendez-vous est-elle passée et, dans ce cas, la maison est vide, ou bien

Chester est en ce moment même en train de constater le gâchis et de se demander ce qu'il doit faire. J'espère, pour la suite de notre enquête, qu'*elle* au moins est encore là. Je tiens particulièrement à passer les menottes à la femme qui s'est livrée à un si terrible carnage quinze ans durant. Sans oublier que le mot de passe qu'elle détient permettrait d'accélérer notablement le travail de notre expert en informatique.

Darren prend la tête des opérations et divise le terrain. Stone, Darren et moi entrerons par la porte de devant, deux équipes se répartiront sur les flancs de la maison, tandis qu'une autre passera par-derrière, à proximité de l'hélistation. Nous ferons irruption tous ensemble à l'intérieur de la demeure, dans exactement cinq minutes. Une résidence de ce standing doit posséder un système d'alarme sophistiqué, mais celui-ci a sûrement été désactivé pour permettre l'entrée de Jonathan et de la femme et, à moins que Chester ne soit arrivé avant nous, il doit l'être encore.

Courbant le dos, nous remontons rapidement l'allée avant de nous déployer à une centaine de mètres de la maison. Des arbres de petite taille — parmi lesquels de nombreux érables du Japon —, et des arbustes à fleurs composent le jardin entretenu avec soin. La façade du bâtiment forme un angle avec la rue, et l'allée serpente légèrement en diagonale entre le portail et l'avant de la maison. Les trois autres équipes se dirigent vers la gauche, puis se séparent pour rejoindre l'endroit qui leur a été assigné, tandis que nous suivons l'allée de gravier qui mène à la porte principale. A l'intérieur, seules deux lumières sont allumées.

Une fois arrivés à une dizaine de mètres de la porte, nous nous mettons à couvert derrière quelques arbustes.

Je jette un coup d'œil à ma montre. Plus qu'une minute. Deux au moins des trois autres équipes devraient avoir pris position, la troisième étant obligée de contourner toute la bâtisse pour atteindre le côté le plus éloigné. Nous attendons, les yeux rivés sur nos montres. Enfin, le compte à rebours terminé, nous nous regardons avec un hochement de tête. Je suis la première à passer à l'action. Je tente tout d'abord la manière la plus simple d'entrer — tourner la poignée de la porte — et, à mon grand soulagement, la porte s'ouvre sans difficulté. Ce qui, avec un peu de chance, signifie que la maison est telle que Jonathan l'a laissée. Avec mille précautions, je m'apprête à entrer, lampe torche et pistolet braqués dans l'entrebâillement tandis que je pousse la porte de ma hanche gauche. Par l'étroite ouverture, j'aperçois la cuisine que Jonathan nous a décrite. D'un coup de coude, l'un des officiers de police brise la porte vitrée qui donne sur l'extérieur. Nous échangeons un signe de reconnaissance. Aussitôt, Darren, qui s'est glissé derrière moi, s'élance d'un bond et prend position dans le vestibule brillamment éclairé. En moins d'une seconde, Stone l'a rejoint, son pistolet brandi devant elle. Au pied de l'escalier, une femme aux cheveux noirs tire désespérément sur ses menottes.

J'esquisse un bref sourire dans sa direction, mais plus qu'un sourire, c'est un rictus de triomphe que je lui assène. Enfin ! Nous lui avons mis la main au collet !

Stone grimpe l'escalier, balayant l'espace devant elle de sa torche électrique et de son arme. Darren et moi l'encadrons, pointant nos pistolets et nos lampes sur les côtés et le vestibule en contrebas. Les autres équipes finiront de sécuriser le rez-de-chaussée pendant que nous inspecterons le premier étage. A mi-hauteur, l'escalier se partage en deux. Darren et Stone se déploient vers la gauche, je prends à droite. La division de l'escalier sert surtout à produire de l'effet, car les deux volées de marches finissent par se rejoindre sur un palier commun. Cinq portes apparaissent dans le faisceau lumineux de nos lampes, toutes fermées. L'une est située au centre du palier, juste en face de l'endroit où l'escalier aurait abouti s'il ne s'était pas divisé. Les quatre autres portes se répartissent également de part et d'autre. L'espace d'un instant, je pense à ce qui s'est déroulé dans ces pièces, mais bientôt, réprimant la réaction instinctive de mon corps, je me ressaisis et reporte mon attention sur l'instant présent. Apparemment, nous sommes arrivés les premiers et rien n'a changé dans la maison depuis que Jonathan l'a quittée. Il n'en reste pas moins que je ne peux me permettre de baisser la garde. Il faut dire aussi que l'obscurité qui enveloppe les lieux me met mal à l'aise — comme elle le fait toujours.

Je m'avance vers la première pièce à droite et inspire un grand coup avant d'ouvrir doucement la porte. J'entends les cris de Brigitte ; l'image de son sang éclaboussant son meurtrier se projette dans mon esprit. Pourtant, ce n'est pas ainsi que les choses se sont passées. Il n'y a pas eu de sang. Je repousse mes morbides pensées et pénètre dans la chambre, de nouveau réfrénant mon instinct, lequel, pour l'heure, me crie de ficher le camp au plus vite. Mais je ne peux pas. M'évertuant à ignorer la terrible sensation qui s'est emparée de moi, je me fais un devoir de me focaliser sur ma mission. Le cœur battant, je fouille la pièce de fond en comble.

De retour sur le palier, je vois Darren et Stone sortir de la chambre au fond du couloir. Darren gagne la pièce suivante, Stone entre dans celle du milieu tandis que je me dirige vers la dernière.

— Doux Jésus !

Dans le pinceau lumineux de ma torche surgit un chariot en acier inoxydable chargé de tout un assortiment d'horreurs — allant des équipements traditionnels de bondage aux outils de torture à l'ancienne. Sur le plateau inférieur est disposé un large éventail d'instruments chirurgicaux. Or, aucune des victimes ne portait de traces de torture. Peut-être cet étalage d'accessoires ne visait-il qu'à faire peur, à torturer Malcolm, Cindy ou Brigitte mentalement plutôt que physiquement. Mais peut-être aussi retrouvera-t-on le corps de Ling supplicié…

Je furète dans tous les coins, fouinant dans toutes les cachettes possibles. La chambre est équipée d'une salle de bains attenante que j'inspecte également. Rien !

Je sors de la pièce et rejoins Darren et Stone sur le palier. Pour ce qui est du premier étage, la voie est libre. Nous redescendons, nos armes pointées vers le rez-de-chaussée au cas où les policiers n'auraient pas fini de boucler le secteur. Avant que nous ayons atteint le pied de l'escalier, les six officiers de police se rassemblent dans le vestibule.

— Rien à signaler de ce côté, annonce l'un d'eux à Darren.

A présent que la maison a été dûment explorée, nous allumons quelques lampes et focalisons notre attention sur la femme. Je la regarde de plus près. La mine maussade, elle est assise, les jambes repliées contre sa poitrine. Elle a renoncé à tenter d'arracher son bracelet métallique. Ses efforts pour se libérer ont meurtri son poignet gauche, celui qui est menotté. Il saigne légèrement. Son visage est dans un état pitoyable. On peut dire que Jonathan lui a administré une sacrée raclée ! Mais c'est aussi ce qui lui a permis de sauver sa peau.

— Qui vous a autorisé ? crache-t-elle d'un ton impérieux.

On dirait qu'elle a soigneusement répété sa réplique. Il est vrai que, depuis toutes ces années, elle a eu tout le temps nécessaire pour s'exercer.

Je ne peux retenir un ricanement :

— Allons, vous plaisantez !

— Comment vous appelez-vous ? interroge Darren.

Elle tourne vers lui un regard enjôleur.

— Vous aimeriez bien le savoir, n'est-ce pas ?

— Oui, en effet, répond-il avant d'ordonner à sa collègue : Stone, emmène-la.

Dévalant les dernières marches, Stone se précipite vers la femme en brandissant une paire de bracelets. Et s'aperçoit qu'elle est déjà menottée.

J'extrais la clé de ma poche et la lui lance discrètement. Puis mon regard revient sur la criminelle.

— De la part de votre ami…

Je me baisse et la fixe droit dans les yeux. De toute façon, ce n'est pas moi qui l'interrogerai. J'approche mon visage à quelques centimètres du sien avant d'achever ma phrase :

— … Jonathan.

— Salope ! hurle-t-elle, en me crachant involontairement au visage.

Enfin ! Je préfère croire qu'elle ne l'a pas fait exprès.

De ma main gantée, j'essuie sa salive sur ma joue.

— Merci ! Tout à fait ce qu'il me fallait… de l'ADN.

Je me relève avec un sourire. Je dois avouer que

de temps à autre j'adore être une salope aux yeux des méchants.

Stone la détache de la rampe de l'escalier et lui passe les menottes officielles de la police.

— Vous êtes en état d'arrestation pour tentative de meurtre sur la personne de Jonathan Cantor. Vous avez le droit de garder le silence…

Stone continue sa tirade sur les droits Miranda, tandis que Darren et moi sortons.

— Intéressante, ta petite démonstration ! convient-il, faisant allusion à ma manœuvre d'intimidation.

Je hausse les épaules.

— Je n'ai pas pu résister. C'est toi qui vas l'interroger, de toute manière.

— Et pourquoi est-ce que cet honneur me reviendrait ? demande-t-il en riant.

— Tu le sais très bien, dis-je avant de chuchoter à son oreille : Tu es son type.

L'espace d'un instant, Darren paraît troublé par ma remarque. Aussitôt, je m'écarte, le souvenir de notre baiser maladroit à Las Vegas encore tout frais dans ma mémoire. Je parie qu'il pense exactement à la même chose que moi.

Un silence inconfortable menace de s'installer entre nous, silence que je brise aussitôt en levant mon index gauche.

— J'ai récolté de la salive pour les gars du labo.

Darren éclate de rire.

— Ils devraient arriver d'une seconde à l'autre.

Il remet enfin son pistolet dans son étui.

— Puisque tu es profileuse, dis-moi comment je devrai procéder à l'interrogatoire.

— Il nous faut des réponses, et vite !

— Je sais. On va laisser quelques policiers en faction sur place. Comme ça, nous aurons peut-être une chance d'épingler le fameux Chester lorsqu'il viendra rechercher la femme fatale.

— Bonne idée !

Je m'éloigne de la porte d'entrée, et Darren m'emboîte le pas. Stone ne va pas tarder à sortir pour conduire la suspecte jusqu'à l'ambulance, et je n'ai aucune envie que cette dernière surprenne notre conversation.

— Il faut que tu entres dans son jeu. Quand elle te fera des avances, réponds-y.

Il acquiesce d'un signe de tête. Puis, une certaine inquiétude perçant dans sa voix, demande :

— Jusqu'à quel point ?

Je hausse les épaules.

— Ça dépend de la situation.

— Mais tout de même pas jusqu'à…

Gardant mon sérieux, je lui tapote doucement le bras.

— Contente-toi de flirter un peu. Beaucoup, même !

— Flirter ? sourit-il. Ça, je peux le faire.

Nous regagnons l'intérieur de la maison, et Darren se met aussitôt à l'œuvre.

— Tu lui as lu ses droits ? demande-t-il à Stone.

— Oui.

— Parfait. C'est moi qui m'occupe d'elle, maintenant.

Puis, se penchant vers sa collègue, il lui murmure quelque chose à l'oreille. Trop doucement pour que je puisse entendre ses paroles, mais suffisamment pour que notre suspecte n'en perde pas une miette. Ma main à couper que cet artifice relève de la haute stratégie !

Darren réquisitionne l'un des policiers en tenue, puis entreprend de redescendre l'allée. Je n'aime pas l'idée que Jonathan voie son agresseur, mais je ne peux rien y faire. Je rejoins Stone près de l'escalier et la questionne, curieuse :

— Que vous a dit Carter ?

Elle hésite.

— Ne vous inquiétez pas, dis-je pour la rassurer. Ça fait partie de sa tactique d'interrogatoire.

— C'est bien ce que je pensais. Je veux dire, j'en étais sûre.

Je souris.

— Ne vous fatiguez pas, Stone. Bon, alors, qu'a-t-il dit ?

— Il m'a dit de me charger de la scène de crime et de ne pas laisser « la fédérale » y mettre son nez.

— Charmant ! J'ai remis la suspecte à sa place, et maintenant il me rend la pareille devant elle. En tout cas, ça devrait marcher. Il ne lui reste plus qu'à user de son charme viril.

— Carter ? glousse-t-elle. Du charme ?

Sa réponse me surprend.

— J'ai toujours trouvé qu'il *était* séduisant.

— Je suppose que tout dépend de votre définition de la séduction. Le charme de Carter n'a rien de délicat ni de serein. Il est plutôt du genre…

Elle cherche le mot adéquat.

— … boy-scout.

— Je vois ce que vous voulez dire.

— Et cette bonne femme, continue Stone en désignant du doigt les deux silhouettes à peine visibles dans l'allée. Elle va le dévorer tout cru !

— Il fait peut-être boy-scout, dis-je, mais c'est un boy-scout malin.

29

Darren utilise la même salle d'interrogatoire que celle où l'on a retenu Jonathan, il y a seulement quelques heures. Il s'est assis en face de la femme que nous avons enfin identifiée grâce à son portefeuille retrouvé sur la scène de crime — une certaine Brooke Woods. Elle est représentante en produits pharmaceutiques et — oh, surprise ! — voyage à travers tout le pays pour son travail. En voilà un moyen simple et pratique de pêcher ses victimes ! Un grand nombre d'autres éléments du profil lui correspondent. A trente-quatre ans, Brooke Woods se situe dans le haut de la fourchette d'âges que nous avions anticipée. Elle est célibataire, possède une Mazda MX5 immatriculée à son nom, et ses vêtements autant que son attitude sont une pure incitation au sexe. Et pour couronner le tout, elle a été arrêtée à plusieurs reprises avant l'âge de vingt ans : deux fois pour consommation d'alcool en tant que mineure et une fois pour agression. En ces trois occasions, c'est sa sœur aînée qui l'a tirée de ce mauvais pas. Mais, deux ans plus tard, la sœur s'est mariée et a apparemment coupé les ponts avec Brooke. Il y a gros à parier qu'en creusant un peu, nous en apprendrons davantage sur sa famille et peut-être sur les abus sexuels dont elle a été victime dans son enfance.

C'est là un sujet que Darren pourra aborder durant l'interrogatoire, pour peu que cette méthode s'avère utile pour la déstabiliser.

Son visage semble toujours meurtri, mais le sang séché a disparu et l'entaille sur sa pommette s'orne désormais de trois bandelettes de sparadrap. Elle a également le bras droit en écharpe. Les ambulanciers voulaient la conduire à l'hôpital pour lui faire poser des points de suture, mais Darren a réussi à les convaincre d'y renoncer, contre la promesse que nous l'amènerions plus tard pour passer un scanner afin de s'assurer qu'elle ne souffre d'aucun traumatisme crânien. Dieu merci, ses pupilles fonctionnaient normalement. Dans le cas contraire, les auxiliaires médicaux l'auraient emmenée, et nous aurions dû ajourner l'interrogatoire. Nous ne pouvons pas nous permettre de perdre davantage de temps.

— Je dois reconnaître, Brooke, que je suis impressionné, commence Darren.

Imitant la posture de la suspecte, il se renverse dans son siège.

— Impressionné ? Par quoi ? Un type m'a passée à tabac et, au lieu de me traiter comme une victime, on me prend pour une criminelle.

Je ne peux réprimer un sourire. Finement joué de sa part !

— Vous voulez dire que vous ne l'aviez pas menacé d'une arme ?

— Bien sûr que si ! Mais seulement…

Elle baisse la voix et émet un sanglot soigneusement étudié.

— … seulement lorsque j'ai compris que ma vie était en danger. Il a dit qu'il allait me violer. Et ensuite, me tuer.

Un autre soupir larmoyant.

Si nous ne détenions pas autant de preuves contre elle, elle serait convaincante dans la peau de son personnage de victime. Après tout, quand un homme et une femme se trouvent ensemble dans une pièce, il y a de grandes chances pour que ce soit l'homme l'agresseur. De plus, elle est couverte d'ecchymoses, pas Jonathan.

— Et qu'en est-il du Club des Assassins ?

Elle n'hésite qu'une seconde.

— Je ne vois pas de quoi vous voulez parler.

Elle doit bien se douter que Jonathan nous a raconté tout ce qu'il savait, mais peut-être a-t-elle oublié qu'elle lui a elle-même révélé le nom du club. Ou alors le seul fait d'entendre Darren en faire mention l'a désarçonnée.

— Ecoutez, reprend Darren. Vous savez comment ça marche. Vous nous donnez des noms et, en échange, nous vous laissons tranquille.

Elle hausse les épaules.

— Je ne connais aucun nom.

— Ce n'est pas vous l'organisatrice, le grand manitou ?

Elle laisse passer un silence.

— Je ne sais vraiment pas à quoi vous faites allusion.

— Allons, Brooke. Vous êtes une femme intelligente…

Elle esquisse un sourire entendu. Elle est plus qu'intelligente, et elle le sait.

Darren poursuit.

— Quand la partie est terminée, il faut savoir l'accepter.

— Quelle partie ? demande-t-elle en secouant la tête.

— Elle n'est peut-être pas finie pour Susie Dean et Clair Kelly.

Il s'interrompt un instant, juste assez pour souligner notre connaissance des détails de l'affaire.

— Mais j'ai peur que pour vous, le jeu ne s'arrête là.

Il n'y a ni menace ni triomphe dans sa voix. Uniquement de la sollicitude.

— Vous vous fichez pas mal de moi ! explose-t-elle de façon inattendue, soudain sur la défensive. Alors, arrêtez de faire semblant !

— Vous vous trompez. Je vous respecte. Et je dois vous avouer que j'ai été plutôt excité à l'idée que l'assassin de Malcolm Jackson était une femme. Pour moi, c'est une première. Me lancer aux trousses d'une femme !

— Malcolm qui ? De quoi parlez-vous, à la fin ?

Elle prononce les paroles appropriées, mais je sens que nous commençons à la déstabiliser.

Changeant brusquement de tactique, elle gratifie Darren d'un sourire cajoleur.

— Vous prenez votre pied, quand vous chassez ?

— Et comment ! Pas vous ?

Elle hésite.

— Je préfère l'instant de la conquête

Elle choisit ses mots avec soin afin d'éviter de se compromettre. Elle pourrait tout aussi bien parler de sexe, au lieu de meurtres. Et c'est ainsi qu'elle l'entend. Elle ne veut rien livrer qui soit recevable par un tribunal, rien qui puisse influencer un jury.

— C'était un plan ingénieux, continue Darren. Je tire mon chapeau aux membres du club.

Elle ne bronche pas.

— Ça aurait pu marcher. S'il n'y avait pas eu Jonathan.

Il est vrai que si Jonathan avait été doté de la même dose d'orgueil masculin que les autres hommes, s'il avait laissé son corps prendre le contrôle de son esprit, il serait mort, à l'heure qu'il est, menotté aux montants d'un lit.

Gerard entre dans la pièce contiguë à la salle d'interrogatoire.

— Comment ça se passe ? me demande-t-il.

— On commence seulement.

— Vous croyez qu'elle va nous livrer le mot de passe ?

— Difficile à dire. Si elle pense pouvoir échapper à l'inculpation, elle ne nous donnera rien. Pourquoi le ferait-elle ? Et vous, où en êtes-vous avec le portable ?

— Le disque dur est… disons, très révélateur… et je travaille toujours sur le mot de passe. Mais sans succès jusqu'à présent. Je peux reconstituer tout l'historique des connexions à internet grâce au disque dur, mais je dois utiliser ce portable en particulier pour pouvoir accéder au site Web.

— Pourquoi ?

— Nous ne savons pas combien de personnes font partie de ce club, mais si on suppose que leur nombre est limité, disons moins de vingt, le petit malin qui est à l'origine de tout cela a dû programmer le serveur Web pour qu'il lui signale l'intrusion de toute adresse IP étrangère au réseau. Le portable utilise une carte modem cellulaire, identique à une carte de téléphone mobile, qui le connecte à internet en établissant une communication informatisée. L'adresse IP reste toujours la même, quel que soit l'endroit où se trouve l'ordinateur. Et on peut sans aucun mal se procurer une carte SIM anonyme, prépayée. Ce qui rend d'autant plus difficile pour nous de remonter la piste.

— Nous avons donc à tout prix besoin du mot de passe pour l'ordinateur.

Il jette un regard en direction de Brooke à travers le miroir.

— Ce serait plus sûr. Pour nous et pour ceux qui sont encore coincés dans cette galère.

Je signifie mon approbation d'un signe de tête.

— Et si elle nous colle un avocat aux fesses ? ajoute Gerard en croisant les bras.

— Elle prétend qu'elle n'a pas besoin de défenseur parce qu'elle n'a rien à se reprocher.

Gerard hausse un sourcil songeur.

— Elle est sûre d'elle.

— Bien sûr ! Ça fait plus de dix ans qu'elle se livre à son petit jeu en toute impunité. J'imagine qu'elle ne se sent pas du tout menacée.

— C'est là qu'elle se trompe.

— Ouaip. Elle oublie que nous avons la déposition d'un témoin oculaire, en plus des empreintes ADN provenant de deux meurtres précédents. Les résultats du prélèvement devraient confirmer tout ça.

Nous focalisons de nouveau notre attention sur Darren et Brooke.

— Vous êtes marié, inspecteur ? interroge Brooke dont le naturel revient au galop.

— Moi ? Nan !

— Une petite amie ?

— Non. Comme on dit, je suis marié à mon boulot.

— Il y a beaucoup d'hommes comme vous, répond-elle en essayant de retirer sa veste avec une grimace de douleur. Puis avec un sourire : Pouvez-vous m'aider ?

Elle tire sur sa manche, incapable d'ôter le vêtement à cause de son bras blessé. Ou alors, elle joue la comédie.

— Bien sûr, s'empresse de répondre Darren qui se lève pour lui donner un coup de main.

Sous la veste, elle ne porte que son T-shirt moulant de Super Girl au décolleté généreux. Elle glisse de nouveau son bras droit dans l'écharpe et s'évente de sa main gauche.

— Il fait chaud ici, non ? sourit-elle.

Le regard de Darren s'attarde un instant sur sa poitrine, puis ses yeux croisent les siens.

— C'est vrai.

Il passe un doigt dans le col de sa chemise.

— Puis-je fumer ?

— Désolé, c'est un immeuble non-fumeur.

— Vous n'enfreignez jamais les règlements, inspecteur ?

— Si, bien sûr, parfois. Ecoutez, si ça vous tente, je peux vous offrir un Coca ou un café, à la place.

Brooke redresse le dos et, mine de rien, tire négligemment les épaules en arrière. L'étoffe de son T-shirt se tend sur ses seins, mettant davantage en valeur l'échancrure audacieuse.

— Alors, un Coca light, merci.

Darren se lève et quitte la salle d'interrogatoire. Quelques secondes plus tard, il nous rejoint dans la pièce voisine.

— Ça ne mène nulle part, constate-t-il. C'est une perte de temps.

Je pousse un soupir d'approbation.

— Tu as raison.

— Avez-vous tiré quelque chose de l'ordinateur ? ajoute-t-il à l'intention de Gerard.

— Je n'ai pas réussi à trouver le mot de passe, mais le contenu du disque dur est très intéressant.

J'ai complètement oublié d'interroger mon collègue sur ce point.

— Qu'avez-vous découvert ?

— L'ordinateur est équipé de Windows, du logiciel du modem, d'internet Explorer et de quelques fonctions par défaut. Aucun autre logiciel.

— Je suppose que c'est normal. Il n'était destiné qu'à accéder au site Web du Club des Assassins.

— J'ai aussi vérifié les fichiers log. L'URL est www.murderers-club.com et deux utilisateurs s'y sont déjà connectés, une fois chacun.

— Comment le savez-vous ?

— Le site est sécurisé, mais les fichiers journaux ont gardé la trace de deux identifiants différents. Ce qui m'incite à penser que ce portable n'appartient pas à Brooke. Je crois plutôt qu'il s'agit de l'ordinateur de la maison.

— Et ces identifiants, quels sont-ils ?

— Vous allez rire ! répond-il en secouant la tête. Le premier utilisateur avait pour pseudo Veuve-Noire. Avec *bombesexuelle* comme mot de passe, en un seul mot.

— Brooke, conclut Darren avec un coup d'œil vers la salle d'interrogatoire.

— Je parie que c'était avant le 27 mars, dis-je.

De toute évidence, la date de connexion coïncide avec la mort de Malcolm.

Gerard sort son carnet, en tourne quelques pages.

— Exact ! Le 26 mars, juste après 22 heures, heure

d'été de la côte Est. J'ai essayé ce mot de passe sur le portable, mais ça ne marche pas. L'autre utilisateur était un certain Jamais-Pris, dont le mot de passe était *jamais*. Il s'est connecté le 9 avril, à 21 heures, heure d'été de la côte Est.

Je me mords la lèvre.

— L'assassin de Brigitte ! Ils doivent commenter les meurtres pour les autres membres du club.

Gerard hoche la tête.

— Ce portable était à leur disposition dans la maison. Ils n'avaient pas besoin d'apporter le leur. C'était un moyen pour eux de tenir les autres au courant pendant qu'ils détenaient leur victime. Et ce n'est pas tout.

Nous buvons ses paroles.

— Plusieurs images en format JPEG ont été téléchargées par Jamais-Pris. Visiblement, il ne s'est pas contenté de décrire le meurtre.

— Nous devons coincer ces salauds, gronde Darren, les mâchoires serrées.

Nous demeurons muets un instant.

Darren se penche vers le miroir sans tain et regarde Brooke.

— Il faut que j'obtienne ce mot de passe, ajoute-t-il, avant de se tourner vers moi : Je vise droit au cœur ? Je lui balance les abus sexuels de son enfance ?

Brooke se lève, s'approche du miroir. Elle vérifie son visage, sa coiffure, puis nous adresse un signe appuyé de la main.

— Elle ne tombera pas dans le panneau, dis-je. Restons-en à la méthode habituelle. Expose-lui les faits, dis-lui ce qu'elle encourt, et vois si on ne peut pas lui extorquer ce mot de passe. Gerard, vous allez avec Darren. Dites-lui qui vous êtes, ce que nous avons déjà découvert, et faites-lui savoir que de toute façon vous finirez par accéder au site. Ce n'est qu'une question de temps. Darren, emporte quelques-uns des dossiers que le VICAP nous a fournis concernant nos recherches sur le meurtre de Malcolm.

A travers le miroir, je regarde Brooke qui, avec désinvolture, nous envoie des baisers. Je soupire.

— Et n'oublie pas son Coca light.

Quelques minutes plus tard, les deux hommes font leur entrée dans la salle d'interrogatoire, Gerard portant l'ordinateur et le Coca, Darren, les bras chargés d'une pile de documents.

En voyant ce dernier, Brooke éclate de rire.

— Je sais ce que vous allez me dire : tout cela, ce sont des preuves contre moi.

Darren dépose son chargement sur la table.

— En réalité, ceci n'est que la moitié de nos dossiers. Une partie seulement de ce que nous connaissons de vos activités des quinze dernières années.

Brooke lui adresse un sourire séducteur, sans doute persuadée qu'il bluffe.

— Ce n'est pas difficile, vous savez, explique-t-il. Je suis sûr que vous avez déjà entendu parler du VICAP.

Le sourire de la jeune femme vacille légèrement.

— Naturellement.

Elle prend le Coca que lui offre Gerard et lance à ce dernier un clin d'œil.

— C'est votre équipier, Darren ?

— Non, c'est l'agent spécial Gerard, du FBI. Notre expert en informatique.

— Vraiment ?

Elle toise Gerard de la tête aux pieds, sa nature de

prédatrice reprenant le dessus. Elle ne s'en rend probablement même pas compte.

Les deux hommes s'assoient. L'intérêt de Brooke semble s'être déplacé sur Gerard. A vingt-huit ans et malgré son poste élevé au sein du Bureau, ce dernier est en réalité plus jeune que Darren. Or, Brooke est sans doute davantage attirée par les hommes qui n'ont pas encore atteint la trentaine.

— Où le Bureau vous a-t-il déniché ? demande-t-elle.

Elle boit une gorgée, se passe la langue sur les lèvres, d'un geste lent et sexy en diable. A mes yeux, ça ressemble à une mauvaise pub télévisée, mais j'imagine que les hommes s'y laissent volontiers prendre.

— Avant, j'étais hacker, du mauvais côté de la loi. Mais j'ai compris à quel moment il valait mieux pour moi négocier.

Ouvrant le dossier du dessus de la pile, Darren intervient :

— Cameron Michaels. C'était votre premier, n'est-ce pas ?

Le visage de Brooke demeure impassible, mais, malgré son air provocant, je perçois une pointe de panique dans son regard.

— En tout cas, il faisait partie de vos premières victimes, insiste Darren en prenant un autre dossier. Ah, j'ai un faible pour celui-ci, le Suédois, Matts Jansson. C'est la touche scandinave qui vous a plu chez lui ? ajoute-t-il en appuyant sur le mot *touche*.

Elle sourit.

— La plupart des hommes ont une touche qui m'attire, inspecteur.

Elle boit une autre gorgée, mais elle commence à

perdre contenance, cela ne m'échappe pas. Une pile de dossiers, c'est une chose, les noms de ses victimes, c'en est une autre.

— Vous savez pourquoi je m'intéresse plus particulièrement au Suédois ? poursuit Darren.

— A cause du petit côté scandinave, peut-être ? suggère-t-elle avec un clin d'œil.

Darren ne bronche pas.

— J'aime bien ce Suédois parce que, grâce à lui, nous avons pu obtenir un échantillon de votre ADN.

Gerard se glisse dans la conversation.

— Est-ce votre portable, Brooke ?

Elle jette un coup d'œil à l'ordinateur, puis regarde l'agent fédéral avec une sorte de répugnance, son air aguicheur à présent envolé.

— Non.

— Il se trouvait déjà dans la maison, pas vrai ? reprend Gerard en tapotant la coque du portable. Tout y est. Vous vous êtes connectée au site sous le nom de Veuve-Noire à peu près au moment où Malcolm Jackson a été assassiné. Et quelqu'un d'autre s'est servi de cet appareil sous le pseudo de Jamais-Pris. Tout cela a été enregistré sur le disque dur.

Il laisse ces révélations faire leur chemin dans l'esprit de Brooke, mais elle ne souffle mot.

Darren saisit un autre document et s'en évente le visage.

— Il est temps de négocier, Brooke.

— Négocier ? répète-t-elle en regardant les dossiers. Je n'ai rien à voir avec tout ça.

— Vraiment ? Avez-vous oublié la rose ?

Darren marque un temps d'arrêt, histoire de produire son petit effet.

— Vous n'avez pas déposé de rose près de Malcolm, mais vous en avez tout de même laissé la marque sur lui, n'est-ce pas ?

Pour la première fois, elle est incapable de dissimuler sa stupeur.

Bien qu'il ne puisse me voir, j'envoie un sourire à Darren. Enfin ! nous l'avons à notre merci ! Elle n'était pas au courant du tatouage sur Malcolm. Quelqu'un s'est joué d'elle.

Darren profite de sa réaction.

— C'était malin de lui tatouer cette petite rose sur le poignet. Mais vous deviez vous douter que l'on comprendrait le message.

— Je ne sais pas de quoi vous parlez.

Sa voix a perdu l'assurance qu'elle reflétait il y a seulement quelques minutes.

— Comme je vous le disais, le moment est venu de négocier, reprend Darren, ses doigts tambourinant sur la pile de documents. Nous aimerions avoir le mot de passe de l'ordinateur.

— De toute façon, j'entrerai sur votre site Web tôt ou tard, ajoute Gerard avec un sourire. Vous ne feriez que nous aider à gagner du temps.

— Toute coopération de votre part sera dûment consignée dans votre dossier, précise Darren en griffonnant dans son carnet. Ça pourrait même vous éviter la peine capitale. La rose vous implique dans tous ces meurtres, et l'empreinte ADN constitue une preuve irréfutable. La partie est bel et bien finie. Du moins, pour vous.

Soudain, elle explose.

— Le foutu salopard !

— De qui parlez-vous ? demande Darren distraitement, à la limite de l'indifférence.

— Il m'a roulée. Ce maudit salaud s'est bien fichu de moi !

De ses ongles, Brooke laboure rageusement les accoudoirs de son siège.

— Qui ? répète Darren.

Avec une moue silencieuse, elle fixe Darren un instant, avant de répondre :

— Ce Psycho de malheur. Le président du club.

Elle secoue la tête, brusquement abattue.

— Vous n'arriverez jamais à le coincer. Il est trop intelligent pour vous.

— Je n'en mettrais pas ma main au feu, réplique Darren avec une assurance tranquille.

Espérons que la confiance en soi qu'il affiche n'est pas pure vantardise. S'il y a une chose dont je suis certaine, c'est que je ne trouverai pas le repos tant que nous n'aurons pas coffré tous les membres de ce satané club, jusqu'au dernier.

— Combien le club compte-t-il de membres ?

Comme si elle allait refuser de répondre, Brooke émet un grognement de mépris, puis finit par laisser tomber :

— Quatre. Moi comprise.

Seulement quatre ? Dieu soit loué !

— Comment vous êtes-vous rencontrés ? demande Gerard.

— J'ai fait la connaissance du président dans un forum de discussion. Il m'a envoyé un message personnel, et nous avons commencé à bavarder en ligne. Il nous a tous recrutés de la même façon.

Sa voix s'est teintée de colère, de colère contre *lui*.

— Il a créé le club, puis il a aménagé le bunker, reprend-elle.

Elle jauge Darren du regard.

— Vous croyez vraiment pouvoir lui mettre la main dessus ?

Elle a littéralement craché le mot *lui* — lui, l'homme qui l'a trahie.

— Oui, mais nous avons besoin de ce mot de passe.

Brooke ingurgite les dernières gouttes de son Coca, puis repose brutalement la canette sur la table.

— Intouchable.

— Personne n'est intouchable, dit Darren en se penchant en avant.

Elle le considère avec dédain.

— C'est le mot de passe du portable, soupire-t-elle. Si je plonge, *il* plonge avec moi.

30

Nous sommes tous les trois assis devant l'ordinateur, serrés les uns contre les autres pour ne pas perdre une miette de ce qui se passe à l'écran. Mon estomac émet des gargouillements de protestation. Gerard et Darren se tournent vers moi.

— Je suis d'accord, dit Darren. Du chinois, ça vous dit ?

Je me frotte le ventre.

— Bonne idée ! L'heure du dîner est passée depuis longtemps.

Darren se lève.

— Et la nuit promet d'être longue. Très longue. Vous avez des préférences ?

Gerard et moi secouons la tête.

Darren presse une touche de son téléphone mobile et commande de quoi nourrir une armée. Puis il se rassoit.

Gerard introduit son disque de démarrage dans le portable et appuie sur le bouton de mise sous tension. Dès le premier message, il tape le mot de passe du BIOS puis appuie sur la touche « Entrée ».

— Voilà, j'interromps le processus d'initialisation, explique Gerard tout en tapant sur quelques touches. Cet ordinateur est doté d'un processeur Intel, je vais donc commencer par vérifier sa configuration CMOS.

— En anglais, s'il vous plaît, demande Darren.

— Les ordinateurs utilisent un circuit électronique appelé Complementary Metal Oxide Semiconductor en anglais qui conserve certaines informations, telles que la date et l'heure et, plus important, dans quel lecteur l'ordinateur va chercher pour lancer le système d'exploitation. Je dois m'assurer que l'horloge fonctionne correctement et correspond à celle du système — celle que l'ordinateur a utilisée pour enregistrer la date et l'heure des connexions au site Web peut se révéler une preuve décisive devant un tribunal. Elles coïncident avec les meurtres des victimes, mais il ne faudrait pas qu'elles soient contestées par la défense.

— Tout à fait d'accord, approuve Darren.

Gerard examine l'écran avec attention.

— La date semble correcte… et l'heure a été réglée sur le fuseau horaire de la côte Est. Elle a été convenablement mise à jour selon l'heure d'été. L'ordinateur a été programmé pour chercher le système d'exploitation dans le lecteur C en premier. Ce que je vais d'ailleurs modifier sur-le-champ.

Il frappe quelques touches, puis ajoute, satisfait :

— O.K., allons-y.

L'écran redevient noir, puis l'écran de chargement de Windows apparaît, suivi de la fenêtre de démarrage. Gerard tape *Intouchable* et appuie sur « Entrée ».

De nouveau, ses mains s'activent sur le clavier avec frénésie. Au bout de quelques secondes, il fouille dans son sac à malice.

— Je vais effectuer une autre copie du contenu du disque dur. On n'est jamais trop prudent.

Il insère une clé dans le port USB de l'ordinateur et duplique plusieurs fichiers.

Il fixe l'écran d'un regard vide.

— Je pense à un truc…

Il s'interrompt, ouvre une nouvelle fenêtre, laissant le processus de duplication se poursuivre en arrière-plan.

— Le fichier log confirme que le portable a été utilisé au moment de la mort de Malcolm et de celle de Brigitte. Mais qu'en est-il de la mort de Cindy ?

Je hausse les épaules.

— L'assassin de Cindy n'a pas dû se servir de l'ordinateur de la maison.

— Possible. Mais je me demande…

De nouveau, Darren et moi observons les doigts de Gerard effleurer le clavier avec rapidité.

Nous nous éloignons de quelques pas, le laissant absorbé dans son univers.

— On se connecte et on se fait passer pour Veuve-Noire, c'est ça le plan ?

— Exactement, dis-je. Nous pourrons peut-être soutirer quelques informations de l'un des autres tueurs.

— Pas sûr. Celui qui a échafaudé tout cela, qui qu'il soit, est un malin. Très intelligent.

— Je sais. Le vrai dilemme consiste à décider de ce que nous devons faire : soit nous essayons de retarder le moment où l'on viendra rechercher Brooke et Jonathan, soit nous postons des policiers dans la maison pour intercepter Chester, ou quiconque se présentera pour les emmener.

Je me mordille la lèvre.

— Chester pourrait nous conduire tout droit auprès du grand chef. Ou alors, c'est lui, le cerveau.

— Ce serait la solution idéale. Mais si ce n'est pas

lui qui tire les ficelles, nous mettrions, en le coffrant, la vie des autres victimes en danger. Et là, nous serions en face d'un risque majeur.

— Que crois-tu que Gerard pourra tirer de cet ordinateur ?

Darren se tourne vers notre as de l'informatique, lequel ne réagit même pas à la mention de son nom, tant il est accaparé par son travail.

— Avant de venir, il m'a dit au téléphone qu'il tâcherait de localiser les caméras, le serveur Web et les gens qui s'y connectent. Mais ça m'étonnerait qu'il y arrive dans l'heure qui suit.

— Quel est ton *sentiment* là-dessus ? interroge Darren en baissant la voix.

Je réfléchis... Nous tenons tellement de pistes à présent que je n'ai même pas essayé de provoquer une autre vision, et aucune ne s'est manifestée, non plus.

— Attendons de voir.

Nous sommes interrompus par Gerard qui s'exclame :

— Voilà qui est intéressant !

Nous nous rapprochons de lui.

— Quelqu'un d'autre s'est connecté au site à partir de cet ordinateur. Mais il s'est fichtrement bien débrouillé pour effacer ses traces.

Je scrute l'écran, bien qu'il ne me révèle strictement rien.

— Continuez.

— Quelqu'un a marqué une zone du disque dur comme étant défectueuse. C'est une pratique courante pour dissimuler des données, même des données effacées. Mais l'un de mes petits joujoux a découvert le pot aux roses.

Il désigne le lecteur du disque dur, qui doit pour l'heure abriter l'un des nombreux outils logiciels qu'il nous a décrits tout à l'heure. Le seul qui me soit resté à la mémoire est l'outil d'investigation informatique légale. Un nom qui sonne bien, je trouve !

Gerard continue :

— La connexion a été effectuée le 2 avril à 20 h 15, heure d'été.

— Vous avez raison, dis-je. Il s'agit de Cindy.

— Nom d'utilisateur : American-Psycho.

— C'est lui qu'a mentionné Brooke, remarque Darren en se redressant brusquement. Elle a parlé d'un *Psycho*, mais je ne me suis pas rendu compte qu'il s'agissait du pseudo d'un membre du club.

— Cet American-Psycho serait donc le président du club. Vous disiez, Gerard ?

— Le mot de passe est AD15221. Ce qui est également très éloquent.

— Pourquoi ? s'étonne Darren.

— American-Psycho s'y connaît pas mal en ordinateurs. Non seulement il s'est arrangé, et très efficacement, je dois connaître, pour que son utilisation du portable demeure secrète, mais en plus le choix du mot de passe dénote le connaisseur.

Darren et moi échangeons un regard qui doit en dire long sur notre incompréhension, car Gerard se met en devoir d'expliquer :

— Vous remarquez que Veuve-Noire a choisi *bombe-sexuelle* comme mot de passc, quelque chose auquel elle peut s'identifier et qu'elle se rappellera facilement. Jamais-Pris a utilisé *jamais* — ce qui manque d'originalité et n'est pas très sûr en matière de confidentialité. Il ne faut jamais utiliser tout ou partie de son nom d'utilisateur comme mot de passe. C'est ce qu'un attaquant essaiera en premier pour s'introduire dans votre machine. Par contre, le mot de passe d'American-Psycho semble avoir été choisi au hasard, du moins à ce stade. Bien sûr, il se pourrait que ce soit tout simplement ses initiales et une partie de son numéro de téléphone, mais j'en doute. Pas quand il s'est donné tant de mal pour que personne ne sache qu'il s'est servi du portable.

Il me regarde.

— Vous êtes prête ?

J'inspire profondément.

— Ouaip. Allons-y pour Veuve-Noire !

Je me prépare à me glisser dans la peau de Brooke, à devenir la femme fatale.

— Etant donné les connaissances en informatique de Psycho, je vais être obligé d'entrer en utilisant le système d'exploitation installé sur le portable. Le tribunal devra se contenter des copies du disque dur.

Gerard ne paraît pas particulièrement heureux de cet état de choses, mais nous n'avons pas vraiment le choix.

Il redémarre l'ordinateur. Apparemment, c'est le système d'exploitation original qui entre en action. Gerard ouvre une fenêtre de navigation, tape www.mur, puis s'interrompt.

— Je voulais simplement vérifier les réglages. Vous savez qu'il est possible de taper le début d'une adresse et le reste vient tout seul ?

— Oui, bien sûr, dis-je.

— Eh bien, dans le cas présent, on a dû demander que les fichiers temporaires soient supprimés automatiquement à la fin de chaque session, car rien ne s'affiche. Je vais devoir taper l'adresse URL complète.

Un écran vide apparaît. Il ne contient que deux champs à remplir. Pas de logo, pas de texte, rien. Gerard tape Veuve-Noire puis *bombesexuelle* et appuie sur la touche « Entrée ».

— On va enfin pénétrer dans l'antre interdit, dis-je en me rapprochant.

— Vous voulez piloter ?

— Bonne idée ! Ai-je besoin de connaissances particulières du point de vue technique ?

— Ça devrait aller. Si je remarque quelque chose d'anormal, je vous le signalerai.

Nous échangeons nos sièges. La page met, semble-t-il, un temps fou à s'afficher. J'interroge Gerard du regard.

— Tout va bien. C'est à cause du réseau cellulaire. La connexion ne se fait pas aussi rapidement que ce à quoi nous sommes habitués. De plus, le serveur va vous authentifier et détecter votre configuration multimédia pour la transmission de la vidéo en flux continu.

J'opine de la tête, profitant du temps supplémentaire qui m'est accordé pour me glisser dans la peau de mon personnage. Je me remémore le profil, le langage de Brooke, son comportement lors de l'interrogatoire. Et je revois en pensée toutes les scènes de crime et ce qu'elles me révèlent à propos de la tueuse. Je suis une prédatrice qui n'éprouve aucun respect à l'égard des hommes. Les hommes n'existent que pour satisfaire les besoins sexuels et recevoir, ensuite, leur châtiment — ce n'est qu'une question de vengeance.

La page finit de se télécharger. Tout en haut, une petite bannière annonce *Le Club des Assassins* en rouge et, juste au-dessous, s'offrent trois menus — Les Nouvelles, Les Candidats, Toutes les Vidéos. Au centre de la page, deux films sont diffusés en continu. L'un montre deux femmes assises sur une caisse à bouteilles — c'est l'intérieur du bunker. Sur l'autre, une femme d'origine asiatique apparaît, enchaînée sur un lit d'hôpital d'ancien modèle. Son visage exprime une terreur indicible.

— Ling est encore en vie !

Je ne peux retenir ma joie. Cela arrive si rarement qu'une victime que l'on croyait morte s'avère saine et sauve ! Sur le côté droit de l'écran, le forum de discussion se met en place. Je refocalise mon attention sur le site, sur Veuve-Noire. Je me sens animée d'une nouvelle détermination — sauver Ling !

La fenêtre affiche trois utilisateurs en vert, indiquant qu'ils sont en ligne. Veuve-Noire en fait partie, les deux autres sont Jamais-Pris et Presque-Parfait. Au total, il y a quatre icônes, quatre noms d'utilisateur.

— Brooke a dit vrai. Ils ne sont que quatre, dis-je, soulagée.

Evidemment, du point de vue des victimes, le nombre des bourreaux importe peu, mais pour nous, débusquer quatre tueurs présente tout de même moins de difficultés que d'en pourchasser une vingtaine ou plus. Nous en avons déjà un en garde à vue, il n'est reste plus que trois.

Jamais-Pris : Vous vous amusez bien, Veuve-Noire ?

— Vas-y, c'est à toi ! m'encourage Darren.

Pas question d'hésiter trop longtemps. Brooke ne manifesterait aucune incertitude, surtout quand il est question d'hommes.

*
* *

Veuve-Noire : Oui, super !

Presque-Parfait : Comment va Jonathan ? Il est mort ?

Veuve-Noire : Il me procure trop de plaisir pour que j'aie envie de le tuer. J'aimerais le garder encore un peu.

Jamais-Pris : *** de *** ! J'espère bien que Psycho ne va pas changer les règles pour vous aussi.

Presque-Parfait : Comment trouvez-vous Jonathan, comparé à Malcolm ?

Veuve-Noire : Meilleur, tout compte fait. Je préfère les hommes discrets.

Presque-Parfait : Mais je croyais que vous aimiez les Blacks.

Darren pose la main sur mon épaule.

— Fais attention à ce que tu réponds, me conseille-t-il.

— Brooke a dû mentionner son attirance pour les Afro-Américains. Mais elle ne chasse pas uniquement dans leur groupe ethnique. Il ne devrait pas y avoir de risque.

Mes doigts restent en suspens au-dessus du clavier.

Veuve-Noire : La diversité est le sel de la vie.

Jamais-Pris : Vivement la prochaine fois !

Presque-Parfait : Moi aussi, j'aimerais déjà y être !

Veuve-Noire : Hélas ! pour moi, c'est terminé !

Jamais-Pris : Que diriez-vous d'une petite séance entre filles ? J'adorerais assister à ça.

Veuve-Noire : Ce n'est pas mon truc.

Presque-Parfait : Vous ne renoncez pas, n'est-ce pas, Jamais ?

Veuve-Noire : Comment va Ling ?

Je lance mon premier hameçon. Si c'est Jamais-Pris ou Presque-Parfait qui détient Ling, avec un peu de chance, ils répondront. Sinon, ils feront peut-être allusion à American-Psycho. En tout cas, il faut à tout prix localiser deux endroits précis — le bunker et le lieu où Ling est séquestrée.

— Nous y voilà ! remarque Darren en se penchant vers l'écran.

Il me vient soudain à l'esprit que nous naviguons à l'aveuglette, alors que rien ne nous y oblige.

— Darren, tu veux bien aller chercher Jonathan ? Nous pourrions avoir besoin de ses lumières.

— Tu as raison, répond mon collègue qui se précipite illico hors de la pièce.

Je fixe de nouveau mon regard sur l'écran.

Presque-Parfait : Ma petite chérie se porte tout à fait bien. Un beau spécimen que j'ai là.

Je clique sur la flèche de la barre de défilement située à droite de l'espace de discussion. Et constate que seules les dernières lignes sont encore visibles.

— Gerard, on dirait que les messages s'effacent tout seuls.

— Celui qui a organisé ce forum tient à s'assurer qu'aucun fichier journal contenant les messages ne sera conservé sur le site ni sur le portable. Je n'en ai trouvé aucun sur le disque dur, où ils devraient pourtant être normalement stockés.

— Que pouvons-nous faire ? Je voudrais garder une trace de ces conversations.

— Cliquez sur l'icône de lancement et voyez si le bloc-notes est disponible.

Suivant les instructions de Gerard, j'ouvre l'accessoire en question. En regardant de nouveau l'écran, je remarque quelques lignes de texte supplémentaires que je m'empresse de copier-coller dans le bloc-notes. Puis je relis les derniers messages.

Presque-Parfait : Ma petite chérie se porte tout à fait bien. Un beau spécimen que j'ai là.

Jamais-Pris : Pas autant que ma Brigitte. Vous avez vraiment raté une belle occasion, Parfait.

Presque-Parfait : Je crois que Ling m'en donnera pour mon argent. Elle a encore du temps devant elle. Vous avez claqué tous vos dollars en une seule nuit. Pas moi.

Jamais-Pris : C'est la qualité qui compte, mon vieux, pas la quantité.

— Nous tenons là quelque chose de très précieux, dis-je. Jamais-Pris vient pratiquement d'admettre avoir tué Brigitte, et nous savons que Presque-Parfait projette de garder Ling en vie pendant encore quelque temps.

— Et qu'il est vieux, ajoute Gerard.

— Exactement, ou alors c'est Jamais qui est très jeune. Dans mon profil, j'avais estimé qu'il avait entre vingt et vingt-cinq ans, en me basant sur les données du VICAP et la sauvagerie des coups infligés à ses victimes. Il les agresse avec une ardeur et une énergie tout à fait propres à la jeunesse.

— En plus d'être un psychopathe, remarque Gerard.

Je souris.

— Oui, ça aussi. A propos de psychopathes, je ferais bien de revenir dans leur conversation.

Veuve-Noire : La sagesse vient avec l'âge.

Presque-Parfait : Merci, VN.

Jamais-Pris : La jeunesse, c'est quand même autre chose. Y a pas photo !

Presque-Parfait : J'aime que mes filles soient jeunes, mais je suis tout à fait satisfait de mon âge.

Jamais-Pris : Ling est la plus jeune, non ?

Veuve-Noire : Dix-huit ans.

Presque-Parfait : Elle est majeure.

Jamais-Pris : C'est pourtant vrai !

Veuve-Noire : Je viens d'entendre Jonathan. Je reviens tout de suite.

Jamais-Pris : Amusez-vous, VN. Et ne faites pas de bêtises.

Veuve-Noire : Je vais essayer.

Jonathan me rejoint, accompagné de Darren. Il se penche en avant :

— Nom d'un chien !

— Désolée.

— Je me doutais que c'était quelque chose de ce genre, mais de le voir pour de bon sur le site Web… c'est…

Il marque un temps d'arrêt, examine l'écran dans ses moindres détails.

— Ling ? Oh ! mon Dieu, elle est encore en vie !

— Presque-Parfait la détient prisonnière et a l'intention de la garder ainsi pendant un moment.

Savoir que Ling est vivante et ne risque pas de se faire assassiner dans l'immédiat me réconforte. Pourtant, Dieu seul sait ce que cet homme a pu lui infliger. Et ce qu'il va encore lui faire subir.

— Ce doit être celui que j'ai vu, observe Jonathan.

— Vous avez pu voir l'un des tueurs ?

— J'ai aidé Ling à porter son sac jusqu'à l'entrée du tunnel. C'est là que j'ai aperçu l'homme qui l'attendait.

— Jonathan, pourquoi ne nous l'avez-vous pas dit plus tôt ?

— Je… je l'ai dit… non ?

— Absolument pas !

Accablé de honte, Jonathan baisse la tête.

— Je ne savais plus ce que je faisais. J'étais comme fou au moment où je me suis enfui.

— Seriez-vous capable d'identifier Chester et ce Presque-Parfait ?

Il hausse les épaules.

— Je suppose.

Fantastique ! Et nous tenons déjà Brooke. Pour l'instant, seulement pour tentative d'assassinat, mais je parie que les résultats du labo nous permettront de l'inculper de meurtre.

— Tout ça m'est égal, soupire Jonathan en pointant

du doigt les images vidéo qui continuent de défiler. C'est pour elles que je me fais du souci. Ling, Susie et Clair.

— Nous aussi, vous savez. Pourquoi croyez-vous que nous sommes encore ici ?

Jonathan jette un coup d'œil à la pendule murale.

— Excusez-moi, lâche-t-il. Et merci.

Je désigne la vidéo où l'on aperçoit les deux jeunes femmes.

— Elles ont l'air de s'ennuyer ferme, mais sans plus. Encore heureux qu'elles ignorent tout de ce qui les attend ! Nous les retrouverons, je vous le promets, mais le Mojave est vaste, vous vous en rendez compte, n'est-ce pas ?

— Mais… mais qui sait ce que ces malades vont faire, maintenant ? Et s'il leur prenait l'idée de recommencer le coup de l'empoisonnement alimentaire et que quelqu'un en meure, cette fois ? Et si les épreuves devenaient plus vicieuses ?

— Nous allons redoubler d'efforts. Dans le pire des cas, nous avons encore quelques jours devant nous.

Jonathan ne répond pas, il semble accepter mon raisonnement. Le moment de procéder à une nouvelle élimination par vote n'est pas encore arrivé.

— Nous allons explorer un peu ce site Web. Ensuite, il va falloir que je trouve un moyen de vous garder plus longtemps avec moi.

Il me dévisage, interloqué. Alors seulement je me rappelle qu'il a raté le début.

— En tant que Veuve-Noire, je veux dire.

31

Les plats chinois arrivent enfin. Darren nous distribue les barquettes, mais nous continuons à travailler tout en mangeant. De ma main gauche, j'enfourne des cuillerées de bœuf aux haricots noirs dans ma bouche, de la droite, je navigue sur le site Web. Derrière mon dos, les autres surveillent l'écran en même temps qu'ils dévorent leur dîner tardif.

Nous explorons tout d'abord le menu des Nouvelles. Une vingtaine d'articles sont classés par date et par titre, chacun doté d'un lien invitant à aller en voir davantage. Je parcours quelques-uns des grands titres.

Bienvenue au Club des Assassins
Achèvement des travaux de construction du bunker
Sélection des finalistes
Date de lancement
Arrivée des candidats dans le bunker
Première épreuve : la partie de paintball
Elimination de Malcolm
Deuxième épreuve : harcèlement par iPod interposé
Elimination de Cindy
Troisième épreuve : la récompense alimentaire
Quatrième épreuve : la cellule d'isolement
Elimination de Brigitte

Cinquième épreuve : le parcours d'obstacles
Elimination de Ling et Danny
Sixième épreuve : la lutte à la corde
Elimination de Jonathan

Tandis que mes trois compagnons tendent le cou pour lire par-dessus mon épaule, je me sens de plus en plus à l'étroit. Pourtant, il me faut avouer que si je n'étais pas assise devant l'ordinateur, je ferais la même chose qu'eux.

Jonathan montre du doigt les titres concernant les épreuves.

— On dirait qu'ils ont mis un bémol.

Il désigne l'article sur le parcours d'obstacles. Evidemment, à côté de l'intoxication alimentaire ou de la cellule d'isolement, cette épreuve paraît plutôt peinarde.

— Ils ont dû se rendre compte que vous soupçonniez quelque chose, et ils ont préféré la mettre en sourdine.

Il hoche la tête.

— Ce n'est qu'après la séance dans la cellule d'isolement que j'ai commencé à poser des questions sur ce qui se passait dans ce maudit endroit.

Je clique sur le lien qui renvoie à la partie de paintball puis effectue un copier-coller de son contenu que je transfère dans le bloc-notes avant de le lire.

— C'est juste un résumé de l'épreuve, explique Jonathan. Qui a touché qui, comment nous avons réagi. Ce genre de trucs.

Darren s'interrompt au milieu d'une bouchée.

— Pourquoi effacent-ils les discussions du forum alors qu'ils conservent ces articles ?

— C'est le président du club qui administre le site, répond Gerard. Il peut supprimer les rubriques et démolir le site à sa guise. S'il lui venait le moindre soupçon, ce site se volatiliserait en quelques secondes. Point final. Mais un forum de discussion génère normalement des fichiers journaux dans chaque ordinateur, ce que le président tient à tout prix à éviter.

Opinant du chef, je retourne au premier article intitulé Bienvenue au Club des Assassins. Je clique dessus et exécute un nouveau copier-coller du texte dans le bloc-notes avant d'en examiner le contenu.

Darren se redresse d'un bond.

— Alors ça, pour être tordu !

— Comme tu dis !

Les premiers articles décrivent le lancement du site Web, les préparatifs en vue de la construction du bunker et les auditions des candidats.

Je déplace mon curseur vers l'article appelé Elimination de Brigitte. La seule lecture du titre me donne envie de vomir. Je m'apprête à cliquer dessus lorsque Gerard me saisit le bras.

— Ce sera le dernier que vous consulterez.

— Quoi ?

— Les statistiques du Web révéleront que Veuve-Noire est venue visiter ces pages. Cela semblerait suspect si elle se mettait tout à coup à consulter toutes les rubriques. Brooke ne ferait pas ça. Elle a vraisemblablement déjà lu toutes ces informations et, si elle avait besoin de se les remettre à la mémoire, elle n'aurait que deux ou trois pages à relire.

— Bon sang de bois !

Il a raison, cela va de soi.

— Il se peut même que le webmestre ait installé un système qui l'avertit chaque fois qu'un utilisateur consulte les pages les plus anciennes. Il est peut-être déjà au courant de votre présence et guette votre prochaine manip.

— Est-ce qu'il surveillerait vraiment le site de si près ? s'étonne Darren.

Gerard hausse les épaules.

— Je ne sais pas. Mais c'est possible.

— C'est vrai qu'à sa place j'ouvrirais l'œil, dis-je avec un soupir résigné. Puis, cliquant sur le titre : O.K., c'est la dernière fois.

Nous parcourons l'article dans lequel sont consignées toutes les étapes de la vente aux enchères de Brigitte.

— Nom d'un chien ! s'écrit Jonathan. Deux cent mille !

Darren émet un long sifflement.

— Au moins, nous savons maintenant comment ce projet a été financé.

— Et ce n'est pas tout, dis-je en levant les yeux. Nous sommes également sûrs d'une chose : tous les membres du club sont fortunés. Combien de gens ont deux cent mille dollars sous la main ?

— Comment se fait-il que Brooke dispose d'autant d'argent ? Les représentants de commerce ne gagnent pas des millions, que je sache.

— Nous lui poserons la question tout à l'heure. En tout cas, elle et les autres membres ont les moyens.

— Des tueurs en série qui roulent sur l'or, conclut Darren en secouant la tête. Il ne manquait plus que ça ! Vous imaginez à quel genre d'avocats on va avoir affaire quand on essaiera de mettre ces types-là sous les verrous ?

— Comment ça se passe ?

La voix de l'inspecteur Stone nous fait tourner la tête avec un ensemble parfait. Et moi qui avais cru qu'elle était rentrée chez elle pour récupérer quelques heures de sommeil !

— Comme ci, comme ça, répond Darren. Il y a du nouveau au sujet de la maison de Catalina Foothills ?

— L'équipe de la Scientifique est toujours sur place. Ça va prendre un moment.

Jonathan ne peut réprimer un frisson. Nom d'un petit bonhomme ! J'avais presque oublié que l'une des victimes se trouvait parmi nous.

— Je regrette. Nous ne devrions pas discuter de tout ça devant vous.

Il se ressaisit.

— Non, ce n'est rien. Je pourrais vous aider. J'y tiens. Et plus j'en apprends sur ce qui se passait en dehors du bunker, mieux c'est. Comme ça, nous pouvons examiner la situation sous tous ses angles.

Jonathan a tapé dans le mille. C'est exactement pour cette raison que j'ai besoin de lui dans cette enquête. La situation est certes inhabituelle, mais il possède l'avantage d'avoir assisté aux événements de l'intérieur, de savoir — du moins, en partie — ce que les membres du club ont vu sur leurs vidéos. Et cette connaissance des faits pourrait se révéler extrêmement précieuse, surtout si je dois continuer à me faire passer pour Veuve-Noire.

— Stone, un plat chinois, ça te dit ? offre Darren en lui tendant une barquette de riz cantonais à moitié vide.

— Tu parles ! Je meurs de faim.

Elle s'empare du récipient et en engloutit le contenu avant de prendre congé.

Nous focalisons de nouveau notre attention sur l'ordinateur. Cliquer sur un autre article éveillerait les soupçons, mais ouvrir le menu suivant — Les Candidats — constituerait un choix tout à fait plausible de la part de Veuve-Noire. D'un clic, je fais apparaître sur la page les photos des huit candidats, rangées sur quatre lignes. La plupart des portraits sont barrés d'une croix rouge, indiquant que la personne est « sortie », ce qui en l'occurrence signifie « morte ». Sous chaque photo, un lien permet d'accéder à une rubrique étiquetée Fiche descriptive, un autre à celle intitulée Audition.

— Ouvrez la mienne, suggère Jonathan en désignant sa photo. C'est ce qu'elle ferait, *elle*, puisqu'elle me détient encore.

Je clique sur le premier lien. La fiche de Jonathan apparaît.

Nom : Jonathan Cantor
Age : 25 ans
Taille : 1 m 83
Poids : 84 kg
Couleur des yeux : verts
Couleur des cheveux : bruns
QI : 128
Profession : DJ / barman
Famille : sans — mère décédée, père porté disparu
Domicile : Los Angeles, Californie
Motivations : apporter son soutien à Susie ; a besoin d'argent.

Avis du président : Jonathan est un idéaliste, un pacifiste tranquille, dont le manque d'ambition gâche l'intelligence.

Son père a abandonné sa mère quand Jonathan n'avait encore que deux ans ; sa mère est morte d'un cancer du sein, il y a trois ans.

Sa relation avec la candidate Susie Dean devrait donner lieu à un spectacle intéressant quant à la façon dont ils vont se situer dans le « jeu ».

Ses prises de position contre la guerre et la violence engendreront également des affrontements musclés avec Danny Jensen !

Je prévois que Jonathan sortira à mi-parcours et qu'il mobilisera environ cinquante mille dollars pour notre cause.

— Je me demande combien ils m'ont vendu, grommelle Jonathan avec un sourire forcé.

D'un clic sur le lien Audition, je lance le téléchargement d'une vidéo.

— C'est la bande originale de mon audition, remarque-t-il. Inutile de regarder ça.

Mais, malgré ses protestations embarrassées, nous visionnons les cinq minutes que dure le film.

— C'est Susie qui m'a recommandé de dire tous ces trucs. Ça m'était égal en fait d'être sélectionné ou pas, mais pour elle, j'ai fait semblant.

Il dit la vérité, j'en suis persuadée. S'il a accepté de participer à ce projet, c'est uniquement pour aider son amie, pas pour réaliser de quelconques rêves de gloire ou de fortune.

En cliquant sur le menu suivant — Toutes les Vidéos —, je fais apparaître une page sur laquelle plusieurs vignettes offrent des vidéos en flux continu.

Jonathan approche son visage de l'écran.

— Seigneur ! Ce sont les prises de vues de toutes les caméras placées dans le bunker.

Au total, une quinzaine de films sont retransmis en direct, y compris ceux montrant l'intérieur de la douche, des toilettes et autres endroits disséminés dans le cachot souterrain.

Jonathan pointe du doigt l'une des vignettes.

— Voici la chambre bleue dans laquelle nous donnions notre avis après chaque épreuve.

— Elle n'est pas bleue, remarque Darren.

— Elle était censée symboliser les bleus à l'âme — vous savez, la tristesse qu'on éprouvait parce que l'un de nous devait rentrer à la maison, explique Jonathan, les poings serrés. A la maison ! Les fumiers !

Je déroule la page vers le bas, jusqu'à la dernière rangée de vignettes.

— Et celles-ci ?

En posant cette question, j'attends naturellement une réponse, mais j'espère surtout que la diversion apaisera quelque peu la colère de Jonathan.

— C'est l'endroit où se déroulaient les épreuves, explique-t-il. Non loin du centre de commande.

— Les épreuves n'avaient pas lieu dans le bunker ? s'étonne Darren.

— Si, pour certaines, comme l'épreuve alimentaire ou celle de la cellule d'isolement. Mais les autres se déroulaient dans un lieu différent. Chester avait une fourgonnette, un modèle de style militaire, dans laquelle il nous transportait, entassés comme des sardines. Le trajet durait environ cinq minutes, mais comme nous avions les yeux bandés, je ne sais pas dans quelle direction nous roulions.

— De quel genre d'installation s'agissait-il ? demande Gerard.

— Un grand bâtiment, un peu comme un entrepôt. Mais il y avait une énorme antenne parabolique sur le toit. A mon avis, c'est là que se trouve le serveur Web. J'ai entendu un groupe électrogène fonctionner. Ils doivent avoir besoin de la climatisation pour garder leur matériel informatique au frais.

Gerard approuve d'un hochement de tête.

— Ça m'a tout l'air d'être une opération de grande envergure. Rien que l'équipement technologique…

— L'argent n'est visiblement pas un problème pour ces gens-là, constate Darren.

— En effet. Et leur président est sans doute plein aux as. A moins que les membres n'aient eu à payer des frais d'adhésion faramineux.

— On peut toujours demander à Brooke, suggère Darren en désignant du menton la salle d'interrogatoire.

— Regardez ! s'exclame Jonathan.

Il pointe du doigt l'écran sur lequel clignote un message annonçant : « American-Psycho vient d'entrer dans le salon. »

— Ils sont tous en ligne, maintenant.

— Parfait !

Mes mains reposent sur le clavier, prêtes à frapper les touches.

— Apparemment, il a toléré une entorse au règlement en ce qui concerne Ling. Espérons qu'il fera de même pour moi.

Je rejoins à mon tour le salon virtuel. Une fois de plus, je me prépare à pénétrer dans *son* esprit, dans *leur* monde.

Jamais-Pris : Alors, Veuve-Noire, il assure toujours ?

Veuve-Noire : Et comment !

American-Psycho : Etes-vous satisfaite de la prestation ?

Veuve-Noire : Tout à fait. J'en ai eu pour mon argent.

American-Psycho : Heureux de vous l'entendre dire. Et maintenant, il est mort ?

Veuve-Noire : Eh bien, en fait…

Jamais-Pris : Je ne vois vraiment pas ce que vous lui trouvez.

Veuve-Noire : J'aimerais une prolongation.

American-Psycho : Pourquoi ?

Veuve-Noire : C'est le dernier pour moi, et je voudrais le faire durer le plus longtemps possible. Il ne restera plus d'hommes en lice après Jonathan.

American-Psycho : Il y a aura une deuxième série, VN.

— Une deuxième série ?

Mes doigts quittent brusquement le clavier, se crispent, pareils à des griffes.

— Quelle ordure !

Darren pose sa main sur mon épaule.

— Nous savons au moins qu'ils n'en sont qu'à leur première fois.

Le visage de Jonathan se reflète dans l'écran. Je vois ses yeux s'agrandir.

— Mon Dieu, vous avez raison ! Il ne m'était même pas venu à l'idée que nous pouvions ne pas être les premiers imbéciles à tomber dans le piège.

— Vous n'êtes pas un imbécile, affirme Gerard la bouche pleine de riz cantonais.

Je me refocalise sur les lignes de message, mais la colère continue de bouillonner en moi, prête à exploser.

*
* *

Presque-Parfait : Je vous comprends, VN. Je vais garder Ling encore quelque temps. Pourquoi se priver de ce qui est bon ?

Jamais-Pris : Quelle **** ! Que faites-vous du règlement, Psycho ? Pourquoi est-ce que moi, j'ai été obligé de le respecter ?

Je lève les yeux vers Darren.

— Je te fiche mon billet qu'il fait allusion au fait qu'il n'a pas pu se servir de son couteau, selon son MO habituel. Il est furieux parce qu'il a dû jouer selon les règles alors que les autres en sont dispensés.

— Il se conduit vraiment comme un enfant gâté, note Darren.

— Il correspond tout à fait au profil de l'assassin de Brigitte.

— Tu as raison. Espérons que Psycho t'écoutera, toi, et pas lui.

— Voyons à quel point je suis persuasive. Je vais flatter son orgueil…

Veuve-Noire : Alors, je peux continuer ?

American-Psycho : Le délai dont bénéficie Presque-Parfait a été convenu à l'avance.

Veuve-Noire : Voyons, Psycho ! La deuxième série ne sera pas prête avant plusieurs mois.

American-Psycho : Ça prendra du temps pour trouver huit nouveaux candidats, c'est vrai…

Veuve-Noire : S'il vous plaît ! Je ne peux plus me

contenter de ma petite routine ordinaire, pas après ce que vous m'avez fait découvrir. C'est tout simplement… disons que ça dépasse mes rêves les plus fous. Vous êtes un véritable génie.

American-Psycho : Merci.

Veuve-Noire : Alors, qu'en dites-vous ? Juste un petit peu plus longtemps ?

American-Psycho : Jusqu'à quand ?

Veuve-Noire : Dimanche ? Comme ça, je pourrai finir en beauté.

American-Psycho : Je croyais qu'une fois que vous les aviez possédés sexuellement, ils ne vous intéressaient plus.

Veuve-Noire : Cette fois, c'est différent. Nous avons une maison entière à notre disposition. Pas besoin de se presser. Pas comme lors de mes virées habituelles.

Presque-Parfait : Vous devriez peut-être la laisser prendre du bon temps. Nous, au moins, nous avons encore deux occasions de nous divertir, avec Susie et Clair toujours dans le bunker.

American-Psycho : D'accord, VN. Il est à vous. Mais ne quittez la maison sous aucun prétexte. Je ne veux pas que qui ce soit puisse vous voir.

Jamais-Pris : *** de *** !

American-Psycho : Je vous rappelle, Jamais, que je suis le président. C'est moi qui décide. En outre, ce que vous aviez en tête de faire ne convenait pas à notre plan, tandis que quelques jours supplémentaires ne nuisent nullement à notre image de « nouvelle race » de tueurs en série.

Veuve-Noire : Merci, Psycho. Je n'ai aucune envie de quitter la maison. La cuisine regorge de nourriture, et Jonathan subviendra à mes autres besoins.

*
* *

— Je vais me déconnecter. Nous tenons plusieurs pistes, à présent, il n'y a plus qu'à les exploiter.

Veuve-Noire : Il faut que je file.
Presque-Parfait : Oui, vous avez à faire.
Veuve-Noire : Merci !!
Veuve-Noire a quitté le salon.

Il est temps de passer à l'action.

32

Installés dans l'une des salles de conférence, nous sommes tous là — Stone, Darren, Jonathan, Gerard et moi — épuisés mais prêts à creuser toutes les pistes. Nous avons demandé à Jonathan de participer à notre réunion dans l'espoir qu'il éclairera notre lanterne sur différents points.

— Il nous reste trois jours, dis-je en me dirigeant vers le tableau blanc.

J'ai besoin d'une représentation visuelle pour m'aider à effectuer un tri parmi les différentes pistes qui se présentent à nous.

— Commençons par les victimes.

Stone repousse ses lunettes sur son nez.

— Les gars ont réussi à localiser la mère de Danny Jensen et l'ont informée que son fils était porté disparu, qu'on le croyait mort. Ils ont aussi pris contact avec l'ambassade d'Australie pour leur annoncer que, d'après nos informations, l'une de leurs ressortissantes avait été enlevée.

La jeune Australienne…

— Je vais appeler chez moi et demander à des amis de rendre à ses parents une visite personnelle. Et je vais téléphoner à l'ambassade. A qui ont-ils eu affaire ?

Stone consulte les notes qu'on lui a transmises.

— Un dénommé George Keen.

Je retourne prendre mon carnet pour y consigner les tâches que je me propose d'exécuter. Revenue au tableau, j'inscris les noms de Danny et Ling puis les coche tous les deux.

Stone poursuit :

— Pour Malcolm et Cindy, c'est déjà fait. Ensuite, nous avons Brigitte Raine. Sa mère vit en France, et j'ai parlé à quelqu'un de l'ambassade de France ici.

J'écris le nom de Brigitte et le marque d'un signe asymétrique.

Stone reprend :

— Enfin, nous avons les deux femmes qui sont encore détenues dans le bunker. Nous avons informé leurs familles qu'elles avaient disparu et que nous enquêtons sur leur disparition. Nous avons donc retrouvé les parents de Susie Dean…

— Bon sang ! J'aurais dû les prévenir ! s'écrie Jonathan en se frappant le front du plat de la main. Je n'y ai même pas pensé.

— Vous aviez d'autres soucis, Jonathan, lui dis-je pour le réconforter. De toute façon, il vaut parfois mieux entendre ce genre de nouvelles de la bouche de quelqu'un qu'on ne connaît pas. Ça… facilite les choses, d'une certaine façon.

D'après mon expérience, les réactions à la disparition d'un être cher varient grandement selon les personnes — cela va du refus pur et simple d'accepter la réalité à la colère irraisonnée, en passant par l'horreur muette. Le fait que ce soit un proche qui leur transmette la nouvelle risque, en revanche, de les empêcher de donner libre cours à leurs émotions.

— De plus, s'ils avaient été au courant, je suis sûre qu'ils auraient préféré que vous nous aidiez à secourir Susie.

Jonathan opine du chef.

J'écris le nom de Susie sur le tableau, le coche, puis me retourne vers Stone, attendant qu'elle reprenne la parole.

— Les parents de Clair Kelly habitent San Diego. J'ai peur qu'ils ne nous donnent du fil à retordre.

— Le père de Clair, précise Jonathan qui a immédiatement compris de quoi il retournait.

Stone hoche la tête d'un air entendu, tandis que nous sommes toujours dans le noir le plus complet.

— Explique-nous, Stone, réclame Darren.

— Son père est un flic à la retraite.

— Oh ! c'est pas vrai ! gémit Darren qui en laisse choir son stylo sur son calepin avec un petit bruit mat. Il ne va pas nous lâcher d'une semelle, vous allez voir.

— Il est assez âgé, soixante-dix ans, mais, en effet, il a déjà appelé plusieurs fois. Et il parle de prendre le premier avion pour débarquer ici.

— Nous nous en occuperons en temps voulu, dis-je en ajoutant le nom de Clair au tableau. Maintenant, voyons la maison.

Je trace une nouvelle colonne puis de nouveau me tourne vers Stone.

Elle ramasse son propre carnet.

— L'agent immobilier qui l'a louée dit que la transaction s'est effectuée par téléphone et qu'il a reçu l'équivalent de deux mois de loyer en espèces. La personne qui a loué la maison a envoyé l'argent par la poste. L'agent immobilier n'a plus l'enveloppe en sa possession et n'a pas remarqué le cachet de la poste.

Sur le tableau, je note *Téléphone*, *Espèces* et *Deux mois*.

— Sait-on comment s'appelle la personne qui a téléphoné ?

— L'homme a dit s'appeler Bob Jones. Il a envoyé une télécopie de son certificat de naissance et d'un permis de conduire délivré dans le Nevada.

Stone nous tend les photocopies des documents et ajoute :

— J'ai vérifié auprès des services concernés dans le Nevada. Le certificat et le permis sont tous les deux faux.

Je lève les yeux au ciel.

— Super !

— L'agent immobilier se souvient aussi de la voix de l'homme. Une voix très grave.

— Chester ! conclut Jonathan.

— Ça m'en a tout l'air.

Je commence une nouvelle colonne sous la rubrique *Maison* et y inscris *Chester*.

— Nous reviendrons à Chester tout à l'heure. Où en sont les gars de la Scientifique ?

— Ils continuent de chercher, mais jusqu'à présent, ils n'ont pas trouvé grand-chose, à part les empreintes de Brooke et de Jonathan. Quant à ceux qui ont occupé la maison avant eux…

— Brigitte et Jamais-Pris, dis-je. Et probablement aussi American-Psycho et Cindy.

Stone secoue la tête.

— L'endroit est nickel. Quelqu'un a tout nettoyé du sol au plafond.

— Vu la prudence dont ils ont fait preuve par ailleurs, ça ne m'étonne pas, dis-je, essayant de masquer ma déception. Mais il ne faut pas oublier non plus que le président a berné ses complices. Il aurait pu laisser leurs empreintes ou des échantillons de leur ADN. Or, il ne l'a pas fait.

— Pourquoi ? s'étonne Stone.

Je réfléchis une seconde.

— Il voulait nous tester. Il tenait à ce que le jeu reste subtil, histoire de lui donner une autre dimension.

— Il les trompe ? demande Jonathan interloqué.

— Exactement. Malcolm portait une rose tatouée sur le poignet, or Brooke avait l'habitude de déposer une rose près du corps de ses victimes. Mais Cindy n'avait rien, nous l'aurions remarqué. C'est le président qui l'a tuée, il n'avait donc pas besoin de nous fournir un indice accusant l'un de ses acolytes. Et, bien sûr, il s'est bien gardé de nous laisser un quelconque témoignage de *son* passé criminel. Quant à Brigitte, son corps a été positionné de façon différente, et on a trouvé une feuille de plastique sur la scène de crime. Ces deux éléments relient son meurtre à un autre tueur qui sévit dans les deux Dakota. En résumé, le président vous a tous floués, les candidats aussi bien que les membres. Il prend son pied en manipulant les gens, en jouant double jeu.

— Vivement qu'on lui mette la main dessus, à ce sale type ! s'indigne Stone.

D'un signe de tête, je lui signifie que je partage son indignation. J'ai hâte d'établir un profil de notre homme. Plusieurs éléments se dégagent déjà dans toute leur évidence, mais je vais avoir besoin de me glisser dans la peau du personnage pour pouvoir dresser un profil complet. Voilà un fils de pute qui promet de se montrer coriace. Pour avoir mis au point un plan aussi machiavélique, son QI doit crever le plafond.

Stone respecte un instant de silence avant de poursuivre.

— Les gars de la Scientifique ont découvert qu'il manquait un éclat de bois au meuble de chevet dans la chambre du milieu, annonce-t-elle avec un sourire triomphant. Le morceau correspond au fragment que le légiste a trouvé dans le crâne de Malcolm.

— Ce qui prouve incontestablement la présence de Malcolm dans cette maison, conclut Darren.

— Quel fragment ? me demande Jonathan.

Jusqu'à quel point dois-je lui révéler les détails de notre enquête ? Pour l'instant, nous ne lui avons pas caché grand-chose, et je suis persuadée que nous avons adopté la meilleure solution.

— Un petit morceau de bois s'était fiché dans le cuir chevelu de Malcolm. Il est clair maintenant qu'il s'est cogné la tête sur la table de chevet.

— Oh !

La voix de Jonathan hésite, tandis que son esprit traite cette nouvelle information. La blessure de Malcolm est sans doute survenue pendant l'acte sexuel, *avant* la mort.

Je remets le sujet de Chester sur le tapis.

— Comment cela s'est-il passé avec le dessinateur de la police ?

Nous avons réussi à mettre la main sur Powers et à le faire venir en urgence pour brosser le portrait-robot de Chester.

— Super ! Le portrait est tout à fait ressemblant.

— Je l'ai scanné et on est en train de le confronter à la base de données, précise Darren. On verra ce que ça donne.

— Très bien. Et qu'en est-il de Presque-Parfait ? Celui qui séquestre Ling ?

Jonathan secoue la tête.

— Nous venions tout juste de commencer son portrait lorsque l'inspecteur Carter est venu me chercher.

— O.K., il faudra vous y remettre le plus tôt possible.

Sous *Chester*, j'écris *Portrait-robot terminé* puis *Recherche dans base de données*. Je commence ensuite une nouvelle colonne intitulée *Presque-Parfait* dans laquelle je note *Portrait-robot à faire* suivi des initiales *JC*.

Je me tourne vers Gerard.

— Où en êtes-vous avec les ordinateurs ?

— Je veux avant tout localiser le serveur Web et les caméras.

— Il s'agit de webcams IP, pour la plupart, commente Jonathan.

— Ouais, je sais.

Je pousse un soupir.

— Et qu'est-ce ça veut dire ?

— Les webcams IP ne sont pas physiquement reliées à un ordinateur spécifique, mais elles possèdent leur propre adresse IP et génèrent leur propre URL. Le site Web murderers-club.com comporte simplement un programme qui se connecte à l'IP de la caméra.

Dans une autre colonne appelée *Ordinateurs*, j'inscris *Localisation du serveur Web*, *Localisation des caméras — Ling* et *Localisation des caméras — bunker*.

— Ai-je manqué quelque chose ?

— Les petites annonces. Nous devrions peut-être rechercher qui les a passées.

Avec un hochement de tête, je note la suggestion de Darren.

— Et n'oublions pas la limousine, dis-je. Je sais que

Hamill a fait chou blanc à Las Vegas, mais on ne sait jamais. La chance pourrait tourner en notre faveur.

Je reprends la colonne *Chester* et y ajoute *Pilote d'hélicoptère.*

— A mon avis, ça ne vaut pas le coup de pister tous les pilotes titulaires d'un brevet, mais nous devons tout de même en tenir compte. Autre chose ?

Tous les regards sont rivés sur le tableau blanc. Espérons que rien ne nous a échappé.

— Et Brooke…, hésite Jonathan. Nous avons besoin de connaître ses habitudes d'internaute.

— Et de fouiller son domicile, ajoute Darren.

Une enquête sur les antécédents de Brooke nous a appris qu'elle habitait actuellement à Phoenix. Nous avons également découvert d'où provenait son argent — elle spécule en Bourse. Notre Veuve Noire continue de travailler, mais elle n'en vaut pas moins un million de dollars, au bas mot !

— Puisque le portable que nous détenons appartient à la maison, elle a dû laisser le sien chez elle, remarque Gerard. Je pourrais m'en servir pour déterminer ses habitudes d'internaute. Il se peut aussi qu'on y trouve d'autres indices.

— Localiser les webcams doit constituer notre priorité, dis-je. Et la vôtre. Quelqu'un ira perquisitionner à la maison de Brooke, mais vous restez ici.

— Ouais, vous avez raison.

J'écris *Domicile de Brooke* sur le tableau, puis récapitule :

— Bon, nous avons donc Jonathan qui s'occupe du portrait-robot de Presque-Parfait et Gerard, du Web. Jonathan, vous pourrez aider Gerard dès que vous aurez terminé.

— Super ! s'exclame Jonathan avec un enthousiasme évident.

— Stone, vous voulez bien rester en contact avec l'équipe de la Scientifique ? Pour voir si on peut tirer autre chose de la maison ?

Stone acquiesce d'un signe de tête.

— Carter, nous allons explorer la piste des petites annonces et de la limousine. Ça donnera peut-être quelque chose.

— Et le domicile de Brooke ? interroge Darren. Qui va y aller ?

— Je peux me charger des annonces et de la limousine, si vous voulez, propose Stone. De toute façon, je suis obligée d'attendre que les gars de la Scientifique me rappellent.

J'opine du chef.

— Entendu !

A côté de chaque mission inscrite au tableau, je note les initiales de la personne en charge. Pour certaines tâches, il nous faudra attendre demain matin, l'ouverture des bureaux.

Ça me fait tout drôle d'aboyer ainsi des ordres, mais c'est ce que souhaite Rivers. L'affaire relève de la police fédérale, ce qui signifie que le Bureau en porte toute la responsabilité. Et il se trouve que Rivers m'a refilé le bébé.

— Et cette nuit, nous devrions tous essayer de dormir un peu, dis-je pour conclure.

A la pensée de Ling entre les mains de Presque-Parfait, je travaillerais sans me faire prier vingt-quatre heures sur vingt-quatre, sept jours sur sept. Mais ce n'est pas très réaliste, j'en ai conscience.

Stone, Jonathan et Gerard hochent la tête et quittent la

pièce en file indienne pour aller vaquer à leurs besognes respectives.

Une fois les autres partis, Darren s'autorise enfin à dire ce qu'il a sur le cœur.

— Tu as oublié une chose.

— Laquelle ?

Je décapuchonne mon stylo, honteuse d'avoir omis un élément important de l'enquête, mais en même temps soulagée que Darren ne l'ait pas fait remarquer devant tout le monde.

Il sourit.

— Tes prémonitions !

Je m'appuie des deux mains sur la table, prends une profonde inspiration.

— Franchement, je ne suis pas certaine de pouvoir assister à un autre meurtre sans avoir la possibilité de faire quoi que ce soit pour l'arrêter.

Ma dernière tentative en la matière ne s'est pas trop mal déroulée. Même si j'ai ressenti dans ma chair la terreur de Jonathan, je l'ai seulement vu courir dans les tunnels. Mais si ma prochaine vision m'imposait encore une scène d'assassinat ? Je croyais pourtant avoir dépassé la peur que tout cela m'inspire ; or, j'avoue que la perspective de ce genre de sensations ne laisse pas de m'effrayer.

— Et tu pourrais supporter l'autre éventualité ? demande Darren d'une voix posée.

Il a choisi ses mots avec soin. Pour autant, je lis entre les lignes. Je sais en quoi consiste cette autre possibilité à laquelle il fait allusion : une autre personne va mourir et jusqu'à la fin de ma vie, je me demanderai si j'aurais pu l'empêcher en faisant appel à mes dons de double vue.

Je m'enfonce dans mon siège.

— Non.

Comment se fait-il que parfois les deux seules options qui s'offrent à vous soient tout aussi rebutantes l'une que l'autre ?

Darren laisse un lourd silence planer dans la pièce avant de revenir à la charge pour me pousser dans mes derniers retranchements.

— Il faut que tu essaies encore une fois, Sophie. Tu le sais très bien.

Rien que d'en parler fait surgir en moi des images effrayantes : la mort de Brigitte, Cindy dans le désert… leur terreur. Il ne s'agit pas pour l'heure d'une vision à proprement parler, mais le souvenir est si puissant que ce pourrait tout aussi bien être un cauchemar. Un frisson me parcourt l'échine, je détourne la conversation.

— Occupons-nous de Brooke et de son domicile à Phoenix.

Darren secoue la tête, inspire, s'apprête à insister, puis renonce.

— Je vais réserver nos vols.

Dans sa voix, je perçois de nouveau une pointe d'irritation maîtrisée. Il est contrarié, et j'en suis la cause, cela ne m'échappe pas.

— D'accord, dis-je, heureuse du changement de sujet.

Il ouvre la porte de la salle de conférence, se dispose à sortir.

— Passe tes coups de fil à propos de la jeune Australienne. Et ensuite, vois si tu peux faire naître une autre vision. C'est indispensable, Sophie, tu le sais.

Il garde les yeux baissés et, même s'il ne se précipite pas hors de la pièce comme un ouragan, son agitation et la violence avec laquelle il claque la porte derrière lui m'incitent indéniablement à penser qu'il est furieux. En colère contre moi. Darren aussi a ses limites, j'imagine. Nom d'un chien !

Assise, la tête entre les mains, je réfléchis. J'aimerais tellement que Darren se trompe ! Je n'ai qu'une envie, me débarrasser à jamais de ces visions et de ces rêves. Mais j'en suis incapable. Darren me l'a dit, c'est une vocation, et je la repousse depuis déjà trop longtemps. Reste que savoir qu'il a raison ne facilite en rien les choses. Ce n'est pas ça qui va m'exhorter à vouloir ressentir ce qu'une victime éprouve juste avant de mourir, cet atroce mélange de panique indicible — le sentiment d'être pris au piège — et de regret, la nostalgie de ce qu'elle est sur le point de perdre et de ce qu'elle n'aura jamais vécu. Toutefois, la violence éclipse tout cela. La plupart des gens aspirent à mourir paisiblement dans leur sommeil, entourés de leurs proches. Personne ne souhaite être violé, torturé et assassiné. Nul n'a envie que le dernier visage aperçu soit celui d'un tueur en série. Qui le voudrait ? Et éprouver pareille sensation chaque fois qu'une vision m'assaille se rapproche de l'idée que je me fais de l'enfer.

Du revers de la main, j'essuie les quelques larmes qui ont dégouliné le long de mes joues, mais je ne sais plus sur qui je pleure — sur eux ou sur moi-même. Peut-être sur tout le monde. Je pense à Ling et à ses parents. J'ai un devoir envers eux, et il ne s'agit pas seulement de mon devoir en tant qu'agent du FBI. Je ressens un lien plus fort envers Ling parce qu'elle est australienne. Certes, j'ai choisi de vivre et de travailler aux Etats-Unis, mais cela ne change en rien ce que je suis au fond de moi. J'aime mon pays et je ne veux pas que l'une de mes compatriotes meure par la main d'un Presque-Parfait. Darren a raison, je serai incapable de me le pardonner si je ne fais pas tout ce qui est en mon pouvoir pour empêcher cette abomination. Je me redresse sur mon siège et m'oblige à sortir de cet apitoiement sur mon propre sort dans lequel je me suis engluée. C'est décidé ! Je vais tenter de provoquer une nouvelle vision. Mais d'abord, je dois passer quelques coups de fil.

Cinq minutes plus tard, je me suis entretenue avec les parents de Ling, ayant réussi à les joindre juste avant qu'ils ne partent pour l'aéroport de Sydney afin de prendre le premier avion à destination des Etats-Unis. Ma première intention avait été d'appeler un ancien collègue pour lui demander de téléphoner à M. et Mme Gianolo. Puis j'ai finalement décidé que je leur devais de me mettre en rapport avec eux personnellement. Il n'est plus question de se cacher, désormais. Comme il fallait s'y attendre, ils avaient une foule de questions à me poser, et je leur ai fourni toutes les réponses possibles. Savoir leur fille prisonnière d'un tueur dans un endroit inconnu n'avait évidemment rien d'une pensée rassurante, mais ils avaient droit à la vérité.

Je consulte ma montre et m'aperçois avec surprise qu'il est une heure du matin. Pas étonnant que je sois si fatiguée ! Je me mords la lèvre, consciente que l'épuisement me rendra émotionnellement vulnérable, davantage affectée par ce que je risque de voir. Pourtant, je dois le faire. Et maintenant ! Avant que tout courage ne m'abandonne.

Puisque Ling est ma priorité, je dirige tout d'abord mes pensées vers elle et réfléchis à ce que nous savons sur Presque-Parfait — ce qui n'est pas grand-chose, force est de l'admettre. Ling est sa première victime dans le cadre des activités criminelles du club, et nous ne disposons d'aucun élément à soumettre au VICAP pour essayer d'obtenir une correspondance quelconque à son sujet. Je visualise le visage de Ling, m'appuyant non sur des photos, mais sur la vidéo qui se télécharge en continu sur le site du club.

Je ralentis ma respiration, inspire et expire profondément. Je m'efforce de ne pas penser à ses parents dans l'avion, ni à Darren, ni aux autres ou à ce qu'ils font. Concentrée, je m'applique à détendre mon corps et vider mon esprit. Je ne sais pas combien de temps s'est écoulé, mais c'est un son qui attire en premier mon attention.

Un cœur bat, et ce n'est pas le mien. C'est celui de Ling. Il bat lentement. Elle n'éprouve plus aucune terreur, elle a dépassé la peur, s'est résignée à l'acceptation de sa mort prochaine. J'entends un bruit de pas, lève les yeux. Un homme descend l'escalier, baissant la tête pour éviter de se cogner. Il me sourit, mais son sourire n'a rien de plaisant. Les battements de mon cœur s'accélèrent, la peur monte en moi. L'homme est âgé d'une cinquantaine d'années. Ses cheveux poivre et sel sont coupés court. Derrière ses lunettes rondes, il a des yeux bruns et doux, mais les autres traits de son visage sont empreints de dureté. Il a un grand nez busqué, des sourcils bien dessinés, une mâchoire large et carrée, des lèvres minces. Il porte des vêtements de bonne qualité, comme s'il s'était habillé pour sortir, mais il est chaussé de bottes et elles sont couvertes de terre.

Il s'approche de moi, ses lèvres fines toujours souriantes Il s'assoit au pied du lit et je me recroqueville à l'extrémité opposée. Mais je n'ai nulle part où aller, nulle part où m'enfuir. J'enfouis ma tête entre mes genoux. Il tend la main et me touche le pied. Sa main est froide et moite, son contact suffit à me faire frémir de dégoût.

*
* *

— Sophie !

Je relève brusquement la tête tandis que la porte s'ouvre en grand sur Darren qui, debout dans l'encadrement, la main posée sur la poignée, ne se décide pas à entrer tout à fait.

— Presque-Parfait est avec Ling en ce moment. Il est en train de la toucher.

Sa main s'agrippe à la poignée de la porte avec fureur.

Je hoche la tête, à petits coups rapides.

— Je sais.

33

Le réveil était réglé pour 5 h 30, mais c'est la sonnerie du mobile de Darren qui me réveille en sursaut à 5 h 25. Je laisse échapper un grognement — même pas trois heures de sommeil ! Je me force à me lever. La fatigue que je ressens est pire que n'importe quelle gueule de bois. Ma tête pèse une tonne, j'ai le cerveau embrumé, la bouche sèche, et je suis à peine capable d'entrouvrir les yeux. La voix étouffée de Darren me parvient à travers le mur, mais je n'arrive pas à saisir ce qu'il dit. Ce doit être à propos de l'enquête. J'enfile un pull par-dessus mon pyjama avant de sortir dans le couloir. Soucieuse de ne pas m'immiscer dans la vie privée de Darren en frappant à sa porte, je m'adosse au mur. Moins d'une minute plus tard, la porte de sa chambre s'ouvre.

— Nom d'un… ! s'écrie-t-il en reculant d'un bond.

Il émet une sorte de gloussement embarrassé.

— Excuse-moi. Je ne voulais pas te faire peur.

Je réussis à ébaucher un sourire.

— Que se passe-t-il ? dis-je en désignant du menton le téléphone qu'il tient encore à la main.

— C'était l'équipe de nuit. L'ordinateur a trouvé un résultat qui correspond au portrait-robot de Chester. Sauf qu'il ne s'appelle pas Chester, mais Heath Jordan.

Il a déjà purgé une peine pour vol qualifié et il travaille à présent à San Francisco pour…

Il laisse sa phrase en suspens, le temps d'un roulement de tambour imaginaire.

— … une société d'informatique !

Je secoue la tête.

— Ce bon vieux Chester !

— Si on faisait d'abord un saut à San Francisco ?

— Ouaip. Phoenix attendra. Mais avant de prendre l'avion, il faudrait que je retourne sur le site encore une fois.

Pendant que Darren se charge de modifier nos réservations, je saute sous la douche. Vingt minutes plus tard, j'émerge de la salle de bains, les cheveux mouillés, mais prête à en découdre. Mes cernes ont nécessité une couche supplémentaire de fond de teint, et mon organisme réclame déjà sa première dose de caféine. Darren a dû le sentir, car non seulement il est déjà sur le pied de guerre, mais il a également mis en route la cafetière.

— Mon Dieu ! Tu me sauves la vie, dis-je en lorgnant le café qui s'écoule dans la verseuse.

— Moi aussi, j'aurais bien besoin qu'on vienne à mon secours, gémit-il en se frottant les yeux.

Il a l'air épuisé, mais lui n'a pas l'avantage de pouvoir se tartiner le visage de maquillage pour dissimuler ses traits tirés. Il sort deux tasses du placard et, d'un geste adroit, en place une de sorte à recueillir les gouttes qui s'écoulent de l'appareil en même temps qu'il remplit l'autre du café déjà passé.

— Je ne suis pas certaine de pouvoir avaler quoi que ce soit, ce matin, dis-je en plaquant une main sur mon ventre. A cause du manque de sommeil, je me sens un peu barbouillée.

— Nous mangerons un morceau à l'aéroport.

— A quelle heure décolle notre avion ?

— 8 heures. Ça te donne le temps de te connecter au site.

— Ça promet d'être amusant ! Essayer de penser comme Veuve-Noire alors que j'ai à peine dormi trois heures !

— Tu peux toujours faire semblant d'avoir été très occupée toute la nuit avec Jonathan.

Il a appuyé sur le mot *occupée* juste ce qu'il fallait pour suggérer ce qui m'aurait absorbée si j'avais réellement été Brooke.

— Génial, je te remercie ! Mais je ne peux pas dire que je me sente sexy pour un sou.

— Tu es toujours sexy, grommelle-t-il en détournant les yeux, à mon grand soulagement.

Je me triture les méninges, cherchant une réponse appropriée, mais rien ne me vient.

Darren se tourne de nouveau vers moi, me sourit.

— Si Heath Jordan est notre homme, tu n'auras bientôt plus besoin de jouer les Veuve-Noire.

— C'est vrai. Mais je devrais peut-être emporter l'ordinateur du club à San Francisco, juste au cas où.

— A condition que Gerard veuille bien s'en séparer, réplique Darren avant d'avaler une gorgée de café.

Je pousse un soupir résigné.

— Tu as raison. Il a besoin de ce portable. Cette affaire risque de nous donner du fil à retordre en termes de poursuites judiciaires.

— Je ne voulais pas remettre la question sur le tapis, opine Darren. En tout cas, pas devant Jonathan.

— Non, tu as raison. Même si nous arrivons à mettre la main sur tous les membres du club, quelles charges pouvons-nous retenir contre eux ? D'avoir surfé sur le Net ? Il nous faut les relier non seulement au site Web, mais aussi aux meurtres. Sans preuve matérielle établissant un rapport entre l'un d'eux et les victimes, nous sommes fichus.

— Les rubriques du site sont assez compromettantes. Et puis, il y a les conversations du forum de discussion que tu as enregistrées dans le bloc-notes.

— Espérons que ça suffira.

— Il ne nous reste plus beaucoup d'options.

— Comme tu dis. Et on ne peut pas dire que ma vision nous avance beaucoup.

J'ai parlé de ma vision à Darren hier soir. Or, elle n'a servi qu'à confirmer la description physique de Presque-Parfait — ce que nous savions déjà grâce à Jonathan et à la vidéo.

— Nous ne pouvons pas nous permettre d'attendre tranquillement qu'ils commettent un autre meurtre. Surtout quand l'un d'eux détient Ling.

Je me lève, essaie de ne pas penser à ce qu'endure la jeune fille en ce moment même.

— Au moins, nous pouvons lier Brooke à tous ces autres assassinats. Mais si nous nous retrouvons en tout et pour tout avec une simple accusation de complicité contre ce Heath de malheur…

— Tu vas crever quelque chose.

— Quoi ?

— Ta lèvre.

J'étais encore en train de me mordiller avec furie la lèvre inférieure, une manie dont il semble que je sois incapable de me débarrasser.

— Je n'avais pas remarqué.

— Moi si, murmure Darren avant de boire une autre

gorgée de café. Je disais donc que nous pouvons nous servir du site Web et de tout ce que nous avons récolté sur le forum de discussion. Certains messages échangés là-dedans constituent des preuves.

Darren ne quitte pas ma lèvre des yeux. Je fais mine de l'ignorer.

— Tu crois que ça tiendra devant un tribunal ? Discuter de meurtres et en commettre pour de bon sont deux affaires très différentes. Et tu peux être sûr que les avocats ne se priveront pas d'envisager les choses sous cet angle.

Dans le domaine de l'application de la loi, nous devons sans cesse surveiller toutes nos actions et avoir conscience de leurs répercussions en termes de condamnation éventuelle, mais il s'avère parfois difficile de maintenir l'équilibre entre cette contrainte et notre devoir ultime — la protection des citoyens. Nous *pourrions* utiliser les deux « candidates » restantes comme appât. Attendre de voir laquelle sera éliminée par vote au prochain tour et guetter son arrivée dans la maison. Mais qu'adviendrait-il si, comme dans le cas de Ling, elle n'était pas conduite à la maison ? Dieu seul sait où Ling est emprisonnée. J'avale d'un trait ma dernière gorgée de café.

Gerard arrive à l'hôtel de police environ cinq minutes après nous. Il a une mine encore plus épouvantable que celle de Darren et moi réunis. Son visage pas rasé et sa tenue plus négligée que d'habitude — jean et T-shirt — accentuent son allure un rien débraillée. Et le font paraître beaucoup plus jeune. A le voir ainsi, nul ne soupçonnerait un agent du gouvernement des Etats-Unis.

— Vous avez une sale tête, remarque Darren.

— Jonathan et moi avons terminé…, répond Gerard en consultant sa montre, il y a à peine deux heures. Pendant que j'essayais de localiser le serveur Web, Jonathan est allé faire un tour sur quelques forums de discussion que je fréquente d'habitude.

Je hausse les sourcils. Sa langue a dû fourcher !

— Pour raisons professionnelles, bien sûr, se hâte-t-il de préciser. Ça fait partie des stratégies mises en place par notre département : on essaie de repérer les pédophiles potentiels, la pornographie enfantine sur internet et toute autre activité illégale ou crime violent. Enfin bref, la plupart des gens que je rencontre en ligne s'intéressent surtout aux enfants, c'est l'un de nos plus gros problèmes dans le cyberespace. Mais certains sont en relation avec des réseaux tellement louches que j'ai pensé qu'ils pouvaient avoir entendu parler de ce fameux club. Puisque Brooke refuse de nous dire dans quel forum le président l'a recrutée, il n'y a pas de mal à fouiner nous-mêmes.

— Bien vu, Gerard. Et ça a donné quelque chose ?

— En réalité, non, soupire-t-il. J'avance dans mes recherches à propos du site Web, mais Jonathan n'a rien détecté dans les forums ni dans les groupes de discussion. Alors, vous êtes prête à reprendre le rôle de Veuve-Noire ?

— Ouaip.

Gerard allume l'ordinateur. Il ouvre la fenêtre du navigateur Web et se connecte au site sous le pseudo de Veuve-Noire. Deux autres membres sont déjà en ligne — Jamais-Pris et American-Psycho. Cela signifie-t-il qu'ils se trouvent sur la côte Est, laquelle a quelques heures d'avance sur nous ?

Je formule mes observations à voix haute :

— Il est 6 h 30, ici, ce qui fait 9 h 30 du matin sur la côte Est.

Gerard saisit immédiatement où je veux en venir.

— S'ils visitent le site avant de partir travailler, cela veut dire qu'ils peuvent habiter dans pratiquement n'importe quel fuseau horaire du pays.

Effectivement, son hypothèse tient debout.

— Pouvez-vous repérer les endroits d'où ils se connectent ?

— Oui, c'est là-dessus que je travaille. Mais celui qui a monté ce dispositif connaît son affaire. Chaque connexion passe par tellement de relais que ça va prendre un temps fou pour remonter jusqu'à la source.

Un brin découragée, je hoche la tête puis me focalise sur mon rôle. J'entre dans la peau de mon personnage.

Veuve-Noire : Bonjour ! Quoi de neuf de votre côté ?

Jamais-Pris : Rien. ***. Et si on abrégeait ? Passons directement à la prochaine élimination.

Veuve-Noire : Je me régale trop en compagnie de Jonathan pour vouloir quitter cette maison. Tenons-nous-en au programme prévu.

American-Psycho : Vous ne vous lassez pas, tous les deux !

Veuve-Noire : Ce n'est rien de le dire !

Jamais-Pris : Je vais peut-être me répéter, mais qu'est-ce que vous lui trouvez ?

American-Psycho : Je suis assez d'accord avec Jamais.

Veuve-Noire : J'aime son air mélancolique. Je trouve ça sexy.

Jamais-Pris : Il devrait plutôt avoir l'air paniqué, à l'heure qu'il est, non ?

Veuve-Noire : C'est encore plus sexy.

American-Psycho : Je crois qu'il est temps d'allumer les lumières.

Nous regardons les images de la vidéo principale défiler sur l'écran tandis que les projecteurs illuminent le bunker et que la caméra passe du mode de vision nocturne en vision normale.

— Voilà qui en dit long !

Darren et moi interrogeons Gerard en chœur :

— Quoi ?

— Je pensais que les lumières étaient commandées par une minuterie. Mais on dirait qu'il s'est contenté d'appuyer sur un bouton. Ce qui veut dire soit qu'il se trouve dans le centre de commande à côté du bunker, soit qu'il dispose d'un système de contrôle électronique sur les projecteurs.

— C'est possible ça ? De les allumer à distance ?

— Bien sûr. Toutes les portes, les serrures, les lumières et les caméras pourraient être commandées à distance par SMS ou par l'intermédiaire d'une page Web personnalisée qui montrerait un plan du bunker et permettrait d'allumer et d'éteindre tous les appareils électriques.

— Par SMS ?

— Ouaip. Il lui suffirait d'envoyer un SMS donnant l'ordre d'allumer les projecteurs.

— Doux Jésus ! s'exclame Darren.

— Je ferais bien de reprendre le fil de la conversation,

dis-je, m'apprêtant à rattraper tout retard éventuel de ma part dans l'échange des messages.

Jamais-Pris : Vous vouliez reluquer Susie, avouez-le !

American-Psycho : Elle est agréable à regarder.

Veuve-Noire : Je dirai à Jonathan que le président lorgne sa petite amie.

American-Psycho : Allez-y, ne vous gênez pas. Jonathan a besoin qu'on le remette à sa place.

Presque-Parfait vient d'entrer dans le salon.

Presque-Parfait : Bonjour à tous !

Veuve-Noire : Bonjour.

Jamais-Pris : Salut ! Comment va votre chouchoute ?

Presque-Parfait : Ses pleurs ont enfin cessé. Elle a accepté son nouveau rôle dans la vie.

American-Psycho : Vous aimez les briser, n'est-ce pas ?

Presque-Parfait : Oui. Elle a résisté plus longtemps que je ne le pensais. Elle qui avait l'air si timide !

Veuve-Noire : Les apparences sont parfois trompeuses.

Mes doigts frappent les dernières lettres de mon message, cependant que je m'efforce de maîtriser ma colère. Darren pose la main sur mon épaule crispée.

— Elle est toujours en vie, observe-t-il.

— Pour le moment, dis-je en secouant la tête. Je dois à tout prix obtenir davantage d'informations.

— Fais attention. Il ne faudrait pas éveiller leurs soupçons.

— De toute façon, si American-Psycho est Heath, il aura toutes les raisons de se méfier d'ici à quelques heures.

— Avec un dispositif aussi sophistiqué, ils peuvent commettre beaucoup de dégâts en quelques heures, Anderson, intervient Gerard, à présent tout à fait réveillé. Ils ont installé des sécurités intégrées partout. Le bunker en est sans doute truffé.

— De quel genre ?

— Un logiciel de domotique est capable d'actionner à distance n'importe quoi, même des explosifs.

— Nom d'un chien !

Il a encore raison, malheureusement. Cela cadrerait tout à fait avec la manière dont toute cette opération a été menée depuis le début.

— Ce serait un véritable carnage avec, en plus, destruction de toutes les preuves.

Gerard opine du chef.

Mes épaules s'affaissent.

— Le moyen idéal de ne laisser aucune trace, ajoute Darren.

Je reporte mon regard sur l'écran et prends connaissance des derniers commentaires.

Presque-Parfait : C'est tout à fait vrai. Mais il ne me déplaît pas de relever un défi. J'aurais été déçu si elle s'était résignée à son sort sans regimber.

Veuve-Noire : Jonathan a tout de suite accepté de jouer son rôle.

American-Psycho : Vraiment ? Ça m'étonne, vu son profil psychologique. Soyez sur vos gardes.

Veuve-Noire : Ne vous inquiétez pas. Je ne vais pas pouvoir continuer à m'amuser encore longtemps avec lui, de toute façon. Il faut que je retourne travailler. La vie de *** bénéficie d'une certaine souplesse, mais ça n'en demeure pas moins du boulot.

Les astérisques qui se sont affichés attirent brusquement mon attention.

— Bon sang ! Qu'est-ce que c'est que ça ?

— Je l'avais déjà remarqué dans les messages de Jamais-Pris, observe Gerard.

— Je croyais qu'il tapait des astérisques à la place des jurons, s'étonne Darren.

— Moi aussi, convient Gerard en se penchant plus près de l'écran. Qu'aviez-vous écrit ?

— Représentante de commerce.

— Alors, c'est qu'on a installé un logiciel de filtrage. Autrement dit, une sécurité supplémentaire.

— Dans ce cas, Brooke ne mentait pas en disant qu'elle ignorait tout des autres membres du club, conclut Darren qui se frotte les yeux dans une ultime tentative pour chasser le sommeil. Aucun d'eux ne connaît ses complices.

Gerard hoche la tête.

— La personne à l'origine de tout cela a pu instaurer une censure sur plusieurs catégories de mots. A l'évidence, elle s'applique sur les gros mots et les professions.

— C'est logique, dis-je. Ça fait partie du contrôle qu'il entend garder sur le jeu. Il connaît l'identité et le métier de chacun des autres membres, mais eux ne savent rien.

— On réveille Brooke pour l'interroger sur cette histoire de censure ? propose Darren.

Je hausse les épaules.

— Je ne crois pas qu'elle pourra nous en dire davantage. Encore qu'elle ait eu tout le temps de réfléchir à la trahison du président. Ça lui a peut-être délié la langue.

— Interrogeons-la avant de partir, suggère Darren.

— Entendu.

Je me retourne vers l'écran pour lire le dernier message de Psycho.

American-Psycho : Ce n'est pas sérieux, VN. Combien de fois vous ai-je dit de surveiller vos paroles ?

Veuve-Noire : Je sais, excusez-moi. Je n'ai pas beaucoup dormi cette nuit.

Jamais-Pris : Pas étonnant !

Veuve-Noire : Il faut que j'y aille. J'ai des coups de fil à passer. Si je ne vous donne pas de mes nouvelles pendant quelque temps, vous saurez pourquoi. A bientôt.

Veuve-Noire a quitté le salon.

— J'abandonne. Si le système est programmé pour protéger leur identité, je n'obtiendrai rien d'eux en ligne.

— Ne t'en fais pas, m'encourage Darren. Nous tenons Heath.

Il a beau sourire, je ne suis pas certaine qu'il soit sincèrement convaincu que nous touchons au but, que ce n'est pas pur optimisme de sa part. En tout cas, nous ne tarderons pas à nous en rendre compte.

Tandis que, tel en lion en cage, j'arpente la pièce de long en large, l'esprit agité d'un tourbillon d'indices, de preuves et de messages internet, Darren descend chercher Brooke dans sa cellule. A peine quelques minutes plus tard, il revient, en compagnie de la jeune femme dont les mains sont menottées dans le dos. Ses cheveux pendent mollement autour de son visage, elle semble avoir dormi à peu près autant que nous.

— Bonjour, Brooke.

Elle s'arrête net.

— Vous ! crache-t-elle.

— Je ne pensais pas vous avoir fait une telle impression.

Elle me fixe un instant, puis se dirige vers une chaise.

Je m'appuie contre la table.

— Je pense que je devrais me présenter. Je travaille comme profileuse pour le FBI.

Elle ne bronche pas.

— Le président de votre club vous a vraiment joué un sale tour, on dirait.

Ses yeux s'étrécissent.

— Il me le paiera !

Je m'assois en face d'elle, les jambes croisées.

— J'ai peur que vous ne soyez pas en mesure de lui faire payer quoi que ce soit. Par contre, *nous* le sommes.

Darren s'adosse au mur.

— Et comment !

— Sans blague ! réplique-t-elle d'un narquois.

Je hoche lentement la tête.

— En fait, nous sommes sur le point d'arrêter l'un de vos complices.

— Vraiment ? réplique-t-elle, toute trace de sarcasme envolé. Qui ?

— Nous connaissons son nom, mais nous ne savons pas avec certitude s'il s'agit de Jamais-Pris ou d'American-Psycho.

— Je vois que vous avez réussi à vous introduire dans le site.

— En effet. Merci.

Elle se renverse contre le dossier de sa chaise.

— Je vous ai déjà assez aidés comme ça.

— Vous ne voulez pas nous donner un coup de main pour débusquer l'homme qui vous a si bien menée en bateau ?

Elle laisse passer un silence.

— Non, ça suffit. Trouvez le reste vous-mêmes, si vous le pouvez.

— Il a semé un indice en tatouant une rose sur Malcolm. Il a fait pareil avec Brigitte. Est-ce que ça ne vous met pas en pétard ?

— Bon sang, bien sûr que si ! Pourquoi croyez-vous que je vous aie révélé ce foutu mot de passe ? En vérité, je n'ai plus rien à vous donner.

Darren s'avance de quelques pas.

— Je parie qu'elle se montrera plus coopérative au moment du procès.

Elle esquisse un sourire.

— Peut-être, lâche-t-elle en examinant Darren de haut en bas, sa nature de chasseresse soudain en éveil. C'est possible, *inspecteur*.

Pourtant, elle bluffe, ça crève les yeux. Elle n'a plus rien à nous apprendre d'un tant soit peu intéressant.

*
* *

Il est 11 heures, heure locale, lorsque notre avion atterrit à San Francisco. Au sortir de l'aéroport, nous prenons un taxi qui nous conduit à l'antenne locale du FBI.

Je montre mon badge au comptoir de sécurité.

— Agent spécial Anderson. Je viens voir l'agent spécial Dusk.

Ce n'est qu'une fois reçu la confirmation que Dusk attend notre visite que le garde nous laisse entrer.

— Le bureau de Dusk se trouve au deuxième étage, nous indique-t-il.

Nous montons dans l'ascenseur en silence. Je me prépare mentalement à une confrontation avec Heath Jordan, et j'imagine que Darren fait de même. Les portes s'ouvrent sur un homme de petite taille, âgé d'une quarantaine d'années. Il nous attendait.

— Anderson ?

Je lui serre la main.

— Oui, et voici l'inspecteur Darren Carter des Homicides de Tucson.

Pendant que les deux hommes échangent une poignée de main, je pose la question qui me brûle les lèvres :

— Vous l'avez ?

Dusk extirpe de sa poche le mandat de perquisition — si crucial pour la suite de notre enquête — et le brandit d'un geste victorieux avant de me le tendre. J'y jette un rapide coup d'œil. C'est exactement ce que j'ai demandé. Grâce à la déposition sous serment de Jonathan et à l'identification formelle de Heath Jordan, nous tenons un mandat de perquisition illimité, valable aussi bien pour le bureau que pour le domicile de Jordan, y compris la totalité de son matériel informatique.

— Le reste de l'unité est-il prêt ?

— Tout ce qu'il y a de prêt, répond Dusk. Mon équipier et moi vous accompagnerons au bureau du suspect. Nous aurons également avec nous deux enquêteurs de la police scientifique et un informaticien. Et, comme vous me l'avez demandé, j'ai aussi mobilisé quatre agents et quatre enquêteurs scientifiques, dont un expert en informatique, pour le domicile de notre homme.

— Parfait, allons-y.

Darren et moi partageons la voiture de Dusk et de son équipier, suivis par le véhicule des experts scientifiques. Arrivés à Hillview Avenue, nous nous arrêtons devant l'immeuble de la société SysTech où travaille Heath Jordan, société sise à Palo Alto — plus connue sous le nom de Silicon Valley —, à environ soixante-douze kilomètres du centre de San Francisco.

Comme nous allons procéder à une perquisition simultanée, nous attendons dans les voitures que l'autre équipe arrive à son tour à destination. Etant donné que nous sommes vendredi, Heath devrait se trouver à son bureau, mais si, par hasard, il était chez lui, je ne tiens pas à ce qu'un collègue puisse l'appeler pour le prévenir. De cette façon, où qu'il soit, nous bénéficierons de l'élément de surprise.

Au bout d'un quart d'heure, le téléphone de Dusk sonne.

— Ici, Dusk… O.K. Dans une minute.

Il raccroche et se tourne vers nous.

— Ils ont pris position.

Je regarde ma montre et commence le compte à rebours. Avec chaque seconde qui passe, les battements de mon cœur s'accélèrent, faisant circuler l'adrénaline à travers tout mon corps : une fois de plus, le chasseur est devenu gibier. Au déferlement d'adrénaline s'ajoute le sentiment réconfortant d'être du côté de la justice.

Nous sortons de voiture et gravissons les marches qui mènent à l'entrée.

Je brandis mon insigne devant l'agent de sécurité.

— FBI ! Nous avons un mandat pour perquisitionner dans le bureau de Heath Jordan ainsi que dans tout le réseau informatique, dis-je en collant le document sur la vitre.

L'homme semble déconcerté. Je parie qu'il ne lui est jamais rien arrivé de pareil.

— Hum… hum, attendez que j'appelle le chef de la sécurité.

— Comme vous voulez, mais ce morceau de papier nous autorise à entrer *immédiatement*.

Je saute par-dessus la barrière, aussitôt imitée par mes collègues.

— Quel étage ?

— Euh… hum… dernier étage, quarante-quatrième.

Je presse le bouton d'appel de l'ascenseur, tandis que Dusk réquisitionne un officier de police pour rester auprès de l'agent de sécurité et veiller à ce que ce dernier n'appelle pas Jordan. L'ascenseur monte comme une flèche jusqu'au quarantième étage ; la porte s'ouvre. Brandissant mon badge, je conseille à un employé stupéfait d'attendre le prochain.

Lorsque nous débarquons au dernier étage, deux minutes à peine se sont écoulées. Avec un peu de chance, il s'agira d'une visite surprise. J'accoste la première personne que je croise et lui demande de m'indiquer le bureau de Jordan. Elle me désigne la pièce située tout au fond de l'open space. Sous les regards curieux des employés, dont certains se lèvent pour mieux nous voir, nous piquons droit vers l'endroit indiqué. Le temps que nous arrivions à destination, la moitié du personnel de l'étage est debout, essayant de comprendre ce qui se passe.

— Puis-je vous aider ? demande la secrétaire de Jordan que nous dépassons sans lui accorder un regard.

J'ouvre la porte du bureau à toute volée.

Derrière nous, la secrétaire s'insurge :

— Vous n'avez pas le droit d'entrer comme ça !

Sans même me retourner, je lui montre mon insigne par-dessus mon épaule.

Heath est assis derrière son bureau, occupant plus d'espace que son propre fauteuil de luxe. Il se lève, sa stature imposante me rappelle la description que nous en a donnée Jonathan — « bâti comme une armoire à glace ». Il ressemble en effet davantage à un boxeur poids lourd ou à un joueur de football américain qu'à un programmeur en informatique.

— Monsieur Jordan, je suis l'agent spécial Anderson du FBI. Nous avons un mandat pour perquisitionner ce bureau, fais-je en montrant mon insigne et en lui tendant le document. Veuillez reculer de quelques pas, je vous prie.

— Je ne comprends pas. Qu'est-ce que cela signifie ?

Je ne peux réprimer un sourire. Pourquoi font-ils toujours semblant d'être innocents ? On dirait qu'il existe un club des méchants, le club des « on nie tout en bloc ». C'est tout de même ahurissant ! Je l'appelle par son nom d'emprunt, celui dont il s'est servi pour tromper son monde.

— Quelque chose ne va pas… Chester ?

A ma grande surprise, pas un muscle de son visage ne

tressaille. Se pourrait-il qu'il ait si minutieusement brouillé les pistes qu'il ne craigne pas de se faire pincer ? Peu importe, nous disposons du témoignage de Jonathan.

J'entends la secrétaire appeler quelqu'un au téléphone.

Je m'approche de Jordan, jusque sous son nez, comme je l'ai fait avec Brooke. J'imagine mal un homme de sa taille se laisser intimider par une femme d'un mètre soixante-treize, mais on ne sait jamais…

— Chester, pourquoi avez-vous choisi ce prénom ?

Ses yeux bruns, presque noirs, se plantent dans les miens.

— Je ne vois pas de quoi vous parlez.

Je laisse échapper un petit rire et pose mes poings sur mes hanches.

— Vous n'êtes pas curieux de le savoir ?

— Bien sûr que si. J'aimerais bien qu'on me dise enfin ce qui se passe.

Haussant la voix, il regarde par-dessus mon épaule les enquêteurs scientifiques déjà occupés à passer son bureau au crible.

— Je ne parlais pas de ce que nous faisons ici, dis-je en marquant une pause pour produire mon petit effet. Je voulais dire, savoir comment nous vous avons dépisté.

Jordan ne cille pas. Certes son visage impassible dissimule à merveille ses sentiments, mais justement le masque est trop inexpressif pour un homme accusé à tort. Il sait exactement de quoi je parle, j'en mettrais ma main au feu.

Je balaie le bureau d'un regard circulaire.

— Vous êtes bien installé, ici.

Par la fenêtre, j'aperçois San Francisco dans le lointain. Bigre ! Notre homme doit occuper un poste élevé dans cette société pour avoir droit à un bureau jouissant d'une telle vue.

— Jolie vue !

— Oui, en effet, elle me plaît assez.

Je souris.

— Alors, profitez-en bien. Vous n'aurez plus l'occasion de l'admirer avant longtemps. Je dirais même, plus jamais.

— Vous m'arrêtez ?

Sa voix ne trahit toujours aucune inquiétude.

Il se comporte avec le détachement typique d'un sociopathe ou, plus vraisemblablement, d'un psychopathe.

— Dites-moi, vous êtes American-Psycho ou Jamais-Pris ?

En tout cas, il n'est pas Presque-Parfait, j'en suis certaine.

— Agent Anderson, c'est bien cela ? demande-t-il avec un sourire, comme si nous venions d'entamer une conversation amicale des plus normales.

— Exact.

— J'aimerais vraiment savoir de quoi il retourne. Je serais peut-être alors en mesure de vous aider.

J'émets de nouveau un petit rire.

— Carter, il est à toi.

Pour le moment, tout ce que nous pouvons retenir contre Jordan, c'est une tentative de meurtre.

Darren sort ses menottes.

— Heath Jordan, vous êtes en état d'arrestation pour complicité dans la tentative d'assassinat sur la personne de Jonathan Cantor.

Darren poursuit sa lecture des droits du suspect.

Une fois qu'il a terminé, je reprends la parole.

— Vous avez entendu, Jordan ? *Tentative* d'assassinat, dis-je en soulignant le mot *tentative* pour lui faire comprendre que Jonathan est toujours en vie. Mais bientôt, les charges qui pèseront contre vous seront bien plus graves.

— Que se passe-t-il, ici ?

Je sursaute, pivote sur mes talons. Un homme âgé d'environ trente à trente-cinq ans vient de faire irruption dans la pièce. Il mesure un mètre quatre-vingt-trois et, à première vue, doit peser dans les quatre-vingt-dix kilos. Mais quatre-vingt-dix kilos de muscle, cela saute aux yeux, même sous l'étoffe de son costume de marque. Il a les cheveux bruns, coupés assez court, encore que légèrement plus longs et ébouriffés sur le dessus du crâne, et de fascinants yeux verts. Le ton de sa voix et son maintien trahissent l'homme qui a l'habitude de se faire obéir. A l'évidence, c'est lui que la secrétaire a appelé au téléphone.

— Et vous êtes ? dis-je en m'avançant vers lui.

Derrière lui, une dizaine d'employés se pressent sur le seuil, dans l'espoir d'assister à la scène de plus près.

Il sourit, d'un sourire qui révèle des dents aussi parfaites qu'éblouissantes.

— Justin Reid.

Le sourire disparaît, le ton redevient péremptoire.

— Propriétaire et directeur général de cette société. Qui êtes-vous et qu'est-ce que vous fichez ici ?

Une fois de plus, je sors mon badge.

— Agent spécial Anderson du FBI. Cet homme est en état d'arrestation pour complicité de tentative de meurtre.

— Quoi ? s'écrie-t-il, visiblement stupéfait et, l'espace d'un instant, muet. Non, il doit y avoir une erreur, ajoute-t-il d'une voix qui a retrouvé toute son assurance.

— Je crains que non. Nous avons un témoin. Et également un mandat pour perquisitionner ce bureau et emporter tout ce que nous jugerons utile comme pièces à conviction, y compris le matériel informatique.

Reid lève la main.

— Puis-je voir ce mandat, s'il vous plaît ?

Malgré son trouble évident, son attitude n'en demeure pas moins autoritaire.

Je ramasse le document sur le bureau sur lequel Heath l'a laissé tomber au moment où Darren lui passait les menottes.

— Etes-vous juriste, monsieur Reid ?

— Non, mais je connais mes droits et ceux de mes employés.

Il parcourt le mandat des yeux.

— Tout semble en règle.

— Naturellement, fais-je avec mon plus charmant sourire.

Reid pose la main sur l'épaule de Jordan.

— Ne t'inquiète pas, Heath. Il ne peut s'agir que d'une erreur, j'en suis sûr. Je vais te prendre un avocat.

Pour toute réponse, Heath se contente de hocher la tête.

— C'est une offre généreuse de votre part, monsieur Reid, dis-je.

Il inspire un grand coup.

— M. Jordan travaille pour moi depuis plus de dix ans, agent Anderson. C'est le moins que je puisse faire pour lui. Surtout quand je sais que vous vous trompez de coupable.

Darren et l'équipier de Dusk emmènent Jordan. Ils vont le conduire dans une cellule de détention provisoire du Bureau pour interrogatoire.

Avant qu'il ne franchisse le seuil, je l'interpelle :

— Jordan ! Au cas où ça vous intéresserait, nous avons toute une équipe d'experts qui fouille votre appartement en ce moment même.

Darren le tire par le bras et l'éloigne des curieux agglutinés sur le pas de la porte. Le comble de la honte ! Que peut-il y avoir de pire que de devoir traverser son propre bureau, menottes aux mains ?

Reid s'approche de moi.

— Agent Anderson, j'aimerais vous offrir mes services, à vous et au FBI. Je suis persuadé que tout cela n'est qu'un malentendu, mais je tiens à faire tout ce qui est en mon pouvoir pour vous aider dans votre enquête.

— Merci, monsieur Reid. Nous aurons besoin de vous interroger, ainsi que tous les employés qui travaillent avec M. Jordan. Et pendant que nous recueillerons les informations nécessaires, personne ne sera autorisé à se servir de son ordinateur.

Bien qu'à l'évidence cette nouvelle ne le réjouisse nullement, il hoche la tête.

— En attendant que nos hommes finissent d'inspecter la pièce, je vais vous poser quelques questions.

— Entendu. Allons dans mon bureau.

Il me pose la main dans le creux des reins et me guide avec désinvolture vers la porte.

— Madame Jamble, vous pouvez regagner votre bureau, ordonne-t-il à la secrétaire de Jordan avant de s'adresser au reste du personnel : Je sais que vous vous inquiétez tous pour Heath, mais ne vous faites pas de souci. Je suis persuadé qu'il s'agit d'une terrible méprise. Pendant que je démêle cette affaire, vous retournez à vos postes ; cependant, vous ne pourrez pas utiliser vos ordinateurs tant que le FBI poursuivra ses recherches. Je vous tiendrai au courant dès que j'en saurai davantage.

Ses ordres sont exécutés sur-le-champ. J'observe les visages des employés tandis qu'ils se dispersent. Si nous avions remonté la piste de Jordan jusqu'à cette société et cet ordinateur en particulier uniquement grâce à l'aide de l'investigation numérique légale, nous serions obligés de considérer le personnel entier comme suspect — n'importe qui aurait pu utiliser l'ordinateur en question. Mais une identification visuelle est incontestable, il n'y a pas moyen de se tromper d'individu.

Reid me conduit à l'autre extrémité de l'espace paysagér. Son bureau, environ deux fois plus vaste que celui de Jordan, est entièrement entouré de parois vitrées, créant ainsi une illusion d'espace, mais réduisant sans doute d'autant l'intimité de son occupant. Devant la porte, une femme d'une cinquantaine d'années est assise à son poste de travail. Malgré le soin qu'elle met manifestement à entretenir ses cheveux bruns frisés, quelques fils d'argent sur ses tempes me font soupçonner que la couleur de sa chevelure doit beaucoup à la teinture. Elle porte un tailleur bleu marine coupé sur mesure, dont le col d'un chemisier de soie rose pâle drape élégamment le revers. De même que le costume de Reid, ces vêtements semblent venir de chez Christian Dior plutôt que de chez Gap. A ma grande surprise, elle ne lève même pas le nez à notre approche. Ou bien elle est sourde, ou bien elle est parfaitement entraînée à contenir sa curiosité.

Reid s'arrête devant le bureau de son assistante si brusquement que je dois réagir au quart de tour pour ne pas lui rentrer dedans.

— Carolyn ! appelle-t-il.

Elle lève enfin les yeux.

— Oui ?

— Deux cafés, commande-t-il avant de se tourner vers moi. Nous avons une machine à espresso. Comment voulez-vous votre café ?

— J'aimerais un café au lait, merci.

Il sourit.

— Merci, Carolyn. Pour moi, comme d'habitude.

— Bien, monsieur.

Elle se lève et contourne son bureau. La jupe qui lui arrive aux genoux révèle ses jambes maigres.

Comme dans le bureau de Jordan, les baies vitrées qui s'élèvent jusqu'au plafond offrent une vue imprenable sur San Francisco.

Reid suit mon regard.

— Ce n'est pas souvent que le ciel est aussi clair. Profitez-en.

Avec un sourire, je m'arrache à la contemplation du paysage et examine le reste de la pièce, décorée avec goût certes, mais visiblement à grands frais. D'un côté, deux canapés de cuir noir aux montants d'acier, avec leur table basse assortie en acier et verre — c'est apparemment là que M. Reid reçoit ses visiteurs pour des entretiens plus informels. Derrière les sièges, un bar de style contemporain, dûment approvisionné, auquel sont fixés trois tabourets hauts.

Un grand bassin à la japonaise, tapissé de petits galets lisses et brillants, occupe le centre de la pièce. Dans un coin se dresse une sculpture de bronze représentant une femme nue, grandeur nature. La seule autre œuvre d'art dans la pièce est un superbe tableau suspendu derrière le bureau de Reid par des filins accrochés au plafond. De l'endroit où je me trouve, j'aperçois les traces des coups de pinceau de l'artiste, les touches épaisses de peinture qui trahissent l'œuvre originale. En tant que profane en matière artistique, tout ce que je peux dire, c'est que cette peinture se situe quelque part entre l'impressionnisme et l'art abstrait. Je devine qu'il y est question d'un homme et d'une femme, mais c'est à peu près tout.

Reid ne me quitte pas des yeux.

— Ça vous plaît ?

Je détourne mon regard du tableau pour lui faire face.

— C'est magnifique.

— Un agent du FBI amateur d'art ! sourit-il.

— Je l'apprécie, mais je n'y connais pas grand-chose.

— Il n'est pas nécessaire d'être un amateur éclairé pour ressentir une œuvre.

— Non, j'imagine que vous avez raison.

D'un geste, Reid m'invite à m'asseoir sur un siège devant son bureau tandis qu'il prend place dans son fauteuil.

— Vous permettez que je termine ce courriel, pendant que je l'ai encore en tête.

— Désolée, l'interdiction s'applique à vous aussi.

Reid paraît un brin contrarié, mais finit par afficher un sourire charmeur. Il se relève et désigne le coin salon de son bureau. Autant nous installer confortablement, doit-il se dire.

— Passons aux choses sérieuses, annonce-t-il en s'asseyant. Il s'agit sans aucun doute d'une erreur, agent Anderson.

Je me cale sur l'un des moelleux canapés de cuir.

— Je ne crois pas. Vous savez que Heath Jordan a un casier judiciaire, n'est-ce pas ?

— En effet. Il a eu quelques démêlés avec la justice quand il était jeune.

Je hausse les sourcils.

— Il a fait cinq ans de prison pour vol à main armée.

— Il avait seize ans ! Sa vie n'était pas facile, vous savez.

— Ce n'est pas une excuse, monsieur Reid.

— Non, bien sûr. Appelez-moi Justin, je vous en prie.

— Depuis combien de temps connaissez-vous Jordan ?

Il se renverse sur son siège.

— En fait, je l'ai rencontré à l'époque où il purgeait sa peine.

Il guette ma réaction, mais je me garde bien de le satisfaire. Je me contente de dire :

— Continuez.

— J'appartiens à un certain nombre d'associations à but non lucratif, y compris un programme de proximité en faveur de la réinsertion des jeunes délinquants noirs. SysTech donne des cours d'informatique deux fois par semaine en collaboration avec le Centre d'information sur la justice pénale des mineurs.

— C'est une noble cause.

— Je veux rendre à la société ce qu'elle m'a donné.

Soit ! Après tout, il peut bigrement se le permettre ! J'esquisse un sourire.

Reid regarde par-dessus mon épaule. Je me retourne pour voir son assistante, chargée d'un plateau, entrer dans la pièce. Elle dépose sur la table basse nos cafés accompagnés d'une assiette de gâteaux secs.

— Désirez-vous autre chose, monsieur ?

— Non, merci, Carolyn.

D'un geste, Reid me désigne les biscuits, mais je décline son offre.

— Voyons, agent Anderson ! Vous êtes une représentante de la loi, une professionnelle. Ne me dites pas que vous faites partie de ces femmes constamment au régime !

Il a réussi à formuler sa phase avec suffisamment d'amabilité pour en faire une remarque plus plaisante que condescendante.

— Non, pas du tout. Je ne veux pas me gâcher l'appétit, c'est tout.

Mensonge ! Il est fort peu probable que je prenne le temps de déjeuner aujourd'hui. En vérité, même si je ne m'astreins pas à un régime au sens strict du terme, je m'attache toujours à limiter ma consommation de sucre.

Tout en m'observant d'un regard dubitatif, il prend un biscuit.

— Je dois avouer que moi-même, je me laisse rarement tenter, d'habitude.

L'étrange contraste qui vient de s'opérer dans sa personnalité me laisse perplexe. Passer d'un dirigeant autoritaire à *ça* ? A certains moments, en sentant son regard s'attarder sur moi, l'idée m'est même venue qu'il songeait à me draguer. Un homme tel que Justin Reid n'aurait aucun mal à s'attirer les faveurs de n'importe quelle femme. Avec son physique et son compte en banque — même si par ailleurs c'est un pauvre type ou qu'il est déjà marié —, il doit tomber toutes les femmes qu'il veut. N'empêche qu'il y a quelque chose en lui qui me dérange. Il est trop beau parleur.

Tandis qu'il déguste son biscuit, j'en profite pour replacer la conversation sur les rails.

— A propos de Jordan, nous disions que…

Il passe sa langue sur ses lèvres.

— Heath montrait un énorme potentiel. De temps en temps, nous embauchons des délinquants dans le cadre du programme de réinsertion, et c'est ce qui s'est passé avec Heath.

— Au salaire minimum ?

— Pas du tout, répond-il en buvant une gorgée de son café.

Si ma remarque l'a offusqué, il n'en montre aucun signe.

— De mémoire, je peux vous affirmer que Heath a commencé à travailler avec nous à plein temps à l'âge de vingt-trois ans et pour un salaire annuel d'environ trente mille dollars.

Je prends note des détails.

— C'est généreux de votre part.

— Je suis convaincu que si l'on traite les gens avec respect, ils s'arrangent pour le mériter.

— Vraiment ? Vous devez percevoir un aspect moins sombre de l'humanité que je ne le fais.

— Certainement, agent Anderson. Je n'envie pas ceux qui travaillent dans le domaine de l'application de la loi.

— En réalité, j'adore mon métier, dis-je, ignorant son commentaire.

— Heath est retourné à l'université à mi-temps pour étudier l'informatique, et s'est spécialisé dans la sécurité de l'information. Ce qui est le domaine d'expertise de ma société.

— Ah bon ?

— NetSecure est un outil dont se sert même le FBI. Vous l'avez peut-être remarqué quand vous allumez votre ordinateur.

NetSecure… Bon sang, ce type doit être bourré de fric !

— Oui, en effet, dis-je, m'efforçant de cacher à quel point je suis impressionnée. Quelle est la fonction de M. Jordan dans votre société ?

— Il dirige le département Recherche et Développement.

— Il doit s'y connaître en technologie de l'information.

Reid émet une sorte de gloussement.

— On peut dire ça !

— L'affaire en question met en cause l'utilisation d'ordinateurs.

— D'où l'interdiction.

Il commence à comprendre. Me voyant opiner, il enchaîne :

— Mais je croyais que vous l'accusiez de complicité de meurtre.

— Pour le moment. Mais nous croyons qu'il est impliqué dans des agissements criminels de plus grande envergure sur internet.

— Expliquez-vous.

— Non, impossible.

— Je suis peut-être à même de vous aider.

Il fait suivre son offre d'un nouveau sourire enjôleur, puis, d'un geste désinvolte, avale une autre gorgée de café.

— Nous avons affecté nos meilleurs experts en informatique légale à cette enquête.

— Je n'en doute pas.

Malgré la courtoisie de sa réponse, j'y décèle une pointe d'incrédulité. Un homme comme lui peine probablement à imaginer que les « meilleurs » puissent être assez bêtes pour travailler dans le domaine du maintien de l'ordre pour un salaire de 60 à 80 000 dollars par an, alors qu'ils pourraient en gagner 250 000 ou plus dans le privé. Pourtant, le sentiment du devoir accompli n'a rien à voir avec l'argent.

— Avez-vous remarqué quelque chose de différent chez Jordan ces deux derniers mois ? En particulier, ces cinq dernières semaines ?

— Ça dure donc depuis cinq semaines ?

— Je ne peux malheureusement en discuter avec vous.

— Désolé. Pour répondre à votre question, non, je n'ai rien remarqué d'inhabituel dans son comportement.

— A-t-il pris des jours de congé ?

— Un ou deux, je pense. Il faudra vérifier avec la DRH pour vous en assurer.

— Votre société dispose-t-elle d'un hélicoptère ?

— Naturellement. Nous possédons un avion privé et plusieurs hélicoptères que se partagent nos différents bureaux.

Naturellement. Suis-je bête !

— Arrive-t-il à M. Jordan de piloter l'hélicoptère ?

— Comment savez-vous qu'il sait piloter ?

Je souris.

— Notre témoin a été transporté en hélicoptère par M. Jordan.

— Oh ! semble-t-il hésiter. Mais c'est impossible. Il doit s'agir de quelqu'un d'autre. Peut-être quelqu'un qui lui ressemble.

Il a maintenant l'air légèrement contrarié.

— Si je comprends bien, dis-je, vous êtes très proches ?

Il ne répond pas tout de suite.

— Oui, je suis son mentor et ami depuis des années, convient-il enfin. Quand j'ai rencontré Heath, je venais tout juste de monter cette société et je m'investissais personnellement dans le programme de proximité. Aujourd'hui, j'embauche d'autres personnes pour donner les cours, mais mon engagement en termes de dollars est dix fois plus important qu'il ne l'était alors. Heath en fait partie. C'est un bon exemple de ce qu'une action modeste mais positive est capable de produire comme résultat positif.

— Je regrette d'avoir à vous le dire, monsieur Reid, mais vous avez malencontreusement placé votre confiance dans la mauvaise personne.

Il secoue la tête.

— Je ne… je ne comprends pas.

Le moment est venu de lui dévoiler quelques données supplémentaires — il lui faut se rendre compte de la gravité de la situation.

— Je sais que ce doit être difficile pour vous. Je veux dire, les tueurs en série sont souvent capables de dissimuler leurs activités criminelles même aux yeux de leur femme ou de leur associé. C'est courant.

— Les tueurs en série ? Vous ne voulez pas dire…

— Jordan est mêlé à une très vilaine affaire. S'il n'a pas en personne commis de meurtre, il a activement participé à au moins six homicides.

Le regard perdu dans le vague, Reid se lève et se dirige vers la fenêtre tout en sirotant son café, dans un effort pour absorber le choc. Or, j'ai la nette impression qu'il refuse purement et simplement d'admettre la réalité.

34

Dès mon retour au bureau du FBI, je fonce directement à la salle d'interrogatoire et demande à Darren de sortir.

— Quoi de neuf ?

— Il refuse de parler. Il n'a pas dit un mot.

— Bon sang ! Il faut coûte que coûte localiser ce bunker et retrouver Ling. Qu'est-ce que tu lui as dit ?

— Je l'ai bombardé de toutes les preuves que nous avons accumulées contre lui — l'ordinateur portable, le témoignage de Jonathan qui l'a identifié, le site Web, le nom du club, tout ! Je lui ai même dit que Brooke l'avait balancé et qu'elle était prête à témoigner contre lui.

— Et toujours rien ?

— Non. Je ne crois pas que nous allons tirer quoi que ce soit de ce type.

Ce n'est pas du tout ce que j'avais envie d'entendre. Je me mords la lèvre.

— Bon. Laissons-le mijoter là-dedans pendant un moment et allons voir ce que nos as de l'informatique ont réussi à dégoter dans son ordinateur de bureau et dans celui de son domicile.

Nous descendons au laboratoire d'informatique lorsque

la sonnerie de mon mobile retentit. J'ouvre le téléphone et jette un coup d'œil sur le cadran.

— C'est Gerard, dis-je à Darren avant de presser la touche d'appel. Gerard, dites-moi que vous avez trouvé quelque chose !

— J'ai trouvé quelque chose.

Avec un sourire de triomphe, j'empoigne le bras de Darren.

— Oui ?

— J'ai réussi à localiser la webcam qui filme notre jeune Australienne.

— Fantastique !

Ma première pensée est pour les parents de Ling qui, en ce moment même, survolent le Pacifique. Quels parents pourraient supporter de rester dans un pays étranger en sachant que leur enfant a disparu ?

La voix de Gerard est pleine d'assurance et d'excitation.

— En plus, elle se trouve tout près.

— De vous ou de nous ?

— De vous.

— Où est-elle ?

Le ciel soit loué ! Cette fois, je vais arriver à temps, je vais la sauver. Ça ne se passera pas comme avec Brigitte et les autres.

— Elle est séquestrée dans une propriété juste en dehors de Red Bluff.

— Red Bluff ?

N'ayant aucune idée de l'endroit où ça se trouve, j'interroge Darren du regard.

— Ce n'est pas loin d'ici, vers le nord, me répond-il.

— Très bien, continuez, dis-je à Gerard.

— J'ai réussi à trianguler le signal jusqu'à une cinquantaine de mètres. J'ai visualisé la propriété sur une photo satellite. Il s'agit d'un ranch d'élevage de chevaux. Vous avez de quoi noter ?

— Attendez une seconde.

Le souvenir de la vision dans laquelle Presque-Parfait m'est apparu remonte à la surface de ma mémoire : ses bottes étaient couvertes de terre. C'était la terre du ranch. Je palpe mes poches, puis regarde autour de moi, à la recherche d'un stylo et d'un morceau de papier.

— Allez-y, je vous écoute, dis-je avant d'écrire l'adresse que mon collègue me dicte. C'est formidable ! Gerard, vous êtes un génie !

— Ça, je le sais. Voulez-vous une autre bonne nouvelle ?

— Naturellement !

Savoir où Ling est détenue prisonnière suffit déjà à me combler, mais ce n'est pas moi qui vais me plaindre d'une surabondance de pistes fiables.

— Jonathan ne va plus tarder à localiser le serveur Web. Ce qui veut dire que nous serons bientôt en mesure de situer précisément l'emplacement du bunker.

— Merci, Gerard. Appelez-moi dès que vous avez du nouveau.

Je raccroche et mets Darren au courant des détails. Puis je remonte à l'étage pour organiser la descente de police tandis que Darren s'en va, comme nous l'avions prévu, faire le point avec les experts informaticiens. J'en profite pour charger Dusk d'effectuer une recherche sur le ranch en question et sur son propriétaire.

Vingt minutes plus tard, nous nous retrouvons.

— Eh bien ? demande Darren avec un sourire espiègle,

comme s'il tenait en main une quinte flush pour contrer ma pauvre petite paire de neuf.

— Quoi ?

— Où en es-tu ?

— J'ai obtenu un mandat de perquisition et mis sur pied une équipe de la B.R.I. Ils nous attendent en bas. Nous devrions pouvoir arriver chez Presque-Parfait dans une heure environ. Et toi ?

Il sourit de nouveau.

— Alors, accouche !

— Heath Jordan est American-Psycho.

— Quoi ?

— Les fichiers journaux sur son ordinateur portable ont enregistré des connexions à www.murderers-club.com sous le pseudo d'American-Psycho. De plus, il y a un logiciel de domotique installé sur l'ordinateur. Nous tenons le président, Sophie !

Je lui donne un coup de poing dans le bras.

— Espèce de chameau ! Je parie que tu étais au courant depuis au moins vingt minutes.

— Presque. J'attendais le moment propice pour te l'annoncer.

Je secoue la tête, mais ne peux retenir un sourire de triomphe.

— Nous avons enfin épinglé le fameux président !

Pourtant, au moment même où je prononce ces paroles, un doute m'assaille. Ne serait-ce pas trop facile ? Se peut-il vraiment que nous ayons mis le cerveau de la bande derrière les barreaux ?

— Qu'est-ce qui ne va pas ?

— Rien.

Je chasse l'idée dérangeante qui s'est insinuée dans mon esprit. Les preuves ne mentent pas — nous avons bel et bien coffré Psycho. Et bientôt, nous cueillerons Presque-Parfait. Je jette un coup d'œil à ma montre.

— Il ne nous reste plus qu'à choper Jamais-Pris et à délivrer les filles encore prisonnières dans le bunker.

Je tourne les talons, et ensemble nous gagnons le bureau de Dusk.

— Quelles nouvelles ?

— Nous avons effectué une recherche sur le titre de propriété et retrouvé le propriétaire — un certain Victor Petrov. J'ai vérifié dans le fichier central. Il n'a pas de casier, mais nous avons des informations à son sujet.

Dusk farfouille dans ses papiers avant de poursuivre :

— D'origine russe, né aux Etats-Unis, il est actuellement en semi-retraite. Avant, il entraînait des chevaux de course et maintenant il se consacre à l'élevage de chevaux dans sa propriété de 20 hectares. Selon le fisc, il est extrêmement riche.

— Condition indispensable pour appartenir au club, remarque Darren.

Trois kilomètres avant d'arriver à la bifurcation et de tourner en direction du ranch de Petrov, la fourgonnette de la B.R.I. et le véhicule du Bureau s'immobilisent sur le bas-côté de la route. L'équipe de la brigade d'intervention est conduite par Rhode, stéréotype parfait du marine. Dusk, Darren et moi les rejoignons, lui et ses hommes, dans leur véhicule afin de passer une dernière fois en revue les détails de notre plan. J'ai confié la direction des opérations à Rhode. Après tout, il possède une plus grande expérience de ce genre d'intervention que moi, c'est incontestable.

— Notre dernière image satellite confirme la présence de deux signatures thermiques dont une de plus faible intensité, observe-t-il en montrant du doigt la carte. Nous pensons qu'il s'agit de notre otage. Elle est détenue dans la grange, peut-être sous terre, ce qui expliquerait que l'émission de chaleur soit réduite.

L'autre hypothèse restant que Ling est malade, peut-être mourante. Mais à mon grand soulagement, Rhode n'évoque même pas cette éventualité.

— La grange se situe à cet endroit précis.

Rhode désigne une photographie aérienne de la maison et de ses dépendances.

— Je viens de recevoir confirmation que l'autre signature thermique se trouve encore dans la maison principale. Nous ne changeons donc rien à notre plan. Anderson, Dusk et Carter vont se rendre sur place et distraire l'attention du suspect, pendant que nous entrerons dans la propriété par-derrière.

Du bout de l'index, il suit une ligne sur la photo, représentant un chemin de terre.

— Nous foncerons directement à la grange et, à notre signal — il fait un signe de tête dans notre direction — vous pourrez procéder à l'arrestation en bonne et due forme.

Au contraire des gars de la B.R.I., équipés de pied en cap de leur harnachement habituel, Carter, Dusk et moi ne portons que des gilets pare-balles sous nos vêtements civils. De cette façon, Petrov ne se doutera même pas que la police est en train d'investir sa propriété. S'il est vrai que nous avons pour de bon coincé le président du club, celui-ci n'aura pas pu prévenir Presque-Parfait ni aucun des autres membres. Il n'aura pas eu le temps de le faire avant notre entrée fracassante dans son bureau.

Ce qui signifie que pour Presque-Parfait et Jamais-Pris la partie n'est pas encore terminée.

— O.K., allons-y !

Rhode roule ses cartes et ses photos puis regagne l'avant de la fourgonnette. Nous redémarrons cependant qu'ils attendent pour nous laisser un peu d'avance.

Cinq minutes plus tard, Dusk, Carter et moi nous engageons sur le chemin de terre qui conduit au ranch de Petrov. L'endroit semble entretenu avec soin. De hautes barrières de bois divisent le terrain en plusieurs enclos de belles dimensions. Un cheval aux formes sculpturales, une petite tache blanche sur le chanfrein, observe notre arrivée, puis se met à galoper aux côtés de la voiture avant de s'arrêter à l'extrémité de son enclos.

Après avoir tourné sur la gauche, le chemin continue en serpentant jusqu'à l'entrée de la résidence. La maison de bois — qui paraît relativement modeste, compte tenu des revenus de Petrov au cours des vingt dernières années —semble avoir été repeinte récemment. Une large véranda longe toute la façade et le flanc gauche du bâtiment. Suspendu au-dessus des deux marches qui mènent à la porte d'entrée, un carillon éolien se balance doucement dans la brise. Image idyllique d'un ranch paisible ! Nous avons à peine le temps d'immobiliser notre véhicule qu'un homme sort sous la véranda.

C'est l'homme de ma vision ! Dès que je l'aperçois, mon corps tout entier réagit, mon cœur se met à battre la chamade, la colère bouillonne dans mes veines. La taille élancée, Petrov porte un pantalon noir et unc chemise à manches longues, tenue que je trouve plutôt chic pour regarder la télévision — ou quelle que soit l'occupation à laquelle il se livrait à l'intérieur de la maison. De même que dans ma vision et sur le portrait-robot dressé par

Powers et Jonathan, il porte de petites lunettes à monture d'acier. Nous coupons le moteur et avançons vers lui.

— Puis-je vous aider ?

Sa voix est amicale, accueillante et, à l'instar de Jordan, il ne montre aucun signe d'inquiétude ni de culpabilité. Je me demande si mon insigne du FBI va ébranler cette belle assurance.

Je suis la procédure habituelle : je montre mon badge et, d'une voix neutre, annonce mon appartenance au FBI. L'homme ne paraît ni étonné ni troublé par notre présence.

— En quoi puis-je me rendre utile auprès du Bureau ? demande-t-il avec un sourire.

J'extirpe le mandat de ma poche.

— Nous avons un mandat de perquisition. Pour votre maison et tous les bâtiments annexes.

— Quoi ?

Son visage exprime enfin la surprise, mais toujours pas une once d'inquiétude.

— Pour quelle raison ?

— Nous avons la preuve que vous séquestrez une jeune Australienne du nom de Ling Gianolo.

— Quoi ? répète-t-il avant de rire doucement. Voyons, c'est ridicule !

— Vraiment ?

Une main derrière le dos pour dissimuler mon poing rageusement serré, je marche droit vers la maison.

— Si vous voulez bien regagner l'intérieur, monsieur Petrov.

— Mais certainement. Si je puis vous aider en quoi que ce soit, vous ou cette malheureuse jeune femme.

Il regarde autour de lui, me révélant le premier défaut de sa cuirasse.

— Comment avez-vous dit qu'elle s'appelait ? demande-t-il avec une désinvolture forcée dans la voix.

Il éprouve ma patience, j'en suis consciente.

— Ling.

— Ah, oui, Ling !

— Si vous voulez nous aider, vous pouvez commencer par nous montrer votre ordinateur.

— J'ai peur de ne pas être très doué pour l'informatique. J'ai bien acheté un ordinateur, il y a quelque temps, mais je crois que je l'ai cassé. Malheureusement, je n'y connais rien du tout.

— Vous aimez le cinéma, monsieur Petrov ?

— Voilà une bien curieuse question, ma chère !

— Je suis l'agent Anderson, monsieur Petrov. Ma question se rapporte à cette enquête, et vous le savez pertinemment.

— Je ne sais pas de quoi vous parlez, mais pour répondre à votre question, oui, j'aime le cinéma.

— Vous connaissez le film d'Alfred Hitchcock intitulé *Le Crime était presque parfait* ?

— C'est un classique. Bien sûr que je le connais. Je suis heureux de voir que vous évoquez l'œuvre originale et non le remake. Surtout étant donné votre jeune âge.

Je souris.

— C'est un bon film, mais il faut dire que j'aime assez les films noirs et les personnages de femmes fatales, dis-je sans le quitter des yeux, pour épier sa réaction. De ces femmes qui ne sont pas sans rappeler les veuves noires. Vous avez déjà entendu parler de ces araignées, n'est-ce pas ?

Il continue de sourire, mais je devine l'effort que son apparente impassibilité exige de lui désormais.

— Oui, je connais.

Il entre dans la maison, et nous lui emboîtons le pas.

L'intérieur, dans le style ancien, est impeccable. Des photographies de chevaux ornent les murs peints en blanc. Les meubles semblent pour la plupart venus tout droit de la vieille Angleterre. Petrov nous conduit vers une pièce à l'arrière de la maison et ouvre le tiroir supérieur d'un grand bureau de bois. Il en extrait un portable, mais, au moment même où il nous le tend, un mince filet de fumée s'échappe de l'appareil avec un sifflement. Nous nous écartons d'un bond.

— Qu'est-ce que… ? s'écrie Darren, les yeux rivés sur l'ordinateur.

Petrov affiche un grand sourire, plus authentique, celui-là, que celui de tout à l'heure.

— Je vous avais prévenus, je crois que je l'ai démoli.

Je dirais plutôt piégé, oui ! Jordan a dû installer une sécurité intégrée dans l'ordinateur, qu'il a suffi à Petrov de déclencher — peut-être en appuyant sur un bouton quelque part ? Quoi qu'il en soit, notre arrivée l'a réellement surpris, ce qui signifie que Jordan n'a pas eu le temps de se connecter au site pour l'avertir.

— Ça ne fait rien, dis-je. Nos experts en informatique légale seront tout de même capables de lire le contenu du disque dur.

Je ne sais pas si je bluffe ou non ; en tout cas, je n'aime pas du tout l'expression du visage de Petrov. A l'heure qu'il est, il devrait grincer des dents. A moins qu'il ne mijote quelque chose… Pour l'instant, il croit n'avoir affaire qu'à nous trois. Il ne sait pas qu'une unité de la B.R.I. est en train de fouiller sa grange, sans doute sur le point de libérer Ling de sa prison. Une fois qu'ils auront délivré la jeune fille, nous serons en mesure d'arrêter Petrov dans les règles, pour enlèvement et séquestration.

Je concentre de nouveau mon attention sur notre homme. Que ferais-je si j'étais lui ? Comme lorsque je dresse un profil, j'essaie de me mettre à la place du suspect.

Petrov s'approche de son bureau ; instinctivement, j'abaisse la main vers mon pistolet. Je sais très bien ce que je ferais si je me trouvais face à trois représentants de la loi qui en savent beaucoup trop long sur mon compte.

Le moment est venu, me dis-je, de lui apprendre que nous ne sommes pas seuls.

— Monsieur Petrov, nous…

Trop tard ! Vif comme l'éclair, il bondit en avant et plonge la main dans un tiroir du bureau. J'ai l'impression de voir la scène se dérouler au ralenti.

Petrov se saisit d'un pistolet, mais ma main est déjà sur mon Smith & Wesson que j'arrache de son étui.

Darren et Dusk sortent à leur tour leur arme, alors que Petrov a déjà pris une longueur d'avance sur eux. Il braque son pistolet sur moi, qui représente la menace la plus immédiate. Je crie l'ordre d'usage :

— Arrêtez !

Autant cracher en l'air !

Les viseurs de mon arme sont alignés, pointés sur sa poitrine. L'espace d'un millième de seconde, j'hésite, soucieuse de m'assurer, d'une façon ou d'une autre, que mon instinct ne me trompe pas — que si je ne tire pas, là, tout de suite, lui ne s'en privera pas. Or, il n'est plus temps…

Je presse la détente et me laisse tomber sur un genou, prête à faire feu une deuxième fois.

Ma première balle l'atteint en pleine poitrine, sans

toutefois toucher le cœur. Elle a dû perforer un poumon, mais la blessure n'est probablement pas mortelle.

Ses yeux s'élargissent sous l'effet du choc et de la douleur, son bras retombe. Pour autant, il ne lâche pas son arme. De nouveau, il la lève…

Nom d'un chien !

A présent, Dusk et Darren tiennent tous les deux Petrov dans leur ligne de mire. Il sait sûrement qu'il n'a aucune chance. S'il avait réussi à ouvrir le feu le premier, s'il m'avait abattue, alors peut-être serait-il maintenant en mesure de descendre Darren et Dusk. Mais désormais, ce sont trois pistolets qui le mettent en joue.

Toutefois, ce n'est pas ça qui l'arrête. Il tend le bras, me vise.

Je commence à appuyer sur la détente, prête à lui loger une deuxième balle dans le corps, lorsque, sur ma droite, une détonation éclate — Darren a tiré.

J'ai presque l'illusion de voir la balle traverser la pièce, tel un éclair, pour aller se planter dans le cœur de Petrov.

Bingo ! Son arme lui tombe des mains, il s'écroule à genoux. Pendant une seconde, il reste comme en suspens dans l'air avant de s'affaler en avant. Ses yeux encore grands ouverts semblent fixer la porte, par-dessus nos têtes.

Un bruit de pas, une cavalcade. Je fais volte-face. Deux hommes de la B.R.I. s'engouffrent dans la pièce, l'arme au poing, prêts à ouvrir le feu.

Darren et moi échangeons un regard, aussi choqués que soulagés. Dieu merci ! C'est Petrov qui gît à terre, pas nous !

D'un coup de pied, Dusk expédie le pistolet de Petrov à l'autre bout de la pièce. Les gars de la B.R.I. abaissent enfin leurs armes. Je les regarde, espérant que l'un des deux pourra répondre à ma question :

— Et la fille ?

— Rhode nous a envoyés ici dès qu'on a entendu le coup de feu. Nous étions sur le point d'entrer dans la grange.

Je me précipite dehors, franchis le seuil de l'entrée, dégringole les marches de la véranda, et cours le cent mètres jusqu'à la grange. J'ouvre la porte à toute volée ; sept fusils se retournent vers moi avec un ensemble parfait.

— Désolée !

Piètre excuse ! Bien sûr, je n'aurais pas dû débouler ainsi dans un lieu investi par la B.R.I., mais je suis incapable de penser à autre chose que Ling. Peut-être que si nous arrivons à temps pour l'arracher à la mort, cela compensera mon impuissance à sauver Brigitte et les autres.

Les armes reprennent leur position, couvrant l'espace entier du bâtiment, bien que les signatures thermiques n'aient indiqué la présence que d'une seule personne dans cet endroit. Mieux vaut être prudent.

Rhode me lance un coup d'œil, puis s'agenouille. D'une main, il déblaie la terre qui recouvre une trappe dans le sol. Je m'approche. Ling est là-dessous.

D'un signe de tête, Rhode désigne la trappe à l'un de ses hommes. Ce dernier lève son fusil, le pointe en direction de l'ouverture. Rhode s'allonge à plat ventre et, avec mille précautions, entrouvre l'abattant de quelques centimètres. Il vérifie qu'il n'y a pas de piège, mais à mon avis, c'est inutile. Petrov n'a jamais envisagé que les choses en arriveraient là, qu'il serait soupçonné, et encore moins capturé.

Plusieurs minutes durant, ma patience s'épuise, cependant que Rhode examine la trappe sous tous ses angles, recherchant même la présence de fils-pièges. J'ai envie de lui dire que Petrov n'était pas homme à installer ce genre de dispositif, mais je me retiens, par respect pour lui et pour ce qu'il fait. C'est de son domaine qu'il est question ici, et je n'apprécierais certes pas que quelqu'un s'avise de me dire comment établir un profil. Alors pourquoi irais-je lui donner des conseils sur la façon de sécuriser un lieu ?

Finalement rassuré, Rhode ouvre en grand la trappe, tandis que ses hommes continuent de surveiller l'intérieur de la grange. Je m'approche, mon pistolet à la main, au cas où.

L'ouverture de la trappe donne sur un escalier de bois plutôt raide. Rhode entreprend de descendre, son arme braquée devant lui, la tête baissée pour ne pas se cogner. Un autre gars de la brigade le suit, et je leur emboîte le pas. J'arrive à peine à distinguer quoi que ce soit au-delà des deux grands gaillards qui me précèdent, mais bientôt Ling apparaît dans mon champ de vision. Elle est recroquevillée sur un lit de style ancien, le visage enfoui dans ses mains. Elle a dû nous entendre descendre les marches et croire que c'était lui. Dieu sait ce qu'il lui a infligé !

— Ling ! dis-je, sachant qu'une voix féminine la rassurera.

Elle lève aussitôt la tête, son visage chiffonné se détend quelque peu. La contraction de ses épaules se relâche, sans que toutefois elle réussisse à ébaucher un sourire — qui pourrait lui en vouloir ? Elle s'avance vers nous, entravée par ses chaînes. Mais même cela n'émousse pas le soulagement qui se lit sur son visage. Deux hommes armés et une femme…

— Je suis du FBI, Ling. Est-ce que cette pièce est sans danger, pour autant que vous le sachiez ?

Sans danger… quel choix de mots peu judicieux de ma part ! La malheureuse n'a sûrement pas été en sécurité ici.

Ling semble désorientée par ma question.

— Est-ce que Petrov a installé des pièges dans cette pièce ?

Avec un signe de dénégation, elle pointe le doigt en direction de l'escalier, juste au-dessus de moi. Avec méfiance, je lève la tête — la webcam !

C'est pas vrai ! Comment ai-je pu oublier la caméra ? J'aperçois un interrupteur, sur lequel j'appuie aussitôt. Il ne reste plus qu'un membre du club susceptible de regarder la vidéo — Jamais-Pris. Et nous venons de l'avertir de notre présence !

35

Nous embarquons Ling dans l'ambulance et, sitôt les portières du véhicule refermées, j'appelle Gerard, comme je le lui avais promis.

— Gerard, ici Anderson.

— Oui ?

— Nous l'avons trouvée, elle va bien.

— Formidable !

J'entends une voix derrière lui. Gerard me demande de ne pas quitter pendant qu'il informe Jonathan que Ling est saine et sauve. Nul doute que celui-ci est aussi soulagé que Ling l'a été lorsque je lui ai appris que son ancien compagnon d'infortune en avait réchappé.

— Excusez-moi, je vous écoute, reprend Gerard.

— Y a-t-il du neuf de votre côté ?

— Nous avons localisé le serveur Web. J'ai essayé de vous appeler, il y a une demi-heure, mais votre téléphone était éteint. Je ne m'étais pas trompé, quelqu'un a bel et bien déplacé le serveur, mais j'ai réussi à retrouver sa trace.

— C'est fantastique !

— Si l'on peut dire. Ils utilisent désormais un serveur de l'université de Californie.

— Quoi ? Comment l'université peut-elle être impliquée là-dedans ?

— Attendez ! Ce n'est pas ainsi que ça marche. De nombreux hackers s'introduisent dans des réseaux et profitent de leur espace de stockage. Ils y dissimulent leurs programmes trafiqués pour le cas où ils se feraient pincer. De cette façon, il ne reste pratiquement aucune preuve dans leur ordinateur, car tout est stocké dans un serveur extérieur — et ils sont les seuls à savoir où.

— Oh… très astucieux.

— Les hackers *sont* des malins. Enfin bref, le serveur de l'université va lancer les sources vidéo, et comme ça, je devrais pouvoir dépister les adresses IP des webcams sans trop de difficulté.

— C'est-à-dire ?

— Donnez-moi deux heures.

— Parfait, voilà le genre de réponse que j'aime entendre. Et qu'en est-il de Jamais-Pris ?

— Une seconde !

Je l'entends taper furieusement sur un clavier. Au bout d'une minute, le martèlement cesse.

— Il n'est pas en ligne actuellement. La dernière fois qu'il s'est connecté, c'était il y a un quart d'heure.

— Vacherie !

— Comment ?

— Il nous a vus. Il a vu les gars de la B.R.I. délivrer Ling.

— Alors, il va effacer ses traces. A condition, bien sûr, qu'il sache s'y prendre.

— Je crois que le portable de Petrov était piégé parce qu'au moment où il nous l'a tendu, la machine a émis un sifflement et craché de la fumée.

— Il a grillé le disque dur, explique Gerard avant de

marquer un temps d'arrêt. Nous pourrons peut-être tout de même récupérer quelque chose, conclut-il d'un ton manquant toutefois d'optimisme.

— Ça n'a plus d'importance en ce qui concerne Petrov. Il est mort.

— Oh… oh…, bredouille-t-il. Vous n'avez subi aucune perte, j'espère ?

Gerard n'a pas l'habitude de côtoyer la mort. Son domaine concerne davantage les escroqueries à la carte de crédit, les usurpations d'identité ou la pornographie sur internet. Or, l'enquête qui nous occupe aujourd'hui est tout à fait différente. C'est probablement sa première affaire dans laquelle les victimes meurent pour de vrai.

Je le rassure :

— Le monde ne s'en portera pas plus mal.

Constatation cruelle, peut-être, mais véridique.

— Petrov avait la cinquantaine… Dieu seul sait combien de personnes il avait déjà assassinées.

Je n'aime pas la mort, quelles que soient les circonstances, mais pour l'heure, mon plus grand regret, c'est de ne pouvoir interroger mon suspect.

Je laisse mes paroles faire leur chemin pendant quelques secondes avant de poursuivre :

— Comment allons-nous retrouver Jamais-Pris ? Vous ne pouvez pas imaginer à quel point je tiens à coincer ce salaud !

— Moi aussi, soupire Gerard. S'il vous a vus, il ne va sûrement pas se reconnecter. A tous les coups, il a déjà détruit son ordinateur…

— Et il est sans doute en train de supprimer toutes les autres preuves.

— J'imagine.

Gerard ne se soucie pas des autres indices, son seul intérêt concerne l'investigation numérique.

— Vous croyez qu'il va s'en prendre aux femmes encore dans le bunker ? demande-t-il.

— Non. Brooke ne sait pas où se trouve le bunker, et je parie que Jamais-Pris non plus. C'était le président du club qui tirait toutes les ficelles. Et lui, nous le tenons.

— Tant mieux !

— Alors, comment faire pour attraper Jamais-Pris ?

— Je pourrai peut-être remonter jusqu'à son adresse IP à partir du serveur Web, mais, à mon avis, Jordan y aura pensé.

— Dommage…

— Il y a autre chose.

— Oui ?

— Le père de Clair Kelly est ici.

— Oh !

— Ça fait une demi-heure qu'il me harcèle pour obtenir votre numéro.

— Donnez-le-lui. Au moins, j'ai de bonnes nouvelles à lui annoncer.

— Ce n'est pas sa fille que vous avez délivrée.

— Non, mais sa fille à lui s'en sort mieux que Ling. Pour l'instant, elle croit encore participer à une émission de télé réalité. Et elle n'a pas été torturée pendant plus d'une semaine, comme Ling.

— Je suppose que vous avez raison.

Je soupire, essayant de ne pas trop penser à ce qu'a enduré Ling. Je dois me répéter que nous avons agi aussi promptement que possible. Encore quelques heures, et ses parents seront ici et l'aideront à surmonter cette épreuve au mieux de leurs capacités.

— Prévenez-moi dès que vous avez du nouveau, dis-je. Carter et moi allons rester à San Francisco pour le moment. Jusqu'à ce que nous repérions l'emplacement exact du bunker dans le désert de Mojave. Qui sait, nous réussirons peut-être à tirer quelque chose de Jordan.

Cette dernière phrase, je l'ai prononcée sans trop y croire.

— Entendu. Je vous appellerai.

A peine ai-je raccroché que je m'engouffre dans la voiture avec Darren et Dusk. Rhode restera sur place jusqu'à l'arrivée du coroner et de la police scientifique, tandis que nous regagnerons l'antenne locale du FBI à San Francisco.

Je n'ai que cinq minutes de répit avant que mon mobile ne m'arrache à mes pensées. J'inspire un grand coup, me préparant à entendre la voix d'un parent anxieux qui se trouve, par-dessus le marché, être un ancien flic. Super !

— Agent Anderson à l'appareil.

— Ici Will Kelly, le père de Clair.

— Oui, monsieur Kelly, l'agent Gerard m'a prévenue de votre appel.

— Où en êtes-vous ?

Nulle hésitation dans sa voix. Ces paroles, il les a déjà prononcées une multitude de fois dans sa vie de policier et il a formulé sa question davantage comme un collègue que comme un père. Il se peut qu'il s'agisse d'une simple tentative pour me prendre au dépourvu, ou bien que le flic en lui n'ait jamais complètement disparu.

— L'enquête avance bien, monsieur Kelly. Nous venons de… *d'intercepter* l'un des suspects et de délivrer une jeune fille.

Je préfère éviter le mot *tuer*.

— Elle est vivante ? demande-t-il d'une voix soudain teintée d'émotion.

— Oui. Elle s'en sortira.

Physiquement, du moins.

— Et Clair ? Savez-vous où elle est retenue prisonnière ?

— Non, pas encore.

— Vous allez interroger ce suspect.

Je marque un temps d'arrêt avant de répondre :

— Non, il est mort.

— Oh !

En tant qu'ancien membre des forces de l'ordre, M. Kelly éprouve deux sentiments contradictoires, je ne l'ignore pas. D'un côté, il est satisfait qu'un monstre ait été éliminé ; de l'autre, il sait aussi que les morts ne parlent pas.

— Nous avons d'autres suspects en garde à vue et nous tenons des pistes quant à l'endroit où Clair est séquestrée.

Je ne lui précise pas que Gerard est en train de plancher sur ces indices, qu'il détient la clé de l'endroit où sa fille est enfermée. Je sais que la dernière chose dont mon collègue du FBI ait besoin, c'est d'avoir quelqu'un sur le dos pendant qu'il travaille. En outre, ne me trouvant pas à Tucson, il m'est plus facile qu'à Gerard de tenir M. Kelly à distance.

— Quelles pistes ? me presse-t-il.

— Je crains de ne pouvoir vous en dire plus. Vous savez ce que c'est, monsieur Kelly.

Il ne souffle mot pendant quelques secondes. Puis :

— Humm, peut-être, n'empêche que je n'aime pas ça.

— Et je ne peux pas vous en vouloir.

Nouveau silence. Nous sommes arrivés dans une impasse.

— Clair est donc prisonnière quelque part dans le désert de Mojave ?

Bien qu'il connaisse la réponse, il lui faut se rappeler les faits à voix haute, dans l'espoir sans doute que je lui fournirai d'autres détails. Ou peut-être pour les assimiler totalement.

— Exact. Elle et une autre jeune femme sont détenues dans un bunker souterrain. Toutefois, monsieur Kelly, je dois insister sur le fait qu'elles ne se rendent pas compte qu'elles courent un danger quelconque. Pour autant qu'elles le sachent, elles participent à une émission de télé réalité. Jusqu'à présent, votre fille n'a subi aucune violence de quelque nature que ce soit.

Je ne mentionne pas les cruelles épreuves que nous a décrites Jonathan. Mieux vaut mettre l'accent sur le côté positif des choses — Clair est en vie et n'a pas conscience de ce qui se passe réellement. Dans pareil cas, l'expression « moins on en sait, mieux on se porte » s'avère on ne peut plus pertinente. Je suis convaincue que les parents de Malcolm feraient n'importe quoi pour se trouver à la place de M. Kelly. Même les parents irresponsables de Cindy préféreraient que leur fille soit encore vivante.

Je poursuis :

— Ça ne vous est sans doute pas d'un grand réconfort…

— Si, bien sûr, mais…

— Je sais, monsieur Kelly. Vous voulez que nous la retrouvions.

— Oui.

— Il y a quatre suspects dans cette affaire. L'un d'eux est mort, nous en avons deux en garde à vue, et il est probable que le quatrième ne connaît pas l'emplacement du bunker. Nous retrouverons votre fille.

— Merci, agent Anderson. J'apprécie votre franchise. Je vais rester à Tucson quelque temps.

— Bien sûr, monsieur Kelly. Comme vous l'a dit l'agent Gerard, je suis à San Francisco, mais n'hésitez pas à m'appeler quand vous voulez. Et naturellement, je vous tiendrai au courant dès que nous aurons du nouveau au sujet de votre fille.

— D'accord, merci.

Malgré l'à-propos de ses paroles, je sais qu'il est loin d'éprouver le sentiment d'être arrivé au bout de ses peines.

Pendant le reste du trajet, je réfléchis à notre plan d'action — ou plutôt à son absence. Petrov est mort et Jamais-Pris, en suspens. Quant à Jordan, il semble déterminé à demeurer muet comme une carpe.

Lorsque nous arrivons au bureau de San Francisco à 19 heures, je suis surprise de trouver Justin Reid qui nous attend dans le hall, devant le comptoir de sécurité. Je demande à mes compagnons de monter pendant que je m'entretiens avec lui.

Je serre la main qu'il me tend.

— En quoi puis-je vous aider, monsieur Reid ?

— J'aimerais voir Heath.

Je ne réponds pas verbalement, me contentant de lui lancer un regard qui se veut éloquent — on n'obtient pas toujours ce que l'on souhaite.

— Je désire vous aider, agent Anderson. Je sais à quel point Heath se montre obstiné parfois. Mais il me connaît et il a confiance en moi. Je peux vous être utile.

— Vous nous croyez, à présent ? Vous croyez qu'il est impliqué dans plusieurs meurtres ?

Il se tait, secoue la tête, puis s'appuie contre le bureau derrière lui.

— Je ne sais que penser. Je… je n'imagine pas Heath capable de faire du mal à qui que ce soit, encore moins de tuer. Tout cela semble tellement irréel !

Un instant, j'étudie son visage. Voilà ce qui s'appelle un beau parleur doublé d'un homme d'affaires extrêmement prospère. Il vit dans un monde à mille lieues du mien, un monde dans lequel apprendre que l'un de vos employés est un meurtrier paraît totalement surréaliste.

— Je comprends.

Sans le quitter des yeux, j'essaie de décider si je dois ou non lui accorder ce qu'il désire. Une seule pensée m'occupe — je tiens à mettre la main sur Jamais-Pris, et si Reid peut m'y aider…

— O.K., monsieur Reid. Je vous autorise à le voir. Il va de soi que nous écouterons votre conversation.

— Naturellement.

Je lui fais faire un badge de visiteur, puis nous nous dirigeons vers l'ascenseur.

— Parlez-moi de vous, agent Anderson, dit-il, plantant soudain son regard dans le mien.

— Pardon ?

Le ton badin de Reid me semble tout à fait inapproprié, on dirait plutôt une tentative pour me baratiner.

— Je suis juste curieux. Qu'est-ce qui peut attirer une Australienne aux Etats-Unis ?

Aucune pointe de fausse timidité ni d'embarras dans sa question. C'est un homme habitué à obtenir tout ce qu'il veut.

Mentalement, je lève les yeux au ciel. Comme si on

ne m'avait pas posé la question un million de fois déjà ! Toujours est-il qu'à tout prendre j'aime encore mieux cela que de le voir essayer de me soutirer des informations au sujet de l'enquête. Je vais certes devoir lui donner quelques détails si je veux qu'il fasse parler Jordan, mais pour l'instant, je préfère remettre à plus tard ce sujet épineux.

— Je suis venue travailler comme profileuse pour le FBI.

— Admirable !

— C'est un beau métier.

— Oui, servir, protéger et maintenir l'ordre public…

— Et vous, monsieur Reid ? dis-je d'une voix que je m'applique à garder courtoise. Qu'est-ce qui vous motive ?

Il hausse les épaules.

— La reconnaissance, j'imagine.

Sa franchise me laisse pantoise.

— Ça vous étonne ? rit-il. Pourtant, c'est vrai. Vu que vous appartenez au FBI, j'ai pensé qu'il valait mieux dire la vérité, toute la vérité et rien que la vérité.

Il tend le bras dans une parodie de serment.

Soudain détendue, je souris.

— Prenez garde, je suis une psychologue expérimentée et si vous ne faites pas attention, je vais vous interroger sur ce qui, dans votre enfance, a pu engendrer ce besoin d'être reconnu.

Nous embarquons dans l'ascenseur.

— Vous jouissez certainement de toute l'estime de la société dont vous pourriez rêver, non ?

Il acquiesce d'un lent mouvement de tête.

— En effet.

Pourtant, cela ne lui suffit pas, j'en ai l'impression. C'est toujours la même histoire avec les ambitieux — ils se fixent un objectif, l'atteignent, puis en visent un autre, plaçant toujours la barre plus haut. C'est ainsi que Justin Reid est arrivé là où il en est aujourd'hui.

— Vous pouvez être fier de SysTech.

Qui ne le serait pas ? A elle seule, la part de marché de NetSecure doit atteindre des sommets vertigineux. Il est le Google de la sécurité informatique.

— C'est vrai, nous avons pas mal réussi. La société se porte bien.

Quel individu complexe ! A certains moments, il se montre d'une insupportable arrogance, et maintenant que je lui tends la perche pour se faire mousser, il se dérobe.

Il fixe les portes d'un regard absent avant de reporter les yeux sur moi.

— Eh bien, que voulez-vous que je dise à Heath ? Je ne sais même pas de quoi il retourne. De quoi croyez-vous qu'il fasse partie ?

Je relève le *croyez* — il n'a toujours pas accepté la réalité des crimes de Jordan, mais je n'ai pas l'intention de débattre du choix de ses mots.

— Je crains qu'il n'ait fait davantage que participer, dis-je avec un soupir. Jordan est président d'un cyberclub. Et ce club retenait plusieurs personnes en otage qu'il assassinait les unes après les autres.

Reid est stupéfait. Il s'écoule au moins une minute avant qu'il ne profère un mot.

— Heath ?

— Oui, il a été formellement identifié par l'une des victimes.

— Quelqu'un a réussi à se sauver ? Quel soulagement !

— Comme vous dites ! Ce jeune homme a eu la chance de pouvoir fausser compagnie à la tueuse qui s'apprêtait à l'assassiner.

— Une tueuse ? C'est inhabituel, non ?

— En effet. L'un des suspects court toujours, et nous voudrions que Jordan nous aide à lui mettre la main au collet.

— Je comprends. Est-ce que d'autres victimes ont survécu ?

— Nous croyons qu'il en reste deux encore en vie. Nous ne tarderons pas à les localiser.

— Félicitations, agent Anderson ! Vous avez attrapé votre homme.

Je souris. Je n'y avais pas vraiment réfléchi jusqu'à présent, trop obnubilée par la nécessité de sortir les deux jeunes femmes du bunker et de coffrer Jamais-Pris. Mais Reid a raison, nous avons bien travaillé !

— Oui, mais je tiens à boucler le quatrième membre du club.

— Je vous admire. Ambition et perfectionnisme… quelle belle combinaison !

Voilà de nouveau le dragueur qui pointe le bout de son nez !

— Merci.

Les portes de l'ascenseur s'ouvrent, et nous nous engageons dans le couloir qui mène à la salle d'interrogatoire.

— Vous voulez donc que je persuade Heath de vous donner le quatrième complice ? Vous n'avez aucune idée de qui il s'agit ?

— Nous connaissons seulement son pseudo — Jamais-Pris.

— Eh bien, comptez sur moi, je vais faire de mon mieux.

Comme nous atteignons la pièce contiguë à la salle d'interrogatoire, je signale notre présence à Darren et Dusk.

Reid observe Jordan à travers le miroir sans tain.

— Il va bien ? demande-t-il, une pointe d'inquiétude dans la voix.

— Très bien, répond Darren. Nous lui avons même offert du café, ajoute-t-il en montrant du doigt la tasse vide sur la table.

Reid ne sourit pas.

— Je ferais aussi bien d'y aller tout de suite.

— Voulez-vous qu'on vous accompagne ?

— Pour me protéger ? Non, je n'en ai pas besoin.

Prenant soin de rester hors du champ de vision de Jordan, je le conduis jusqu'à la porte, puis regagne rapidement la pièce où se tiennent mes collègues.

— Vous savez à qui vous avez affaire ? me demande Dusk.

— Bien sûr. C'est un chef d'entreprise respecté, propriétaire d'une grosse société d'informatique… qui fournit le Bureau en logiciels de premier ordre. Ne vous inquiétez pas, je me montre très polie avec lui.

Je tends l'oreille pour écouter la conversation qui se déroule de l'autre côté du mur.

— Heath, comment te traitent-ils ?

Jordan se lève et, bien qu'ils ne se touchent pas, je ressens immédiatement la force du lien qui unit les deux hommes.

— Bien, Justin, ça va.

Ils se taisent un instant.

Dusk accroche mon regard.

— Vous seriez bien avisée de rester dans ses petits papiers. C'est l'homme d'affaires le plus estimé et le plus puissant de cette ville. Je ne tiens pas du tout à le contrarier.

— Je tâcherai de m'en souvenir.

Dusk émet un gloussement.

— Sans compter qu'il est régulièrement élu meilleur parti de l'année par *Cosmopolitan* depuis cinq ans.

— Vraiment ?

— Je parie que ça lui a valu bon nombre de conquêtes féminines, ajoute Dusk.

— Sans aucun doute, dis-je en recentrant mon attention sur Reid.

— J'ai appelé Harry Strongson, annonce ce dernier à Jordan. Il ne va pas tarder à arriver.

— Merci.

— Tu sais qui c'est, ce Strongson ? me demande Darren.

— Aucune idée.

— C'est le meilleur avocat d'assises de la ville, déclare Dusk d'une voix sombre. Si Reid a l'intention de payer la note, c'est qu'il est persuadé de l'innocence de ce type. Il a une réputation à défendre, la sienne et celle de sa société.

Je hausse les épaules.

— Je suppose que l'argent ne constitue pas un problème pour lui.

— Pour Jordan non plus. Reid le paie 200 000 dollars par an. Les relevés bancaires que les gars ont trouvés à son domicile indiquent qu'il a mis un joli magot de côté.

— C'est le président du club, dis-je. Le haut du panier.

Nous braquons de nouveau nos regards sur la salle d'interrogatoire.

— Je… je ne sais que penser, Heath, dit Reid. Le FBI raconte des choses terribles sur ton compte. Il t'accuse de complicité de tentative de meurtre.

— Oui, je sais.

— Et ils ont la preuve que tu appartiens à un club de tueurs sur internet.

— C'est aussi ce qu'ils m'ont dit.

— Tu sais donc dans quelle situation tu te trouves, n'est-ce pas ?

Jordan hoche la tête.

— Si tu es au courant de quelque chose, Heath, tu dois le leur dire. Il est encore possible de sauver deux personnes, et l'un des tueurs, un individu qui se fait appeler Jamais-Pris, court toujours. Je suis certain que la police et le FBI apprécieraient toute information que tu leur fournirais.

Jordan croise les bras sur sa large poitrine.

— Je ne dirai *rien*. Je ne sais rien.

Exaspérée, je secoue la tête. Toujours la même rengaine qu'il nous rabâche depuis le début.

Reid fait une autre tentative.

— Allons, Heath. C'est ta vie, ton avenir qui est en jeu. En les aidant maintenant, tu faciliterais les choses. Tu pourrais bénéficier d'une réduction de peine.

Reid passe les cinq minutes suivantes à supplier Jordan de passer aux aveux s'il est coupable, mais ce dernier demeure obstinément silencieux.

— C'est inutile, dis-je. Autant lui demander de partir.

Au moment où j'ouvre la porte de la salle d'interrogatoire, Reid lève les yeux sur moi.

— Je suis désolé, dit-il, la main levée.

— Merci d'être venu, monsieur Reid.

Je lui tiens la porte ouverte tandis qu'il se lève, tend la main à Jordan qui la serre avec un sourire. Reid quitte la pièce.

A peine ai-je refermé la porte qu'il se retourne vers moi.

— Je regrette sincèrement, agent Anderson. J'espérais qu'il dirait *quelque chose*. Mais Heath est un homme têtu.

— Oui, j'ai vu ça.

Je le raccompagne à l'ascenseur.

— Ainsi, vous avez demandé à Strongson de représenter Jordan ?

— C'est exact. Ecoutez, agent Anderson, je sais que vous croyez Heath coupable, mais je suis toujours convaincu que vous vous trompez de coupable. Je veux que justice soit faite, mais je soutiendrai Heath.

Je pousse un soupir.

— Faites ce que vous estimez juste.

Inutile d'argumenter avec Reid. Le moment viendra où, une fois toutes les preuves réunies, il se rendra compte de la culpabilité de Jordan. Alors peut-être changera-t-il de discours. Pour l'instant, je n'ai pas envie de gaspiller mon énergie à essayer de lui faire entendre raison.

— Merci encore d'avoir essayé, monsieur Reid.

Je presse le bouton d'appel de l'ascenseur. Nous observons un silence embarrassé.

Soudain, un violent vertige me saisit. Evidemment, ce pourrait être dû au manque de sommeil, mais je reconnais l'un de ces symptômes que je ressens souvent à l'approche d'une prémonition. Je le combats de toutes mes forces, fermant mon esprit à toute vision qui tenterait d'en prendre possession. La dernière chose dont j'aie besoin en cet instant, c'est bien de m'écrouler en un pauvre petit tas aux pieds de Justin Reid.

— Vous vous sentez bien ? me demande-t-il en me touchant le coude.

D'un geste vif, je m'écarte de lui.

— Je vais très bien.

Ouf ! J'ai réussi à étouffer mon malaise dans l'œuf, l'étourdissement s'estompe. Enfin, l'ascenseur arrive.

— Au revoir, agent Anderson.

Reid me serre la main avant de monter dans la cabine.

— Nous nous rencontrerons peut-être de nouveau et, je l'espère, dans des circonstances plus favorables.

Le besoin de séduire refait surface, accompagné d'un grand sourire.

— Possible, dis-je, convaincue toutefois que la prochaine fois que je verrai Reid, ce sera au tribunal, au moment où je témoignerai contre son protégé.

36

Ce ne sont pas deux heures mais trois qu'il a fallu à Gerard. Pourtant, personne ne songe à s'en plaindre, pas maintenant que nous connaissons l'emplacement du bunker. Notre crack en informatique a retrouvé la trace des caméras dans une zone isolée du désert de Mojave, à environ soixante kilomètres à l'ouest de Barstow, entre les routes n° 15 et 40. Nous avons dû ensuite recourir à l'un de nos satellites les plus proches pour localiser l'endroit avec exactitude en balayant le secteur de deux cent soixante hectares délimité grâce aux données fournies par Gerard. Puis il nous a suffi d'une autre demi-heure pour détecter deux signatures thermiques de faible intensité — les deux femmes sont encore en vie. Tout aurait été plus facile si le bunker n'avait pas été enterré si profondément, si nous n'avions pas été obligés de passer au peigne fin chaque mètre carré, à la recherche de la plus petite émission de chaleur, tout en excluant, bien sûr, celles de la faune locale. A environ cinq kilomètres à l'ouest des signatures thermiques, nous avons repéré les installations dont Jonathan nous a parlé — le centre de commande de toute l'opération. Nous disposons désormais d'images satellite détaillées de cela aussi.

Gerard va maintenant s'évertuer à dénicher Jamais-Pris, pendant que nous organisons une mission de sauvetage à partir de San Francisco. Nous planifions le lancement de l'opération pour 5 heures du matin, ce qui nous permettra de dormir quelques heures et de bénéficier de la lumière du jour pour mener à bien notre intervention. Deux équipes de la Brigade de déminage et deux unités de la B.R.I. se tiennent prêtes à nous accompagner — Darren, Dusk et moi — au bunker. En repensant aux sécurités intégrées dans les ordinateurs et à ce qui pourrait nous attendre dans le Mojave, je m'attends au pire.

En tout, ce sont cinq hélicoptères — des Black Hawks — qui nous emportent vers le désert. Il nous faut trois heures et un ravitaillement en carburant pour atteindre la position GPS du centre de commande. Nous poursuivons notre route jusqu'à celle du bunker, après avoir laissé sur place une équipe de démineurs et une unité de la B.R.I. Pour l'instant, ils ont pour seule consigne de sécuriser le secteur. Gerard et toute une bande d'experts en investigation numérique légale se sont mis en route pour nous rejoindre depuis le quartier général du FBI à Washington, mais ils n'arriveront pas avant deux heures.

Les hélicoptères se posent à près de soixante-quinze mètres de notre point de repère. Nous descendons en file indienne des deux gros hélicoptères, et j'utilise mon GPS pour conduire notre petite troupe jusqu'à l'emplacement exact. Plusieurs gars de la B.R.I. se servent de détecteurs de métaux pour ratisser le sol à la recherche de la trappe en acier. Au bout de cinq minutes, l'un des détecteurs émet un signal, et nous sommes bientôt en mesure de déblayer l'entrée du bunker.

Le chef de la brigade de déminage, un nommé McCoy,

nous enjoint d'un geste de reculer tandis que ses hommes vérifient la plaque métallique. Après s'être assurés qu'il n'y a aucun danger, ils composent le code que Jonathan nous a fourni. Hélas ! ça ne marche pas !

McCoy lève les yeux vers moi.

— Ce n'est pas grave. On peut se débrouiller sans le code.

Tandis qu'avec son équipe il s'escrime sur la trappe, nous observons la terre aride qui nous entoure, nous sentant quelque peu inutiles. Le soleil commence déjà à cogner dur et, sur ce paysage désertique, ses rayons semblent encore plus éblouissants, donnant l'impression qu'il est plus près de midi que de 9 heures du matin.

Les démineurs ne mettent que dix minutes pour ouvrir la porte métallique, mais ce n'est qu'au bout d'une heure que McCoy refait surface. Pendant que nous nous dorions nerveusement au soleil, dans les entrailles du désert les démineurs ont accompli leur mission.

Le visage de marbre, McCoy s'avance vers moi.

— Eh bien ? dis-je dès qu'il est à portée de voix.

— Nous sommes descendus jusqu'à la dernière porte, dit-il en s'essuyant le front du revers de la main. L'endroit est truffé de mines. Nous avons déjà repéré au moins cinq charges explosives.

— Nom d'un chien !

Il doit bien y avoir un moyen de sortir Susie et Clair sans déclencher une explosion.

McCoy lève la main.

— Ce n'est pas aussi terrible que ça en a l'air. Il n'y a pas de fil-piège, les engins sont radiocommandés. Vous détenez celui qui a installé ce dispositif, n'est-ce pas ?

Il tient à s'assurer que personne ne va appuyer sur

le bouton de commande à distance pendant qu'il est en bas. Je le comprends !

— Oui, dis-je, désormais beaucoup plus confiante quant à l'issue de l'affaire.

Bien que je me sois montrée un brin circonspecte en reconnaissant que nous avions capturé le cerveau du club, les preuves numériques attestent que Jordan est bel et bien American-Psycho, et nous savons par Brooke qu'American-Psycho est le président. Et, à n'en pas douter, le président ne se serait pas privé de faire exploser le bunker, et toutes les preuves avec, s'il en avait eu la possibilité.

Sur un bref signe de tête, McCoy conclut :

— Dans ce cas, nous sommes prêts à franchir cette dernière porte et à faire sortir les otages. Vous pouvez descendre avec nous.

— Super ! Allons-y.

Je l'ai à peine suivi jusqu'à quelques mètres de la trappe qu'une formidable détonation nous cloue sur place. Instinctivement, je regarde dans la direction du centre de commande. Comme de juste, une lueur rougeoyante embrase le ciel à l'horizon. Les regards hésitants que nous échangeons trahissent notre inquiétude. Qu'est-ce qui a mal tourné là-bas ? Y a-t-il des blessés ?

— Chef ! s'écrie l'un des démineurs qui sort la tête par l'ouverture de la trappe. Le dispositif vient d'être déclenché.

— Quoi ? Le détonateur radio ? Comment peut-il avoir été actionné ? Est-il possible que Jamais-Pris y ait accès ?

Nous nous précipitons vers l'entrée du souterrain.

— Combien de temps nous reste-t-il ? demande McCoy.

— Trois minutes.

McCoy se tourne vers moi.

— Que décidez-vous ?

La balle est dans mon camp — dois-je risquer la vie de nos hommes pour sauver deux femmes ? Pourrons-nous arriver à temps ?

J'hésite. Une seule seconde. Je n'ai pas le temps de retourner la décision dans ma tête.

— Il faut les sortir de là.

— Swanston, ouvrez la porte, tout de suite ! ordonne McCoy dans son talkie-walkie.

Derrière moi, le commandant de l'unité de la B.R.I. fait signe à ses hommes de le suivre. Mais nous n'avons pas besoin d'eux, et je refuse d'exposer leurs vies aussi. Je pivote sur mes talons et lui ordonne :

— Restez ici et éloignez vos hommes.

L'officier inspire un grand coup, s'apprête à protester, puis se rend compte qu'il n'est plus temps d'argumenter. Je regarde Darren et Dusk.

— Vous aussi, les gars.

— Jamais de la vie, rétorque Darren avec un sourire.

Je secoue la tête. Le temps presse. Je m'engouffre dans le puits, les pieds en premier, et me laisse glisser le long de l'échelle, Darren et McCoy sur mes talons.

Nous dégringolons l'échelle suivante avant d'arriver à un long corridor. C'est celui que j'ai vu en rêve. A mesure que nous dépassons les démineurs disséminés dans le tunnel, nous les renvoyons à la surface. Moins il y aura de monde, mieux cela vaudra.

Nous fonçons vers l'extrémité du couloir lorsque, arrivés à mi-chemin, nous voyons deux membres de la brigade se précipiter dans notre direction, entraînant dans leur sillage deux jeunes femmes totalement désorientées. Les hommes sont pratiquement obligés de les tirer de force. Susie et Clair ont à l'évidence une peur bleue — non pas des bombes qui vont exploser mais des hommes qui tentent de leur sauver la vie.

— Ça doit faire partie de l'émission, hasarde Susie d'une voix incertaine.

— Arrêtez, vous me faites mal ! gémit Clair.

Bonté divine ! Si elles savaient ! Je m'élance vers elles.

Susie s'efforce de se camper fermement sur le sol.

— Je n'irai nulle part avec vous. Et d'abord, qui êtes-vous ?

— On vous l'a déjà dit, la Brigade de déminage de San Francisco. Alors, avancez et plus vite que ça !

L'homme qui tient Susie par le bras s'échine à la faire avancer contre son gré. Sa patience est à bout, il sait ce qui va se passer si nous ne remontons pas à la surface au plus vite.

Parvenue à leur hauteur, j'attrape Susie par son autre bras.

— Susie, je suis du FBI. C'est Jonathan qui nous a aidés à vous retrouver.

— Quoi ? Jonathan ?

Elle bouge à peine.

Clair fait volte-face.

— Jonathan ?

— Dépêchez-vous ! hurle l'un des démineurs.

Hélas ! ses paroles produisent l'effet inverse de ce qu'il attendait. A présent, Clair aussi se met à résister de toutes ses forces.

McCoy nous pousse tous vers la sortie.

— Portez-les ! aboie-t-il. Il nous reste une minute et demie avant que tout explose.

Obéissant à l'ordre de leur chef, les hommes hissent Susie et Clair sur leurs épaules, à la façon des pompiers. Contre toute attente, cela ne semble pas nous faire progresser plus rapidement.

Nous parvenons finalement au pied de la première échelle. A mon avis, les hommes auront du mal à l'escalader avec leur chargement. Je supplie les deux jeunes femmes.

— Susie, Clair, il va falloir monter le plus vite possible. Faites-nous confiance, je vous en prie !

L'homme qui porte Clair la dépose sur les premiers barreaux de l'échelle et la pousse vers le haut. Enfin, elle semble avoir pris conscience de l'urgence de la situation et se met à grimper en toute hâte. Darren monte à leur suite, mais tandis que Clair et son sauveteur se hâtent vers la deuxième échelle, il s'arrête à mi-chemin pour aider ceux qui restent derrière lui. De nouveau, je suis frappée par la force contenue dans ce corps par ailleurs si mince, cependant que sa main enserre mon poignet gauche et qu'il me soulève vers le haut. Susie et McCoy me talonnent de près.

— Vite, Susie, venez !

Elle a l'air de presser le pas un tantinet, mais pas autant que nous le souhaiterions.

Cette femme va causer notre mort à tous, c'est sûr !

— Sauve-toi ! me crie Darren.

Je le regarde, secoue la tête.

— Jamais de la vie !

Il se penche, empoigne le bras de Susie qui est maintenant à sa portée. Je la retiens tandis que McCoy et ses hommes nous dépassent. En un clin d'œil, ils gravissent la dernière échelle. Je leur crie :

— Combien de temps encore ?

Sans cesser de grimper, McCoy me répond par-dessus son épaule :

— Quinze secondes.

Darren réussit à me faire monter en premier, puis Susie. Beaucoup plus rapide que la jeune femme, j'atteins bientôt le sommet alors qu'elle n'est toujours qu'aux deux tiers de l'échelle. Inquiète pour Darren qui est coincé derrière elle, je l'implore :

— Plus vite, Susie !

Darren a l'air résigné au fait qu'il ne s'en sortira pas.

— Encore un petit effort !

Il émerge de sa stupeur et, de sa main gauche, pousse Susie de toutes ses forces, tandis qu'il se cramponne à l'échelle de la main droite.

— Avancez !

A la surface, les autres se sont enfuis dans la direction opposée au tunnel, s'éloignant autant que possible des explosions souterraines qui risquent de provoquer des affaissements de terrain.

— Cours ! me crie Darren.

Je l'ignore et attends sans bouger.

Susie n'a plus que quelques échelons à gravir. C'est alors qu'une secousse fait trembler le sol. La jeune femme lâche les barreaux, mais Darren, qui littéralement lui colle aux fesses, réussit à la soutenir pour l'empêcher de tomber. Elle s'agrippe de nouveau à l'échelle, se hisse jusqu'en haut, suivie de Darren qui s'extrait à son tour du souterrain. Je soulève Susie, la remets sur ses pieds et l'entraîne vers les autres.

Une autre mine explose, ébranlant la terre. Les détonations se rapprochent. Nous courons à perdre haleine, guettant les déflagrations à mesure qu'elles se succèdent et que la terre trépide sous nos pas.

Enfin, six explosions plus tard, nous nous retrouvons tous sains et saufs. Reste à espérer que les équipes qui travaillaient au centre de commande ont eu autant de chance.

Encore quelque peu déboussolées, Susie et Clair affichent des mines qui oscillent entre différentes nuances de gris.

— Bon sang de bonsoir ! peste Susie. Comment on va continuer l'émission maintenant qu'il n'y a plus de bunker ?

37

L'officier en charge de la B.R.I. s'avance vers moi, un téléphone satellitaire à la main.

— Je viens d'avoir l'autre équipe en ligne. Tous nos gars vont bien, mais…

Il s'interrompt, jette à regard à McCoy, puis reprend :

— Nous avons perdu plusieurs hommes de la Brigade de déminage.

— Saloperie !

Les mains posées sur ses cuisses, McCoy secoue la tête.

D'une voix étranglée, je demande :

— Combien ?

— Quatre morts et trois blessés. Du moins, c'est ce qu'ils croient pour l'instant. Ça a l'air d'être le bazar là-bas.

Quatre ? Le bilan de ce jeu de malades s'élève dorénavant à neuf morts — Malcolm, Cindy, Janice, Brigitte, Danny — dont le corps n'a toujours pas été retrouvé — et quatre de nos hommes. Les fumiers !

Je serre les poings.

— Comment est-ce arrivé ?

— Ils pensent qu'il devait y avoir un déclencheur

à fil tendu et, en le touchant, ils ont mis en marche le minuteur.

Je secoue la tête, peinant à assimiler l'information. Quatre des hommes que j'ai embarqués dans cette mission de sauvetage ont trouvé la mort. Toutes nos preuves sont détruites, littéralement réduites en fumée, et l'un des membres du Club des Assassins est toujours en cavale, occupé à Dieu sait quoi.

Darren me prend par le coude.

— Sophie ?

S'écartant des autres, Clair se plante devant moi et me regarde droit dans les yeux.

— Qu'est-ce qui se passe, ici ?

Avoir un père flic l'a rendue moins naïve que Susie.

Autant les mettre au courant sans plus tarder.

Je me tourne vers le commandant de la B.R.I.

— Envoyez vos hommes à l'hôpital le plus proche. Je veux qu'on s'occupe immédiatement des blessés. Je me charge de faire venir la police scientifique.

— Je vais les attendre, si vous voulez, propose Dusk.

Après l'avoir remercié d'un hochement de tête, je fais signe à Clair de me suivre pour rejoindre Susie. J'ai le vague sentiment que je devrais les inviter à s'asseoir, leur offrir un verre de whisky ou quelque autre remontant. Mais nous sommes en plein désert, et je ne dispose d'aucun accessoire pour m'aider dans l'interprétation de mon rôle.

Je les dévisage tour à tour.

— Susie, Clair…

Elles me fixent d'un regard anxieux.

— Ce n'était pas une émission de télé réalité.

— Quoi ? lâche Susie.

— Je… je ne comprends pas, bredouille Clair, indécise.

La mine désemparée, elle tente de reconstituer les événements des dix dernières minutes. Elle vient de réchapper à une série d'explosions grâce à une unité de la B.R.I. et une brigade de démineurs. Elle nous a probablement entendu parler des hommes qui y sont restés. Peut-être que ça va faire tilt, qu'elle va enfin se rendre compte que le bunker n'avait rien à voir avec ce qu'elle imaginait, que c'était un endroit sinistre et dangereux.

— C'était un coup monté, dis-je.

Susie repousse quelques mèches de cheveux de son visage.

— Vous voulez dire, dans le genre de la caméra cachée ?

— Non, pas du tout.

Je ne sais par où commencer.

— Je suis l'agent spécial Sophie Anderson. Je travaille pour le FBI comme profileur criminel.

— Criminel ? répète Clair, qui décidément a le chic pour repérer les mots les plus significatifs.

— Oui, j'établis des profils de tueurs, surtout de tueurs en série.

Nous y voilà !

— Et j'ai bien peur que toute cette opération n'ait été mise sur pied par un groupe de tueurs en série qui se sont baptisés eux-mêmes le Club des Assassins.

Susie se plaque les mains sur le visage. Ça y est ! Elle a compris !

— Comment ? Qu'est-ce vous dites ?

— A l'exception de Jonathan et Ling, les autres sont… morts.

Un mot qui n'est jamais facile à prononcer.

Susie se met à trembler.

— Morts ? Mais… comment ? Et les spectateurs ?

Elle a encore du mal à traiter l'information, à en considérer toutes les implications.

— Les seuls spectateurs étaient les membres du club. Une femme — qui a assassiné Malcolm, mais a échoué dans sa tentative de tuer Jonathan — et trois hommes. L'un d'eux est en garde à vue, un autre est mort, et nous n'avons malheureusement pas encore attrapé le troisième.

— Les autres… les autres candidats… ils sont morts ?

Clair éprouve une soudaine difficulté à accepter l'ampleur du danger qu'elle a couru.

Je lui prends la main.

— Oui.

— Mais pas Ling ? Et pas Jonathan ?

En prononçant le nom de ce dernier, sa voix s'est teintée d'émotion, presque de désespoir.

— Jonathan s'est échappé. C'est grâce à cela que nous avons pu découvrir tant de choses sur ce club. Quant à Ling, elle était séquestrée par l'un des meurtriers, mais nous l'avons délivrée, il y a quelques heures.

Clair s'écroule sur le sol, jambes croisées.

— Papa m'a toujours dit que les gens pouvaient être mauvais.

Les lèvres pincées, je réprime l'envie de lui dire : « Et il avait raison ». A la place, je m'empare d'un téléphone satellitaire et compose le numéro du mobile de M. Kelly. Je tends l'appareil à Clair.

— Votre père veut vous parler.

Les yeux écarquillés, elle me prend le téléphone des mains.

— Papa ?… Oui, je vais bien.

Ses larmes commencent à couler. Elle s'éloigne de quelques pas pour poursuivre sa conversation en toute intimité.

Susie secoue la tête.

— Alors, nous ne passions pas à la télé ?

— Non. Vous étiez observés, *via* un site Web, par les membres du club.

— Et Chester ?

— En réalité, il se prénomme Heath. Et c'est lui qui est derrière tout ça. Le président du club.

— Et Jonathan ? Il va bien ? demande Susie qui se frotte les avant-bras avec une frénésie telle qu'elle s'en arrache presque la peau.

— Il s'en sortira.

— Est-ce qu'il a été… on lui a fait du mal ?

— Non, il a réussi à maîtriser son agresseur. Et il a joué un rôle clé dans nos recherches pour vous localiser.

Susie ébauche un sourire ironique.

— Le ciel soit remercié pour Jonathan et sa théorie du complot.

Clair nous rejoint et me rend le téléphone.

— Je… je ne sais pas comment vous remercier. Comment ai-je pu être aussi bête ?

— Vous n'étiez pas bête. Ils avaient monté une machination tout bonnement diabolique. Sans Jonathan…

Elle tente d'esquisser un sourire qui ressemble toutefois davantage à une grimace.

— Et sans vous… Merci.

Je souris. La voilà la raison qui me pousse à faire ce métier — sauver des femmes comme Clair et Susie et mettre des hommes comme Jordan sous les verrous, si possible pour toujours. Reste que pour être tout à fait franche, je ne sais pas comment tout cela se serait terminé si Jonathan ne s'était pas évadé. Mes visions auraient-elles suffi à résoudre l'affaire ? Aurions-nous pu coincer Brooke et Presque-Parfait d'une autre façon ? Je ne le saurai jamais.

Le fracas d'un hélicoptère de la police nous interrompt. L'appareil se pose, Jonathan en jaillit et se précipite vers nous. D'un geste plein de fougue, il serre les deux jeunes femmes dans ses bras.

Il s'écoule presque une minute avant que les trois rescapés ne relâchent leur étreinte.

— Je ne peux pas croire…, commence Susie.

— Je sais, coupe Jonathan en lui prenant la main. On vous a dit… à propos des autres ?

Susie baisse la tête.

— Alors, c'est vrai ?

Elle avait besoin de l'entendre de la bouche de son meilleur ami, j'imagine.

Jonathan ravale sa salive.

— Oui, ils sont tous morts. Les enjeux de l'émission, c'était nous.

Les laissant à leurs retrouvailles, j'interpelle Gerard.

— Du nouveau pour Jamais-Pris ?

— Non, il s'est volatilisé. Il ne s'est pas reconnecté et je n'arrive pas à déceler sa trace au moyen de son adresse IP. Je regrette.

— Ce n'est pas votre faute. Au moins, nous avons récupéré les victimes saines et sauves.

Il approuve d'un signe de tête, mais il a le sentiment d'avoir échoué, je le sens.

— Ne vous inquiétez pas, Gerard, nous le coincerons.

Il soupire, laisse passer un silence, puis demande, le pouce pointé vers le sud :

— Vous êtes allés vérifier la baraque qui se trouve là-bas, à quelques kilomètres ?

— Quelle baraque ? Nous sommes arrivés par le nord.

— C'est une sorte de cabane.

Il ne nous faut que quelques instants pour assembler une petite équipe. A bord d'un hélicoptère de la police, Darren, deux hommes de la Brigade de déminage et moi nous envolons bientôt vers le sud. Quelques minutes plus tard, nous arrivons en vue de la bicoque en question. Sitôt descendus de l'appareil, Darren et moi dégainons nos pistolets. On ne sait jamais, l'endroit peut appartenir au Club des Assassins. Ou, au contraire, n'avoir aucun rapport avec eux.

Les deux démineurs finissent de passer les parois extérieures de la cabane au détecteur. La construction de bois, légère et visiblement bâtie à la hâte, paraît neuve. La porte est cadenassée. Un terrible sentiment d'angoisse m'étreint — nous sommes sur le point de découvrir quelque chose d'horrible, j'en ai la conviction. Simple logique, intuition de flic ou don de double vue ? Qui sait ? Je décide que c'est sans doute une question de logique, lorsque, voyant le visage de Darren, je m'aperçois que lui aussi se prépare au pire. Comme moi, il tient son arme à deux mains, pointée vers le sol, prêt à tirer. Nous échangeons un regard. Inutile d'exprimer à haute voix notre inquiétude au sujet de ce qui nous attend peut-être à l'intérieur. Un autre piège infernal ?

Une fois que nous nous sommes assurés que l'extérieur de la cabane ne présente aucun danger, j'appuie la bouche de mon pistolet sur le cadenas et presse la détente. Sous la puissance du coup, l'arme recule. Mais le résultat est atteint, le cadenas est fracassé. J'arrache ce qu'il en reste de la porte et, de nouveau, recule de quelques pas pour laisser les démineurs inspecter le chambranle. Enfin, sur un signe de tête de leur part, je pousse la porte. Avec un craquement sinistre, elle s'ouvre lentement. Mon arme braquée devant moi, je fais un pas à l'intérieur et, instantanément, mes sens sont assaillis. Je ne sais pas ce qui me frappe en premier, de l'abominable puanteur ou du spectacle de la fosse. Malgré l'obscurité, l'odeur ne laisse aucun doute sur ce qui se trouve là-dedans. Je chancelle sur mes jambes, Darren m'agrippe la main pour m'empêcher de tomber la tête la première dans ce gâchis. Je scrute la pénombre, mes yeux s'habituent à l'absence de lumière et finissent par distinguer ce que j'ai déjà deviné — des corps entassés dans la fosse en un épouvantable charnier.

Darren regarde par-dessus mon épaule :

— Doux Jésus !

La chaleur torride du désert a en partie momifié la plupart des corps, mais sur le dessus de l'horrible amas gît un cadavre plus récent, et c'est lui qui dégage cette odeur pestilentielle. Un flot de bile me remonte à la gorge, dont je ravale l'amertume.

Frémissant de répulsion, je recule d'un pas.

— Saloperie !

— Qu'est-ce que c'est ? interroge l'un des démineurs.

— Des cadavres, dis-je, encore des cadavres !

Je m'éloigne, sans toutefois pouvoir me défaire de cette odeur de chair en décomposition qui me colle aux narines. J'inspire plusieurs bouffées d'air frais, essayant d'oublier cette affreuse perception sensorielle.

— Comment tu te sens ? s'enquiert Darren.

— Folle de rage, voilà comment je me sens !

Je me force à rengainer mon pistolet, malgré l'envie furieuse qui me tenaille de descendre celui ou celle qui a jeté ces corps dans la fosse. Je prends de nouveau une profonde inspiration, enfin débarrassée de l'infection, et allume ma radio.

— Nous avons trouvé des corps.

C'est Dusk qui me répond :

— Quoi ?

— Peut-être huit ou neuf, dis-je, incertaine.

En tout cas, ce n'est pas moi qui retournerai les compter ! Ce n'est pas tant qu'ils soient morts qui me bouleverse vraiment, ni l'odeur, c'est le fait qu'on les a balancés dans un trou, les uns par-dessus les autres, avec un mépris évident pour la vie humaine. Pourtant, ça ne devrait pas m'étonner, j'ai déjà vu des corps plus maltraités, mais cette image de cadavres amoncelés restera à jamais gravée dans ma mémoire.

Deux jours plus tard, dans l'une des salles de réunion des bureaux du FBI à San Francisco je mets la dernière main à mon rapport avant de regagner Washington. Les portes s'ouvrent, Darren entre dans la pièce à grandes enjambées, un dossier à la main.

— Nous avons pu procéder à plusieurs identifications, annonce-t-il.

— Et alors ?

— Le cadavre le plus récent dans la fosse était celui de Danny Jensen. La prolifération des insectes indique que la mort remonte à une dizaine de jours.

— Ça colle avec la déposition de Jonathan. Danny a été emmené une semaine avant lui. Et les autres ?

Darren ouvre la chemise cartonnée.

— Nous avons réussi à identifier cinq des huit victimes. Quatre d'entre elles ont des casiers et une était un ancien militaire. Tous des paumés.

Il s'assied et me tend la photo d'un homme en uniforme de l'armée ; il semble avoir environ vingt-cinq ans.

— Voici le caporal James Cook. Il a servi en Irak, mais a été exclu de l'armée pour mauvaise conduite. Vu qu'il avait un problème avec l'alcool et la drogue et qu'il était complètement fauché, il est probable qu'il avait touché le fond.

Il me passe un autre cliché, montrant cette fois un homme plus âgé — la quarantaine. C'est une photo d'identité judiciaire.

— Richard Steiner. Il a fait de la prison pour vol à main armée et vivait dans la rue depuis six mois.

Darren me regarde.

— Tu vois un peu le tableau ?

— Ouais. Tous des cibles faciles, des victimes à hauts risques. Les trois dont on ne connaît pas le nom étaient probablement aussi des SDF, anonymes et invisibles à l'intérieur du système.

— Mais je sais ce qu'ils faisaient là, opine Darren, un léger sourire aux lèvres.

— Quoi ?

— Ce sont eux qui ont construit les installations. Nous avons relevé les empreintes de Cook sur des débris du centre de commande.

— Possible. Ou bien ils ont servi de banc d'essai.

Darren secoue la tête.

— Je ne crois pas. Dusk vient de téléphoner au

contrôleur judiciaire de Steiner. La dernière fois qu'il a vu Steiner, c'était il y a trois mois. Celui-ci lui a dit qu'il pensait avoir trouvé un vrai travail dans le bâtiment et qu'il lui donnerait tous les détails dans un jour ou deux. Mais notre homme n'a plus donné signe de vie. Réfléchis ! Il fallait bien construire cet endroit d'une façon ou d'une autre, et j'imagine mal Brooke, ou même Jordan, manier le marteau.

Là-dessus, Darren n'a pas tort, surtout si l'on considère que Jordan était le seul membre du club à connaître l'emplacement du bunker.

Voilà donc un autre pan du mystère éclairci. On peut dire que nous avions affaire à une machination tout bonnement magistrale.

38

Deux semaines plus tard

De retour à Washington, installée à mon bureau, je contemple les photos des victimes du Club des Assassins. Je suis supposée travailler sur le profil d'un violeur en série à Indianapolis, mais je ne peux empêcher mes pensées de partir à la dérive. Je ferme les yeux, l'image des victimes s'impose à moi. Difficile d'oublier. Le souvenir du charnier, de son odeur, est aussi vif dans ma mémoire que si je m'y trouvais encore. Et celui de Brigitte, traînée par les cheveux, hurlant de peur, ne me quittera jamais non plus… comme un rappel permanent des événements passés. Je frissonne.

J'essaie de me focaliser sur les résultats positifs de l'affaire. Nous les avons presque tous capturés. L'ADN de Brooke concorde avec les trois scènes de crime sur lesquelles des empreintes génétiques avaient été prélevées, et, confrontée à une preuve aussi indiscutable, elle a fini par avouer tous les meurtres commis au cours des quinze dernières années, dont celui de sa plus récente victime, Malcolm. Elle écopera sans doute de la peine de mort ; d'une façon ou d'une autre, elle moisira en prison jusqu'à la fin de ses jours. Espérons que la famille Jackson y trouvera justice et vengeance.

Presque-Parfait, ou Victor Petrov, est mort, définitivement hors circuit. Ce n'était pas son premier meurtre, j'en étais persuadée. Une fouille minutieuse de sa propriété, y compris une imagerie du sol, a révélé la présence d'autres corps dans la grange. Les enquêteurs de la police scientifique ont creusé et découvert les restes d'une vingtaine de jeunes filles. Ils s'activent encore à identifier les victimes, ce qui, avec un peu de chance, permettra aux familles de tourner définitivement la page d'un épisode douloureux. Parfois, il vaut mieux savoir que l'être cher est mort plutôt que de continuer à espérer.

Et puis, il y a Jordan, alias American-Psycho. Il refuse toujours de parler, mais Brooke, qui tenait à sa vengeance, a signé une déposition attestant qu'American-Psycho était le cerveau de toute l'opération, le président du club. Elle l'a également accusé des meurtres de Cindy et de Danny. Son témoignage, combiné avec les preuves numériques qui identifient Jordan comme étant American-Psycho, devrait suffire à convaincre un jury. Nul doute que son illustre avocat aura plus d'un tour dans sa manche pour réfuter l'accusation. Il ne nous reste plus qu'à attendre le procès, compter sur la validité des pièces à conviction que nous fournirons et faire confiance à la justice.

J'aimerais me contenter d'avoir mis la main sur trois des quatre meurtriers. Hélas ! ce n'est pas dans ma nature ! Je reprends la photo de Brigitte. Je coincerai ce salaud — d'une façon ou d'une autre — je le jure !

*
**

American-Psycho vient d'entrer dans le salon.

Tueur-Pour-La-Vie : Salut Psycho ! Ça fait un bail !

American-Psycho : En effet, j'ai été très occupé.

Tueur-Pour-La-Vie : Je suis jaloux. Je n'ai toujours pas digéré le fait de ne pas avoir été accepté dans votre club.

American-Psycho : Désolé, Tueur. La prochaine fois, peut-être.

Tueur-Pour-La-Vie : Alors, c'est fini ?

American-Psycho : Oui.

Tueur-Pour-La-Vie : C'était bien ?

American-Psycho : Vous n'avez pas idée.

Tueur-Pour-La-Vie : Vous avez bien mis mon nom sur la prochaine liste, n'est-ce pas ?

American-Psycho : Absolument.

Épilogue

Il examina les photos une par une et sourit au souvenir de chaque instant. Les choses ne s'étaient pas déroulées exactement comme elles auraient dû, mais il s'était tout de même bien amusé. Bientôt, il détruirait les clichés — trop risqué de les conserver. Mais avant cela, il les aurait étudiés avec suffisamment d'attention pour pouvoir graver dans sa mémoire leurs visages, comme il l'avait déjà fait avec toutes ses autres victimes.

Dans quel monde merveilleux il vivait, un monde où il avait la possibilité de mener une double vie parfaite ! Non seulement il n'avait eu aucun mal à s'intégrer dans la société, mais il était respecté dans le monde des affaires, et tous ignoraient totalement sa vraie nature. C'était cela qui l'excitait. Il lui plaisait par-dessus tout de garder pour lui un secret aussi noir. Il ne se passait pas dix minutes sans que la pensée d'un meurtre, si fugitive fût-elle, ne lui vienne à l'esprit. Victimes passées et futures, méthodes, expressions des visages, assassins illustres, victimes célèbres… Seigneur, comme il aimait cela ! Il adorait le pouvoir que lui conférait son secret, prenait plaisir à savoir combien les êtres humains étaient vulnérables au fond.

Quel dommage que le jeu eût pris fin ! Il était navrant

que toutes les victimes n'aient pas été tuées — il avait attendu le tour de Susie avec tant d'impatience ! Mais elle ne perdait rien pour attendre.

Il enferma les photos dans son coffre-fort privé et sortit le discours qu'il avait préparé pour la collecte de fonds. Il passa en revue les points principaux. Ce genre de fonctions le contentait. Soit on le payait pour les remplir, soit on lui demandait de parler de lui — et qui se priverait de la satisfaction de parler de soi pendant une demi-heure devant un public fasciné ? Pourtant, il se sentait incapable de se concentrer sur son texte. Il mit de côté ses fiches aide-mémoire et s'autorisa à penser au Club. Il s'était bien diverti à manœuvrer tout son petit monde — les candidats, les membres du club et, pour finir, les flics. Cela avait constitué un véritable défi pour lui. Comme il s'était régalé à semer les indices appropriés pour chaque meurtre ! Juste ce qu'il fallait pour mettre les flics sur la voie, sans pour autant avoir la main trop lourde. Il esquissa un sourire à la pensée de la réaction qu'avait dû avoir Veuve-Noire en apprenant l'existence de la rose tatouée sur le corps de Malcolm. Il manipulait ses pions et c'était exactement ainsi qu'il les considérait. Ils étaient tous des marionnettes dans son spectacle privé.

L'opération lui avait également réservé d'agréables surprises, telle la charmante Sophie Anderson. En voilà une qui ferait une belle conquête ! Elle voulait attraper son homme, pourquoi ne pas le lui donner ? Encore que peut-être pas dans le sens où elle l'entendait. Avec un soupir, il laissa ses pensées s'attarder sur Sophie, se remémorant sa démarche, son sourire. Mais le trait qu'il préférait en elle, c'était son sens démesuré de la justice et de la vertu. Il sourit, satisfait à la pensée qu'en ce moment même elle était en train de ruminer les mêmes questions à propos de celui qui lui avait glissé entre les doigts. Si elle savait !

Elle devait sans doute aussi culpabiliser à propos du tribut payé dans le désert par les forces de l'ordre. Il s'agissait de son enquête, de sa décision, et des hommes avaient perdu la vie. Il la plaignit, sachant combien elle avait dû être affectée — les gens comme elle réagissaient toujours de cette façon. Reste qu'il avait tout de même été distrayant de déclencher les explosions. Il avait été obligé de patienter, bien sûr, de faire comme si c'était la brigade de déminage qui avait provoqué la déflagration. Sinon, les flics et le FBI n'auraient pas manqué de comprendre. Comment Heath Jordan, le président du club, aurait-il pu prévenir les autres membres ou faire sauter des explosifs s'il était en prison ? Pour préserver son secret, il lui avait fallu attendre le moment propice.

— Etes-vous prêt, monsieur ?

Il leva les yeux.

— Oui.

Elle lui était très précieuse, indispensable à son image publique. Elle ne connaissait pas son secret et ne le connaîtrait jamais. Heath, d'un autre côté, était essentiel à la face obscure de sa personnalité. C'était un bouc émissaire parfait. Heath ne parlerait jamais, il le savait. La petite visite qu'il lui avait rendue en prison l'avait rassuré sur ce point. Heath ne révélerait jamais sa véritable implication dans l'affaire ni ne lui en voudrait de s'être arrangé pour que les soupçons retombent sur lui. Il s'était montré bon pour son jeune protégé, et celui-ci allait maintenant s'acquitter de sa dette. De plus, ils savaient tous les deux que le FBI ne tenait rien d'assez solide pour faire inculper Heath de meurtre, en tout cas pas assez pour le garder derrière les barreaux jusqu'à la fin de sa vie. Il serait là pour accueillir Heath à sa sortie de prison. Le seul meurtre que son employé eût commis, celui de Janice Dust, ils ne pourraient jamais le lui imputer. Il avait exécuté les ordres et accompli sa besogne, comme tout bon homme de main qui se respecte.

Il boutonna son veston croisé Armani, rajusta sa cravate. Puis il contempla son reflet charmant dans le miroir et sourit.

— Tu es un authentique psychopathe américain, Justin, se dit Reid avec un sourire jusqu'aux oreilles.

Best-Sellers n°375 • roman

L'héritière australienne - Lynne Wilding

A la mort de son père, Carla Stenmark hérite d'un domaine viticole dans la Barossa Valley, en Australie. Une propriété dont son père ne lui a jamais parlé. Pas plus que de son passé secret, qu'elle découvre à la lecture de son journal intime : accusé à tort d'avoir séduit la fiancée de son frère, Rolfe a été renié et banni par son propre père. En s'installant à Sundown Crossing avec son fils, c'est donc un double défi que Carla s'apprête à relever : remettre en état un vignoble en friche depuis des années, et renouer avec le clan Stenmark, bien qu'héritière d'un fils maudit…

Best-Sellers n°376 • roman

Les filles du capitaine - Benita Brown

Depuis la mort de leur mère, Josie et Flora Walton sont choyées par leur père et leurs grands-parents maternels. Mais le capitaine a un faible pour Flora, portrait vivant de sa défunte épouse qu'il adorait. Et si Flora est capricieuse et instable, comment lui en vouloir quand on sait que leur mère est morte en la mettant au monde ? Une tragédie que nul n'ose évoquer et dont Josie ne garde qu'un souvenir confus. Pourtant, elle sent qu'on lui cache quelque chose. Un secret de famille qu'elle est bien décidée à découvrir pour exorciser enfin les ombres du passé et permettre à tous les siens de s'ouvrir enfin à l'avenir — et à l'amour…

Best-Sellers n°377 • thriller

Le lien maudit - P.D. Martin

A l'âge de 8 ans, Sophie Andersen a brutalement eu la vision de la scène du meurtre de son frère. Ce drame l'a marquée à jamais. Devenue flic, elle exerce ses talents de *profiler* au FBI tout en essayant d'occulter ce don terrifiant. Cependant une enquête, la plus perturbante de sa carrière, l'oblige à faire appel à ses visions : plusieurs meurtres particulièrement brutaux, d'abord imputés au même tueur en série, semblent avoir été perpétrés non pas par un, mais par plusieurs assassins, qui tuent à l'unisson...

Best-Sellers n°378 • suspense

Sombre présage - Heather Graham

Lorsque Genevieve O'Brien engage Joe Connolly pour enquêter sur la mort d'un membre éminent des « Corbeaux », un club d'amateurs d'Edgar Poe dont fait partie sa mère, celui-ci n'accepte qu'à contrecoeur. Pourtant, Geneviève le sent, la mort rôde autour des Corbeaux. Et Joe, qui possède le don de communiquer avec les défunts, comprend rapidement qu'un tueur obsédé par Edgar Poe rôde dans la ville…

Best-Sellers n°379 • thriller

Jusqu'au dernier souffle - Rita Herron

Survivante d'un *serial killer* qui enterrait ses victimes vivantes, Lisa Langley a vécu l'enfer. Elle tente de se reconstruire lorsque, quatre ans plus tard, des meurtres identiques sont perpétrés. Terrorisée, elle se tourne vers Brad Booker, l'agent du FBI qui l'a déjà arrachée à la mort. Car un autre tueur semble vouloir continuer « l'œuvre » du psychopathe dont Lisa a été cible, et la poursuivre jusqu'à ce qu'elle rende son dernier souffle…

Best-Sellers n°380 • historique

Un parfum d'Irlande - Erin Yorke

Irlande, 1588

Un soir de tempête, alors qu'Alanna O'Donnell cherche un moyen de fuir un mariage forcé, les gardes du château de son oncle capturent l'équipage d'un galion espagnol suspecté d'appartenir à la flotte envoyée par le roi d'Espagne pour envahir l'Angleterre. Nus et entravés, les prisonniers sont déférés devant le seigneur des lieux, et Alanna, est chargée de jouer les interprètes. Troublée, elle ne peut détacher son regard de leur chef, Lucas del Fuentes, un homme insolent qui, en dépit de la situation, ne se gêne pas pour la courtiser. L'oncle d'Alanna, agacé par la tournure des événements, rend son verdict: Lucas et ses hommes seront pendus à l'aube…

Best-Sellers n°381 • roman

Le fruit défendu - Erica Spindler

Issue d'un milieu qu'elle a rejeté et qui lui fait honte, Hope est prête à tout pour échapper à un destin qu'elle hait. La chance se présente à elle sous les traits de Philip St. Germaine, un homme de la haute société qu'elle parvient à tromper sur ses origines et à épouser. Mais la naissance d'une petite fille réveille les démons d'un passé qu'elle croyait avoir laissé derrière elle à tout jamais. Un passé sulfureux dont la petite Glory risque d'hériter… à moins que Hope, qui a pour sa fille les plus grandes ambitions, ne parvienne à lui mentir à son tour sur ses origines…

Composé et édité par les
éditions Harlequin
Achevé d'imprimer en avril 2009

CPI
Bussière

à Saint-Amand-Montrond (Cher)
Dépôt légal : mai 2009
N° d'imprimeur : 90388 — N° d'éditeur : 14233

Imprimé en France